La fugitive des bayous

J'AI LU

Heather Graham

La fugitive des bayous

Traduit de l'américain
par Pascale Haas

Éditions J'ai lu

Titre original :

RUNAWAY

Published by arrangement with Dell Publishing,
a division of Bantam Doubleday Dell Publishing Group, Inc.

PROLOGUE

20 novembre 1835

C'était une magnifique journée d'automne, fraîche et lumineuse, dont rien ne semblait pouvoir troubler la paix. À travers les arbres, l'eau d'une source claire scintillait et, de loin, on voyait se refléter une multitude d'orchidées sauvages qui ondulaient avec légèreté à la surface de l'eau. Des cyprès et de vieux chênes vigoureux bordaient la rive. Une mousse verte accrochée aux branches tombantes des arbres projetait une myriade de reflets colorés sur l'eau.

Au-delà, s'étendaient des plaines riches et fertiles. Au fond des rivières entourées de marécages, des alligators rampaient, guettant les oiseaux qui s'égaillaient dans le paysage aux nuances de brun et de vert. Quelques buffles sauvages s'aventuraient encore sur ce territoire où pullulaient les cerfs, les lapins, les ours et les écureuils. Des baies sauvages poussaient le long des fourrés et d'immenses palmes de cocotiers jonchaient le sol ici et là. C'était un vrai paradis terrestre peuplé, bien entendu, de serpents prêts à mordre les imprudents.

White Tiger — c'était le nom qu'on lui avait donné quand il était devenu un homme — arrêta son cheval pour prêter l'oreille aux bruits qui montaient des marais alentour. Bien qu'il n'y eût pas de tigres dans les environs, c'était souvent ainsi qu'on appelait les panthères puissantes qui vivaient dans les parages, et ce nom lui avait été donné en signe de respect, ce dont il se félicitait. Il s'était enfoncé profondément dans les contrées indiennes du territoire de Floride, endroit qu'il connaissait particulièrement bien. Immédiatement, il devina qu'il n'était pas seul.

Il s'immobilisa un instant. Sans être superstitieux, il éprouvait une curieuse sensation, comme s'il s'était aventuré le long d'un chemin sans retour. Des forces invisibles semblaient s'être mises en mouvement et l'avoir entraîné malgré lui sur ce sentier.

Il se figea, aux aguets.

Le son délicat de l'eau et un bruissement dans les feuillages lui parvinrent. Le cri d'un oiseau se fit entendre, suivi d'un autre cri qui, cette fois, n'était pas celui d'un oiseau. Les feuilles frémirent.

Il leva les mains au-dessus de sa tête, laissant voir le couteau dans l'étui attaché à sa cheville et le fusil accroché à la sangle de sa selle, puis il passa une jambe par-dessus le col de sa monture et sauta à terre.

— Je suis venu seul, cria-t-il.

Aussitôt, trois hommes apparurent, vêtus de pantalons en daim et de chemises en coton aux couleurs bariolées, ornées de broderies. Manifestement, du sang blanc coulait dans les veines de deux des hommes au visage grave, dont l'un, de taille moyenne, le dévisageait calmement de ses yeux sombres et intelligents. C'était un personnage imposant, qui n'avait pas gagné sa réputation en se contentant d'être l'héritier désigné et imposé à son peuple. Dans la culture muskogee un chef guerrier n'avait pas besoin de descendre d'une lignée de dirigeants. Quand il avait abandonné son nom d'enfant pour prendre son nom de guerrier, son peuple l'avait appelé Asi Yaholo, ce qui signifiait « le Chanteur à la Boisson noire », que les Blancs avaient transformé en Osceola.

Le second métis du groupe était de la même taille que White Tiger, mais plus jeune. C'était un homme aux muscles allongés et aux gestes fluides, dont le beau visage avait emprunté le meilleur des deux cultures. Les pommettes saillantes, la bouche généreuse, le front haut et légèrement bombé, il avait le teint cuivré et des cheveux très noirs qui faisaient ressortir de façon étonnante son regard d'un bleu profond. Il avait acquis le nom de Running Bear, car il n'y avait pas meilleur chasseur que lui. Il fut le premier à saluer White Tiger. D'un air solennel, il le serra contre sa poitrine, puis se recula en silence.

Le troisième homme, un Indien de pure souche, se nommait Alligator. Beau-frère du chef Minacopy, du clan Alachua, il était prêt à influencer cet homme qui jouissait d'un pouvoir héréditaire non seulement auprès des Séminoles, qui parlaient le muskogee, mais également auprès des Mikasukis, dont la langue était le hitichi. Alligator était intelligent, fort et courageux, mais White Tiger vit dans son regard qu'il avait peu d'espoir en un avenir paisible.

Osceola tendit la main en indiquant une clairière sous les arbres où ils s'assirent.

Sachant qu'Osceola devait être impatient, White Tiger alla droit au but.

— Je suis venu pour vous faire part du profond chagrin de nombreux hommes blancs qui connaissent bien le Mico Osceola.

Le chef hocha la tête et attendit. Les autres restèrent silencieux.

— Peut-être ai-je plus d'atouts que la plupart des autres hommes grâce à ma connaissance du peuple et, de ce fait, je sais que Asi Yaholo ne prend pas tous les Blancs pour des diables. C'est un homme intelligent qui a toujours su prendre ce qu'il y avait de meilleur dans son monde et dans celui des autres pour s'en servir à son avantage. Il s'est fait d'excellents amis parmi les Blancs.

— Et des ennemis, coupa Alligator d'un ton rageur.

White Tiger soupira. C'était précisément la raison de sa présence ici.

— Osceola, beaucoup d'hommes braves ont entendu dire que tu avais rompu le traité quand Wiley Thompson a insisté pour que tu partes vers l'ouest. Tu sais aussi qu'ils sont nombreux à avoir déploré que Thompson t'ait fait arrêter et enchaîner.

— Il n'y a pas de plus grande insulte pour un Séminole, lui rappela Running Bear.

White Tiger croisa le regard bleu du métis et hocha la tête, conscient de l'offense qu'avait représentée le geste de Thompson vis-à-vis d'un guerrier de la sagesse et de la force d'Osceola.

— Les traités n'ont jamais été que des mensonges ! dit Alligator. À Moultrie Creek, on nous a promis davantage de terres. Les promesses n'ont pas été tenues. Nous en sommes réduits à mourir de faim sur les terres qui nous ont été attribuées. Et quand nous nous aventurons plus loin, pour essayer de pêcher, de chasser, de trouver de la nourriture, on nous repousse sans ménagement.

White Tiger savait que lorsque les Indiens volaient du bétail, c'était parce qu'ils mouraient de faim. L'hiver précédent avait été si rude dans le nord que les gelées avaient anéanti tout espoir de récolte. De nombreux Blancs s'en réjouissaient et comptaient sur la famine pour rendre les Indiens plus souples dans les négociations.

Cependant, cela n'avait servi qu'à les rendre plus intransigeants.

White Tiger se leva.

— J'ai apporté du bétail, dit-il. Mes hommes sont restés en arrière avec le troupeau et se tiennent prêts à le remettre aux Séminoles si Osceola accepte le cadeau.

— Ces bêtes proviennent de ton propre troupeau ? demanda Osceola.

— En partie. Elles viennent aussi d'autres éleveurs qui respectent Osceola et veulent s'excuser auprès de lui. D'amis, également. D'hommes que je t'ai fait rencontrer.

Osceola sourit.

— Ce n'est en rien une excuse officielle de ton gouvernement, dit-il froidement.

C'était une affirmation, pas une question.

— Non, reconnut White Tiger avec franchise.

Osceola, Alligator et Running Bear se levèrent à leur tour. Osceola tendit la main — une petite main raffinée, comme l'étaient ses manières et sa façon de parler.

— Tu as raison, je ne juge pas tout ton peuple comme le diable. Et j'accepte ton cadeau, parce que beaucoup des nôtres sont affamés. Je suis désolé de devoir te dire que je ne pardonne pas à ce traître de Thompson, de même que je ne regrette aucune des décisions que j'ai prises jusqu'à présent, ni aucune de celles que j'ai l'intention de prendre.

Cette dernière phrase remplit le cœur de White Tiger de tristesse.

— Tu ne dis rien, remarqua Osceola.

— Je ne dis rien parce que je prie pour qu'il y ait un jour la paix entre nous. La guerre n'apporte que des souffrances.

— La paix nous a déjà suffisamment affamés! coupa Alligator.

— La guerre est toujours la pire des solutions. La paix est synonyme de vie.

— Mais que vaut la vie sans honneur? demanda doucement Osceola. Je ne voulais pas te faire de peine, et je sais que tes craintes pour le peuple sont sincères. Souviens-toi que nous n'oublions jamais nos amis.

— Ni nos frères, ajouta tranquillement Running Bear.

Même Alligator acquiesça d'un grognement.

— Je ne prendrai pas les armes contre les miens,

leur dit White Tiger. Je continuerai à prier pour la paix.

Osceola le fixa d'un regard sombre et pensif.

— Nous pouvons prier pour la paix, mais pour ce qui est de l'obtenir, c'est à nos dieux d'en décider.

— Un Dieu, le même Dieu, dit White Tiger. Ishtahollo, le Grand Esprit des Séminoles, est le même Dieu que celui des Blancs chrétiens. Il est suprême, quel que soit le nom que les hommes lui donnent. Et j'ai la conviction qu'il veut la paix pour ton peuple comme pour le mien.

Osceola lui sourit, sans exprimer toutefois son approbation.

— Partout où tu iras, ami, tu seras en sécurité. Là où tu vivras, la terre sera sacrée. Garde ceux que tu aimes sur cette terre, et ils seront en sécurité eux aussi.

— Mico Osceola, je t'en supplie, ne te lance pas trop hâtivement dans la guerre.

— Tu es un homme trop fier pour t'abaisser à supplier. Tu es toi-même un guerrier, un soldat.

— Plus maintenant. Je rêve de voir notre terre devenir un paradis où nous pourrions vivre tous ensemble.

— Sois rassuré, je n'agis jamais avec précipitation, dit Osceola en souriant. Autrefois, tu étais très belliqueux. Tu étais prêt à te battre contre les Britanniques, et même contre les membres de ma propre famille!

— J'étais sans expérience. Depuis, j'ai beaucoup appris. Et je l'ai payé très cher.

— Tu as toujours été un valeureux guerrier. Tu as eu le courage d'apprendre que mourir n'est pas facile. J'ai cru comprendre que tu comptais partir?

— J'avais prévu un voyage. Cependant, si en restant ici, je peux...

— Non, tu dois continuer à t'occuper de tes affaires. J'ai écouté ce que tu avais à dire. Il n'y a rien que tu puisses faire ici. Va, pars sur ton bateau, Running Bear m'a dit que naviguer était pour toi un grand plaisir, et que cela apaisait ton esprit. Que les vents dissipent ta douleur et ton chagrin.

Il se retourna, prêt à s'en aller, Alligator sur ses talons. Mais il fit demi-tour.

— Notre cœur reste avec toi. Et nous sommes fiers que tu aies parlé en notre faveur, contre ceux qui croient que nous avons causé la mort de ta chère femme. Je crains que tes paroles ne servent pas à grand-chose face à la haine qui divise nos deux peuples, mais nous t'en sommes tout de même reconnaissants.

— Je n'ai fait que dire la vérité.

— Mais certains ont du mal à la discerner. Nous te sommes reconnaissants. Pars en voyage, mon ami. À ton retour, peut-être n'éprouveras-tu plus le besoin de fuir ton chagrin.

Osceola s'éloigna, suivi d'Alligator. Seul Running Bear resta un instant en arrière et posa la main sur l'épaule de White Tiger.

— Que Dieu soit avec toi.

— Quel dieu? rétorqua White Tiger, narquois. Que va-t-il se passer maintenant?

Running Bear secoua la tête.

— Je ne sais pas. Trop de sang blanc coule en moi pour qu'on me laisse assister à tous les conseils. Moi aussi, je souhaite la paix, mais Thompson a commis l'erreur de faire arrêter Osceola, prétendant qu'il était incontrôlable. En fait, il voulait simplement montrer qu'il ne laisserait jamais un Indien lui dicter la loi. Et maintenant, la colère est entrée dans le cœur d'Osceola. Ce qu'il a exactement en tête, je l'ignore. Et puis, il n'y a pas que l'incident avec Thompson. Les frictions entre les Indiens et les nouveaux colons sont permanentes. Ils disent que nous pillons leurs biens et eux chassent sur notre territoire. Ils veulent notre terre. Rien ne change. Le but des Américains est bien de s'étendre sur tout le continent, n'est-ce pas ?

— Il doit bien exister une solution.

— Qu'il y en ait une reste à démontrer. Je dois partir, et tu dois t'embarquer sur ton bateau. Peut-être ce voyage t'apportera-t-il le bonheur. Le temps passe. Et tu continues à avoir du chagrin. Tu devrais te remarier.

— Je ne veux pas me remarier, dit White Tiger d'une voix atone.

Running Bear hocha la tête d'un air compréhensif.

— Alors, peut-être devrais-tu envisager de prendre une maîtresse. Non que tu vives comme un moine, d'après ce qu'on m'a dit...

— Bon sang, c'est incroyable comme les nouvelles vont vite ! commença White Tiger, agacé.

Cependant, voyant l'inquiétude dans le regard de Running Bear, il se força à rire légèrement.

— Tu ne me laisseras pas tomber, dis-moi ? reprit-il.

— Je le ferai certainement un jour. Pour l'instant, sois prudent.

— Toi aussi, fais attention à toi.

Ils s'embrassèrent brièvement, puis Running Bear partit rejoindre les autres d'un pas fluide, presque silencieux. En quelques secondes, il avait disparu.

Pendant un instant, White Tiger resta à écouter le vent, avec le sentiment que la roue du destin tournait inexorablement.

Le soleil était maintenant plus bas à l'horizon, embrasant le ciel de couleurs flamboyantes.

Il ferma les yeux, jouissant de la brise sur sa peau, de l'odeur des cyprès et des marais. Il écouta le bruissement des feuilles. Non loin de là, il distingua un léger bruit, comme un plongeon furtif, que d'autres que lui n'auraient sans doute même pas perçu. Mais il aimait cette terre et savait depuis très longtemps en reconnaître les moindres frémissements. Il devina aussitôt qu'à plusieurs centaines de mètres de là, un alligator venait de se laisser glisser dans l'eau.

Dans un tout autre endroit, la roue du destin était également en train de tourner et des forces s'étaient mises en mouvement.

Là où elle était, il n'y avait ni forêt, ni cris d'oiseaux, ni soleil rougeoyant effleurant la cime des cyprès.

La jeune femme se trouvait dans une des maisons élégantes de l'une des villes les plus civilisées de la jeune nation américaine. Les femmes étaient vêtues de soie et de satin, et l'on servait du café et du thé dans de l'argenterie. D'épais tapis persans ornaient les parquets cirés et de lourds rideaux damassés allaient bientôt être tirés sur la nuit tombante.

Mais, tout à coup, le coup de feu retentit...

Avec la puissance d'un coup de tonnerre, il résonna dans le silence qui emplit soudain la pièce.

Stupéfaite, elle dévisagea l'homme assis à moins d'une centaine de mètres d'elle. Il avait tenté de se lever, mais en vain, lui-même semblait surpris.

Grand, bien musclé, une crinière de cheveux gris fer encadrant son visage léonin, il lui avait pourtant donné l'impression d'être un homme indomptable. Mais une tache rouge s'élargissait peu à peu sur le jabot de sa chemise et, aussi puissant qu'il eût été, il était évident pour tout le monde qu'il se regardait mourir. La balle l'avait touché en plein cœur. Le temps semblait s'être arrêté, ou avancer avec une incroyable lenteur. Et pourtant... en quelques secondes à peine, sa chemise devint écarlate et il s'écroula par terre, mort.

Elle baissa les yeux sur l'arme qu'elle tenait à la main.

Mais c'étaient des balles à blanc, tout était faux, tout...

Derrière le cadavre de l'homme, deux petits yeux cruels au milieu d'un visage rusé la dévisageaient. Elle entendit un léger bruissement derrière elle et se retourna.

Le grand salon avait été transformé en théâtre pour la journée. Elle était debout sur la scène de fortune, devant le public rassemblé en demi-cercle.

Elle scruta le fond de la scène.

Et vit alors le rideau servant de décor retomber. Quelqu'un s'était faufilé derrière elle. Quelqu'un qui avait tiré au revolver avec de vraies balles, en faisant coïncider le coup de feu avec celui qu'elle devait tirer à blanc. Indignée soudain à cette idée, l'esprit vide, elle se trouva momentanément incapable de réfléchir.

Puis les exclamations horrifiées du public lui parvinrent, la ramenant brusquement à la réalité.

— Attrapez-la !

— Elle l'a tué !

— À l'assassin !

— Oh, mon Dieu, arrêtez-la !

Les cris continuèrent de fuser. Des hommes et des femmes élégants se levèrent d'un bond. Tous les yeux étaient braqués sur elle, et elle eut soudain l'impression de contempler une horde de sauvages assoiffés de sang — de son sang.

Mon Dieu, cet acte si plein de haine, si barbare, n'avait eu d'autre but que de la piéger !

Mais elle ne se laisserait pas prendre. Pas question de payer à la place d'un autre pour un crime qu'elle n'avait pas commis ! Il fallait fuir, aussi loin et aussi vite qu'elle le pourrait...

Le temps semblait s'être suspendu.

Elle rencontra une dernière fois le regard dur de l'homme qui avait ordonné ce meurtre de sang-froid.

Non. Elle ne se laisserait pas faire.

Elle fit volte-face. On eût dit qu'une éternité venait de s'écouler. Puis elle sauta par la fenêtre.

Dans la forêt lointaine et sauvage, il sentit un frisson le parcourir et soupira profondément. Il ne lui restait plus qu'à prier pour que la tension qui régnait entre les Blancs et les Séminoles finisse par s'apaiser.

Le vent se leva soudain. Des feuilles commencèrent à tourbillonner dans tous les sens. Leur bruissement ressemblait à un murmure, à une mise en garde...

Tout en se maudissant de faire preuve de tant d'imagination, il siffla son cheval. Une fois en selle, il resta un instant immobile, attentif au moindre bruit.

Le vent était retombé aussi vite qu'il s'était levé. Les feuilles avaient cessé de bouger.

Pour le moment.

Il talonna son cheval et s'engagea sur le sentier.

William ! pensa-t-elle en se faufilant par la fenêtre, laissant le brouhaha des cris et de l'agitation derrière elle. *Mon Dieu, William !* Il ne pouvait pas être mêlé à cela, puisqu'il était avec Marina, et par conséquent à l'abri. Il comprendrait, oui, il comprendrait sûrement qu'elle n'avait pas eu d'autre choix que de s'enfuir. Il allait être malade d'inquiétude et trembler de peur.

Mais il comprendrait. Elle était désespérée. Faire vite était crucial. Elle ne disposait que de quelques secondes.

Dès que ses pieds touchèrent le sol, elle se mit à courir, traversa la pelouse et fonça vers les buissons qui se trouvaient derrière la maison.

Il abandonna le sentier bordé de cyprès pour s'engager sur une route plus large. De lui-même, le cheval passa au galop. Il se pencha sur l'encolure de l'animal pour accompagner son mouvement.

Bientôt, il serait chez lui.

Il était impatient d'y arriver, uniquement pour pou-

voir en repartir au plus vite. Il avait envie de sentir le vent marin fouetter ses joues, envie d'échapper à la tension qui montait ici de jour en jour, envie de...

De fuir.

Loin de la douleur lancinante qui lui déchirait le cœur, loin de la solitude insupportable des nuits et des jours.

Son cheval accéléra l'allure.

Elle atteignit le couvert des arbres, à bonne distance de la maison. Ils s'étaient lancés à sa poursuite mais, dans la confusion, ils avaient perdu du temps, et elle disposait d'une confortable avance.

William. Oh, mon Dieu, William...

Il lui fallait trouver d'autres vêtements au plus vite. Et changer de coiffure. Et filer. Ne pas s'arrêter.

Elle était seule. La nuit commençait à tomber. Apercevant le chemin qui l'emmènerait loin du centre de la ville, elle se remit à courir. Ses poumons semblaient prêts à exploser, ses jambes lui faisaient mal. Fuis ! se répétait-elle. Dépêche-toi...

Une femme en fuite...

Un homme en fuite...

PREMIÈRE PARTIE

UN JEU DE HASARD

1

Port de La Nouvelle-Orléans, hiver 1835-36

Jarrett McKenzie repéra la femme au moment où elle pénétra dans la taverne sur les quais. Pourtant, on ne distinguait pas grand-chose de son visage.

Une grande cape à capuche l'enveloppait des pieds à la tête. Il eut cependant la certitude qu'il s'agissait d'une femme en raison de la façon gracieuse avec laquelle elle pivota sur elle-même quand le maître des lieux, Harold Eastwood, l'accosta. Était-ce une nouvelle serveuse ? Venait-elle rejoindre le bataillon de jolies filles qui animaient les nuits de La Nouvelle-Orléans ? Était-elle en retard à son travail ? Intrigué, Jarrett attendit qu'elle retire sa cape. Si elle travaillait ici, ce serait un signe indubitable que la classe de l'établissement s'améliorait.

Non que la taverne d'Eastwood fût un repaire de bandits. Pour une auberge du port, l'endroit pouvait même se targuer d'être plutôt respectable. La plupart des hommes qui composaient la clientèle étaient venus en Louisiane pour affaires, et la majorité d'entre eux pouvaient parler sans honte de l'endroit à leurs femmes. On y trouvait une cuisine excellente, des chanteuses ravissantes, des alcools du monde entier, une fille quand on en voulait une, et une bonne bagarre de temps à autre. La taverne se trouvait en plein centre du port, juste au bord de la rivière, et on y rencontrait toutes sortes d'hommes et de femmes venus ici pour travailler, faire des affaires et comploter.

La Nouvelle-Orléans plaisait à Jarrett. Fondée en 1718 par les Français, la ville avait pris de l'importance au XVIIIe siècle, lorsque les Acadiens avaient afflué en masse du nord-ouest. Elle était ensuite passée sous contrôle espagnol, puis était revenue à la France, jusqu'à ce que Thomas Jefferson parvienne à convaincre Napoléon de lui vendre la Louisiane. Jarrett était arrivé ici encore adolescent, au moment où Andrew Jackson avait défendu la ville contre les Anglais, en 1815. Il aimait les rues étroites qui menaient au port, l'architecture charmante des maisons françaises, espagnoles et américaines. Il aimait les balcons de fer forgé, les petits jardins, le Mississippi qui roulait ses eaux boueuses, ainsi que la qualité de vie extraordinaire qui prévalait tout le long de la rivière. Il était venu assez souvent chez Eastwood, et bien que la réputation de son auberge fût un peu douteuse, il existait des lieux de débauche nettement plus réputés de part et d'autre du fleuve. À vrai dire, l'endroit était tout à fait respectable, comparé à certains établissements voisins.

Mais dès qu'il aperçut la femme enroulée dans sa cape, Jarrett eut la conviction que sa place n'était pas ici.

— Je me couche !

Robert Treat, son ami et associé, qui était assis à sa gauche, jeta ses cartes d'un air dégoûté sur la table.

Jarrett regarda ce qu'il avait en main : trois reines, deux quatre, un full. Il considéra un instant les billets et les pièces d'or entassés sur la table. Smiling Jack, un riche créole de la région des bayous, lui faisait face, un large sourire aux lèvres. Cet homme serait certainement capable de bluffer saint Pierre s'il parvenait un jour à arriver jusqu'aux portes du paradis !

Jarrett prit le temps de laisser tomber une pièce en or de cinq dollars sur la table, puis son regard revint une nouvelle fois sur la femme emmitouflée dans sa cape. Elle s'efforçait toujours d'expliquer quelque chose à Eastwood. Elle était mince, svelte et un peu plus grande que l'aubergiste, Jarrett se demanda avec amusement si Eastwood, proxénète notoire — ou entrepreneur, comme il aimait lui-même à se définir — n'était pas quelque peu intimidé par la jeune femme.

Rupert Furstenburg, un Allemand blond et maigre venu de Saint Louis, plus bas sur le Mississippi, jeta une poignée de dollars sur la table.

— Cent dollars pour voir, messieurs.

— J'ai bien fait de me coucher ! marmonna Robert.

— Cent ? s'exclama Smiling Jack avec un grand sourire. C'est de la petite monnaie. Je vous suis, monsieur !

Jarrett continuait à observer la femme. Robert Treat le poussa discrètement du coude.

— Cent dollars, Jarrett.

— D'accord, dit-il d'un air absent.

Il piocha dans le tas de pièces posé devant lui et poussa la somme demandée au centre de la table. Robert Treat le regarda en fronçant les sourcils et se pencha vers lui :

— Tu ne peux pas faire un peu attention au jeu ? dit-il à voix basse.

— Ah, c'est en effet là le problème ! s'écria Smiling Jack en tirant sur sa moustache brune. Tu es sûr que ta plantation en plein marécage rapporte assez pour te permettre de jouer autant ?

— Ma plantation se porte aussi bien que celle que tu possèdes dans le bayou, répondit tranquillement Jarrett.

Il avait plutôt bon jeu. Et sa plantation rapportait largement de quoi s'engager dans cette partie.

— Ah oui ! c'est vrai ! fit Jack. Nous avons tous les deux des marais. Sans parler des insectes et des alligators.

Il agita un doigt menaçant sous le nez de Jarrett.

— Mais toi, tu as les Séminoles. Ce qui pousse sur ma terre est à moi. Ma maison tient debout depuis soixante-dix ans. Mais la tienne, mon ami ? En ce moment même, ils sont peut-être en train de la réduire en un tas de cendres ! Tu as été militaire, à ce qu'on dit. Tu dois donc être au courant. Les Indiens se faufilent partout sans se faire repérer. Ils se déplacent dans la nuit comme des fantômes. Ils sont capables de passer à travers les arbres et les buissons les plus denses. Les ennuis sont loin d'être terminés, souviens-toi bien de ce que je te dis. Le vieil Andy Jackson a beau avoir combattu ces sauvages, il ne les a pas tous eus ! Et il y aura encore des problèmes, c'est sûr. En ce moment, c'est en train de couver. Certains disent même que ces renégats arrivent à chevaucher les alligators dans les marécages.

Jarrett sourit. Il aurait bien voulu voir un homme, fût-ce un Séminole, sur le dos d'un alligator en plein marais ! Les gens avaient une idée étrange de la Floride — tout comme des Indiens qui la peuplaient. Les Indiens Creeks qui étaient descendus vers le sud, parlant différentes langues et venant de différentes tribus, s'étaient tous rassemblés. On les appelait des Séminoles. Certains prétendaient que leur nom signifiait *fugitifs*. D'autres assuraient qu'il venait du mot espagnol pour dire renégat, *cimmaron*. Fugitifs, renégats... Jarrett savait bien que, comme lui et tant d'autres Blancs, les Indiens cherchaient tout simplement une meilleure vie pour eux et leurs familles.

Cette terre était faite pour les rêveurs. Malgré la chaleur de l'été, les nombreux marais infestés de serpents — et d'Indiens — il y avait de vastes territoires disponibles dans cet État. À l'instar des frontières qui s'ouvraient à l'ouest du continent, la Floride était synonyme de nouvelle terre vierge pour les Américains. La plus grande partie se prêtait à l'agriculture. On pouvait y faire des récoltes tout au long de l'année. Un froid glacial s'abattait parfois au nord du territoire tandis qu'une chaleur torride, tout aussi cruelle, frappait le sud de temps à autre, apportant la misère et la maladie. Mais, la plupart du temps, le climat était doux et agréable. Et le soleil brillait. Il n'y avait ni neige ni blizzard venant paralyser des communautés entières. Des troupeaux sauvages arpentaient le centre du territoire depuis l'époque des Espagnols ; ils étaient à qui voulait les prendre. La chasse y était toujours extrêmement fructueuse. On y croisait des cerfs, quelques bisons, ainsi que d'innombrables lapins, et le gibier abondait. Dans les marais et les plaines, le paysage était d'une beauté à couper le souffle. Il y avait une multitude de sources à l'eau transparente, d'une profondeur incroyable, dont on distinguait cependant clairement le fond.

En permanence, la splendeur côtoyait le danger. L'endroit n'était guère fait pour les cœurs sensibles.

Et les Séminoles ne faisaient qu'ajouter à la réputation sauvage de ce territoire américain qu'Andy Jackson avait décidé d'arracher aux Espagnols. À une époque, ces derniers avaient cédé le territoire aux Anglais, puis, lors de la Révolution américaine, les sympathisants anglais avaient fui vers le sud. Ensuite, les deux Florides — celle de l'Est et celle de l'Ouest — étaient revenues à l'Espagne. Les Américains avaient continué à rôder près des frontières, à la recherche de nouvelles terres. L'Espagne, prétendaient-ils, n'était pas capable de contrôler le territoire, ni d'empêcher les Indiens de piller les fermes et les plantations des Américains, pas plus que de leur interdire de recueillir les esclaves en fuite.

L'esclavage constituait un problème explosif. Les esclaves qui s'échappaient partaient vers le sud, en territoire espagnol. Il leur arrivait d'être captivés par les sauvages mais leur servitude était alors moins douloureuse que chez les Blancs. Car les Séminoles leur laissaient le droit de cultiver librement leur propre lopin de terre et souvent, au bout de quelques années de bons services, leur offraient de reprendre leur liberté. Les esclaves qui parvenaient en Floride se joignaient donc souvent aux tribus séminoles, ce qui représentait une perte sèche pour l'économie des États du Sud.

L'Amérique avait donc de nombreuses raisons de vouloir soustraire ce territoire à l'Espagne, mais la principale était que les nouveaux colons américains cherchaient de nouvelles terres où s'établir. Finalement, l'Espagne céda la Floride en échange du paiement par les Américains de certaines dettes et d'un renforcement de son implantation au Texas. Depuis plus de dix ans, le Congrès américain avait unifié l'État de Floride, mais la réputation de sauvagerie de ce dernier était intacte : on disait qu'on n'y trouvait que des alligators, des serpents et des Indiens irréductibles. Peut-être la péninsule n'était-elle finalement que cela, un havre de paix pour les créatures sauvages et les renégats. Toutefois, elle offrait quantité d'autres choses. C'était aussi le pays des chênes majestueux dont les branches ployaient harmonieusement sous le poids de la mousse, des pins odorants dont les aiguilles recouvraient le sol d'un tapis moelleux, des lacs à l'eau limpide, des oiseaux exotiques au plumage élégant et bariolé. Et puis, il y avait les fleurs sauvages et les crépuscules écarlates, l'azur vibrant du ciel et la douceur des pluies.

Les serpents et les alligators n'en étaient pas moins restés, tout comme les Indiens. C'était un territoire sauvage exotique et d'une rare beauté.

Un territoire qui avait en outre fait la fortune de

Jarrett. Il avait défriché ses terres, construit sa maison et s'était mis au travail. Son bétail paissait dans l'herbe grasse des prairies. Il cultivait la canne à sucre, s'était également lancé dans la production de coton et de blé, et tout ce qu'il entreprenait semblait lui réussir à merveille. Ses terres avaient un rendement exceptionnel, et leur situation en bordure de rivière facilitait le transport des récoltes. De nombreux colons découvraient maintenant ce que lui avait compris dès le début : les terres marécageuses étaient extrêmement propices à l'agriculture. La péninsule regorgeait de ressources naturelles et de champs fertiles.

Jarrett aimait profondément ce pays autrefois. À une certaine époque, il y avait même trouvé une sorte de paix. Et lorsqu'il était tombé amoureux, il avait partagé ses rêves et le bonheur qu'il éprouvait ici avec la femme de son cœur. Mais désormais, Lisa n'était plus là, et Jarrett s'était senti exclu de ce qui avait été pour lui un paradis.

Cependant, la terre était toujours là. Étrange et sauvage, comme la douleur qui le saisissait quelquefois. Une terre emportée dans la tourmente. Le défi et le danger qu'elle représentait étaient devenus pour lui une véritable obsession.

— McKenzie ! s'écria Smiling Jack. Tu ne m'écoutes pas ?

Écouter ? À quoi bon ? Jarrett se cala confortablement dans son fauteuil. Il avait de bonnes cartes en main et ne s'intéressait plus à la conversation. Son attention se reporta sur la femme.

— Je parie dix fois ce qui se trouve sur cette table que ma maison est encore debout. Et qu'elle le restera, dit-il avec assurance, sans quitter la femme des yeux.

La conversation n'intéressait pas Furstenburg non plus.

— Messieurs, allons-nous jouer aux cartes, oui ou non ? lança-t-il brusquement.

Il leva la main pour appeler une des jeunes créoles qui travaillaient à l'auberge.

— Whisky! commanda-t-il d'un ton sec. Alors, nous jouons ou nous parlons marécages?

Jarrett haussa les épaules.

— Je vous suis, annonça-t-il avec un sourire glacial. Et je double la mise.

Il poussa un petit tas de pièces devant lui. Cent autres dollars.

Furstenburg émit un juron en regardant les cartes qu'il avait en main. Apparemment, son jeu n'était pas assez bon pour qu'il pût se permettre de miser davantage. C'était un joueur prudent. Il jeta ses cartes. À partir de maintenant, la partie allait se jouer entre deux adversaires.

Le sourire de Smiling Jack s'évanouit. Si Furstenburg était prudent, Jack était un joueur invétéré, qui tirait la moitié de ses revenus du poker et parvenait habituellement à bluffer ses adversaires. Mais pas ce soir, songea Jarrett avec malice.

Pour certaines choses, Jarrett avait de la chance. Et ce soir, il avait de sacrées bonnes cartes.

Il tripota les pièces empilées devant lui, puis les poussa au centre de la table.

Smiling Jack ne souriait plus du tout. Le tas d'or scintillant dont il disposait quelques instants plus tôt diminuait à vue d'œil.

— Tu ne surenchéris pas, cette fois? demanda aimablement Jarrett.

Le Français sortit un étui en argent de la poche intérieure de son élégante redingote beige pour prendre un cigare. Il se pencha sur la bougie pour l'allumer, puis posa les yeux sur Jarrett.

— L'or est déjà sur la table.

— Comme tu voudras, dit Jarrett en haussant les épaules.

— Tu bluffes, McKenzie! Et nous n'allons pas tarder à en avoir la preuve!

Mais à cet instant, Jarrett ne voyait pas grand-chose en dehors de la silhouette enveloppée dans la cape.

La jeune femme se tourna vers lui.

Quand la capuche retomba en arrière, il aperçut ses cheveux. Elle avait une chevelure fascinante, une vraie crinière, d'un blond chaud et doré, parsemée de mèches d'un reflet plus cuivré. Malgré la faible lueur des bougies qui éclairaient la salle de jeux, on ne pouvait s'empêcher d'évoquer un soleil radieux par une magnifique journée d'été, une flamme illuminant une nuit noire et profonde.

Après tout, ce n'était jamais qu'une tête blonde ! pensa Jarrett, ennuyé pour la première fois qu'elle ait retenu à ce point son attention.

Mais il se trompait.

Ce n'était pas simplement une superbe chevelure. Il n'avait jamais rien vu de pareil. La couleur et la texture étaient d'une richesse étonnante. Luxuriante. Il eut aussitôt une envie folle de s'en approcher. De la toucher.

Il fallait que quelqu'un lui dise de remettre sa capuche. Cet endroit n'était certes pas le plus sordide de la ville, mais il n'y avait pas là que des enfants de chœur !

Brusquement, il ferma les yeux, maudissant en silence la douleur mêlée de fureur qui se réveillait dans son cœur. C'était une chose d'arpenter les rues de la ville, à l'abri des balcons de fer forgé décatis et splendides, ou de se perdre dans les quartiers mal famés de La Nouvelle-Orléans. Ou de marcher le long du fleuve en regardant les eaux noires du Mississippi. Ou encore de croiser un chat dans l'obscurité sans sursauter, d'échanger des mots qui ne voulaient rien dire et de ne jamais rien voir ou sentir, de ne jamais être touché par rien.

Mais cette femme, il la voyait. Et depuis que sa capuche en tombant lui avait laissé entrevoir son visage, peut-être même avant cela, il avait eu envie d'elle. Envie de la toucher. De la posséder.

C'était peut-être à cause de la façon qu'elle avait de se mouvoir, ou bien de cette chevelure à la couleur extraordinaire. Quelque chose à la fois de puissant et d'intangible s'était glissé au fond de son âme à la seconde même où il l'avait aperçue, malgré la cape, malgré la pénombre, avant même d'avoir réellement posé les yeux sur elle...

Elle se tenait maintenant sous la lanterne accrochée à l'entrée et il put observer son visage.

Ses yeux étaient d'un bleu si intense et si profond qu'il distinguait leur couleur du fond de la salle. Elle avait des cils aussi noirs que ses cheveux étaient dorés. Ses sourcils, également plus sombres que ses cheveux, étaient placés très haut et délicatement arqués. L'ovale parfait de son visage était mis en valeur par la blancheur marmoréenne de son teint et sa bouche semblait avoir été dessinée par un artiste. Plus que jamais, Jarrett eut envie de la toucher, de passer son pouce sur ses lèvres pour en explorer la texture, de caresser ses joues et d'en découvrir la douceur, de plonger dans cette chevelure et de s'y rouler comme dans de la soie.

Robert se racla la gorge.

— Jarrett? Je te rappelle que tu joues au poker. Ton adversaire a demandé à voir. Montre ce que tu as.

Jarrett s'exécuta, sans détourner le regard. Smiling Jack n'avait pas de mauvaises cartes. Une suite. Pas mal.

Robert se tourna vers Jarrett, puis poussa le tas de pièces devant lui.

Jarrett jeta un coup d'œil à Jack. Le jeu ne l'intéressait plus du tout. Il ne profita même pas pleinement de l'agacement manifeste qu'il venait de causer au Français.

— On continue? demanda-t-il à Jack. Tu distribues?

— D'accord.

Le Français commença à distribuer les cartes d'une main experte. Jarrett se redressa, les yeux mi-clos. Il observait tout.

Les cartes, le Français.

La fille.

C'était l'un des avantages qu'il y avait à vivre au milieu des marécages avec des « sauvages ».

On apprenait à observer.

Pour Tara Brent, la soirée s'annonçait déjà comme un cauchemar. Le petit aubergiste bedonnant n'en finissait pas de lui reprocher son retard et de lui expliquer qu'il avait besoin d'elle dans la salle.

Elle avait commis une erreur. Oh, Seigneur, elle avait commis une redoutable erreur en venant ici !

Mais elle avait désespérément besoin d'argent pour fuir plus loin, pour payer son passage sur un bateau à vapeur en direction du nord, n'importe où, le plus loin possible, là où elle pourrait se cacher le reste de sa vie.

Là où jamais *ils* ne la retrouveraient.

Elle avait entendu dire que La Nouvelle-Orléans était un endroit idéal. On y trouvait du travail sans devoir répondre à une foule de questions. Il y avait ici toutes sortes de gens, des créoles, des Espagnols, des Anglais, des gens du Sud et du Nord.

C'était une porte ouverte sur l'oubli.

Aussi y était-elle venue, et une vieille femme croisée dans la rue lui avait indiqué l'auberge. Eastwood lui avait tout de suite confié un travail, lequel consistait à apporter du whisky et de la nourriture aux clients qui jouaient aux cartes. Il lui avait dit qu'elle pourrait se faire un joli pécule en emmenant les messieurs dans la petite chambre qu'il lui avait attribuée au grenier, mais elle lui avait répondu avec fermeté qu'elle n'avait pas pour habitude de faire monter des hommes dans sa chambre. Il avait ri en rétorquant que ça ne tarderait sans doute pas à arriver. D'ailleurs, il s'en fichait éperdument, il l'avait engagée uniquement parce qu'elle avait de la classe. En lui faisant tout de même comprendre que lui-même serait un parfait gentleman à inviter là-haut.

Tara avait failli battre en retraite. Mais elle n'avait finalement rien répondu et, jusqu'à présent, les quelques nuits qu'elle avait passées ici, Eastwood l'avait laissée tranquille. Elle n'aurait pas dû se promener si longtemps au marché aux fleurs et le long du Mississippi. Elle ne serait pas arrivée en retard, et il ne serait pas en train de lui passer un savon. Si elle ne faisait pas attention, il risquait de décider de se passer de ses services.

Néanmoins, plusieurs personnes lui avaient assuré que c'était un établissement respectable. Or, si elle avait été un peu moins naïve — ou moins désespérée — elle aurait compris que ces personnes rassurantes n'étaient elles-mêmes en rien respectables !

Si cette auberge avait bonne réputation, à quoi pouvaient bien ressembler les autres ?

Eastwood l'attrapa par le bras et elle sursauta.

— Vous m'écoutez ? Ici, c'est moi le patron ! Déjà que vous refusez d'être gentille avec les clients...

— Lâchez-moi immédiatement ! dit-elle d'une voix glaciale qui ne souffrait aucune discussion.

Eastwood obéit.

— Allez, filez ! Et mettez-vous au boulot en vitesse si vous voulez votre salaire !

Un salaire ! Les esclaves recevaient probablement plus pour leur peine !

Mais elle avait besoin de cet argent. Il fallait qu'elle parte. Travailler pour Eastwood valait mieux que revenir en arrière. N'importe quoi valait mieux.

Même la mort.

De toute façon, revenir en arrière aurait sans doute signifié la mort.

Elle se débarrassa de sa cape et se précipita dans

la cuisine. Eastwood était un tyran, mais ses deux cuisiniers créoles étaient adorables et Emma, l'Irlandaise grassouillette qui travaillait à la plonge, rendait l'atmosphère supportable.

D'ailleurs, quelle importance ? Dès qu'elle aurait gagné de quoi payer son passage, elle s'en irait !

Il ne lui restait plus qu'à prier pour qu'*ils* ne la retrouvent pas avant !

— Ah, tu es là, ma belle chérie ! dit Gaston en sortant une miche de pain du four.

Comme Emma, il avait un ventre gros comme un oreiller et était le premier à apprécier sa propre cuisine.

— Je suis désolée d'être en retard, dit-elle avec un sourire contrit.

Il agita la main en l'air avec philosophie.

— Côté cuisine, tout va bien. Par contre, en salle, il y a une table de joueurs qui réclament du whisky à cor et à cri. Quatre hommes. Tu les trouveras facilement.

Tara s'apprêtait à sortir quand elle se cogna contre Marie, l'une des jolies petites créoles qui travaillaient en bas — et en haut...

— Il y a des types qui hurlent dans tous les coins ! Doux Jésus, tu es enfin là ! S'il te plaît, vas-y vite avant que cet Allemand ne m'arrache les oreilles ! Les joueurs de cartes veulent du whisky.

Il y avait toujours des dizaines de joueurs.

— J'y vais. À quelle table sont-ils ?

— Tu ne peux pas les rater ! assura Marie. L'Allemand est grand, mince et très beau garçon, on dirait un Viking ! Il y a aussi Smiling Jack, un Français aussi malin — et dangereux — qu'on peut l'imaginer.

Elle repartit en courant et se retourna au dernier moment pour ajouter :

— L'un ou l'autre n'auraient aucun mal à te payer ton passage en une seule nuit !

Tara secoua la tête en rougissant légèrement. La jolie petite Marie ne parvenait pas à comprendre pourquoi elle ne voulait pas coucher, ne fût-ce qu'une nuit, avec un homme et gagner ainsi plus d'argent qu'elle ne le ferait en travaillant deux semaines comme une esclave pour Eastwood. Pour elle, servir en salle n'était qu'un moyen de se constituer une solide clientèle.

— Si tu loupes l'Allemand ou le Français, je suis sûre que tu ne manqueras pas de repérer les Américains. Le premier est très jeune, séduisant et plutôt blond. Quant à l'autre... l'autre, c'est McKenzie.

Elle prononça son nom avec une sorte de respect, sans le décrire d'aucune manière, comme si le seul fait de mentionner son nom suffisait. Aucune importance. Tara trouverait bien la table en question.

— Eh bien, je vais tâcher de trouver ton McKenzie, rétorqua-t-elle, amusée.

— Oh, tu ne peux pas le rater! s'écria Marie en partant chercher un plateau débordant de crustacés. C'est un Irlandais noir, à ce qu'on dit.

— Pardon?

Marie prit un air goguenard.

— Un Irlandais noir, c'est comme ça qu'on les appelle. À l'époque où les Anglais ont vaincu l'Armada, les Espagnols ont accosté en Irlande avant de rentrer chez eux. Et depuis, il y a plein d'Irlandais aux cheveux noirs comme le jais et aux yeux sombres comme le charbon! Ils ont le sang chaud des Espagnols et sont fiers comme des Irlandais, toujours prêts pour la bagarre. Tu ne peux pas rater McKenzie, c'est impossible!

Tara sourit et se détourna. Marie détaillait avec attention tous les hommes qu'elle croisait. Il leur suffisait d'avoir des cheveux — enfin, quelques-uns —, deux jambes, des dents correctes — et beaucoup d'argent.

L'atmosphère enfumée de la salle principale

contraignit Tara à s'arrêter un instant sur le seuil pour repérer les clients. Quelques marins assis dans un coin, chacun avec une fille sur les genoux, riaient aux éclats. Un petit groupe de dockers étaient en train de plaisanter avec Lisette, la cousine de Marie. Il y avait au moins trois ou quatre tables de joueurs de cartes, mais Marie avait vu juste : on ne pouvait pas se tromper.

L'Allemand, le Français et les Américains. L'un d'eux semblait un peu plus jeune. Il avait un charmant sourire. Appuyé sur un coude, il suivait attentivement la partie.

Et puis, il y avait le quatrième homme, McKenzie, l'Irlandais noir, comme disait Marie. Ce terme lui convenait parfaitement. Tara n'avait jamais vu des cheveux aussi noirs et aussi épais. En fait, elle n'avait jamais vu aucun homme comme lui. Il avait des traits anguleux, taillés à coups de serpe, avec un menton déterminé, des pommettes hautes, des sourcils très noirs, un long nez droit et le teint cuivré. Malgré l'impression de rudesse qu'il dégageait, il était d'une étonnante beauté. La structure de l'ossature de son visage était parfaite, de même que sa bouche généreuse et sensuelle.

Son regard brillait avec une incroyable intensité. Un regard noir comme la nuit, fixé sur elle. Quand il vit qu'elle l'observait, un léger sourire se dessina sur ses lèvres. Tara tressaillit comme si une flamme venait de la brûler.

Il était vêtu avec beaucoup d'élégance, d'une chemise immaculée, d'une redingote noire parfaitement coupée et d'un pantalon beige foncé. Elle remarqua ses mains qui tenaient les cartes. Elles avaient la même nuance cuivrée que son visage. Ses doigts étaient très longs, ses ongles coupés court et impeccables.

— Du whisky ! Enfin ! s'écria l'Allemand.

Tara posa la bouteille et les verres sur la table. Le

regard noir fixé sur elle la mettait mal à l'aise, et il lui tardait de s'éloigner.

— Tu n'as plus de pièces d'or, Jack. Il est temps que tu t'arrêtes, lança McKenzie.

Sa voix était grave et profonde, avec un léger accent du Sud, sans qu'elle parvînt à dire de quel endroit exactement. À l'évidence, il n'était pas de La Nouvelle-Orléans, mais il ne venait pas du Nord non plus.

— Je n'ai plus de pièces, mais il me reste encore quelques atouts, mon ami, répliqua le Français.

Tara faillit hurler en sentant les doigts de l'homme se refermer sur son poignet. Mais elle se retint, consciente qu'Eastwood la mettrait à la porte si elle s'avisait de pousser des cris uniquement parce qu'un homme lui prenait la main.

— La fille ! dit le Français. Elle sera à toi pour la nuit.

— Comment ? s'exclama Tara, outrée.

— Elle ne t'appartient pas ! rétorqua vivement l'Américain aux yeux noirs.

— Eastwood a une petite dette envers moi. La fille pour la nuit. En échange de tes trois cents dollars en or.

— Aucune prostituée, pas même celle-ci, ne vaut ce prix-là ! dit l'Allemand en avalant son whisky et en la toisant de son regard bleu pâle. À moins que...

Tara se dégagea avec fureur.

— Je travaille pour Eastwood ! Je ne lui appartiens pas. Et aucun homme n'a le droit de me marchander, ni même de me toucher !

Elle tourna les talons, mais une main agrippa sa jupe et la retint.

— Lâchez-moi immédiatement ! Je vous l'ai dit, je suis ici pour servir à table et...

— Eh bien, tu n'auras qu'à servir cet homme à table pendant toute une nuit, chérie ! dit le Français, narquois.

L'Allemand ricana.

— Sur la table ou par terre, quelle différence, après tout ?

Tara lui décocha un regard glacial.

— Vous, allez vous faire voir ! Je vais de ce pas chercher Eastwood.

Le rire du Français la cloua sur place, terrifiée.

— Va le chercher si tu veux, chérie ! Il se fera un plaisir de te faire grimper lui-même au milieu de la table ! Ton Eastwood me doit l'équivalent de la moitié de son auberge !

Elle essaya de se maîtriser. De toutes ses forces. Mais elle se vit tout à coup s'emparer du verre de l'homme et lui jeter son whisky en pleine figure.

Il se mit à japper comme un chien battu et voulut se lever. Mais McKenzie était déjà debout.

— Lâche-la, dit-il calmement.

— Sacrebleu !

— Lâche-la !

À contrecœur, le Français s'exécuta. Tara allait s'éloigner quand elle se sentit happée à nouveau.

Cette fois, c'était McKenzie qui la tenait. Ses doigts s'étaient refermés sur son bras. Elle se retrouva face à lui. Il était très grand et très large d'épaules. Bien qu'il fût mince et svelte d'allure, la puissance de sa musculature l'étonna. En sentant la fermeté de sa prise, elle comprit qu'elle ne réussirait pas à lui échapper.

— Asseyez-vous, dit-il, le regard sombre et énigmatique.

Elle releva fièrement le menton.

— Je vous l'ai déjà dit, je me fiche de savoir qui doit quoi à qui ! Et je ne suis pas disponible pour une nuit ! Pour qui que ce soit !

— Je n'ai pas dit que je vous voulais pour la nuit, répliqua-t-il en arquant davantage ses sourcils très bruns.

— Alors...

— Mais ça reste tout de même à voir. Tout dépend du jeu.

Sa voix était douce. Tara n'entendait qu'elle.

— Trois cents dollars, reprit-il, c'est beaucoup d'argent. Pour n'importe quelle femme. Asseyez-vous!

— Je ne...

Un petit sourire releva un coin de sa bouche.

— Vous feriez bien de prier pour que ce soit moi qui gagne, et non pas le Français.

Pourquoi? C'était le Français qui avait été assez stupide pour faire ce pari! Il devrait la laisser partir. Alors que si McKenzie gagnait...

À sa grande stupéfaction, elle se retrouva soudain dans ses bras, tout contre lui.

— Finissons-en avec cette partie! dit-il aux autres.

Puis il baissa la voix et elle fut seule à entendre ce qu'il lui murmura à l'oreille.

— Asseyez-vous sur cette chaise, sinon je vous prends sur mes genoux!

Un instant prise de panique, les larmes lui montèrent aux yeux. Non! Ce n'était pas possible. Sa vie ne pouvait pas ressembler à ça!

Tara s'assit, en grinçant des dents. Elle n'avait pas le choix.

Le quatrième homme, le jeune blond aux yeux verts qu'avait mentionné Marie, posa sa main sur la sienne. McKenzie lui jeta un regard de reproche, mais le garçon lui fit quand même un grand sourire.

— Ne vous en faites pas, miss. Tout va bien se passer.

— Nous sommes en train de jouer, Robert! tonna McKenzie.

Il s'assit à son tour, ses yeux noirs rivés sur le Français qui lui faisait face.

— La fille est donc l'enjeu. Très bien. Et tu as demandé à voir. Alors, voilà.

Calmement, il étala ses cartes. Tara sentit son cœur s'accélérer en les apercevant. Un trois, un quatre, un cinq, un six...

Et un sept.

Ça ne lui paraissait pas très bon. Oh, Seigneur, c'était parfaitement ridicule ! Elle n'était même pas sûre de savoir qui elle préférait voir gagner. Qu'allait-il se passer si le Français battait McKenzie ? L'Américain avait au moins précisé qu'il n'aurait pas forcément envie de la garder avec lui !

Mais elle était l'enjeu d'un pari de trois cents dollars.

Et si aucun de ces hommes n'acceptait de croire qu'elle n'était ici que serveuse et rien d'autre ? Peut-être Eastwood l'avait-il engagée en sachant qu'une occasion de ce genre se présenterait tôt ou tard.

Le Français jura en jetant violemment ses cartes sur la table. Tara sursauta encore une fois. Il avait trois as et un dix.

Qui diable avait gagné cette partie ? Plusieurs secondes passèrent en silence. Elle se retint de hurler.

— C'est encore moi qui l'emporte, dit enfin McKenzie. Cette fois, Jack, je crois que la partie est finie !

— Oui ! La partie est finie ! s'écria le Français, furieux.

Tara poussa un cri en s'écartant brusquement de la table. Le Français venait de sortir un pistolet, qu'il pointait droit sur la poitrine de McKenzie, à moins de trois mètres.

Le couteau s'enfonça dans la main du Français qui hurla de douleur.

Sa main était clouée à la table. Le pistolet traversa la salle en voltigeant et heurta le mur avec un bruit sourd. L'homme regarda sa main et McKenzie tour à tour.

— On devrait te jeter en prison !

— Et toi, tu devrais être mort, dit l'Américain d'une voix neutre. Tu as voulu m'abattre de sang-froid, tout le monde ici en est témoin.

— Tu as triché ! Tu méritais d'être descendu ! Et s'il n'y avait pas eu cette petite putain...

— Comment osez-vous ? lança Tara indignée.

Mais aucun des hommes ne lui prêtait attention pour le moment.

— J'aurais quand même été plus rapide que toi, fit McKenzie.

— Espèce de sale sauvage !

Sans répondre à l'insulte, McKenzie se leva et reprit le couteau planté dans la main de Jack qui laissa échapper un cri de douleur. Le silence retomba tandis que le Français serrait sa main contre lui.

— Je n'ai jamais triché de ma vie, mon ami, dit McKenzie d'une voix paisible. Et tu le sais. Tu devrais être mort. Tu peux m'être reconnaissant de t'avoir laissé en vie.

— C'est quand même toi qui y perds, tu n'es qu'un idiot, McKenzie ! Quelle femme peut valoir trois cents dollars ?

— Celle-ci ! rétorqua l'Américain au regard sombre.

Tara sursauta en sentant ses doigts longs et puissants emprisonner son poignet. Seigneur ! Elle n'aurait pas dû rester là comme une gourde, à les regarder bouche bée ! Elle avait eu l'occasion de s'éclipser, et elle ne l'avait même pas saisie !

— Veille à ce que ton ami Eastwood sache bien qu'elle lui a fait gagner trois cents dollars, ce soir. Et n'oublie surtout pas de lui dire pourquoi elle est partie, poursuivit McKenzie.

Il s'éloigna à grandes enjambées, en traînant Tara derrière lui. Il était trop fort pour qu'elle puisse lui résister. Elle n'allait quand même pas se mettre à crier au milieu de cette petite auberge minable. Pour trois cents dollars, Eastwood se ferait une joie de la déshabiller lui-même ! Non, inutile de s'attendre à une quelconque aide de sa part...

Ni de qui que ce soit.

Dans la taverne, tout le monde s'était tu dès que la dispute avait éclaté.

Et tous les regards étaient maintenant braqués sur elle et l'Américain. Eastwood ne broncha pas, apparemment ravi que sa dernière recrue l'ait soulagé d'une de ses dettes.

— Moi, j'dis qu'elle vaut largement trois cents dollars ! beugla un ivrogne du fond de la salle.

Les joues en feu, Tara essaya furieusement de dégager sa main. Mais Jarrett tenait bon. Sans même ralentir, il prit sa cape accrochée au portemanteau, ne s'arrêtant que devant la porte pour la lui passer sur les épaules.

— Attendez ! je ne peux pas...

— Venez. Filons d'ici en vitesse !

Et l'espace d'une seconde, son regard d'ébène se fit caressant et un sourire flotta sur ses lèvres. Penché à quelques centimètres à peine de sa bouche, il lui murmura quelque chose et elle sentit un frisson brûlant au creux des reins.

— Petite sotte ! Profitez-en. Vous êtes à moi pour la nuit. Vous voilà libre de ne pas rester dans ce trou sinistre.

Mais à quel prix !

À nouveau, la panique l'envahit.

Crier ! Il fallait crier et crier encore...

Mais personne ne viendrait la secourir. Elle aurait beau hurler son désespoir, personne n'y prêterait la moindre attention, absolument personne.

Il recommença à la tirer. McKenzie... L'Irlandais noir au regard transperçant et à la poigne d'acier.

L'entraînant avec lui dans la nuit.

Une nuit à lui.

2

En quelques secondes, ils se retrouvèrent dans les rues fraîches de La Nouvelle-Orléans, entre des balcons en fer forgé couverts de fleurs au parfum délicat.

Tirant en vain de toutes ses forces pour récupérer sa main, Tara fit un effort pour garder son calme et tenter de raisonner cet homme.

— Mr. McKenzie, il faut que vous compreniez. Je ne peux pas servir de paiement dans une partie de poker. Je n'ai rien à voir avec tout ça, d'ailleurs, je n'avais encore jamais vu cet homme épouvantable!

Il ne réagit pas. Et se contenta de continuer à avancer sans la lâcher.

Tara se tourna vers lui, l'air furibond :

— Bon sang! je ne suis pas une...

Jarrett s'arrêta sous un réverbère et se planta devant elle.

— Dans ce cas, que fichez-vous dans un endroit comme celui-ci?

Cette question la surprit. Il avait l'air d'un grand frère faisant la morale à sa sœur.

— J'essaie seulement de gagner un peu d'argent, répondit-elle, agacée.

— Oh, Seigneur! marmonna-t-il.

— Mais pas du tout comme vous le croyez! se défendit-elle, voyant qu'il avait mal compris.

Il ne la croyait pas! S'il l'avait crue au début, ce n'était malheureusement plus du tout le cas!

— J'ai besoin d'argent! J'essayais d'en gagner le plus légitimement du monde!

Soudain, il regarda sa main en passant son pouce sur sa paume, étonné par sa douceur.

— Je vois. Vous n'en avez pas.

— Qu'est-ce que je n'ai pas?

— De l'argent! rétorqua-t-il.

Elle dégagea sa main.

— J'essayais de gagner honnêtement quelques dollars, c'est tout!

— Chez Eastwood?

— On m'a dit que c'était un endroit respectable.

— Plus respectable que certains autres bordels. Eastwood, lui, ne demande pas à ses filles de s'occuper de deux ou trois clients à la fois.

Tara blêmit.

— Mais...

— Seigneur, comment pouvez-vous être si naïve?

— Eh bien, je le suis peut-être, mais je voulais gagner honnêtement cet argent!

— En tout cas, dit doucement McKenzie en la caressant du regard, c'est ce que vous allez faire cette nuit.

Elle sursauta, pâle comme un linge.

— Je vous ai déjà dit que...

— Que vous étiez là pour servir à table, je sais. Eh bien, vous pouvez le faire ailleurs. Mais sûrement pas ici!

Que diable voulait-il dire? À table ou par terre, avait dit l'Allemand, il n'y a guère de différence. Oh, mon Dieu!

McKenzie se remit en marche et, à ce moment, Tara réalisa qu'il l'avait lâchée. Elle eut envie de partir en courant dans l'autre sens. Mais ce serait sans doute une erreur. Il ne manquerait pas d'en avertir Eastwood. Ou se chargerait lui-même de la rattraper. Elle ne doutait pas une seconde qu'il en fût capable.

Curieusement, elle se surprit à courir après lui et à l'empoigner par le bras pour l'obliger à se retourner.

— Qu'est-ce que vous voulez dire? demanda-t-elle avec nervosité en le lâchant aussitôt.

Il la dévisagea avec un sourire. Un sourire étrange, énigmatique.

— Vous êtes supposée valoir trois cents dollars. C'est une sacrée somme!

— Où allons-nous ?
— Chez moi.
Non, ce n'était pas vrai... Elle n'osait pas imaginer ses véritables intentions et ne voulait pas perdre de temps à se demander si oui ou non il parviendrait à la rattraper. Stupide ou pas, elle devait s'enfuir.
D'ailleurs, elle courait vite. Très vite, même. Peut-être réussirait-elle à lui échapper.
McKenzie s'éloignait à grands pas. Tara, figée sur place, le suivit des yeux en tremblant.
— Venez ! cria-t-il.
Pas question ! C'était le moment, maintenant ou jamais !
Elle détala à toute vitesse et s'engagea dans une rue transversale qui menait à la rivière. Elle courait à toutes jambes, le cœur battant, volant sur les pavés.
À son grand désarroi, elle déboucha sur la rue même qu'ils venaient d'emprunter. Celle où se trouvait la taverne d'Eastwood. S'immobilisant aussitôt, elle se plaqua contre une maison en planches de bois brut, se maudissant intérieurement. Il ne lui restait plus qu'à espérer passer inaperçue dans la pénombre.
Puis elle sursauta, le cœur cognant violemment dans la poitrine, et se figea, glacée d'horreur.
Elle venait de reconnaître les deux hommes qui s'apprêtaient à entrer dans la taverne.
Ils étaient toujours à sa recherche. Ils l'avaient suivie jusqu'ici et allaient probablement offrir à Eastwood une somme alléchante pour la retrouver.
Seigneur !
Une panique épouvantable s'empara d'elle. Faisant demi-tour, elle s'élança droit devant elle et redoubla de vitesse lorsqu'elle s'aperçut qu'on la suivait. Eastwood avait dû informer les deux hommes qu'elle errait quelque part dans la nuit ! L'avaient-ils vue ? Ou entendue ? Elle n'en savait rien. Toujours

est-il qu'ils étaient maintenant à sa poursuite. L'écho de leurs pas résonnant sur les pavés s'élevait dans la fraîcheur de la nuit. Tara accéléra l'allure.

L'air lui piquait les yeux. Elle avait de plus en plus de mal à respirer et son cœur battait à tout rompre. L'obscurité semblait se refermer sur elle. Combien de temps encore pourrait-elle courir ainsi? Mon Dieu, c'était fini, vraiment fini...

Elle déboucha soudain sur le quai. De grands bâtiments se dressaient à une extrémité. Les eaux noires et boueuses du Mississippi roulaient juste devant elle.

Elle entendit les hommes crier, toujours à sa poursuite.

Peu lui importait où menait le quai. Quitte à ce que ce soit le néant.

Elle repartit aussitôt dans les ténèbres.

Tout à coup, une détonation retentit. Tara faillit hurler en sentant un bras la ceinturer et la soulever du sol. Une main se plaqua sur sa bouche et elle entendit un murmure à son oreille.

— Taisez-vous! C'est moi!

McKenzie. Mon Dieu, c'était McKenzie!

Son cœur continuait à battre la chamade. Il l'entraîna dans une ruelle obscure et retira sa main de sa bouche. Elle sentait la chaleur de son corps en mouvement, la tension qui animait tout son être. McKenzie se retourna. Le reflet du faible clair de lune éclaira un instant ses yeux et ses dents scintillèrent dans l'obscurité. Elle avait de la peine à reprendre son souffle. Un tremblement la saisit quand il la serra contre lui, le regard plongé dans le sien.

— Qui est-ce? demanda-t-il brusquement.

Tara écarquilla les yeux, abasourdie. McKenzie ne l'avait pas perdue de vue une seule seconde, il avait repéré les hommes et avait remarqué sa panique.

— Je ne sais pas, mentit-elle.

— Ces hommes qui vous suivent, qui sont-ils?

— Je n'en sais rien!

— C'est faux! Et pourquoi diable vous êtes-vous sauvée?

— J'ai cru que vous vouliez me forcer...

— Il ne me viendrait jamais à l'idée de forcer une prostituée.

— Mais je ne suis pas une...

McKenzie soupira, l'air excédé.

— Je n'ai jamais eu aucune intention de vous forcer à quoi que ce soit — qui que vous soyez! Je voulais simplement vous proposer un repas décent et vous donner le temps de respirer un peu avant de retourner dans ce trou à rats — du moins, si c'était ce que vous désiriez.

— Vous auriez pu me le dire, commença-t-elle, furieuse.

— Mais, maintenant, vous ne pouvez plus y retourner, n'est-ce pas?

— Non, admit-elle d'une voix neutre. Je ne peux pas y retourner.

Il la serrait de si près qu'elle sentait sa chaleur. Une agréable odeur de savon émanait de lui, ainsi qu'un léger parfum d'eau de Cologne. Il n'était pas seulement l'homme le plus intrigant qu'elle ait jamais rencontré, mais aussi le plus fort. Et probablement le plus dur. Il exigeait des réponses aux questions qu'il posait et n'hésitait pas à s'emparer de ce qu'il désirait. Son regard noir était d'une intransigeance absolue. Et pourtant...

Cet homme était capable de faire preuve de pitié.

Lorsque c'était justifié. Sans doute était-il tout aussi capable de rudesse quand la pitié ne lui semblait pas avoir lieu d'être. Comment aurait-il jugé la situation dans laquelle elle se trouvait?

Peu importait. Le passé était le passé, et ne regardait qu'elle. Elle ne lui dirait jamais...

— Pourquoi? demanda-t-il.

Tara secoua la tête. Elle était certaine qu'il la

voyait beaucoup mieux qu'elle-même ne pouvait le voir dans l'obscurité. Car l'obscurité lui semblait familière, il en avait manifestement l'habitude et s'y sentait à l'aise.

Elle ferma brièvement les yeux, convaincue que, pour l'instant, elle ne risquait rien. Il était très grand, très fort et d'une rapidité extraordinaire, elle avait pu le constater. La largeur de ses épaules et sa stature la dérobaient certainement à la vue de ses poursuivants.

Mais ensuite? Quand il s'en irait?

— Pourquoi ces hommes vous cherchent-ils? demanda-t-il à nouveau.

Elle secoua vigoureusement la tête. Il lui fallait s'enfuir au plus vite. McKenzie la retenait là, alors que les deux hommes se rapprochaient à chaque seconde.

— Dites-moi la vérité, expliquez-moi ce qui se passe exactement. Je vous aiderai.

Oh, Seigneur, elle avait de moins en moins le choix! Il ne comptait pas la forcer à quoi que ce soit. À ses yeux, elle ne valait pas trois cents dollars, il se fichait pas mal de l'argent. Alors, que faire? Marchander pour obtenir son aide? En lui offrant quoi? Elle-même? Il avait déjà eu la possibilité d'en profiter!

Une chose était certaine. Lui raconter la vérité était impossible.

— Parlez-moi. Sinon, je vous laisse là, livrée à vous-même, prévint-il avec douceur. Je ne peux pas vous protéger si je ne sais pas en quoi consiste le danger!

Un bruit de pas et des exclamations retentirent au bout de la ruelle. Les hommes se rapprochaient dangereusement.

— Venez! ordonna-t-il d'un ton autoritaire. Pourquoi sont-ils si déterminés à vous rattraper?

— Je ne peux pas vous le dire! s'écria-t-elle.

Il s'adossa contre le mur en souriant.

— Je vous conseille de réfléchir en vitesse.

Il y avait quelque chose de cassant dans le ton de sa voix. Comme une mise en garde. Il ferait ce que bon lui semblerait.

Et si elle refusait de lui parler...

Seigneur! Cette fille est une vraie combattante, songea Jarrett. Têtue et d'une détermination inébranlable. Belle, fine... mais, à sa manière, dure comme un roc! Elle continuait à le regarder droit dans les yeux. Avec le sentiment d'être aux portes de l'enfer. Néanmoins, elle ne lui céderait pas, quoi qu'il advienne.

— Allez vous faire voir! chuchota-t-elle.

Il y avait quelque chose d'infiniment désespéré dans la façon dont elle prononça ces mots.

Stupéfait, il la vit s'éloigner. Elle allait plonger tout droit dans l'eau!

— Attendez!

McKenzie l'agrippa par le bras, l'arrêtant net dans son élan. Sa capuche glissa en arrière et il se surprit à admirer une nouvelle fois sa chevelure dorée. Cette crinière flamboyante qui l'avait fasciné dès le premier instant.

Et puis, il y avait ce regard, d'un bleu tirant sur le violet, qui le fixait, tout embrumé de larmes.

— Vous êtes folle ou quoi? Vous voulez vous noyer?

— Je sais nager.

— La rivière est pleine de boue. Votre jupe vous entraînera au fond. Vous pouvez tout de même comprendre ça.

— Je n'ai rien à vous dire.

— Bon, très bien. Vous n'avez rien à me dire. La plupart du temps, je n'ai moi-même rien à dire non plus. Alors, restons-en là. Vous êtes en fuite. J'ignore loin de qui ou de quoi vous fuyez, et je ne suis même pas certain de vouloir le savoir. Je vais quand même vous aider.

Un de ses ravissants sourcils se souleva d'un air incrédule.

— La seule façon dont vous pourriez m'aider serait de m'emmener loin d'ici le plus vite possible, déclara-t-elle calmement.

— Je peux vous faire quitter la ville. Ce soir, si vous voulez.

— Sans autres explications ?

— Oui.

— Mais je suppose qu'il y aura un prix à payer, répliqua-t-elle avec pragmatisme. Or, je n'ai rien. Pas le moindre bijou, ni même le peu d'argent que j'ai gagné à l'auberge. Je n'ai absolument rien en dehors des vêtements que je porte.

— Croyez-moi, ma chère, vous seriez nue comme un ver, ce serait exactement la même chose ! Je n'ai nullement besoin de vos bijoux ou de votre argent.

Et maintenant, qu'allait-il faire ? Elle ne voulait rien lui dire — et il en avait assez de lui faciliter à ce point les choses.

— Vous êtes vous-même le paiement, dit-il.

Voilà ! Bien fait pour elle ! Il allait la laisser méditer là-dessus.

Tout à coup, Tara devint livide, ce qui ne fit qu'intriguer Jarrett davantage. Elle lui avait expliqué qu'elle travaillait à l'auberge comme serveuse. Que fuyait-elle ? Une liaison amoureuse qui avait mal tourné ? Un père cruel ?

Ou un mari ?

Tara avala sa salive avec difficulté, toujours aussi blême.

— Je me tue à vous répéter que je ne suis pas une...

Elle n'acheva pas sa phrase, incapable de prononcer le mot.

— Même si je suis censée vous appartenir pour la nuit, reprit-elle, l'air misérable. Mais je ne peux pas rester ici !

Elle releva fièrement le menton, refoulant l'émotion qui lui avait fait perdre ses couleurs.

— Je dois partir loin, le plus loin possible. Loin de La Nouvelle-Orléans, de tout.

— Je peux vous emmener loin d'ici, dit-il sèchement. Très loin.

— Mais où ? demanda-t-elle d'une voix désespérée.

— En Floride.

— À Jacksonville ?

— Plus loin encore. Je possède une plantation en plein milieu du territoire.

— Parce qu'il y a un milieu ? chuchota-t-elle.

Son manque d'enthousiasme n'était guère encourageant ! Il était clair que l'idée de se retrouver en sécurité sur la terre qu'il adorait était loin de la réjouir.

— Il y a un haut, un milieu et un bas, l'informa-t-il d'une voix neutre. J'ai également des terres tout en bas du territoire. Je suis sûr que ça vous plaira.

— Vos terres appartiennent aux Indiens, remarqua-t-elle.

— Certaines sont à eux, d'autres sont à moi. Mais ce qui est à moi est bien à moi, et c'est là que je vais.

Elle haussa les épaules, bien décidée à lui laisser deviner sa désapprobation, mais certainement pas la peur que lui inspirait cette région.

— Mais il n'y a que des marécages, là-bas ! Des marécages, des Indiens et des alligators !

Jarrett eut l'impression d'avoir déjà entendu cela ce soir !

Sa réaction était si différente de celle qu'avait eue sa femme en découvrant leur petit paradis terrestre...

Cependant, cette fille n'était pas sa femme. D'ailleurs, il ne savait même pas ce qu'il faisait là avec elle, en dehors du fait qu'elle l'intriguait. Et qu'elle avait brusquement mis son désir en éveil.

Toutefois, il était évident qu'elle était au bord du désespoir.

— C'est chez moi, dit-il avec fermeté.

— Mais... mais... c'est un marécage et il y a des problèmes terribles avec les Séminoles.

— Et aussi avec les Mikasukis, nota-t-il d'un ton plaisant.

Tara pâlit à nouveau.

— Les marécages ont toutefois un avantage, reprit-il. C'est très difficile d'y retrouver quelqu'un. C'est pour cette raison que les Séminoles sont descendus au sud. Ce sont des fugitifs. C'est en tout cas la signification que la plupart des gens donnent à leur nom.

— Comment ? murmura-t-elle, troublée.

— Séminole. Certains prétendent que cela signifie *fugitif*. C'est plutôt approprié, vous ne trouvez pas ? Et quand ce n'est pas *fugitif*, on dit que ça veut dire *renégat*.

Il vit la mâchoire de la jeune femme se contracter et ses yeux briller de fureur. Une chaleur étrange lui parcourut tout le corps. Il se sentait vivant comme cela ne lui était plus arrivé depuis longtemps. Plus il la regardait, plus il la désirait. Et plus il se maudissait, n'étant pas tout à fait certain d'avoir envie de se sentir vivant à ce point.

— Vous n'allez quand même pas... m'emmener dans un marécage et m'abandonner là-bas ?

— Vous avez un autre endroit où aller ?

— Non, mais...

— Êtes-vous coupable d'un crime, ou bien d'un délit du même genre ?

— Je vous ai déjà dit que...

— Que vous ne pouviez rien me raconter — ou plutôt, vous ne voulez pas. Mais je ne vous demande pas de quoi on vous accuse. Je vous demande de quoi vous êtes réellement coupable.

— Je n'ai commis aucun crime ! s'écria-t-elle, ses yeux violets jetant des éclairs. Je vous le jure !

— Alors, je vais vous emmener loin d'ici. Combien sont-ils après vous ?

— Pardon ?

— Combien d'hommes sont à vos trousses ?

Elle hésita.

— Il n'y a que ces deux-là, je crois.

— Pensez-vous qu'ils puissent demander à la police de leur prêter main-forte ?

Ses longs cils retombèrent lourdement.

— Je n'en sais rien, murmura-t-elle.

— Franchement, on ne peut pas dire que vous m'appreniez grand-chose, maugréa-t-il. Il est évident que s'ils sont prêts à payer, Eastwood n'hésitera pas à leur vendre des informations. Bon, nous allons essayer de gagner un peu de temps. Puisque vous vous obstinez à refuser de m'aider.

— Je ne peux pas.

— D'accord ! Je ne vous poserai plus de questions. Mais à partir de maintenant, vous allez devoir me faire confiance.

Tara ne répondit pas. McKenzie jeta un coup d'œil au bout de la ruelle, observant les ombres de son regard d'obsidienne. Puis il lui prit la main et l'entraîna.

— Allons-y ! Pour l'instant, ils sont sur les quais.

Hors d'haleine, elle s'efforçait de le suivre dans le dédale de rues sordides qui bordaient le port, mourant d'envie de lui poser tout un tas de questions. Mais, pour l'instant, elle n'osait pas.

Ils passèrent devant le marché aux poissons et des étals de légumes avant de s'enfoncer vers l'intérieur de la ville. S'éloignant du quartier des tavernes, ils arrivèrent devant une rangée de maisons aux volets pimpants, puis longèrent des demeures élégantes peintes de couleurs pastel. Ici et là, des treilles grimpaient le long d'un mur, ajoutant à la beauté exotique de l'endroit.

Tara admirait l'une des maisons quand le premier

homme les accosta. Elle n'avait rien vu, ni rien entendu. Ce qui n'était pas le cas de McKenzie.

Un homme râblé aux cheveux roux l'attaqua en brandissant un couteau. Mais McKenzie, toujours sur ses gardes, lui bloqua fermement le bras. Tara sursauta en entendant l'os craquer. Le couteau valdingua sur le trottoir devant une auberge. L'homme jura en agrippant son bras cassé. McKenzie le saisit par le col.

— Qu'est-ce que vous voulez ?

— Votre or ! s'écria-t-il.

— Qu'est-ce qu'elle vous a fait ?

L'homme écarquilla les yeux.

— Elle ? Mais rien, je voulais votre or, c'est tout !

Il lâcha l'homme et se tourna vers Tara.

— Vous le connaissez ?

Elle secoua la tête.

— Tu n'es qu'un vulgaire voleur ? Tire-toi d'ici en vitesse ! dit McKenzie en le repoussant.

— Je m'en vais, je vous le jure ! Je ne vous ai jamais vu. Je ne sais même pas...

— Va-t'en !

McKenzie saisit à nouveau le bras de Tara, l'entraînant avec lui.

— Difficile de croire que ce type nous soit tombé dessus par hasard ! remarqua-t-il d'un ton incrédule.

— Vous l'avez interrogé sur moi ! Vous aviez pourtant dit que vous ne...

— C'est ici !

Ils venaient d'arriver devant une allée qui conduisait à une belle maison située à côté d'un arbre immense. La façade était ornée d'une magnifique porte sculptée ainsi que de balcons en fer forgé peints de couleur claire.

— Par-derrière, la pressa-t-il.

Ils firent le tour de la maison. Un escalier de pierre menait au premier étage. McKenzie introduisit une clé dans la serrure et poussa la jeune femme à l'intérieur de la maison plongée dans l'obscurité.

Tara sentit son cœur battre à tout rompre. Avançant à reculons dans la pièce, elle tomba sur un lit. Elle se releva d'un bond, mais il ne la regardait pas. Il s'était faufilé en silence sur le balcon pour scruter la nuit.

— Voilà quelqu'un ! dit-il doucement.

En hâte, il se débarrassa de sa redingote, puis de sa chemise. Tara resta bouche bée en le voyant torse nu.

— Déshabillez-vous et mettez-vous au lit, ordonna-t-il dans un murmure.

— Mais vous aviez dit... vous m'aviez promis que vous ne me forceriez pas à...

La pénombre l'empêchait de distinguer son regard. Néanmoins, elle devina son air grave.

— Je ne vous toucherai pas !

Il ôta ses bottes, puis elle l'entendit, plus qu'elle ne le vit, retirer son pantalon. Cette fois, il était complètement nu, et bien qu'elle ne perçût rien d'autre qu'une vague silhouette, un long frisson la parcourut des pieds à la tête. Il était mince, puissant et musclé, comme une panthère rôdant dans la nuit. Aussi naturel et sûr de lui qu'une bête sauvage. Oh, mon Dieu !

— Je vous ai dit de me faire confiance ! lança-t-il avec colère. Alors, faites donc ce que je vous dis !

Il avait l'air tellement exaspéré — et elle était si terrorisée. Courage !

— Eh bien, excusez-moi ! Mais faire confiance à un étranger tout nu n'a rien de très facile !

Il s'immobilisa en tournant légèrement la tête, la voix moqueuse :

— Les types qui sont dehors sont tout habillés. Vous préférez peut-être vous en remettre à eux ?

Tout à coup, quelque chose devant la maison attira son attention.

— Vite ! Mettez-vous au lit ! ordonna-t-il.

Elle essaya de défaire sa robe, les doigts tremblants. En trois enjambées, McKenzie fut près d'elle, délaça les liens de son corset d'une main experte et fit passer sa robe et ses jupons par-dessus sa tête. Puis il jeta les vêtements en tas à l'autre bout de la pièce.

Prenant soudain conscience de sa peau brûlante contre la sienne, Tara faillit crier. Mais ses mains lui emprisonnèrent la taille, et il la propulsa sur le lit.

— Sous les couvertures, vite!

Elle s'exécuta, tentant de protester quand elle le vit la rejoindre et la prendre dans ses bras.

— Qu'est-ce que...

McKenzie lui appliqua la main sur la bouche.

— Chut!

Puis il attendit, le corps tendu, dur comme de l'acier. De toute sa vie, jamais elle n'avait senti une telle puissance émaner de quelqu'un. Il attendit encore, guettant l'instant où l'on frapperait à la porte.

— Maintenant! chuchota-t-il tout doucement.

À la même seconde, la porte s'ouvrit violemment.

3

Deux hommes se tenaient sur le seuil, auréolés par le clair de lune.

McKenzie bondit dans la pénombre en rejetant les couvertures sur Tara avant de ramasser un drap de bain au pied du lit dont il se ceignit les hanches.

— Que faites-vous ici? demanda-t-il d'un air étonné.

Elle reconnut les hommes qui se tenaient devant lui. Ce n'étaient pas ceux qu'elle avait aperçus devant la taverne mais des employés d'Eastwood. Le premier, un paysan costaud du Minnesota, s'appelait Rory. L'autre, Geoffrey, était borgne, plus mince que son compère et rapide comme l'éclair au couteau. Leur tâche consistait à faire régner l'ordre chez Eastwood. Si McKenzie ne s'était pas chargé lui-même de mettre fin à la bagarre, nul doute qu'ils seraient venus s'en mêler.

On les avait envoyés la chercher !

— Que diable voulez-vous ? demanda McKenzie d'un air furieux.

Rory se racla la gorge.

— Désolé, McKenzie, mais Eastwood a besoin de la fille. Apparemment, quelqu'un est prêt à payer une grosse somme pour qu'on la lui remette.

— Elle m'a coûté trois cents dollars. En or, répliqua calmement Jarrett.

— Mais il faut qu'elle revienne.

— Pas question ce soir. Et si quelqu'un essaye de l'emmener, je le tue ! Compris ?

Les autres gardèrent le silence.

— Elle reviendra demain matin, reprit-il.

Puis il baissa la voix, et Tara eut du mal à distinguer ce qu'il leur dit.

— Écoutez, les gars, vous n'êtes pas sérieux. On allait juste arriver au meilleur moment et vous débarquez sans prévenir ! Fichez-nous la paix. Vous aurez chacun une pièce d'or et Eastwood récupérera la fille demain matin. Comme ça, vous vous faites un peu d'argent, lui ne perd rien et moi, je peux passer la nuit tranquille.

Tara ne perçut qu'un vague murmure. Les deux brutes regardèrent par-dessus l'épaule de McKenzie pour s'assurer qu'elle était bien au lit avec lui, là où elle était censée être.

— Elle est comment ? demanda soudain Geoffrey. J'ai toujours eu envie de la tripoter... mais elle clame partout qu'elle ne veut rien avoir à faire avec les hommes, payée ou pas. Pourtant, j'aurais été prêt à dépenser toutes mes économies pour...

McKenzie le repoussa sur le seuil, sans l'écouter.

— Elle est divine ! assura-t-il. N'oubliez pas qu'il y aura une pièce pour chacun de vous. À condition qu'on ne me dérange plus cette nuit, compris ?

— Compte sur nous, McKenzie, tu ne seras plus dérangé, promit Rory. Excuse-nous. Nous sommes vraiment désolés.

— Allez, filez !

Ce qu'ils s'empressèrent de faire. McKenzie referma la porte contre laquelle il s'adossa et Tara sentit son regard d'ébène se poser sur elle dans l'obscurité. Tout à coup, il se mit à rire.

— Vous avez rougi !

— Comment pouvez-vous voir ça ? s'écria-t-elle, affolée à l'idée de ce qu'il avait pu voir d'autre. D'ailleurs, vous n'aviez pas à dire ça !

— À dire quoi ?

— Que j'étais divine !

— J'aurais dû leur dire que vous étiez froide comme un glaçon ? Ils se seraient sûrement demandé pourquoi je tenais à passer la nuit en votre compagnie !

— Non ! Vous n'auriez rien dû leur dire du tout !

— Quoi que j'aie pu dire, en tout cas, ça a marché.

Tara était furieuse. Elle ne s'était jamais sentie aussi minable de sa vie.

Non, pas minable. Après tout, elle valait au moins trois cents dollars !

— Vous n'auriez rien dû leur dire ! répéta-t-elle, folle de rage.

— Vous auriez préféré que je les assomme tous les deux ? railla-t-il. J'aurais sans doute pu — bien que ces deux-là soient de vrais durs. Mais ils n'ont pas le cerveau aussi développé que les muscles ! D'ailleurs, ça ne nous aurait pas servi à grand-chose. Eastwood a tout un bataillon de sbires à sa disposition. Et même si j'avais décidé de les éliminer, afin de protéger votre honneur quelque peu douteux, ça ne nous aurait guère avancés. Ce qu'il faut, c'est gagner du temps.

— Mon honneur quelque peu douteux! commença Tara, furieuse.

— Bon, d'accord, excusez-moi. Mais je vous ai tout de même gagnée au cours d'une partie de poker chez Eastwood, ne l'oubliez pas!

Était-il sérieux, ou bien se moquait-il d'elle? Par moments, il semblait amusé, souriait pour un rien. À d'autres, son visage s'assombrissait, et il avait alors l'air las, dur, cynique.

McKenzie traversa la pièce d'un pas nonchalant, enroulé dans la serviette, ses épaules musclées luisant dans la pénombre. Il ramassa les vêtements de Tara qu'il déposa sur le lit, puis laissa tomber le drap de bain par terre pour aller chercher ses propres habits, sans la moindre gêne.

— Habillez-vous! Vite! ordonna-t-il en enfilant son pantalon.

Seigneur, il aboyait des ordres tel un général!

— Mais vous venez de me dire de me déshabiller! lui fit-elle remarquer.

Il s'immobilisa. Même à cette distance, elle perçut son air amusé, ainsi que la chaleur qui émanait de lui.

— Vous voulez rester ici? Nous n'avons pas beaucoup de temps, mais nous en avons peut-être assez pour...

— Oh, arrêtez! Je ne peux pas m'habiller. Vous me regardez et...

Tara s'interrompit, et ils tournèrent tous les deux la tête en entendant frapper discrètement à la porte.

— McKenzie, tu es là? demanda doucement une voix.

Il faisait noir, mais Tara vit la tension se relâcher d'un coup dans ses épaules. Il se dirigea vers la porte à grandes enjambées.

— Que faites-vous? demanda-t-elle, affolée, en remontant les couvertures jusque sous son menton.

Il ne répondit pas et ouvrit la porte en grand. Le jeune homme qui était en début de soirée à la table de jeu entra en trombe.

— McKenzie ! Ils cherchent la fille !

— Eh bien, tu es un peu en retard, répliqua Jarrett avec une pointe d'amusement. Ils sont déjà passés ici.

— Et tu les as laissés l'emmener ?

McKenzie lui montra le lit. Tara eut soudain envie de disparaître sous les draps.

— Oh ! Excusez-moi. Je ne me doutais pas que j'allais interrompre...

— Tu n'as rien interrompu du tout, dit McKenzie d'une voix neutre. Il fallait qu'on leur donne l'impression d'être très occupés pour les heures à venir.

— Pourquoi la cherchent-ils ?

— Je n'en sais rien. Tu n'as qu'à le lui demander !

Tara comprit aussitôt que le jeune homme ne possédait pas la même acuité visuelle que son ami. Il se tourna vers elle en plissant les yeux.

— Pourquoi vous cherchent-ils ?

Elle resta muette.

— Nous n'avons pas de temps à perdre. L'important pour le moment, c'est de filer d'ici.

— Absolument ! dit Robert, sans bouger d'un pouce.

Cette fois encore, McKenzie prit un air amusé.

— Eh bien, si ça ne te fait rien, je crois que la dame aimerait pouvoir s'habiller.

— Oui, oui, naturellement ! Je vais attendre dehors.

McKenzie referma la porte derrière lui.

— Habillez-vous ! lança-t-il à Tara.

Elle le regarda en grinçant des dents.

— Si vous comptez rester là à me regarder, autant inviter votre ami à se joindre à vous !

— C'est ce que vous voulez ?

Elle lui jeta un oreiller qu'il rattrapa au vol en éclatant de rire. D'un rire grave et profond, sonore. D'une étonnante sensualité. Tara se sentit encore plus nue que tout à l'heure.

— Allons, il fait noir comme dans un four — et puis, je vous ai déjà vue.

Lui-même eut vite fait de se rhabiller. Il avait déjà enfilé sa chemise, ses bottes et sa redingote quand il traversa la pièce et la souleva à bout de bras avant de la reposer par terre. Tara étouffa un cri.

— S'il avait fait noir comme dans un four, vous n'auriez rien vu ! s'efforça-t-elle de lui expliquer.

Mais peut-être avait-elle tort. Un éclat extraordinaire brilla dans ses yeux, le coin de ses lèvres se retroussa d'un air moqueur, et il lui passa sa chemise par-dessus la tête. Puis il la fit pivoter sur elle-même afin de lacer son corset. Ses gestes étaient rapides, précis. Manifestement, habiller une femme n'avait aucun secret pour lui...

— Il faut filer d'ici en vitesse !

— Pour aller où ? murmura-t-elle, d'une voix désespérée. Dans vos marais ?

— Vous avez une meilleure idée à me proposer ?

— Au nord...

— J'habite au sud.

— Mais je ne pourrai jamais rester là-bas ! protesta-t-elle, en plein désarroi. C'est un coin affreusement sauvage et...

— Et vous avez peur ? Je vous en prie !

— Je n'ai pas peur du tout ! En tout cas, pas plus que de ressortir ce soir !

— Ah ! je vois... Les hommes de main d'Eastwood vont prendre tout leur temps avant d'aller faire leur rapport, mais vos amis sont toujours à vos trousses !

— Ce ne sont pas mes amis !

— Peu importe. Nous allons les semer.

— Jusqu'aux marais !

— Une fois là-bas, je ne vous laisserai pas seule, dit-il tout doucement.

Tara ferma les yeux en essayant de se remémorer ce qu'elle avait entendu dire sur la Floride. C'était une contrée rude, hostile, absolument épouvantable. Il y avait constamment d'horribles batailles contre les Indiens. Et une grande partie de l'État était désert.

Tara se targuait de ne jamais avoir peur. De rien, ni de personne. Et pourtant...

— Comment puis-je en être sûre ? chuchota-t-elle en le fixant de son regard bleu.

Cette femme avait une volonté de fer ! Le danger était à leur porte, et elle continuait à négocier !

On frappa à nouveau.

— Vous êtes prêts ? demanda Robert en entrant dans la pièce.

— L'idée de la Floride ne la tente pas, l'informa McKenzie.

— Pourquoi cela ? Vous serez accompagnée d'un sauvage ! remarqua Robert en riant.

Un lourd silence retomba dans la pièce.

— Je plaisantais, crut-il bon d'ajouter.

Pourquoi diantre McKenzie l'emmenait-il avec lui ? Il aurait pu se contenter de la mettre sur un bateau en partance vers le nord.

Mais que deviendrait-elle ? Combien de temps ses poursuivants mettraient-ils avant de la retrouver ?

Ce n'était pas son problème.

Pourtant, si. Il l'avait vue. L'avait touchée. Eh oui ! il en avait vu assez.

— Il ne vous laissera pas là-bas, reprit Robert. Je sais qu'il ne le fera pas.

Puis il fit volte-face et regarda McKenzie dans la pénombre.

— Bon sang ! Voilà la solution ! dit-il à voix basse. Oui, ramène-la chez toi. Tu as besoin de quelqu'un. Tu n'as qu'à l'épouser.

— Comment ? s'exclama McKenzie.

Son regard se posa sur Tara qui recula dans un coin de la pièce.

— Écoutez... commença-t-elle.
— Pourquoi pas? marmonna McKenzie.
Il sourit, secoué soudain d'un bref frisson. Qu'était-il en train de faire? À lui-même, et à elle!
Quelle différence cela pouvait-il avoir? Les femmes dont on disait qu'elles feraient de bonnes épouses ne le tentaient pas. En tout cas, aucune de celles qu'il connaissait. Robert lui avait un jour conseillé de chercher une femme par l'intermédiaire des petites annonces. À quoi bon avoir une plantation s'il n'y avait personne pour s'occuper du foyer, personne pour l'accueillir tendrement quand il rentrait en fin de journée?
Ma foi, il n'aurait pu espérer trouver mieux dans les petites annonces!
Et puis, il avait follement envie d'elle. S'il continuait à brûler ainsi de désir, il ne tarderait pas à exploser.
McKenzie regarda Tara droit dans les yeux.
— Je vais vous épouser, annonça-t-il. Dès lors, je peux vous garantir que vous serez parfaitement en sécurité.
Tara sursauta, complètement abasourdie.
— Mais je ne peux pas!
— Vous êtes déjà mariée?
— Non!
— Alors?
Pour une fois, il semblait l'avoir vraiment ébranlée.
— Je ne vous aime pas... et je ne vous connais même pas! dit-elle en tremblant des pieds à la tête. Comment pouvez-vous être sûr de vouloir une chose pareille?
Il croisa les bras sur sa poitrine.
— Parce que je suis joueur, vous l'avez sans doute déjà remarqué. Et vous devez être une sacrée joueuse, vous aussi.
Elle continua à le dévisager et ses yeux se remplirent de larmes qui brillaient dans la pénombre.

— Elle a filé! Pour de bon! Je ne la vois nulle part, cria une voix irritée dans la rue.

— Elle ne peut pas avoir disparu comme ça! Continue à chercher. Il faut à tout prix la retrouver!

— Alors, que décidez-vous? demanda doucement McKenzie.

Que pouvait-elle décider? Comme si elle avait le choix!

Elle avait la bouche sèche, les mains moites. Cet homme était décidément surprenant. À l'idée de se retrouver dans l'intimité avec lui, ses dernières forces l'abandonnèrent.

Il était sa seule porte de sortie. Elle n'avait pas le choix.

Néanmoins, si elle acceptait son aide, il s'attendrait à la voir jouer son rôle jusqu'au bout. Autant se jeter directement au milieu des flammes...

Toutefois, c'était mieux que de revenir en arrière!

Seigneur! Des pas résonnaient dans la rue, de plus en plus près.

— Acceptez! la pressa Robert. Il a aussi mauvais caractère que le diable, mais il est riche comme Crésus.

— Alors? demanda McKenzie.

Sa voix était douce, mais il avait l'air furieux. Il se retrouvait en train de la supplier de dire oui — et quand elle l'aurait dit, il serait à nouveau fou de rage!

— C'est vous qui êtes pressée! lui rappela-t-il sans cesser de la fixer de son regard noir.

Tara rejeta sa chevelure en arrière en le toisant d'un air de défi.

— Comme vous vous voudrez! Peu m'importe, du moment que vous m'emmenez loin d'ici!

— C'est ce que je vais faire, comptez sur moi! Et vous n'aurez alors plus qu'à vous soucier des alligators, des Indiens... et de moi!

Il se détourna pour regarder son ami qui l'avait entraîné dans cette situation.

— Allons-y, Robert. Pars devant nous et assure-toi que tout soit prêt pour le départ. Allez, file !

— Tout de suite ! acquiesça le jeune homme.

Pour lui, c'était une aventure. Tara vit son sourire resplendir dans l'obscurité.

Il s'éclipsa aussitôt. Une seconde plus tard, McKenzie la prit par le bras.

— Vite ! ordonna-t-il en l'entraînant vers la porte.

Ils dégringolèrent les marches et se précipitèrent dans la rue. Les maisons défilaient devant elle à toute vitesse, comme un décor de carton-pâte. Jamais elle n'avait couru aussi vite de sa vie.

Tout à coup, il l'attira dans une ruelle.

Quelqu'un les suivait. Tara entendit des pas se rapprocher. Dans un instant, elle pourrait voir l'homme qui les pourchassait dans la nuit.

McKenzie le savait, lui aussi. Elle le vit dans ses yeux noirs, qui ne la quittèrent pas une seule seconde. Et juste au bon moment, il étendit le bras.

L'homme trébucha dans l'obscurité. Solidement charpenté, à moitié chauve, il scruta la nuit d'un air mauvais en se relevant. En apercevant Tara, il sourit et se jeta sur McKenzie.

Un seul coup de poing suffit à l'Américain pour se débarrasser de lui. L'homme s'affaissa en expirant bruyamment.

Tara le contempla, les yeux écarquillés.

— Il est mort ? demanda-t-elle, stupéfaite.

— Non. Vous auriez préféré ?

— Non !

— Parfait, dit-il en haussant les épaules. Je suis content de savoir que vous n'êtes pas une petite brute assoiffée de sang. Même s'il mérite d'être tué. C'est le cas ?

— Je n'en suis pas sûre.

— D'une certaine façon, je m'en doutais. Ce n'est que le gorille de quelqu'un d'autre, c'est ça ?

— Je...

— Bon sang, vous connaissez ce type, oui ou non ?

— Oui !

— Un de moins, murmura-t-il. Enfin... pour l'instant.

— On peut s'en aller ?

— J'attendais que vous me le demandiez.

— Et maintenant, où allons-nous ?

— Chercher un prêtre.

Tara enjamba l'homme affalé sans connaissance, puis regarda McKenzie en secouant la tête.

— Vous n'êtes pas obligé de m'épouser ! dit-elle dans un souffle. Je vous suivrai de toutes façons. Vous ne me devez rien ! Moi, par contre, je vous dois...

— Trois cents dollars, c'est bien trop cher payé pour une prostituée ! lâcha-t-il avec une pointe de moquerie. D'autant plus que je n'en ai nul besoin. On trouve des prostituées à la pelle, dans cette ville. Trois cents dollars, cela correspond davantage au prix d'une femme.

— Mais une femme ne s'achète pas !

— Non, c'est exact, admit-il avec un sourire. Mais il se trouve que j'en cherche une. Et vous, vous cherchez un endroit où vous réfugier.

Apparemment, sa décision était prise. D'une main ferme et rassurante, il saisit la sienne. Tara résista légèrement.

— McKenzie, cet homme n'était sûrement pas seul, vous savez.

— Oui, je le sais.

— Alors...

— Je reste sur mes gardes.

Ils se remirent en marche. Sur sa gauche, Tara entendait rouler les eaux lentes du Mississippi. La cloche d'un bateau retentit en amont du fleuve.

McKenzie avançait à vive allure. Des ombres mystérieuses les entouraient de toutes parts. Des ombres qui bougeaient et effrayaient Tara.

Un cri lui échappa. Une de ces ombres venait de surgir de derrière un treillage.

McKenzie la fit passer derrière lui avant de faire volte-face.

— Lâchez-la ou vous êtes un homme mort ! ordonna l'ombre.

Mais cette fois, ce n'était plus une ombre. C'était un homme en chair et en os. Il n'était pas aussi grand que McKenzie, mais plus costaud. Et il brandissait un couteau.

— Non, dit simplement McKenzie, sans même sortir une arme.

— Cette histoire ne vous concerne pas !

— Elle est avec moi, insista McKenzie. Tout le monde pourra vous le dire. Cette fille m'a coûté trois cents dollars et je n'ai pas l'intention de faire cadeau d'une telle somme à qui que ce soit.

— Donnez-moi la fille, sinon, je viens la chercher !

McKenzie resta immobile.

— Faites quelque chose ! s'écria Tara, terrorisée à l'idée qu'il puisse sous-estimer son adversaire.

Mais McKenzie n'avait nullement sous-estimé le bonhomme. Quand le type plongea sur lui, il se dégagea, vif comme l'éclair, et abattit ses deux poings sur la nuque de son adversaire.

Comme son compagnon quelques secondes plus tôt, l'homme s'écroula lourdement sur le sol et cessa de bouger.

McKenzie se tourna vers Tara et la dévisagea.

— Il y en a encore beaucoup ?

Elle s'humecta les lèvres.

— Comment pourrais-je le savoir ?

Doux Jésus, saurait-il jamais la vérité sur elle ?

— Alors, allons-y, dit-il.

Une colère sourde animait sa voix. Tara frémit en repensant à ce corps nu qu'elle avait entraperçu dans la pénombre, à la souplesse avec laquelle il se déplaçait, telle une panthère rôdant dans la nuit.

— Je suis désolée, mais je ne peux pas faire ça, souffla-t-elle. Je ne peux pas partir avec vous. Parce que je ne pourrai jamais savoir si...

— Ah, mais nous serons bientôt parmi les Séminoles et les alligators! dit-il plaisamment en lui reprenant la main. Personne n'osera vous suivre jusque là-bas!

— Mais...

— Nous avons conclu un marché, lui rappela-t-il d'un air sévère.

Brusquement, il la plaqua contre le mur en briques d'un entrepôt, les mains de chaque côté de la tête. Elle avait du mal à respirer. Il la fascinait. La faisait trembler.

Et une fois encore, il lui fit peur. Elle venait de voir se confirmer tout ce qu'elle avait imaginé en scrutant son regard d'ébène. McKenzie pouvait faire preuve de pitié.

Comme il pouvait se montrer impitoyable.

— Vous souhaitez revenir sur notre accord?

Après tout, qu'avait-elle à perdre?

Redressant le menton, Tara soutint fièrement son regard en secouant la tête.

— Vous avez peur?

Elle n'allait tout de même pas s'avouer vaincue!

— Va pour les alligators et les sauvages! Ma foi, ils ne sauraient être pires que certaines personnes de ma connaissance!

— Vous n'aurez pas trop à vous soucier des reptiles ou des Indiens, assura-t-il. En revanche, vous devrez vous soucier de moi!

— C'est-à-dire?

Soudain, le mur de briques lui parut glacé.

— Je me marie avec vous parce que j'ai envie d'avoir une femme, expliqua-t-il sans détour.

— Vous me l'avez déjà dit!

Il se recula avec impatience, le regard toujours plongé dans le sien.

— Je n'ai jamais forcé une prostituée, mais je ne veux pas d'une épouse que je devrais forcer.

Tara tenta de soutenir vaillamment son regard. Mais en vain.

— Je sais ce que... doit faire une épouse, dit-elle enfin.

Il lui souleva le menton. Les yeux qui la scrutaient lui firent penser à des charbons ardents. On eût dit les yeux du diable en personne.

— Je viens de vous dire que je le savais! murmura-t-elle. Que voulez-vous de plus?

— Bonne question! Eh bien, je ne suis pas seulement un type bien, j'en ai peur...

— Je ne me souviens pas vous avoir accusé de quoi que ce soit de ce genre! rétorqua-t-elle avec nervosité.

Il continua cependant à lui sourire.

— Je vous ai remarquée à la seconde même où vous êtes entrée dans cette taverne. Et j'ai eu envie de vous aussitôt.

Le rouge monta aux joues de Tara qui abaissa pudiquement ses longs cils.

— Je joue cartes sur table, ajouta-t-il poliment.

Espérait-il toujours une explication? Si c'était le cas, il risquait d'attendre longtemps!

— Parfait, dit-elle doucement. Vous voulez une épouse. Eh bien, vous allez en avoir une. Et une bonne! Je sais faire beaucoup de choses, tenir une maison...

— Je me fiche pas mal que vous sachiez tenir une maison ou pas, coupa-t-il, ironiquement. Si je vous ai acceptée en paiement d'un pari au jeu, c'est parce que vous êtes incroyablement belle. Et c'est pour cette même raison que j'ai envie de vous. Vous êtes toujours d'accord?

— Toujours.

— Ne vous avisez pas de revenir sur vos promesses.

— Et si jamais je le fais ? demanda-t-elle en relevant le menton.

Cette fois, il sourit pour de bon et lui caressa la joue.

— Eh bien, je me verrai dans l'obligation de vous forcer à les tenir !

Tara repoussa sa main et s'écarta légèrement. Puisqu'il lui fallait en passer par là, autant en finir au plus vite !

D'autres hommes ne tarderaient pas à prendre le relais de ceux qui gisaient à terre.

Pivotant sur ses talons, elle le toisa de haut en bas, s'attardant sur ses cheveux noirs et sur ses hautes bottes.

— Vous ferez l'affaire ! dit-elle froidement. Pouvons-nous y aller tout de suite ?

McKenzie se mit à rire et s'approcha pour la prendre par la taille. Elle sursauta en sentant sa main brûlante.

— Je ferai l'affaire ! Vous me flattez ! J'ignore si je suis une affaire, mais je vaux sans doute mieux que l'homme que vous fuyez, je me trompe ?

— Je ne vous ai promis aucune explication. Seulement d'être... une bonne épouse.

— Et vous le serez, mon amour. Vous le serez.

Il s'arrêta un instant sous un réverbère, cherchant son regard de ses yeux de braise. Elle frissonna à l'idée d'être dans ses bras...

Éprouvant en même temps une sorte d'impatience à s'y retrouver. Quelle tempête, quel brasier cela promettait d'être ! songea-t-elle, les genoux soudain en coton. Car, quoi qu'elle en dise, cet homme l'avait déjà protégée à deux reprises. Elle avait là l'occasion de tout recommencer à nouveau !

— Je le serai, répéta-t-elle.

Tout de même, elle allait épouser un parfait inconnu... Mais, pour l'instant, il fallait partir d'ici. À n'importe quel prix.

— Alors, occupons-nous de cela tout de suite, d'accord ?

— Mais... comment ? On ne peut pas se marier comme ça, au beau milieu de la nuit.

— Oh, chère innocente ! À La Nouvelle-Orléans, on peut faire tout ce qu'on veut, même en pleine nuit ! Du moment qu'on est prêt à payer ! Venez, mon amour. Suivez-moi.

Tout au long de la conversation qu'ils venaient d'avoir, elle réalisa qu'elle ne l'avait pas vraiment pris au sérieux.

Et pourtant, il l'était.

Ils passèrent chez une amie de McKenzie qui habitait dans une rue sordide, et elle leur indiqua une adresse non loin de là. Tara se surprit à s'interroger sur le genre de relations que pouvait entretenir McKenzie avec la blonde plantureuse qui les avait renseignés.

Des prostituées. Il y en avait à la pelle, avait-il dit.

Mais la femme les avait envoyés chez un authentique pasteur, lequel accepta de légaliser leur union dès qu'il aperçut les pièces d'or de McKenzie.

Le pasteur appela sa femme qui, bien que d'abord un peu étonnée, comprit très vite que cette petite célébration représentait une aubaine fort intéressante. Elle leur dit en rougissant qu'ils formaient un très beau couple, puis reprit l'attitude austère seyant au témoin d'une telle cérémonie. Ce mariage étrange se déroula dans un salon minuscule et poussiéreux. Tara et McKenzie se tenaient debout face au pasteur.

— Je ne connais même pas votre nom, dit McKenzie en la regardant avec un sourire figé.

— Tara. Tara Brent.

Il la considéra un moment.

— Votre nom de famille n'a plus d'importance. Désormais, vous vous appelez McKenzie. Tara McKenzie.

Elle ouvrit la bouche pour lui demander quel était son prénom, mais le pasteur grassement payé commença à célébrer la cérémonie.

Il s'appelait Jarrett. Jarrett McKenzie. Et elle était mariée à lui. Il ôta la large bague qu'il portait pour la lui passer au doigt, et la gravité de ce qu'elle venait de faire apparut soudain à Tara. Ce ne furent plus seulement ses genoux qui lui donnèrent l'impression de se dérober sous elle, mais son corps tout entier.

— Vous pouvez embrasser la jeune mariée, Mr. McKenzie ! déclara le pasteur.

Jusqu'à ce moment de sa vie, elle n'avait encore jamais fait l'expérience de ce que pouvait signifier *défaillir*. Jarrett se tourna vers elle avec un sourire diabolique et la souleva dans ses bras. Ses lèvres se posèrent sur les siennes, déclenchant une onde brûlante au creux de ses reins qui se propagea dans tout son corps. Tara entrouvrit les lèvres. La langue de Jarrett prit possession de sa bouche. Le monde se mit alors à tourner et elle dut s'agripper à ses épaules.

Il la reposa sans la quitter des yeux. Comme s'il savait qu'elle risquait de tomber s'il cessait de la soutenir du regard. Puis on déboucha en hâte une bouteille de champagne afin de porter un toast aux jeunes mariés.

McKenzie échangea quelques politesses avec le pasteur et sa femme. Puis il prit le verre des mains de Tara qu'il posa sur le buffet dans l'entrée.

— Allons-y, dit-il en la saisissant par la main.

Elle hocha la tête en fermant les yeux, priant désespérément pour que ses forces lui reviennent.

Elle avait voulu fuir ! Et s'était débrouillée jusqu'à présent pour y parvenir !

— Vite, Tara. Allons-y !

Elle fut tentée de fuir à nouveau. Aussi loin qu'elle le pourrait, à tout jamais. Mais elle s'était laissé arracher des promesses.

Et il s'était juré de les lui faire respecter.
Désormais, s'enfuir lui serait impossible.

Clive Carter, fils de l'illustre et défunt Julian Carter de Boston, attendait à l'auberge, assis à la table où les joueurs de poker avaient parié quelques heures plus tôt.

Il était impeccablement vêtu d'une chemise d'un blanc immaculé, d'un pantalon bleu et d'un gilet brodé sous une redingote marron. C'était un homme séduisant, qui respirait la prospérité. Un homme qui forçait le respect de tous ceux qui l'approchaient. Ses cheveux blond foncé étaient attachés sur sa nuque et son regard noisette était franc et direct. Les mains posées sur le pommeau d'argent de sa canne, il observait l'assemblée, l'air furibond.

Tous ces gens présents à l'auberge n'étaient qu'une bande d'idiots! Dire qu'il l'avait ratée à moins d'une heure! Ses propres hommes n'étaient pas encore revenus. Et les deux gorilles employés par le propriétaire particulièrement stupide de cet endroit minable n'étaient toujours pas de retour eux non plus.

C'était grotesque! Combien d'États avait-il déjà traversés à sa poursuite?

Il lui fallait à tout prix la retrouver avant que William ne lui vînt en aide. Cet après-midi, il avait enfin appris où elle se cachait. Et il était là — mais cette maudite femme avait encore une fois réussi à lui échapper! C'était insupportable. Et il fallait traiter avec de tels imbéciles! À partir de maintenant, il aurait la loi de son côté. La loi, les militaires; il fournirait lui-même le gibet et la corde si nécessaire!

L'aubergiste lui avait expliqué en bredouillant que la fille avait été remise à un certain McKenzie en paiement d'une dette, et qu'ils recherchaient activement le couple, quitte à s'attirer des ennuis, vu que McKenzie pouvait s'avérer hargneux.

Cette information avait mis Carter dans une

colère noire. Toutefois, il s'arrangeait pour n'en laisser rien voir et seuls ses doigts crispés sur le pommeau de sa canne trahissaient son humeur. Diantre ! Il était sur le point de poser la main sur elle, et voilà qu'elle avait été emmenée par ce McKenzie !

Mais il l'aurait, Clive se l'était promis. Peu lui importait d'ailleurs maintenant que ce fût morte ou vive. Elle avait eu tout loisir de choisir d'être avec lui. Il s'était même débrouillé pour obtenir de son père tout ce qu'il avait voulu.

Et il aurait tout partagé avec elle.

Elle aurait pu vivre dans le velours, la dentelle et le luxe le reste de sa vie. Le velours, la dentelle, le luxe — et lui. Désormais, elle n'aurait droit qu'à l'humidité d'un cachot. Et il se chargerait de la briser définitivement. Tout dépendrait de la manière dont elle implorerait son pardon, de son aptitude à garder sa beauté dans un environnement aussi misérable, mais, quoi qu'il en soit, il veillerait à ce qu'elle finisse au bout d'une corde.

— Monsieur !

Il se leva, s'appliquant à donner l'impression d'un gentleman en détresse plutôt que celle d'un homme dévoré par une rage meurtrière.

— Qui est ce McKenzie ? Je dois retrouver Tara. Il en va de sa vie ! Je vous ai offert une grosse récompense ; en outre, j'ai la loi pour moi ! Si vous refusez de m'aider, je vous préviens que vous en subirez les plus fâcheuses conséquences !

L'allure de cet homme ne plaisait guère à Eastwood. Ce genre de type, visiblement issu de la grande bourgeoisie du Nord, ne pouvait être qu'une source d'ennuis. Quelle fichue soirée ! Si seulement ce type était arrivé un peu plus tôt, ou si le Français et McKenzie avaient eu la bonne idée d'aller jouer au poker ailleurs...

Eastwood, toujours morose, ne pensa pas une seule seconde à discuter la sale besogne qui venait de lui être confiée. C'était sans importance. Ce type ne lui en voulait nullement. Ce qu'il voulait, c'était Tara. Et dans l'esprit d'Eastwood, cette fille, avec ses airs supérieurs, méritait tout à fait de tomber aux mains de ce monsieur. C'était bizarre. Ce type n'arrêtait pas d'invoquer la loi, mais il se refusait à faire appel à la police. Ce qui ne gênait nullement Eastwood, vu qu'on lui offrait cinq cents dollars pour retrouver Tara. Et si ce type avait envie de l'étrangler, il s'en fichait pas mal. C'était de la faute de cette fille. Il était clair qu'elle cherchait les ennuis. Il l'avait compris la première fois qu'il l'avait vue. Elle avait refusé les propositions de plus d'un homme correct — y compris celles d'Eastwood — mais, ce soir, elle n'aurait que ce qu'elle méritait! Elle lui avait déjà fait gagner trois cents dollars et, dès qu'ils l'auraient prise, elle en vaudrait cinq cents.

Elle finirait sans doute par revenir. Son allure avait dû plaire à McKenzie. Eastwood n'était pas très intime avec lui, mais il venait assez souvent à La Nouvelle-Orléans. On avait beaucoup parlé sur son compte à l'époque où il avait épousé une belle héritière de St. Augustine. C'était alors un homme riche, débauché, raffiné, avec tout un passé d'aventurier derrière lui. Un homme qui avait décidé de s'enrichir davantage en s'installant sur les terres nouvellement conquises à l'ouest de Tampa. McKenzie s'était assagi, mais sa belle était morte, et il avait depuis retrouvé sa réputation d'aventurier. Son intérêt pour Tara Brent ne durerait pas.

Inutile de s'énerver, de bégayer ou de s'inquiéter du fait que ce dandy veuille la retrouver coûte que coûte. Mieux valait penser à l'argent — de l'argent frais, en liquide — qu'il toucherait dès qu'elle serait revenue. Avec une telle somme, il pourrait même oublier l'humiliation qu'elle lui avait infligée lorsqu'il lui avait fait des avances. Quand ces messieurs en auraient terminé avec elle, elle ne serait sans doute pas belle à voir. D'ailleurs, lorsque ses sbires rentreraient, peut-être trouverait-il un moyen de passer un moment avec elle. Et de lui faire regretter la façon dont elle l'avait traité.

Puis, il la remettrait à ce dandy.

Peu importait la raison pour laquelle il tenait tant à la retrouver.

— Mr. Blank, je vous assure que mes hommes se donnent autant de mal que les vôtres pour la retrouver. Je suis prêt à la remettre entre vos mains — et je ne dis pas cela par intérêt. Ce McKenzie a une plantation en Floride...

— Je le ferai mettre en pièces !

— À mon avis, monsieur, vous feriez mieux d'éviter de vous frotter à lui ! Certes, c'est une canaille, mais les autorités le respectent. C'est un homme riche et puissant.

— Peu m'importe qu'il soit puissant ou...

— Elle sera bientôt là, monsieur, je vous le jure !

Clive retourna s'asseoir en dévisageant Eastwood. Un sourire sardonique retroussa ses lèvres et ses yeux se rétrécirent en se posant sur l'aubergiste.

— Sincèrement, Mr. Eastwood, je l'espère pour vous ! Et si vous êtes un homme pieux, je vous conseille de commencer tout de suite à prier.

Eastwood frissonna. Et, bien qu'il ne l'eût jamais fait de sa vie, il se retrouva soudain en train de prier avec une surprenante ferveur.

4

Juste après la cérémonie, Jarrett McKenzie insista pour repartir le plus vite possible.

— Mais où allons-nous maintenant ? demanda Tara, hors d'haleine, en s'efforçant de le suivre.

— Le plus loin possible de La Nouvelle-Orléans ! répondit-il sèchement.

Elle regarda son beau profil sombre, et un frisson lui parcourut le bas des reins. Il possédait un charme étonnant ; c'était un homme acharné et, en ce moment même, farouchement déterminé. Immense et puissant. Et il ne savait rien d'elle, rien du tout.

Mais elle non plus ne savait pratiquement rien de lui.

Ses superbes yeux noirs se posèrent une nouvelle fois sur elle. Tara rougit.

— Je me demandais simplement... dit-elle dans un murmure.

— Vous vous demandiez quoi ?

— Où vous aviez appris à vous battre comme ça.

— Comment, comme ça ? répliqua-t-il en souriant et en levant un sourcil.

— À être aussi vif. Vous saviez que ces hommes nous suivaient. Et vous avez lancé ce couteau avant même que le Français ait eu le temps d'appuyer sur la gâchette. Alors, je me demandais si...

— Eh bien, vous ne devriez pas, coupa-t-il, une lueur de défi dans ses yeux noirs. Je vous ai promis de ne pas vous poser de questions... Ah, voilà, nous y sommes. Prenez garde à la marche.

Mais où se trouvaient-ils ? Tara n'y avait pas prêté attention, mais ils étaient de retour sur les quais. Cependant, elle ne distinguait pas grand-chose en dehors des ténèbres.

Sans prévenir, McKenzie la souleva à bout de bras et, croyant qu'il allait la jeter à l'eau, elle faillit crier. Mais elle se retrouva sur un petit bateau, dans lequel il bondit à son tour. La nuit s'était considérablement rafraîchie. Tara croisa frileusement les bras tandis qu'il défaisait la corde retenant l'embarcation à un poteau de bois, et ils commencèrent à dériver au fil du courant. Puis, empoignant les rames, il donna dans l'eau un coup puissant qui les propulsa vers le milieu du fleuve.

McKenzie ne disait rien. Le faible clair de lune tombait sur la rivière, la faisant scintiller d'un doux éclat. Transie, les bras serrés sur la poitrine, Tara continuait à le regarder sans parvenir toutefois à distinguer l'expression de son visage.

— Vous comptez ramer comme ça jusqu'en Floride ? demanda-t-elle enfin.

Elle vit l'éclat de ses dents blanches lorsqu'il sourit.

— La *Magda* nous attend là-bas, la rassura-t-il.

Elle tourna la tête et aperçut un bateau nettement plus gros. À bord, des lanternes étaient allumées, et le voilier lui parut chaleureux et accueillant. Une fois encore, elle observa son nouveau mari, essayant de s'habituer à l'idée d'avoir épousé un parfait étranger.

— On ne risque rien, à bord de ce bateau ? demanda-t-elle d'une voix douce.

— Eh bien, j'espère que non. Il est à moi.

— Oh !

— Robert vous a dit que j'étais riche, lui rappela-t-il en soutenant son regard.

Elle se demanda ce qu'il cherchait à percevoir dans ses yeux.

— Y a-t-il des choses qu'il ne m'ait pas dites ?

— Beaucoup, j'espère ! Si nous devons mener des vies pleines de mystères, il serait juste qu'une part de la mienne reste secrète, vous ne croyez pas ?

Tara haussa négligemment les épaules, regrettant sa question.

Une voix amicale leur parvint dans la nuit. Les rames plongèrent une dernière fois dans l'eau, puis le petit canot heurta le flanc de la *Magda*. C'était un voilier flambant neuf, à la ligne longue et racée. Lorsqu'ils accostèrent, Tara reconnut le sourire de son jeune ami Robert, qui leur lança une échelle de corde.

— Vous allez pouvoir monter? demanda McKenzie à Tara.

— Oui, répondit-elle un peu vite.

Trop vite. À peine debout, elle faillit basculer par-dessus bord. Il la rattrapa, très à son aise sur la petite embarcation qui tanguait dangereusement, et l'aida à agripper le premier échelon de corde.

En quelques secondes, Tara fut à bord de la *Magda*. McKenzie se tenait juste derrière elle, prêt à la retenir au moindre faux pas, et Robert attendait, penché par-dessus le bastingage, apparemment ravi de la tâche qui lui avait été confiée en pleine nuit.

— Bienvenue à bord, Mrs. McKenzie! s'exclama-t-il en lui prenant les deux mains et en l'embrassant sur les joues le plus naturellement du monde.

Sur le pont, Tara aperçut quatre hommes qui l'observaient, immobiles, et elle rougit. Mais McKenzie vint se placer derrière elle et la prit fermement par les épaules.

— Messieurs, je vous présente ma femme, Tara. Tara, voici Léo Hume et son équipage, Ted et Nathan Nailor, et George Adair.

— Bonjour, murmura-t-elle.

Les marins la saluèrent respectueusement. Le plus âgé du groupe semblait être Ted Nailor, vraisemblablement le père de Nathan, qui n'avait guère plus de dix-sept ans. Tous deux étaient solidement bâtis, avec des cheveux roux, des taches de rousseur et un sourire éclatant. Léo Hume était très brun, le teint basané, comme si du sang espagnol coulait dans ses veines, alors que George Adair, très grand et très mince, avait des cheveux châtains et des yeux clairs.

Ted s'adressa à elle le premier, en retirant sa casquette et en la saluant poliment.

— Mrs. McKenzie, nous sommes tous très heureux de faire votre connaissance — quoique... un peu surpris, il faut bien le dire! — mais nous nous ferons un plaisir de vous servir le mieux possible!

Tara sourit, étonnée de sentir les larmes lui monter aux yeux. Elle se sentit soudain en sécurité et chaleureusement entourée. Après tant de jours passés à fuir, et tous ces gens épouvantables qui s'acharnaient à lui gâcher la vie depuis quelque temps...

Elle ferma les yeux. Pendant un instant, elle repensa aux rues animées de la ville qu'elle avait fuie. Pour elle, cette ville avait été comme un rêve. Elle avait cru que là était son avenir, et qu'il lui suffirait de se mettre au travail. C'était un endroit très différent de celui où elle était née, avec ces paysages vallonnés qu'elle avait tant aimés, mais où trop de gens se battaient contre une terre qui refusait de produire, où trop d'enfants mouraient de faim.

Naïvement, elle avait été prête à adorer cette ville aux immeubles élégants et aux parcs somptueusement entretenus. Mais les habitants l'avaient déçue. C'était une société extrêmement repliée sur elle-même. Et lorsque les portes se fermaient devant quelqu'un, elles le restaient. Tara avait été prudente. Elle avait essayé de jouer le jeu, de respecter les règles, mais cela n'avait pas servi à grand-chose. Elle avait presque failli gagner, mais *il* s'était arrangé pour laisser croire qu'elle avait tué le seul homme qui avait fait quelque chose pour elle.

Là-bas, en ce moment, il devait faire froid. Les premières neiges étaient sans doute tombées et tout devait être d'une blancheur immaculée. Superbe, mais glacé. Comme lui. Comme l'homme qu'elle avait fui. Un homme capable de faire couler le sang de ses plus proches parents afin d'obtenir ce qu'il voulait.

Et ce soir, il y était presque arrivé. Elle avait bien failli se faire prendre.

En y repensant, la peur la saisit à nouveau. Elle frissonna et sentit de longs doigts puissants comprimer son épaule. McKenzie... C'était lui qui l'avait amenée jusqu'ici. Elle devrait s'en souvenir. Et s'efforcer de ne plus lui poser de questions sur son passé.

— Mettons-nous en route, mes amis, dit-il doucement. Demain matin, nous voulons être loin d'ici !

— Oui, monsieur, dit Ted en souriant à nouveau à Tara. Nous avons fait de notre mieux, étant donné le peu de temps dont nous disposions. Mais je crois que vous apprécierez votre cabine.

Puis les hommes se précipitèrent à leur poste et le bateau se mit en mouvement.

— Allons voir ce qu'ils nous ont préparé, voulez-vous ? dit McKenzie.

Il l'entraîna jusqu'à un escalier qui menait à deux cabines. Une double porte en bois verni conduisait à celle de McKenzie qui passa devant Tara pour ouvrir.

Une unique chandelle brûlait sur le grand bureau qui trônait au milieu de la cabine. La pièce était très élégante, avec ses meubles en acajou aux coins incrustés de cuivre. Un gros globe terrestre était posé à droite du bureau et il y avait une couchette d'une largeur inattendue. Plus surprenante encore était la baignoire en bois qui se trouvait juste à côté, et d'où s'élevaient des nuages de vapeur qui prenaient une dimension magique sous la lumière tamisée.

— Ils ne se sont pas mal débrouillés, grommela sèchement McKenzie.

Il s'approcha du lit où était posé quelque chose que Tara n'avait pas encore remarqué. Lorsqu'elle aperçut la chemise de nuit bleu pâle, ses joues s'enflammèrent.

Ma foi, à quoi s'était-elle attendue ? Elle l'avait épousé, elle avait accepté de devenir sa femme. Seulement, il était là, emplissant la cabine de sa présence, de son parfum subtilement masculin et de sa puissance, et Tara tremblait de tout son corps.

— Un souper et un bain. J'imagine que pour l'instant, vous avez envie d'un bon bain chaud.

À vrai dire, ce qui la tentait surtout en cet instant, c'était le Mississippi. Un bon bain glacé. Tout à coup, elle se sentit incapable de bouger. Dieu merci, la pénombre l'empêchait de voir son regard.

Il y avait une bouteille de vin, posée entre deux verres en cristal sur le bureau. McKenzie emplit un verre. Il ne faisait pas assez sombre, et elle sentit ses yeux se poser sur elle.

— Avalez ça, suggéra-t-il. Ça vous aidera à dissiper la tension des heures précédentes.

Tara s'exécuta, machinalement, sans réaliser qu'ainsi elle admettait que la nuit avait été difficile et qu'elle avait besoin de l'oublier.

Une fois encore, elle découvrit qu'il avait un talent certain pour déshabiller les femmes. De ses doigts légers, il délaça les liens de son corset. Toujours le dos tourné vers lui, Tara s'approcha de la table et remplit son verre qu'elle avala d'un trait. Le vin lui parut meilleur encore. Elle voulut se resservir, mais, en deux enjambées, il fut près d'elle et lui retira la bouteille des mains.

— Je veux que vous vous détendiez, mon amour, pas que vous vous soûliez !

— Parce que ça changera quelque chose ?

— Oui, certainement !

Il la prit dans ses bras, le regard plongé dans le sien, et elle releva fièrement le menton. Il la contempla un instant, puis ses lèvres capturèrent les siennes en un baiser chaud et langoureux. Il la serra contre lui, et elle sentit son corps pressé contre elle, son torse puissant, ses cuisses dures et musclées, ainsi que le désir qu'elle éveillait en lui. Son baiser brûlant propagea une onde de chaleur dans tout son être. Elle avait déjà joué aux jeux de l'amour auparavant. Mais sans jamais imaginer que cela pût ressembler à quoi que ce soit de semblable. Encore et encore, il joua avec sa bouche. Son baiser se fit tour à tour caressant, ravageur, troublant. Si ses bras ne l'avaient pas soutenue, Tara serait tombée. Jarrett s'écarta légèrement, sans la quitter des yeux.

— C'est si horrible? souffla-t-il.

Tara secoua la tête, honteuse tout à coup de se laisser séduire aussi vite par cet inconnu, même si c'était l'homme qu'elle venait d'épouser. En outre, s'apercevoir qu'il s'amusait d'elle l'agaça au plus haut point.

Jarrett éclata de rire et lui effleura la joue du revers de la main.

— Que vous souffriez un peu en accomplissant votre devoir est tout à fait normal.

— Arrêtez de vous moquer de moi! rétorqua-t-elle, une lueur furieuse dans le regard.

Mais elle vit qu'il l'observait à nouveau avec attention, cherchant les réponses qu'elle se refusait à lui donner.

Tara inspira profondément en s'efforçant de retrouver son calme.

— Je ne suis la prostituée de personne, je vous l'ai déjà dit pendant cette maudite partie de poker!

— Mais je ne vous accuse nullement d'en être une en ce moment, coupa-t-il avec brusquerie. Décidément, madame, vous avez un fichu caractère.

Elle repassa ses cheveux en arrière, consciente que seule sa nervosité était à l'origine de sa colère, et qu'elle n'y pouvait rien.

— Si vous m'avez épousée pour ma docilité...

— Certainement pas! Si je vous ai épousée, c'est à cause de vos cheveux.

— Mes cheveux? répéta-t-elle, étonnée.

Qu'était-elle allée s'imaginer? Elle s'était mariée avec un inconnu, un séduisant et puissant inconnu qui l'avait sauvée d'un destin sans doute pire encore!

Elle se dégagea et fit le tour de la table.

— J'aurais mieux fait de les couper! Ou de les attacher avec un ruban! Je...

— Certes, ça n'aurait pas été pareil, dit-il, l'air plutôt amusé de la voir se dérober à son étreinte. Je vous ai épousée à cause de vos cheveux, et de bien d'autres choses encore. Mais c'est votre chevelure que j'ai remarquée en premier. Jusqu'à ce que j'en voie davantage.

Tara rougit jusqu'aux oreilles, incapable d'ajouter un mot. Croisant les bras, Jarrett fit le tour du bureau pour venir la rejoindre, puis s'assit en la fixant de ses yeux noirs.

— Maintenant, mon amour, pour en revenir à ce que j'ai dit tout à l'heure, sachez que je ne vous accuse de rien. À moins que vous ne soyez une formidable comédienne ? Ah oui, j'oubliais, pas de questions... Il semble néanmoins que vous ayez mené une vie paisible, avec des revenus confortables. Mais vous étiez tout de même en train de fuir, aussi se peut-il que vous cherchiez à échapper à un mari.

— Je vous ai déjà dit que je n'étais pas mariée ! répliqua-t-elle, le souffle court.

— Ma chère petite, il n'est pas nécessaire d'être marié pour entretenir une relation intime avec quelqu'un.

— Eh bien, je n'entretiens rien du tout ! lâcha-t-elle, misérable, regrettant qu'il l'ait obligée à se dévoiler ainsi.

Tara baissa les yeux. Elle n'avait absolument aucun droit d'être furieuse — après tout, c'était elle qui refusait de répondre à ses questions, et elle ne pouvait pas l'empêcher d'en tirer ses propres conclusions.

Elle faillit pousser un cri lorsqu'il la prit à nouveau dans ses bras en l'attirant contre lui.

— L'eau va refroidir, dit-il doucement en frôlant ses lèvres.

En sentant son haleine chaude si près de son visage, elle éprouva encore une fois une sensation de brûlure au creux des reins. C'était visiblement un amant très doué et... plein d'expérience.

Tara détourna les yeux.

— Le repas aussi ! murmura-t-elle.

— Le repas peut attendre. Malheureusement, moi pas !

Il la hissa soudain sur le bureau pour lui retirer ses chaussures. Un frisson la parcourut lorsque ses doigts experts remontèrent le long de sa cuisse en cherchant le haut de son bas. Puis elle se retrouva à nouveau debout sur le sol, le cœur battant, l'esprit en ébullition. Il la fit tourner, et elle sentit son regard s'attarder sur son dos tandis qu'il la débarrassait avec une dextérité surprenante de sa robe, de sa chemise, de ses culottes et de son corset qui retombèrent en tas sur le plancher. Tara se sentit honteuse de lui offrir ainsi son dos nu, toutefois, son malaise ne dura pas. Sans lui laisser le temps de protester, il la souleva et la plongea dans la baignoire dont elle agrippa le rebord comme si elle allait se noyer.

Jarrett releva ses cheveux pour empêcher la masse dorée d'être mouillée. De fines gouttelettes éclaboussèrent ses épaules. Puis elle le sentit s'agenouiller ou s'accroupir derrière elle, et son souffle chaud balaya sa nuque, le lobe de son oreille avant de glisser sur son cou. Ses lèvres se pressèrent sur son épaule. Instinctivement, elle remonta les genoux contre sa poitrine. La bouche de Jarrett se promena sur sa nuque, puis revint sur sa gorge tandis que sa main descendait le long de son bras. Elle n'avait jamais éprouvé une sensation aussi intense, aussi aiguë. Le moindre de ses gestes la faisait frissonner de tout son être. Et la brûlure qui se propageait en elle était si saisissante, si érotique...

Le sens du mot *érotique* ne lui était jamais apparu pleinement, mais ce devait être cela, cette façon qu'il avait de la toucher.

Elle songea vaguement à lui résister. Si elle succombait à la douceur de ses caresses, elle était perdue.

Il lui souleva le menton en lui tournant légèrement la tête. Et ses lèvres trouvèrent les siennes. Ses doigts effleurèrent ses joues. Sa langue explora une nouvelle fois sa bouche, avide, provocante. Ses mains descendirent le long de sa gorge, remontèrent sur ses épaules, dessinant des arabesques d'une infinie lenteur. Puis elles glissèrent sur sa poitrine et se refermèrent délicatement sur ses seins.

Tara gémit, s'abandonnant à son étreinte. Aussitôt, Jarrett s'écarta pour la regarder. Ses lèvres étaient entrouvertes, humides, sa respiration haletante. Devant ce regard d'ébène qui la scrutait, elle ferma les yeux. Il enfonça les doigts dans sa folle crinière en l'attirant contre lui et l'embrassa dans le cou, sans cesser de la caresser.

Peut-être n'était-elle pas obligée de lui résister. Désormais, elle était sa femme. La femme de cet inconnu. Grâce à lui, elle avait échappé au terrible danger qui la menaçait à La Nouvelle-Orléans. Qu'avait-elle besoin de savoir de plus ?

— Détends-toi, mon amour, souffla-t-il avec une pointe d'amusement dans la voix.

Tara ouvrit brusquement les yeux et constata qu'elle avait toujours les genoux repliés contre la poitrine. En croisant le regard de Jarrett elle éprouva à nouveau un malaise, mais, bien que légèrement moqueur, son sourire était d'une surprenante tendresse.

— Je t'ai déjà vue nue, lui rappela-t-il d'un ton malicieux, plein de défi.

Elle referma les yeux. La vapeur l'enveloppait d'une délicieuse tiédeur. Et le vin avait effectivement eu raison de sa nervosité. Elle se laissa glisser plus profondément dans l'eau. Les lèvres de Jarrett effleurèrent son cou, le bout de sa langue s'attarda au creux de ses clavicules. Tara s'agrippa au rebord de la baignoire, en proie à une léthargie absurde tandis que son cœur battait la chamade. La main de son mari était maintenant dans l'eau et venait de trouver l'éponge. Chacun des gestes de Jarrett était empreint d'une extraordinaire douceur, d'une lenteur terriblement... érotique. L'éponge remonta sur sa cheville, sur sa cuisse. Sur son ventre et sur ses seins. Et à nouveau, sa bouche se posa sur son cou. Elle n'arrivait pas à trouver la force de bouger, de protester...

Ni de lui rendre ses caresses.

Il entreprit une fois encore de la dévorer de baisers. Sans qu'elle y prête attention, sa main lâcha l'éponge, et elle sentit ses doigts sur sa peau. Tout en l'embrassant, il lui effleurait tendrement le visage. Brusquement, il cessa de l'embrasser. Une sensation soudaine de froid l'envahit et elle se demanda pourquoi.

Puis elle comprit.

Jarrett était nu, et elle était dans ses bras. La vapeur du bain avait déposé de fines gouttelettes sur son corps. Tout ce qui l'avait jusqu'ici fascinée était maintenant à sa portée ; les muscles lisses et luisants comme du bronze, la tignasse noire qui effleurait sa peau si ferme, si douce... Elle referma les bras sur son cou. Lorsque leurs regards se croisèrent, Tara comprit que le moment était venu de devenir vraiment sa femme.

Un violent frisson la parcourut, non pas parce qu'elle éprouvait de la répulsion à son égard, mais parce qu'elle avait peur. *Comment avait-elle imaginé que se passerait cette nuit ?*

Elle n'en savait rien. Il y avait si longtemps qu'elle fuyait...

Néanmoins, jamais elle n'aurait pensé partager une telle intimité avec un parfait inconnu.

Cet inconnu, elle l'avait cependant épousé et,

bizarrement, il ne lui paraissait plus aussi terriblement étranger; en fait, elle le connaissait même davantage qu'elle n'avait connu aucun autre homme auparavant.

Jarrett la sentit frémir et la serra plus fort contre lui. Puis il la porta jusqu'à la couchette et, la tenant d'une seule main, ouvrit le lit avant de la déposer sur les draps d'un blanc immaculé. Le regard de Tara glissa admirativement sur ses larges épaules bronzées, son torse vigoureux. Il avait la taille mince, étroite. Et plus bas...

Elle respira à fond et le regarda dans les yeux, secouée de tremblements.

Il la contempla d'un air amusé, empreint de tendresse, et étala ses cheveux sur l'oreiller.

— Mon mystérieux amour, tu es magnifique, dit-il avec douceur.

Sa voix était rauque, grave, caressante. Tellement attirante... Elle continuait à trembler, mais ce n'était plus de froid.

— Alors, je vaux ces trois cents dollars? chuchota-t-elle en s'humectant les lèvres, avec un soupçon de moquerie dans la voix.

Les lèvres de Jarrett se retroussèrent en un sourire sensuel et il se pencha sur sa bouche.

— Tu vaux un million de dollars! dit-il dans un souffle.

Ce fut comme si un soleil resplendissant explosait en elle. Son beau regard bleu disparut sous ses longs cils.

— Hélas, je crains que non! murmura-t-elle.

— À moi d'en juger.

Ce furent ses derniers mots. Jarrett roula sur le côté en la prenant dans ses bras. Ce qui avait commencé dans l'eau chaude de la baignoire se poursuivit dans la tiédeur du lit. Ses lèvres effleurèrent les siennes. Doucement, brièvement. Puis sa bouche se referma sur la pointe d'un sein, sa langue s'attardant sur le mamelon en forme de bouton de rose. Une brûlure intense déchira Tara, comme une étoile filante éclatant en milliers de fragments de lumière à travers tout son corps. Sa langue continua à l'explorer, tandis que sa main s'aventurait sur sa hanche et sur sa cuisse. Une main douce et légère comme une plume. Elle eut soudain envie de la repousser...

Et envie de la sentir plus près encore...

Tara ouvrit les yeux et vit qu'il la regardait intensément. Mais il n'y avait plus cette lueur amusée dans son regard noir, ce qu'elle y lut alors lui sembla plus grave, plus profond. Puis il l'embrassa, encore et encore, prenant tout son temps pour savourer ses lèvres douces...

La pression de sa main s'accentua sur ses hanches. Ses doigts se faufilèrent jusqu'à la toison douce et dorée. Il s'immobilisa sur sa bouche, et elle frissonna, haletante. Sa main reprit l'exploration, écartant les doux pétales de sa chair tendre.

Tara lui labourait le dos de ses ongles, en proie à une sensation délicieuse. Mi-effrayée, mi-étonnée, elle voulut se serrer contre lui. Alors, abandonnant sa bouche, il la regarda au fond des yeux.

— Un million! répéta-t-il doucement.

Et cette fois encore, une vague brûlante balaya le creux de ses reins. Et maintenant, qu'allait-il se passer?

Oh, mon Dieu...

Jarrett la couvrit de petits baisers. Puis, écartant doucement ses cuisses, il s'allongea sur elle. Elle sentit son sexe palpitant se presser contre le sien. Pesant de tout son poids sur elle, il glissa la main dans la douceur soyeuse de ses cuisses. Un éclair fulgurant la déchira de part en part, et elle faillit crier, mais il lui ferma la bouche d'un baiser. Sans plus attendre, il reprit ses caresses. Tara s'accrocha à ses épaules en gémissant, remuant la tête de gauche à droite. Ses mains puissantes emprisonnèrent fermement ses hanches, la réduisant à sa merci. Elle chercha désespérément à échapper à son étreinte, ce qui n'eut pour effet que d'augmenter sa douleur. Soudain, elle se figea, comprenant qu'elle ne parviendrait pas à se soustraire aux caresses de son amant.

Pas plus qu'à faire cesser ces sensations étranges...

Une vague chaude et humide ruissela dans tout son être, et elle ne put rester plus longtemps immobile.

Elle ondula sous lui en gémissant de plaisir, chacun de ses mouvements attisant l'envie qu'il avait d'elle. Il se figea une seconde. Elle poussa un cri, à la fois consternée et folle de désir. Puis il fondit sur ses lèvres avec une ardeur sans pareille.

— Non ! laissa-t-elle échapper dans un petit cri d'angoisse.

Mais son amant n'y prêta pas attention. Ce dont elle se félicita.

Elle se colla contre lui, cherchant quelque chose, sans très bien savoir quoi exactement.

Une sensation de brûlure l'envahissait tout entière, irradiant de ce désir qu'il avait si bien su éveiller en elle. C'était une sensation de vertige, comme une douceur lancinante et douloureuse qui lui faisait perdre la raison.

Elle reprit ses esprits lorsqu'il la pénétra pour la première fois. Elle ne pouvait pas crier, ne voulait pas, car tout l'équipage l'entendrait ! Cependant, aussi délicat fut-il, la douleur était stupéfiante. Des larmes lui montèrent aux yeux. Elle enfouit la tête au creux de ses épaules musclées pour les empêcher de couler.

Jarrett prit tendrement son visage entre ses mains. Mais elle n'arrivait pas à le regarder en face. Tout à coup, elle eut la certitude qu'elle n'y arriverait jamais plus.

— Tout va bien, chuchota-t-il. Tout va bien...

Non, tout n'allait pas bien. Elle mourait d'envie de se dégager de son étreinte. Elle avait l'impression qu'un poignard la transperçait !

— Mon Dieu, je vous en prie !

— Ça va passer, je te le promets.

Que cela lui plût ou non, il la força à le regarder dans les yeux. Tara battait follement des paupières, décidée à ne pas jouer les vierges effarouchées. Mais la douleur était quasiment insupportable. Et elle savait qu'il allait le faire. À son tour, il allait chercher la splendeur bouleversante qu'il avait réussi à faire naître en elle...

— Ce n'est pas si terrible, dit-il dans un murmure. Souvenez-vous que je vous ai arrachée à un sort bien pire que la mort !

— Pour l'instant, je préférerais mourir ! marmonna-t-elle entre ses dents.

Il éclata de rire, d'un rire rempli de tendresse, et elle sut que, quoi qu'il advînt dans l'avenir mystérieux qui les attendait, jamais elle ne pourrait lui reprocher sa conduite de cette nuit. Au moment où elle crut qu'elle allait défaillir de douleur, il se pencha tout près de sa bouche.

— Je t'ai dit que tu valais un million de dollars ? J'aurais dû dire deux... non, t'évaluer ainsi est impossible. Tu es inestimable.

Heureusement, il la serra tout contre lui, et les larmes purent rouler librement sur ses joues. Et ce ne fut pas parce qu'elle avait mal, mais à cause de la douceur de ses paroles. Personne ne lui avait parlé aussi gentiment de toute sa vie.

Patience. Il fallait attendre...

Et, curieusement, comme il le lui avait promis, la douleur s'estompa. À sa grande surprise, une onde de plaisir la submergea. Il allait et venait en elle, doucement tout d'abord, puis de plus en plus vite, et elle crut qu'il allait la couper en deux, jusqu'à ce qu'une sensation merveilleuse inonde son ventre, puis son cœur. Il accéléra soudain le rythme, le corps tendu, les muscles bandés, incapable désormais de se maîtriser. Il l'entraîna avec lui dans le plaisir. Elle le désirait, cherchait quelque chose, avait une envie folle de le sentir, de le toucher, de le caresser...

Ce qu'elle fit. Un soleil radieux explosa dans sa tête et, brusquement, tout redevint noir. Elle n'était plus tout à fait certaine d'être encore en vie, ou de pouvoir respirer. Mais il était toujours là, en elle, quand l'obscurité laissa place à une lueur éblouissante.

Jarrett retomba sur le côté, à bout de souffle lui aussi, la peau luisante de sueur. Tara ferma les yeux en se mordant la lèvre, à la fois exaltée et embarrassée par cette nuit de noces inattendue.

Quelques heures plus tôt, elle ne le connaissait même pas.

Tendrement, il l'enlaça. Et elle se lova contre lui, soulagée de ne pas devoir affronter son regard. Il lui effleura la joue du pouce.

— Des larmes, chuchota-t-il. Si je vous ai fait mal, je suis désolé...

— Je n'ai pas mal, dit-elle.

Mais ce n'était pas vrai. Au fur et à mesure que s'estompait la magie du moment, la douleur se réveillait de plus belle.

Jarrett resta silencieux un long moment.

— En tout cas, vous ne vous êtes pas enfuie de chez votre mari — nous savons au moins cela.

Tara se raidit, prise d'une furieuse envie de se lever et de s'en aller, mais elle était nue et n'était pas tout à fait sûre de pouvoir se montrer à lui ainsi.

Elle lui tourna le dos, le regard rivé sur la chandelle qui éclairait faiblement la pièce.

— Je vous ai dit que je n'étais pas mariée.

Il ne répondit pas. À nouveau, des larmes emplirent ses yeux. Il était clair qu'il ne l'avait pas prise au sérieux. Il avait accepté de l'aider, mais il ne l'avait pas crue une seconde...

— Je vous l'avais pourtant dit ! insista-t-elle.

— Eh bien, je vous en demande pardon, dit-il avec une pointe d'agacement.

Puis il posa doucement la main sur son bras. Elle ne lui résista pas quand il la fit rouler vers lui.

— Il y a tellement de choses que vous ne m'avez pas encore dites...

Il avait changé. L'amant délicat et attentionné avait disparu. Il n'était plus le même. Cruel. Oui, il pouvait l'être, s'il le voulait.

— Vous avez accepté de m'épouser sans demander d'explications, lui rappela-t-elle.

— Ce qui est fait est fait. On ne peut pas revenir en arrière.

Le rouge lui monta aux joues. Elle ignorait s'il faisait allusion à leur mariage ou bien à ce qui venait de se passer entre eux.

Il était allongé près d'elle, l'air parfaitement détendu, mais, même dans cette position, une extraordinaire puissance émanait de lui. Rien qu'en le voyant ainsi, elle sentit une onde de chaleur au bas des reins et découvrit avec stupeur qu'elle le regardait avec plaisir. Qu'elle l'admirait vraiment. Son torse large et velu. Et puis, plus bas, la toison brune où... Il semblait à l'aise. Son sexe était toujours dressé. Et, tandis qu'elle l'observait, il lui sembla qu'il grandissait encore...

Son regard remonta jusqu'à ses yeux noirs. Elle avait besoin de parler. De dire quelque chose.

— Non ! dit-elle tout bas. On ne peut pas revenir en arrière. Je suis désolée que vous soyez déçu.

Tara ne put en dire davantage. Le rire grave et sonore de Jarrett résonna dans la cabine, et il la prit dans ses bras en l'allongeant sous lui.

— Déçu ? Ma chère petite fugitive ! Je n'ai jamais été aussi agréablement surpris de ma vie !

— Mais je...

D'un baiser, il lui coupa la parole. Il l'embrassa avec fougue.

En quelques secondes, Tara relégua le passé dans un coin de son esprit.

Sans se soucier nullement de l'avenir.

Et cette fois-ci, ce fut plus beau, plus magique encore. Ensuite, elle resta étendue contre lui en silence, les yeux clos, attendant que sa respiration redevienne régulière et que son cœur cesse de cogner dans sa poitrine.

S'il lui avait dit quelque chose à cet instant, elle n'aurait rien entendu. Elle se laissa sombrer dans le sommeil, épuisée par leurs ébats.

Jarrett resta éveillé un long moment en la tenant dans ses bras, son propre passé revenant le hanter tandis qu'il s'interrogeait sur celui de Tara.

La disparition de sa femme avait été pour lui une souffrance terrible. Pendant longtemps, il s'était accroché à ses souvenirs. Il avait eu besoin d'une femme, c'était vrai. Et maintenant, il en avait une.

Mais il ne s'était pas attendu à ressentir ce qu'il ressentait pour Tara en cet instant.

D'ailleurs, que ressentait-il exactement ? Il la connaissait à peine ! C'était une fugitive, qui s'était servie de lui pour s'échapper.

Au fond, peut-être n'était-il lui-même qu'un fugitif.

Qui se servait d'elle afin de fuir, lui aussi.

Il écarta une mèche dorée sur sa joue, effleurant au passage sa peau fine et transparente comme de l'albâtre. La voir étendue près de lui, ainsi alanguie, réveilla son désir. Il eut soudain une envie folle de la posséder. Elle lui avait dit la vérité quant à son travail chez Eastwood, elle n'était que serveuse, et rien d'autre ! La preuve éclatante s'étalait au milieu des draps blancs sur lesquels elle reposait, les jambes encore entremêlées aux siennes. Elle était stupéfiante de beauté. Si fine, si délicate...

Il ne lui avait pas demandé d'explications. Et avait promis de n'en exiger aucune.

Pendant un instant, un sentiment de culpabilité l'envahit. Il repensa à sa première nuit de noces, aux rires et aux paroles qu'il avait échangés avec Lisa, à la soif dévorante qu'ils avaient eue l'un de l'autre ! Mais, aujourd'hui, elle n'était plus là, et il l'avait oubliée cette nuit dans les bras de sa petite fugitive.

Le passé était loin, songea-t-il. Son passé, comme celui de Tara. Elle pouvait le garder pour elle. Il garderait le sien pour lui.

Elle bougea légèrement, et il sentit sa peau douce frôler la sienne.

Tout doucement, il se leva et s'approcha du bureau. Il prit la bouteille de vin, but directement au goulot, puis resta un long moment à regarder dans le vague, les yeux perdus dans l'obscurité. Puis il vint s'agenouiller près d'elle pour admirer les traits délicats de son ravissant visage.

Tara ouvrit les yeux. Des yeux si bleus qu'ils semblaient violets.

Jarrett lui sourit et effleura ses lèvres du bout des doigts. Elle voulut se redresser, mais il l'en empêcha et la prit dans ses bras.

— À l'avenir, mon amour. À notre avenir ! dit-il dans un souffle.

Il lui fit à nouveau l'amour. Après tout, cette nuit était leur nuit de noces !

Et il avait eu raison au moins sur une chose. Cette femme était véritablement inestimable...

Clive Carter attendait toujours. L'aube commençait à poindre et les réverbères, dont les flammes vacillantes avaient révélé ou dissimulé les péchés de la nuit, s'éteignirent. Les heures avaient passé, mais l'impatience et la colère de Carter n'avaient en rien diminué.

Étant le fils d'un politicien renommé, le fils unique d'un homme riche et respecté, il avait eu maintes fois l'occasion d'observer le jeu des alliances politiques qui prévalaient dans ce pays, ce dont il avait su tirer une excellente leçon : afficher un calme imperturbable était toujours profitable.

Ce satané Eastwood était décidément trop idiot et trop encombrant. Les deux gardes du corps de Clive n'étaient toujours pas de retour. Quant aux hommes de l'aubergiste, ils étaient revenus en bredouillant des explications vaseuses, assurant qu'ils avaient retrouvé la fille, mais que McKenzie avait refusé de la leur livrer avant la fin de la nuit. Clive les avait aussitôt renvoyés, mais ils étaient revenus l'informer que McKenzie et la fille avaient disparu.

— Il faut obliger ce McKenzie à nous la rendre, dit calmement Carter à Eastwood, sans rien laisser deviner de sa fureur.

Eastwood, rougeaud et couvert de sueur, leva les bras au ciel.

— McKenzie est parti. La fille a dû s'enfuir dans les rues de la ville. Mais on va la retrouver !

Clive frappa le sol du bout de sa canne avec impatience.

— En effet, monsieur, il faut la retrouver ! Je vous rappelle que McKenzie est complice d'une meurtrière. Vous feriez bien de lancer quelqu'un à sa recherche.

— Ce n'est pas si facile ! C'est un homme riche et respecté, sans parler du reste !

— Le reste ? Que voulez-vous dire ?

— On dit qu'il est capable de se battre avec les alligators ! dit Eastwood.

Carter renversa la tête en arrière en riant aux éclats.

— Envoyez vos hommes à sa recherche, Eastwood ! Et tâchez de découvrir ce qui est arrivé à Tara Brent. Cet homme qui se bat avec les alligators pourrait bien se faire tuer d'une balle dans la tête, comme n'importe qui !

— J'ai peur que vous ne compreniez pas ! La loi ne sera plus de votre côté si jamais vous vous en prenez à lui !

— Ah ! Contentez-vous de me trouver l'information dont j'ai besoin. Car, jusqu'à présent, on ne peut pas dire que vous ayez eu beaucoup de succès.

Eastwood respira un grand coup avant de se précipiter vers la porte devant laquelle attendaient ses hommes. Alors qu'il se tenait sur le seuil, un des gros bras travaillant pour Carter surgit de la brume rose de l'aube en se tenant la tête entre les mains.

L'aubergiste sursauta en réalisant que Carter s'était faufilé derrière lui.

— Alors ? demanda-t-il à son propre sbire.

— Il y avait un type avec elle, monsieur. Aussi rapide et imprévisible qu'un Indien. Il m'a assommé par surprise... J'ai perdu leur trace.

Eastwood jura en se tournant vers Clive.

— Je vous l'avais bien dit ! Vous n'arriverez pas à la récupérer tant que McKenzie sera décidé à la garder.

— Merci de cet avis, murmura Carter en dévisageant le gros homme.

Eastwood n'était vraiment qu'un incapable. Il était gras, suait comme un porc et sentait mauvais. Quel minable !

— Pour une somme conséquente, je peux retrouver McKenzie. Ça prendra du temps — et de l'argent. Il est parti en Floride, sur son bateau. Mais j'en sais pas mal sur lui, se vanta Eastwood. Je sais où le trouver !

— Je pense que je saurai aussi, dit Carter.

À vrai dire, Eastwood était carrément répugnant. Il avait des dents pourries ; et la cupidité avait remplacé la lueur de crainte dans son regard. Clive frémit de dégoût. Il éprouvait une véritable haine pour ce petit homme odieux dont la soif d'argent l'avait empêché de retrouver la fille dès ce soir.

Clive sourit et frappa d'un coup sec avec sa canne sur le plancher. Une minuscule lame, aiguisée comme un rasoir, apparut soudain à l'extrémité. Sans grand effort, il leva sa canne qu'il brandit à bout de bras.

Eastwood porta les mains à sa gorge. Le sang qui jaillit tout à coup de sa veine jugulaire s'écoula entre ses doigts. Les yeux écarquillés, dévisageant Clive sans comprendre ce qui lui arrivait, il tomba à genoux et mourut presque instantanément.

— Va jeter cette ordure dans la rivière! Et arrange-toi pour faire courir le bruit que la fille est revenue ici et l'a tué avant de s'enfuir à nouveau.

L'homme fit ce qui lui était demandé et ramassa le corps en évitant de répandre du sang sur le plancher.

Les eaux boueuses du Mississippi avaient recueilli déjà nombre d'âmes en peine; ce serait au tour de celle d'Eastwood, qu'elles rejetteraient un peu plus loin, d'ici quelque temps.

Personne ne le pleurerait, songea Clive avec mépris. Des hommes comme lui, il en mourait pratiquement tous les jours sur les quais, dans les bordels et les établissements de jeu. Quelquefois, la vie ne valait pas grand-chose...

D'ailleurs, Eastwood avait mérité de mourir.

Tout comme Julian Carter, aussi étrange que cela pût paraître.

Sauf que pour ce dernier, il avait tout fallu prévoir avec un soin méticuleux.

Carter continuait à fulminer de rage. Qu'elle ait encore réussi à lui échapper le mettait dans une colère noire. Mais ce qui le rendait fou, c'était de savoir qu'elle avait préféré se vendre au premier venu plutôt que d'accepter son offre à lui.

Désormais, il lui faudrait faire très attention. Invoquer la loi ne suffirait plus; il fallait qu'il l'ait de son côté. Cette fois, il devrait procéder lentement et prudemment.

Il retourna s'asseoir et se mit à tambouriner nerveusement du bout des doigts sur une des tables de l'auberge. Elle n'avait sûrement pas raconté la vérité à cet homme. Sans doute l'avait-elle séduit et persuadé de l'aider à s'enfuir. Clive devrait se montrer malin pour la lui reprendre. Très malin. Il ne se présenterait pas comme son persécuteur, mais comme son défenseur. Et il le ferait au nom de...

Un large sourire éclaira tout à coup son visage.

Évidemment, il lui faudrait se procurer certains documents. Mais tout pouvait s'acheter, tout.

Enfin, presque tout.

Il allait la prendre à son jeu.

Mais il la retrouverait. Et il la ramènerait. Et peu lui importait de devoir aller en Floride ou en enfer pour y parvenir.

D'ailleurs, d'après ce qu'il avait entendu dire, il n'y avait probablement aucune différence.

5

Le lendemain matin, Jarrett fut réveillé par des coups frappés à la porte. Péniblement, il ouvrit les yeux, s'enroula dans le drap, puis se souvint qu'il laissait une épouse nue derrière lui. Il fronça les sourcils, jeta le drap sur elle en vitesse et enfila son pantalon. On continuait à frapper.

Il ouvrit en grand la porte de la cabine et aperçut Robert. Son ami, loin de s'excuser de tambouriner ainsi, s'appuya nonchalamment au chambranle en contemplant ses ongles.

— Désolé de te déranger, mais l'équipage attend tes ordres.

Il tenta de jeter un coup d'œil dans la cabine pardessus l'épaule de Jarrett.

— Alors ? dit-il tout bas.
— Alors, quoi ? répliqua McKenzie.
Le jeune homme lui sourit.
— Comment va la jeune mariée ?
— Elle dort. Tu n'auras qu'à lui demander quand elle se réveillera. Et si elle n'est pas contente, je te signale que ce sera de ta faute.
— De ma faute ? répéta Robert, indigné.
— Ce mariage est une idée à toi.
— C'est exact ! Donc, si tu te comportes comme une brute, c'est de ma faute !
— Je me comporte comme une brute ? demanda Jarrett, irrité.
Robert haussa les épaules.
— La pauvre petite est évanouie au fond de ta cabine.
Jarrett grinça des dents et Robert s'écarta en hâte en éclatant de rire.
— Commandant ! Commandant ! On a besoin de toi ! Et comme je tiens à garder le superbe visage dont m'a doté la nature dès ma naissance, je n'en dirai pas plus ! Mais les hommes attendent tes ordres pour le voyage de retour.
Il salua et s'éloigna. Jarrett referma la porte. Sa femme dormait toujours d'un sommeil paisible, la respiration légère. Il s'arrêta un instant pour la regarder et réalisa que, hier encore, il ne la connaissait pas. Cela paraissait à peine croyable. Il était marié. Et bien qu'elle ne lui eût pas dit toute la vérité, la veille, elle avait fort bien tenu son rôle. Peut-être même mieux qu'il ne l'avait imaginé. Il avait eu envie d'elle au premier regard. Toutefois, il ne s'attendait pas à...
À quoi ?
Ce matin, ses cils, longs et épais, balayaient sa joue. Ses cheveux continuaient à lui faire penser à des écheveaux d'or. Sa peau était blanche comme l'ivoire ; ses formes, exquises. Mais tout ceci n'était

pas nouveau pour lui. Et il s'était attendu à tout autre chose.

Il aimait son voilier, il aimait son cheval mais il était parfaitement capable de s'en passer.

Après la disparition de Lisa, quand Robert lui avait suggéré de se remarier, peut-être avait-il envisagé de prendre une femme sous cet angle. Comme quelque chose à avoir, dont on se sert, puis qu'on pose dans un coin, une chose à laquelle on tient et dont on prend le plus grand soin, mais qu'on peut facilement...

Abandonner. Et oublier.

Jarrett resta adossé quelques secondes contre la porte de la cabine, honteux d'avoir de telles pensées. Les femmes étaient des êtres vivants, pas des bateaux. Ni des bêtes de somme. Pourtant, c'était ce qu'il avait voulu. La posséder, se servir d'elle — puis s'en aller. Et il n'en avait pas conscience avant de réaliser que les choses ne s'étaient pas du tout passées ainsi. Il se sentait comme enchevêtré à cette somptueuse chevelure dorée. Et maintenant qu'il avait enfin retrouvé ses esprits, après cette nuit de folie, il était encore plus convaincu qu'elle était un joyau inestimable.

Et qu'il allait devoir en payer le prix. Loin de s'attendre à un tel tourbillon d'émotions, Jarrett se sentit tout à coup curieusement sur la défensive, mécontent. Il n'avait plus envie de jouer le jeu de cette femme. Il voulait plus. Plus qu'elle ne lui avait donné. Il voulait savoir ce qu'elle lui cachait, découvrir toute la vérité sur ce qu'elle était. Mais il avait promis de ne rien lui demander.

Il s'approcha de la couchette pour la contempler à nouveau, mourant d'envie de la réveiller, de la prendre dans ses bras. De l'explorer des pieds à la tête, de la caresser... de la posséder, pour avoir l'impression qu'il pouvait tout de même exiger d'elle ce qu'elle se refusait à lui donner. Néanmoins, il ne la réveillerait pas. Et il se maudit de lui avoir fait cette promesse.

Mais il ne lui révélerait rien sur lui non plus, décida-t-il. Elle ne saurait rien de son passé.

Ainsi déterminé, il se détourna de la masse de cheveux éparpillés sur sa gorge et ses seins et jura silencieusement en allant s'habiller. Puis, il monta sur le pont et trouva Robert installé au gouvernail. D'après la position du soleil, il avait dormi toute la matinée et une bonne partie de l'après-midi. Comme il s'approchait du gouvernail, Léo surgit derrière lui, une tasse de café fumant à la main.

— Nous ne savions pas dans quelle direction vous vouliez aller, commandant! dit-il en lui tendant la tasse.

— Les vents sont assez faibles, nous sommes seulement au large de la côte de Pensacola, ajouta Robert. Tu voulais t'arrêter?

Jarrett hésita un instant avant de secouer la tête. Ils étaient arrivés à La Nouvelle-Orléans le jour de Noël, et on était déjà le 2 janvier. Il ignorait si cela avait ou non un sens, mais rencontrer une femme et l'épouser le premier janvier était en tout cas une façon originale de commencer l'année!

Il aurait pu vouloir s'arrêter à Pensacola afin de se mettre au courant des dernières nouvelles, mais il lui tardait d'arriver chez lui. Vers les plantations situées au nord et au sud de l'Hillborough River, la situation était souvent tendue. Et il n'aimait pas rester absent trop longtemps. Les choses pouvaient évoluer si rapidement...

Au moment de son départ, la situation était inquiétante, et il craignait que les gens n'aient pas prêté grande attention à ce qui se passait.

Dans ce coin de Floride au sol extraordinairement fertile, les Blancs prenaient de plus en plus de terres aux Indiens. Ces derniers accusaient les Blancs de leur prendre leurs terres, tandis que les Blancs leur reprochaient de voler leur bétail et de piller leurs plantations et leurs fermes.

En général, les relations entre Blancs et Séminoles étaient plutôt bonnes. Les Séminoles troquaient des fourrures et des peaux contre diverses marchandises. Au tout début, ils avaient échangé de l'alcool, des babioles ou des vêtements. Mais depuis quelque temps, les Indiens s'intéressaient à des marchandises d'un genre plus particulier : des munitions, des fusils et de la poudre.

Jarrett entretenait des relations avec de nombreux chefs et avait parfois l'impression de connaître la société séminole encore mieux que la sienne. Le territoire n'abritait pas seulement des clans parlant différentes langues, il y avait également des tribus au sein de ces clans. Et il existait des dizaines de clans. Chacun avait son propre chef, de même que chaque tribu. Quand l'un des chefs appelait à faire la guerre, le message circulait parmi les autres tribus.

Jarrett avait gardé une mauvaise impression de sa dernière rencontre avec Osceola. Wiley Thompson aurait dû savoir que, même entre eux, selon leur propre loi, aucun Séminole ne subissait l'affront de se voir passer les chaînes. C'était à leurs yeux la plus grande humiliation. Les crimes les plus horribles pouvaient entraîner la peine de mort, ou le bannissement, et il leur arrivait de défigurer des femmes et des hommes, de leur arracher l'oreille ou le nez pour certains délits tels que l'adultère, mais jamais un homme n'était enchaîné. Exaspéré par le comportement des Séminoles, Wiley Thompson avait fait venir Osceola dans son bureau en l'accusant d'avoir insulté l'autorité, puis lui avait passé les menottes et l'avait jeté en prison, convaincu d'être dans son bon droit. Dès qu'il avait appris ce qui s'était passé, Jarrett était venu voir Thompson, mais ce dernier lui avait rétorqué qu'une telle mesure était indispensable afin de briser l'arrogance d'Osceola. Jarrett l'avait néanmoins sérieusement mis en garde et avait fait de son mieux pour apaiser Osceola après l'incident. Mais la tension montait et la situation était alarmante.

Maintenant, Jarrett avait une femme. Il aurait beau rester aussi discret que possible, elle finirait par découvrir certaines choses. Et il tenait à ce qu'elle fût chez lui quand ce moment arriverait.

— Nous avons assez de vivres ? demanda-t-il à Léo.

— Oui, monsieur. Si le vent se lève, je peux nous amener à Tampa Bay après-demain, en milieu de matinée.

Jarrett but le café noir et brûlant. Il était bon, et l'aidait à mieux réfléchir. L'air frais et salé lui fit également du bien.

— Je vais prendre la barre, dit-il en tendant sa tasse vide à Léo. Et si Nathan pouvait préparer quelque chose à manger, ce ne serait pas de refus.

Robert s'attarda un instant auprès de son ami.

— Qu'est-ce qu'il y a ? grommela Jarrett.

— Tu es un homme étrange, Jarrett McKenzie. Si je venais d'épouser un ange comme ta femme...

— Tu aurais pu le faire aussi facilement que moi.

— Je ne crois pas. Bien sûr, je suis nettement plus beau, mais... regardons les choses en face, tu es plus riche que moi. Et beaucoup plus fort. Tu es l'homme dont cette femme a besoin. Et je pense que c'est exactement la femme qu'il te faut.

— Ça, ça reste à prouver ! L'idée de se retrouver au milieu des serpents et des alligators semble loin de l'emballer. À ton avis, comment réagira-t-elle lorsqu'elle découvrira la vérité sur ma situation ?

— Tu veux que je lui demande ?

— Si tu lui dis un seul mot, je te tranche la gorge.

— Je ne dirai rien ! Promis ! Mais si...

— Oui ?

— Si elle n'accepte pas la situation, que feras-tu ? Tu la renverras dans le Nord ?

Jarrett, le regard perdu sur les vagues qui s'étendaient à l'infini, secoua la tête.

— Non. Elle a ses secrets, et elle a pris un engagement, dit-il avec une véhémence qui le surprit lui-même. Elle a fait un choix. À elle de s'en arranger.

— Peut-être ferais-tu mieux de la prévenir et...

— Le moment venu, dit fermement Jarrett. Tu m'entends, Robert ? Le moment venu.

— Quand nous arriverons à Tampa, elle risque d'entendre des choses.

— Probablement. Elle n'aura qu'à m'interroger sur ce qu'elle veut savoir.

— Bien, commandant, comme tu voudras ! dit Robert en poussant un soupir exagéré. Je vais dans le galet voir si je peux donner un coup de main à Nathan.

Il laissa son ami à la barre, et Jarrett réalisa qu'il était content d'être là, tout seul. Le vent et l'air salé qui lui fouettaient le visage lui faisaient du bien. Le voilier filait à vive allure. En repensant aux événements de la nuit précédente, il éprouva une impression étrange. Mais vouloir se réconcilier avec ce qu'il avait fait de sa vie lui paraissait plus étrange encore.

En entendant frapper à la porte, Tara se redressa lentement avec la sensation d'être rompue de fatigue et pleine de courbatures. Elle battit des paupières, éprouvant quelques difficultés à réaliser où elle était, puis le souvenir de la nuit précédente lui revint en mémoire. Doux Jésus, les choses s'étaient passées si précipitamment ! Et maintenant...

On continuait à frapper à la porte. Elle se leva, le cœur battant, et s'habilla en hâte. Il s'impatientait. Non, ce n'était sûrement pas lui, car il n'aurait pas pris la peine de frapper. Il était son mari. Elle avait l'impression de perdre la tête.

D'ailleurs, elle l'avait bel et bien perdue cette nuit. Par contre, elle avait gagné autre chose. Tout à coup, elle se sentit fébrile.

— Tara ? appela poliment une voix.

Habillée, les cheveux en bataille, elle ouvrit la porte.

Robert Tread était là, portant un plateau en argent. Il se pencha respectueusement pour la saluer.

— Mrs. McKenzie. Je me ferai un plaisir d'être votre serviteur pendant toute cette traversée, jusqu'à ce que vous soyez arrivée dans votre nouveau foyer. D'ailleurs, je le serai sans doute toute ma vie ! dit-il d'un ton léger.

Tara sourit. Les manières de ce jeune homme étaient charmantes, quoique déconcertantes. Avec son teint bronzé, il était très séduisant et, depuis qu'il avait poussé son ami à se marier, il semblait décidé à ce qu'elle se sente la bienvenue à bord, n'en déplaise à Jarrett.

— Merci, dit-elle en lui faisant une aimable petite révérence.

— Voulez-vous que je pose ça sur le bureau, Mrs. McKenzie.

— Qu'est-ce que c'est ?

— Le meilleur ragoût de langouste que vous ayez jamais mangé.

— Ça m'a l'air très appétissant.

Il déposa le plateau et retira le couvercle. Puis il approcha une chaise et l'aida à s'asseoir avec galanterie avant de se percher sur un coin du bureau.

— Ne vous occupez pas de moi, j'ai déjà mangé, assura-t-il.

Le ragoût sentait délicieusement bon. Tara mourait de faim. Le prenant au mot, elle avala une première cuillerée. C'était fameux. Elle se mit à manger avec entrain, puis, se souvenant qu'elle avait de la compagnie, s'interrompit un instant.

— Vous êtes sûr que...

— Mrs. McKenzie, pour un travailleur débordé comme moi, la journée est déjà bien avancée !

Tara haussa un sourcil.

— Pour l'instant, vous me semblez loin d'être débordé !

— C'est vrai, admit-il en riant.

— Vous travaillez pour Jarrett ?

— Seulement de temps en temps.

— Vous avez l'air d'être bons amis tous les deux.

— Les meilleurs amis du monde. Je serais prêt à donner ma vie pour lui, déclara Robert en toute simplicité.

Tara haussa à nouveau les sourcils, mais il n'avait pas eu l'intention de paraître si sérieux.

— Nous avons en commun une passion absolue pour notre beau pays.

Elle ne put s'empêcher de frissonner.

— Pour les moustiques et les alligators ?

— Allons ! Ne vous moquez pas avant d'avoir admiré un coucher de soleil ! Ni avant d'avoir vu la merveilleuse Fontaine de Jouvence de Juan Ponce de Léon !

— Elle existe vraiment ? demanda Tara, sceptique.

Robert haussa les épaules.

— Peut-être. Qui sait ? En tout cas, je vous promets une chose : vous trouverez là-bas des coins enchanteurs. En fait, il se passe des choses extraordinairement romantiques tout près de l'endroit où vous allez vivre.

— Quoi par exemple ? Des accouplements d'alligators ?

— Mrs. McKenzie ! Votre question est très indélicate ! s'exclama-t-il en riant.

— À vrai dire, c'est plutôt ma situation qui est indélicate, murmura-t-elle, sentant soudain une bouffée de chaleur lui monter au visage.

Mais Robert se comporta en parfait gentleman.

— Je veillerai à ce que vous tombiez sous le charme de notre petit paradis ! Et maintenant, écoutez-moi bien. En 1492, comme vous le savez, Christophe Colomb a découvert le Nouveau Monde. Les Espagnols ont commencé à s'enrichir et à piller les trésors de l'Amérique du Sud. Notre cher ami Ponce voulait lui aussi devenir très riche, aussi se mit-il en quête de l'or et des fabuleux trésors qu'on avait trouvés ailleurs. Il découvrit les Antilles, puis entendit raconter des légendes merveilleuses sur une autre contrée, où il y avait soi-disant de l'or, des richesses et des sources purement magiques. Si un homme buvait de cette eau, il trouverait la vie éternelle. Finalement, il n'a jamais trouvé la source magique ni l'or, mais il a découvert la Floride. Et après sa mort, d'autres Espagnols entreprenants ont continué à venir y chercher fortune. C'est là que commence mon histoire. Hernán Cortés était occupé à s'enrichir en volant les Aztèques au Mexique. Velasquez, gouverneur de Cuba, était jaloux. Il envoya un dénommé Panfilo de Narváez explorer la Floride afin de s'approprier ses richesses. Panfilo de Narváez accosta près de Tampa Bay, où nous nous rendons actuellement, puis renvoya ses navires au nord, où il les retrouverait une fois qu'il aurait exploré la région. Au début, il rencontra des indigènes amicaux, puis les Indiens se firent de plus en plus hostiles. Il ne trouva aucune des richesses promises et, quand il revint sur la côte, ses navires n'étaient plus là. Désespéré, il entreprit de construire des bateaux avec ses hommes, et ils firent fondre leurs casques et leurs boucliers pour fabriquer des barres, des boulons et des clous. Et ils s'embarquèrent enfin sur leurs pathétiques et minuscules embarcations.

— C'est une merveilleuse histoire, Robert ! dit Tara en riant. Je suis vraiment impatiente d'arriver là-bas !

— Attendez, j'en arrive à la meilleure partie. Les bateaux furent presque tous détruits et les marins se noyèrent, ou bien furent tués par les Indiens, à l'exception de quatre survivants qui réussirent à regagner leur pays pour raconter leur histoire.

— C'était ça la meilleure partie ?

— Écoutez-moi. La femme de Panfilo de Narváez envoya un navire chargé de vivres à son mari. Les marins ne trouvèrent pas sa trace, mais les Indiens les accueillirent sur la plage, et deux jeunes gens vinrent à leur rencontre sur un canot. Ils furent capturés par un chef indien nommé Hirrihiqua, qui avait lui-même été fort maltraité par Panfilo de Narváez. Le premier jeune homme fut aussitôt torturé et exécuté.

— J'ai compris, c'est ça la meilleure partie !

— Le second jeune homme s'appelait Juan Ortiz, poursuivit Robert, imperturbable. Hirrihiqua s'apprêtait à le torturer et à le tuer à son tour. Mais la fille du chef s'y opposa catégoriquement. Elle se jeta aux pieds de son père en le suppliant de l'épargner. Elle pleura, sanglota...

— Et ?

— Et il relâcha Juan Ortiz ! dit Robert, apparemment satisfait de la chute de son récit.

— Vous êtes sûr de ne pas avoir emprunté cela à l'histoire de Pocahontas et de John Smith ?

— Non ! répliqua Robert, indigné. C'est une histoire vraie, et elle s'est déroulée longtemps avant la naissance de Pocahontas.

— Ah, je vois ! Et ensuite, Ortiz est tombé amoureux de la jeune fille indienne et l'a épousée.

— Non, en fait, les Indiens l'ont gardé comme esclave pendant de longues années. Hirrihiqua était un homme inflexible. Mais sa fille était courageuse et s'est arrangée pour que son fiancé, jeune chef d'une autre tribu, veille à ce que Ortiz ne soit pas trop maltraité. Hirrihiqua refusa alors de lui donner sa fille, mais le fiancé avait juré de protéger Ortiz et a tenu parole.

— Et ensuite ?
— Des années plus tard, Ortiz a été sauvé par Hernando de Soto. Mais je ne suis pas sûr de ce qui est arrivé aux jeunes amoureux indiens. Mais c'est une merveilleuse histoire, vous ne trouvez pas ?
Tara sourit en hochant la tête.
— C'est une charmante histoire, en effet.
— C'est de l'histoire, tout simplement. J'adore l'histoire. Et notre histoire est la plus ancienne de ce pays, vous vous en rendez compte ?
— Où avez-vous appris tout cela ? demanda Tara avec un sourire.
— Dans les livres, répondit le jeune homme d'un air grave. J'adore les livres. Les livres d'histoire, les pièces de théâtre.
— Vraiment ?
Robert mit les mains sur son cœur.
— Je connais chaque mot qu'a écrit William Shakespeare. Vous n'aurez qu'à venir me voir. Je ne peux pas vous promettre la vie éternelle, mais, faute de fontaine de jouvence, je peux être un véritable puits de science !
— Merci. Pour tout.
Robert se leva.
— Il faut que j'y aille. Le commandant a tendance à hurler quand il est de mauvaise humeur, dit-il en lui faisant un clin d'œil. À plus tard. Je reviendrai vous voir, c'est promis.
Il sortit de la cabine, laissant Tara tortiller distraitement une boucle de cheveux entre ses doigts. Il était merveilleux, toujours souriant et parfaitement gentil avec elle, capable de la faire rire tout en lui racontant des choses épouvantables.
À nouveau, elle ressentit un petit pincement au cœur. Malgré tout, il n'arrivait pas à la faire vibrer comme Jarrett McKenzie parvenait à le faire d'un simple mot, d'une simple caresse, ou d'un regard.
Que se passerait-il si McKenzie apprenait la vérité ?

La vérité... que ce fourbe de Clive Carter avait l'intention de proclamer au monde entier.

Jarrett tint la barre pendant quelque temps, puis Robert revint avec un bol du ragoût de langouste préparé par Nathan, et il mangea avec bel appétit. Il céda alors sa place à Robert qui fit quelques commentaires sur les nuages noirs qui s'amoncelaient à l'horizon. Ils tombèrent d'accord pour s'attendre à devoir affronter du mauvais temps.

À peine eurent-ils prononcé ces mots que le vent se mit à souffler avec violence.

Tout l'équipage se précipita sur le pont pour affaler les voiles et une pluie torrentielle se mit à tomber. Jarrett reprit la barre, s'efforçant de maintenir le cap malgré la force de l'orage. Debout devant le gouvernail, sous la pluie battante, il sentit soudain une présence derrière lui. En se retournant, il aperçut Tara qui se tenait les pieds légèrement écartés, fermement campée sur le pont.

— Redescendez ! cria-t-il.

— J'ai le pied marin et je déteste rester confinée dans...

— Bon sang ! jura-t-il, furieux, en s'efforçant de maintenir la barre. Vous avez envie de passer pardessus bord ?

— Je viens de vous le dire, j'ai le pied marin.

— Léo ! Viens me remplacer à la barre ! hurla-t-il dans le vent.

Celui-ci obéit et Jarrett prit Tara dans ses bras, luttant contre les rafales de vent pour regagner la cabine.

La baignoire avait été vidée et le lit était fait. Quelqu'un avait apporté à Tara du ragoût de langouste sur un plateau d'argent, avec une serviette en lin blanc et un verre de vin.

Le plateau allait et venait sur le bureau, mais Jarrett ne s'y attarda pas très longtemps.

Dans la cabine, il y avait également une malle.

Une malle qu'il connaissait bien. Oubliant soudain le mauvais temps, l'avenir — et même sa femme — il resta quelques minutes les yeux rivés sur la malle. Sa *nouvelle* femme. La malle avait appartenu à sa première femme...

Il se tourna vers Tara, qui sembla reculer légèrement, comme si elle avait peur de lui. Il se caressa nerveusement le menton, l'air contrarié.

— C'est Robert qui l'a apportée, s'empressa-t-elle de dire. Je... je n'ai rien à me mettre, vous comprenez. Il m'a dit que je pouvais utiliser ces affaires.

Elle portait les mêmes vêtements que lorsqu'il l'avait rencontrée.

— Mais vous ne l'avez pas fait, remarqua-t-il d'un ton sec.

— Je... je ne sais pas à qui sont ces affaires. Et je ne voulais pas les emprunter sans demander d'abord la permission à la femme à qui elles appartiennent.

Jarrett ne comprit pas pourquoi une telle émotion l'envahit soudain. Le voilier tanguait violemment. Tara semblait ne pas s'en apercevoir et le regardait fixement, sans perdre son équilibre. Parfaite, une fois de plus. Pendant un instant, il la détesta, s'en voulant furieusement d'avoir eu envie d'elle dès qu'il l'avait aperçue. Il détestait cette perfection qui émanait d'elle, cette beauté irréprochable. Tout comme il détestait la masse d'or de ses cheveux et la douceur de sa voix.

Il lui en voulait de lui avoir fait oublier en quelques secondes le visage de la femme qu'il avait aimée pendant plus de dix ans...

— Elle est morte, lâcha-t-il. Vous... vous n'avez qu'à prendre ce que vous trouverez. Et ne vous avisez pas de quitter cette cabine avant la fin de la tempête, compris ?

— Je sais naviguer.

— Et obéir, vous savez ? rétorqua-t-il. Ne sortez pas d'ici !

Sur ces mots, Jarrett sortit en claquant la porte. À moins que ce ne fût le vent. Il poussa un lourd soupir et retourna au gouvernail, tandis que ses hommes continuaient à se débattre avec les voiles.

Ils se trouvaient maintenant en pleine mer et la tempête était d'une violence inouïe. Des éclairs déchiraient le ciel, suivis de roulements de tonnerre impressionnants. Jarrett s'efforçait tant bien que mal de maintenir le bateau au milieu des vagues déchaînées, les doigts gourds à force de serrer le gouvernail.

Vers minuit, un dernier éclair illumina le ciel. Le tonnerre gronda, puis tout redevint calme. Une pluie fine se mit à tomber. Et l'océan redevint paisible.

Nathan fit du café qu'ils arrosèrent copieusement de whisky. Jarret décida de barrer le reste de la nuit en compagnie de Léo. Robert prendrait le relais au lever du jour. Le ciel rosissait déjà lorsqu'il redescendit dans la cabine afin de se débarrasser de ses vêtements trempés. Une fois encore, il observa attentivement sa femme.

Deux jours. Il y avait presque deux jours qu'il était marié.

Tara avait pris des vêtements dans la malle. Mais au lieu de mettre la chemise de nuit achetée par l'équipage pour leur nuit de noces, elle avait choisi une longue chemise de nuit en grosse flanelle. Jarrett ne se souvenait pas l'avoir vue sur Lisa et se dit qu'elle n'avait jamais dû la porter.

Le col en dentelle remontait très haut sur son cou. Elle dormait. Sage comme une image.

Mais si Tara avait cru que ce tissu épais la rendrait moins désirable, elle s'était trompée. Une fois nu, Jarrett se frictionna vigoureusement avec une serviette, puis rabattit les couvertures pour venir s'étendre près d'elle. Ce simple geste le fit se sentir incroyablement vivant. Il glissa une main sous la chemise de nuit et ses doigts remontèrent sur la peau nue de la jeune femme. Il l'embrassa sur la nuque tout en lui caressant le dos et elle se réveilla peu à peu.

Après la tension de la nuit, Jarrett n'avait aucune envie de reprendre la dispute de tout à l'heure. Il l'agrippa par les hanches et l'attira contre lui. Ses mains empoignèrent ses fesses, pétrirent ses cuisses, puis, d'un mouvement souple, il la pénétra, et le petit cri de surprise qu'elle laissa échapper lui confirma qu'elle était tout à fait réveillée. Cependant, aucun signe de protestation ne franchit ses lèvres et, lorsqu'il s'abandonna à sa jouissance, il la sentit frissonner de tout son être avant de se détendre complètement. Tara ne dit rien. Et il éprouva tout à coup un profond déchirement, conscient qu'il aurait dû s'excuser de s'être montré aussi pressé. La cabine était plongée dans une douce pénombre, et il était épuisé. Il ferma les yeux et sombra dans un lourd sommeil, avant d'avoir pu marmonner un début d'excuse.

Cette fois encore, Jarrett dormit tard. Le son d'un rire cristallin le réveilla. Intrigué, il tendit l'oreille. Le rire s'éloigna. Il faillit se rendormir, mais se redressa tout à coup, confus et paniqué. Se levant d'un bond, il enfila son pantalon et monta en courant sur le pont. On avait jeté l'ancre. Ted et Nathan étaient en train de pêcher, leurs lignes posées sur la rampe du bastingage. En les voyant, Jarret se renfrogna. Puis il entendit un bruit de plongeon et se précipita vers la proue du bateau.

Robert était debout sur le pont, en train d'admirer la mer. Il eut l'air surpris de voir Jarrett l'interpeller.

— Tara est tombée par-dessus bord? s'inquiéta Jarrett, soudain alarmé.

Il n'avait pas remarqué l'échelle de corde jetée le long de la coque.

— Elle se baigne! précisa Robert. Elle a trouvé l'eau magnifique et a décidé de plonger.

— Et tu l'as laissée faire?

— Je ne vois pas comment j'aurais pu l'en empêcher!

Jarrett scruta l'horizon. Ils longeaient la côte ouest de la Floride et n'étaient pas très éloignés de la terre ferme. Dans cette région du golfe du Mexique, l'eau était particulièrement belle, et la tempête l'avait même nettoyée. Dans le ciel d'un bleu poudré, il n'y avait pas le moindre nuage. La mer d'azur semblait s'étendre à l'infini sous la lumière dorée.

Et là, au milieu de ces couleurs fabuleuses, sa femme était en train de nager. Il ne voyait que sa tête, et ses cheveux, même mouillés, brillaient comme de l'or au soleil.

Retrouvant sa mauvaise humeur, il se demanda dans quelle tenue elle avait plongé. Au même instant, elle fit demi-tour dans l'eau, telle une sirène, et commença à nager lentement sur le dos. Il vit qu'elle portait un pantalon étroit que Lisa s'était confectionné un jour pour marcher à l'intérieur des terres, avec une chemise à lui, beaucoup trop grande, au point qu'il s'étonna de la voir se déplacer avec autant de grâce et de facilité.

Robert haussa les épaules.

— Elle m'a dit que la journée était magnifique, qu'elle adorait nager et qu'elle avait rarement vu une eau aussi transparente. Et, avant que j'aie pu dire quoi que ce soit, elle a plongé, comme si elle avait fait ça toute sa vie. Elle a l'air très à l'aise dans l'eau.

Jarrett jeta un regard furibond à Robert et plongea à son tour.

Au contact de l'eau, un long frisson le saisit de la tête aux pieds. Depuis quelque temps, il frissonnait pour un rien!

Dans cette région, l'hiver était souvent la plus belle saison. Mais c'était tout de même l'hiver. L'eau était glacée et faisait l'effet d'une véritable morsure.

Mais sa jeune épouse ne semblait guère y prêter

attention. Lorsqu'il refit surface, tremblant de froid, elle ne s'était pas encore rendu compte qu'elle n'était plus seule dans l'eau. Jarrett se promit de ne pas lui montrer qu'il grelottait. Quelques brasses lui suffirent à la rejoindre. Allongée sur le dos, elle se laissait flotter doucement en fermant les yeux.

Lorsqu'il lui effleura le bras, Tara sursauta et but la tasse, ce dont Jarrett se réjouit intérieurement. Crachant et jurant, elle renversa la tête en arrière pour se lisser les cheveux, puis le regarda droit dans les yeux, le bleu intense de son regard accentué par la couleur de l'océan.

— Vous m'avez fait peur ! J'ai cru qu'un poisson m'avait frôlée.

— Et vous, que croyez-vous m'avoir fait ? D'ailleurs, vous avez raison d'avoir peur. Que savez-vous de cet océan ? Qu'est-ce qui vous a pris de plonger ainsi ?

Jarrett se demanda pourquoi il ne parvenait pas à se contenir davantage. Lui et ses hommes plongeaient constamment dans les parages.

Les reflets du soleil sur l'eau se réverbéraient dans ses yeux. Incapable de déchiffrer l'expression de son regard, il l'entendit répondre calmement :

— Je vous ai déjà dit que je savais nager.

— Ah oui ! Pardonnez-moi, j'avais oublié. Vous faites sans doute allusion à la fois où vous avez voulu vous jeter dans les eaux du Mississippi !

Tara respira profondément en agitant les mains dans l'eau, prenant tout son temps avant de répondre.

— Je ne vois pas où est le mal. J'adore nager et je suis très à l'aise dans l'eau.

C'était le moins qu'on pût dire ! Pourquoi était-il dans une telle rage ? Sans doute parce que son cœur avait bondi dans sa poitrine quand il l'avait entendue plonger.

— Vous m'avez fait peur, ainsi qu'à tout l'équipage. Pourquoi ne prévenez-vous pas avant de faire ce genre de chose ?

— Mais vous étiez en train de dormir.

— Vous auriez dû attendre que je sois réveillé.

Tara s'écarta un peu de lui. Le soleil éclatant l'obligeait à cligner des yeux.

— J'ignorais que je devais vous demander la permission dès que je voulais faire un geste.

— Nous sommes mariés.

— Ça n'a rien à voir.

— Pensez ce que vous voulez. Mais laissez-moi vous dire comment je vois la situation. Quand je vous ai rencontrée, vous étiez en danger, et prête à promettre n'importe quoi pour que je vous emmène avec moi. Je n'ai pas envie de me réveiller le cœur battant, en me demandant si vous n'êtes pas en train de vous noyer. Bon sang ! Vous auriez quand même pu demander, ou attendre un peu !

— Très bien ! dit-elle après un long silence.

Puis, elle plongea dans les profondeurs, donnant un grand coup de pied à Jarrett en pleine mâchoire. Pendant quelques secondes, il resta sonné.

Tara nageait à une vitesse sidérante. Elle disparut dans l'océan et, lorsqu'elle refit surface, elle se trouvait à quelques mètres à peine du bateau.

Jarrett la rejoignit en quelques brasses coulées. Au moment où elle allait saisir l'échelle de corde, il l'attrapa par la cheville et l'entraîna sous l'eau avec lui. Très vite, il la relâcha et ils refirent surface en même temps. Cette fois, elle lui jeta un regard carrément furieux.

— Qu'est-ce qu'il y a ? Vous m'avez ordonné de ne pas nager ! Et je m'efforce d'obéir à vos ordres !

— Ne refaites jamais ça, mon amour, dit-il doucement. La prochaine fois que vous me donnez un coup...

— Mais de quoi parlez-vous ? rétorqua-t-elle avec véhémence.

Toutefois, une légère hésitation dans sa voix confirma à Jarrett qu'elle savait pertinemment ce qu'elle avait fait, et qu'elle l'avait fait exprès.

— Je vous avertis encore une fois, ma chère. Ne me traitez pas comme ça.

Il nagea jusqu'à elle. Alors qu'elle se retournait pour agripper l'échelle, il l'enlaça.

Jarrett sentit son cœur se mettre à battre violemment. Tara se figea en se mordant la lèvre, furibonde. La chemise en coton collait à son corps, révélant les moindres détails de sa silhouette. À bord de la *Magda*, tous les hommes allaient pouvoir admirer ses courbes généreuses.

— Vous permettez que je remonte ? demanda-t-elle d'un ton acide en essayant de grimper à l'échelle malgré les bras qui l'entouraient.

— Vous avez tout intérêt, répondit-il aussi aimablement que possible.

Tara eut vite fait de se hisser sur le pont. Jarrett vit avec soulagement que Robert l'attendait avec une couverture qu'il lui jeta sur les épaules.

Le temps qu'il remonte à son tour, elle s'était éclipsée. Sans doute avait-elle regagné la cabine.

Il resta sur le pont, dégoulinant et frissonnant sous la fraîcheur de la brise.

— Tu veux une couverture ? demanda Robert.

— Non, du café, bien chaud !

Puis il se retourna pour scruter la côte, la végétation dense et luxuriante et les plages de sable blanc qui formaient des encoches çà et là.

Léo lui apporta une tasse de café brûlant qu'il but d'un trait. Bientôt, il cessa de frissonner et resta à se chauffer au soleil dans son pantalon trempé.

— Je vais barrer, dit-il à Nathan.

Ce serait encore là qu'il sécherait le plus vite. Et qu'il aurait le plus de chances de se calmer.

Peu de choses lui plaisaient autant que naviguer, surtout avec cet équipage qui l'accompagnait dans ses voyages depuis des années. Ses hommes étaient d'une fidélité et d'une compétence absolues. Trois fois par an, ils partaient avec lui à La Nouvelle-Orléans, ainsi qu'à Londres, où ses affaires l'amenaient régulièrement depuis qu'il s'était lancé dans la culture du coton et de la canne à sucre. Jarrett possédait un important troupeau, un élevage de poulets et de porcs, ainsi qu'une magnifique écurie de chevaux. De temps à autre, il engageait ses pur-sang dans des courses et, s'intéressant de plus en plus à l'élevage, avait découvert qu'il pouvait en vendre et gagner de l'argent. Au nord de l'endroit où il avait construit sa maison, il possédait des marais salants qui avaient largement contribué à accroître sa fortune d'année en année.

Quelquefois, il s'étonnait d'avoir si bien réussi. Lorsqu'ils n'étaient pas en mer, les membres de l'équipage occupaient diverses fonctions sur ses terres. En leur absence, la propriété était confiée à Jeeves, un homme immense, d'origine mi-africaine, mi-indienne, noir comme l'ébène et fort comme un bœuf. Jeeves était un homme libre, grassement payé pour ses services, mais il vivait avec Jarrett depuis si longtemps qu'il était plutôt considéré comme un membre de la famille.

Jeeves lui-même était indifférent à la couleur de peau. Il dirigeait les employés de la plantation — Indiens, Africains, Américains, Irlandais, Anglais, Espagnols, Haïtiens et créoles — avec beaucoup de dignité et d'autorité. Jarrett avait une curiosité naturelle pour les gens et lorsque, au cours de ses voyages, il rencontrait un homme ou une femme qu'il jugeait particulièrement apte à accomplir une certaine tâche à Cimarron, il l'engageait sans hésiter. Les deux jeunes servantes irlandaises chargées de l'entretien du premier étage avaient perdu leurs parents lors d'un naufrage et s'étaient retrouvées orphelines, sans un sou en poche, dans les rues de

Charleston. De nombreux métis indiens, dont certains ne trouvaient leur place dans aucun des deux mondes, étaient venus demander à Jarrett de les embaucher. Souvent, notamment pour les hommes qui travaillaient aux champs, le salaire offert n'était pas très élevé. En revanche, ils recevaient tous un lopin de terre à cultiver et étaient libres. Aux yeux de Jarrett, l'esclavage était une erreur fondamentale. Il avait appris très tôt qu'on ne pouvait juger un homme sur la couleur de sa peau et avait eu le privilège de constater que les hommes les plus intègres pouvaient aussi bien être des Indiens que des Africains. La seule chose qu'on ne devait pas retirer à un homme, c'était sa dignité. Et, aussi bon fût le maître, le fait de posséder un homme, de le priver de son droit à vivre, à respirer et à rêver librement, ne pouvait qu'offenser sa dignité. Cimarron était la preuve flagrante que se passer d'esclaves était possible, ce que Jarrett comptait continuer à démontrer jusqu'à la fin de ses jours.

À Cimarron, il ne manquait pratiquement rien. Sauf, depuis la mort de Lisa, une maîtresse. Jeeves serait content de voir que son patron avait ramené une nouvelle épouse.

Jarrett jura entre ses dents. Où que l'entraînent ses pensées, il fallait toujours qu'il en revienne à *elle* !

Son pantalon était sec. Le soleil allait bientôt disparaître à l'horizon. Il entendit des rires et, un instant plus tard, Robert se mit à jouer du violon. Un air émouvant s'éleva dans la splendeur écarlate du soleil couchant. C'était Tara.

Bien entendu, sa voix était parfaite. Cristalline, mélodieuse, juste, charmante. Robert interpréta une vieille ballade anglaise sans la moindre fausse note. Et Tara chanta avec un léger accent — irlandais ? — apportant à cette ravissante complainte douceur et mélancolie. La voix de ténor de Robert se joignit à la sienne et ils chantèrent en chœur le dernier couplet.

Après un moment de silence, des applaudissements retentirent, suivis de nouveaux éclats de rire.

Elle riait volontiers avec Robert, constata Jarrett. Une fois de plus, il réalisa qu'il l'accusait injustement, mais...

Il avait tant besoin de se réconcilier avec lui-même. Et qu'il soit maudit s'il continuait à rester ainsi sous son charme ! Alors qu'elle était fermement décidée à garder pour elle ses secrets.

— Commandant ?

Léo était derrière lui, les sourcils froncés, l'air inquiet.

— Qu'est-ce qu'il y a, Léo ?

— Vous n'avez rien mangé de la journée, monsieur. Nathan a concocté un *gumbo* à sa façon. En mer, il est capable de faire des merveilles, alors que, à terre, sa cuisine est la plupart du temps immangeable !

— Pour l'instant, je pourrais manger n'importe quoi ! Je meurs de faim, dit Jarrett.

— Le dîner vous attend dans la cabine, monsieur. Robert a pensé que vous auriez envie de vous rafraîchir avant de manger, avec le sel qui colle à la peau et tout ça.

— Robert a pensé à ça ?

— Oui, monsieur. Notre réserve d'eau douce a sensiblement baissé — mais Robert a pensé que Mrs. McKenzie aimerait prendre un bain chaud après avoir nagé.

— Alors, c'est ce que Robert a pensé ?

— Oui — et votre femme a beaucoup apprécié, commandant !

— J'imagine. Mais ma femme a déjà pris un bain et nous n'avons presque plus d'eau douce.

— Je sais, mais nous serons bientôt à destination.

— Évidemment, suis-je bête !

L'ironie de sa remarque échappa à Léo.

— Je vais tenir le gouvernail, monsieur. Vous

croyez qu'il faut hisser les voiles ? On dirait que le vent se lève à nouveau, il souffle du nord-ouest.

— Oui, Léo. Occupe-t'en.

Et il abandonna la barre à Léo, ravi de constater qu'il n'avait nul besoin de donner des directives à ses hommes. Son second avait déjà fait le nécessaire et tout l'équipage — y compris Robert — s'affairait à hisser les voiles.

Tant mieux.

Au moins, ils n'étaient plus en train de se laisser charmer par les talents de chanteuse de sa femme !

À nouveau déterminé à profiter des avantages de ce nouveau mariage, tout en se gardant sentimentalement à bonne distance de sa mystérieuse épouse, Jarrett accéléra le pas en poussant un soupir. Il se sentit soudain las et affamé, et éprouva malgré lui l'envie de l'entendre rire à son tour.

Tara entendit le bruit de ses pas dans l'escalier. Aujourd'hui, elle avait eu plusieurs visites dans la cabine. En fait, Robert et tous les autres étaient descendus à un moment ou à un autre, pour s'assurer qu'elle ne manquait de rien.

Mais dès qu'elle entendit son pas, remarquablement léger pour un homme de sa stature, même sur le plancher d'un voilier, elle le reconnut. Et elle sentit son cœur battre plus vite, sans savoir exactement si c'était d'appréhension ou d'impatience.

Étendue sur le lit, Tara s'interrogeait sur l'homme étrange qu'elle avait épousé. Certes, c'était un homme incroyablement séduisant, au charme ténébreux, au corps souple et musclé d'aventurier. Jamais elle n'avait imaginé qu'il serait capable de la mettre dans cet état d'incandescence. Il lui donnait sans cesse l'impression de chercher à débusquer la vérité, et si jamais il l'apprenait...

Elle frissonna. Pourtant, elle ne lui avait pas menti. Il ne lui avait pas demandé si elle était accusée de meurtre, mais seulement si elle en avait commis un. Or ce n'était pas le cas. Et il avait promis de ne plus lui poser de questions... tant qu'elle respecterait sa part du contrat. De *leur* contrat.

Ce qui était loin d'être une épreuve insupportable. Même si la veille, elle avait été en colère qu'il ait osé la réveiller. Il savait si bien la caresser, éveiller son désir, la séduire...

Pour aussitôt se remettre en colère ! Sa voix résonnait parfois comme un grondement de tonnerre et il pouvait se montrer d'une exigence incroyable. Désormais, son sort était lié au sien, il l'avait sauvée d'un destin qu'elle considérait comme pire que la mort.

Mais que leur réservait l'avenir ?

Peu importait. Elle s'efforcerait de respecter sa part dans cet accord et de lui donner ce qu'il attendait d'une épouse.

Mais pas question de le laisser tout régenter comme un tyran ! Elle s'était débrouillée trop longtemps seule pour renoncer à son indépendance et se soumettre à quelque homme que ce soit. Il y avait des mois qu'elle parvenait à échapper au drame qui s'était abattu sur elle.

La porte s'ouvrit. Malgré ses résolutions, Tara se surprit à cacher ses pieds nus sous la chemise de nuit blanche qu'elle avait trouvée dans la malle. Elle eut soudain le sentiment de le regarder comme une enfant qui se sent coupable, et s'en irrita. Il ne fallait pas se laisser intimider. Certes, elle avait pour lui de l'admiration et lui était reconnaissante de l'avoir sauvée. Mais elle devrait faire attention, car il semblait capable de lui voler jusqu'à son âme, morceau par morceau. Sans doute avait-il le même effet sur toutes les femmes. Son pouvoir de séduction n'avait d'égal que sa force, grâce à laquelle elle avait pu échapper à une machination diabolique. Et puis, il l'avait épousée ; il paraissait la désirer, ne manifestait aucun regret et pourtant...

Elle avait le sentiment d'être une chose qu'il avait acquise. Il prendrait soin d'elle, veillerait à son bien-être. Et la planterait là dès qu'il serait occupé ailleurs, en s'attendant à ce qu'elle ne dise rien. Avec la volonté farouche de ne pas la laisser interférer dans sa vie.

La porte se referma sur lui. Il était toujours torse nu, et, bien que son pantalon fût sec, il lui moulait étroitement les hanches et soulignait les muscles de ses cuisses et de ses mollets. Ses épaules brunies par le soleil avaient la couleur du cuivre.

Jarrett lui jeta un regard noir tout en s'approchant du bureau où était posé un plateau, encore recouvert de son couvercle en argent. Il le souleva et vit un bol, un morceau de pain et un verre de vin.

— J'ai déjà dîné, dit-elle précipitamment.

Il s'assit en hochant la tête, prit son verre de vin et but tranquillement, sans la quitter des yeux. La *Madga* tanguait doucement et l'unique chandelle baignait la cabine d'une agréable lueur. L'air était d'une fraîcheur délicieuse et l'étroitesse de la pièce, à la fois élégante et confortable, les obligeait tous deux à une certaine proximité.

— Alors, vous avez mangé — et vous avez pris un bain ? dit-il doucement en terminant son verre.

Tara acquiesça en silence, sentant tout à coup ses joues s'empourprer.

— J'aurais dû vous demander la permission ? s'entendit-elle demander avec une certaine nervosité.

Jarrett croisa nonchalamment les bras sur sa poitrine et la dévisagea d'un œil amusé.

— Peut-être. Avec la plupart des femmes, j'aurais répondu non. Mais si je vous dis non, il est probable que vous vous empresserez de plonger dans l'océan. Ou bien vous déciderez de partir en pleine nature, histoire d'aller chasser quelque chose pour le dîner. Quoi que vous fassiez, vous trouverez sans doute une excellente raison pour justifier vos actes !

— Inutile de vous affoler. Je n'ai nullement l'intention de partir en pleine nature.

Un brusque frisson la parcourut et elle pria le ciel qu'il ne l'ait pas vu. Elle avait toujours eu affreusement peur des araignées et des serpents. Et elle savait que les Géorgiens — qui vivaient à la frontière de la Floride — considéraient l'intérieur du territoire comme le plus sauvage de tout le pays !

— C'est bizarre. Vous avez une peur bleue des alligators et autres reptiles du même genre — mais vous retrouver nez à nez avec un requin ne semble pas vous inquiéter !

Tara haussa les épaules, mal à l'aise.

— Je connais bien l'océan, dit-elle dans un murmure.

— Vraiment ?

Elle ne répondit pas. Jarrett commença à manger. Il devait avoir une faim de loup, car il termina son bol en quelques secondes, puis se resservit du vin et se cala au fond de sa chaise pour en admirer la couleur. Tout à coup, son regard revint sur elle, et ce fut comme s'il la frôlait.

— Heureusement que vous n'avez pas peur des pirates.

— Des pirates ?

— Oui. José Gaspar a souvent navigué dans ces eaux. Il y a des trésors enfouis sous toutes les plages de la région. Les morts ne parlent pas, dit-on, mais je peux vous assurer que plus d'un pirate a laissé le squelette d'un de ses compagnons pour monter la garde devant son tas d'or et de bijoux !

— Vous semblez oublier que j'ai vécu à La Nouvelle-Orléans. Les pirates ont contribué à la défaite des Anglais pendant la bataille de La Nouvelle-Orléans. Jean Lafitte s'est battu aux côtés de Jackson.

— C'est exact. Malheureusement, l'endroit où nous allons se trouve assez loin de La Nouvelle-Orléans.

Il y avait un tel défi dans son regard que Tara prit garde à ne pas se laisser avoir une fois de plus. Ignorant sa remarque, elle baissa les yeux et remonta ses genoux contre sa poitrine.

Jarrett se leva et, sans même relever les yeux, elle sentit son regard d'ébène la transpercer.

— Je serais curieux de savoir une chose, dit-il doucement. Quand nous aurons atteint ce que je considère comme un paradis et que d'autres voient comme un enfer, que se passera-t-il ? Essaierez-vous de vous enfuir à nouveau ?

Tara s'humecta les lèvres avant de le regarder droit dans les yeux.

— Je n'ai nulle part où aller, dit-elle.

— Ah ! Ce n'est pas une réponse très rassurante. Si vous aviez un endroit où aller, chercheriez-vous à fuir loin de moi ?

— Je n'ai pas pour habitude de revenir sur un accord.

— Il faut dire que vous n'en avez pas encore eu vraiment l'occasion.

Tara baissa à nouveau les yeux, incapable de soutenir son regard.

— Pourquoi voudrais-je m'enfuir loin de vous ? Vous m'avez sauvé la vie au péril de la vôtre.

— Ah, mais j'ai vu la rage qui brillait dans vos yeux, cet après-midi ! On aurait dit que vous aviez l'impression d'être sous la coupe d'un tyran !

— Vous avez été extrêmement désagréable.

— Il m'arrive d'être tyrannique.

— Eh bien, moi, il m'arrive d'être en colère ! rétorqua-t-elle, agacée.

Elle fut surprise de le voir rire en venant s'asseoir sur le lit. Puis, adossé à la paroi en bois, il l'attira contre lui en la prenant par les hanches. Il enfouit tendrement les doigts dans sa chevelure et le bout de ses boucles dorées caressait son torse nu.

— Ce n'est quand même pas si épouvantable !

dit-il doucement. Mais il est vrai que j'ai toujours vécu en Floride. Imaginez qu'il faut vingt jours de bateau pour aller de Pensacola à St. Augustine. Pourtant, d'ouest en est, et du nord au sud, la péninsule est tellement différente ! Les délégués territoriaux avaient l'habitude de se réunir tous les ans dans une ville différente. Une année, ils se retrouvaient à Pensacola, à l'ouest, et la suivante, à St. Augustine, à l'est. Faire un si long voyage les ennuyait et, un jour, un bateau transportant des hommes de loi a fait naufrage à l'extrémité de la péninsule. Inutile de vous dire qu'ils étaient exaspérés ! C'est alors qu'ils ont décidé de s'établir au milieu du territoire, et Tallahassee est devenue la capitale.

Tara resta silencieuse, ravie de l'écouter parler. Elle savourait l'odeur délicieusement virile de sa peau nue.

Il y avait une éternité qu'elle ne s'était pas sentie autant en sécurité, qu'on ne l'avait pas enlacée si tendrement.

— Tallahassee. C'est un... nom indien, murmura-t-elle.

Aussitôt, elle le sentit se crisper.

— En effet.

Tara frémit légèrement.

— Qu'y a-t-il ? Vous détestez donc tant les Indiens ?

— Ils... ils me font peur, admit-elle.

Jarrett redevint silencieux. Puis il recommença à jouer avec ses cheveux. Doucement. Délicatement.

Le voilier les berçait de son rythme régulier. Tara ferma les yeux et ne tarda pas à s'assoupir. Dans son sommeil, elle sentit qu'il continuait à la caresser.

— Tara ?

— Oui ?

Il effleura ses lèvres avant de lui retirer sa chemise de nuit, puis il continua à la caresser, à l'embrasser.

Chacun de ses baisers lui faisait l'effet d'une brûlure. Ses caresses se firent plus pressantes, s'attardant ici et là, encore et encore...

Soudain, elle se retrouva dans ses bras et il la prit avec passion. Cette fois encore, elle s'abandonna au plaisir, se demandant combien de temps elle parviendrait à supporter ce mélange d'extase et d'agonie, puis ce fut comme si le ciel se déchirait d'un coup, et un soleil sembla exploser au plus profond d'elle-même. Pendant quelques minutes, elle resta étendue, émerveillée d'éprouver une sensation aussi merveilleuse, un désir si ardent et une douceur d'une si flamboyante beauté.

Elle enfouit la tête au creux de l'épaule de Jarrett, honteuse de réagir si intensément à ses caresses.

— Tara ? murmura-t-il.

Elle fit semblant de dormir.

S'il l'avait deviné, Jarrett n'en fit toutefois rien voir. Et ses doigts plongèrent une fois encore dans sa crinière de boucles dorées.

Et très vite, Tara s'endormit pour de bon.

DEUXIÈME PARTIE

LA MAIN SAUVAGE

6

Nous serons bientôt à la maison, songea Jarrett en ordonnant d'affaler les voiles et de mettre le cap sur le port de Tampa Bay. Il leur faudrait encore remonter la rivière jusqu'à la plantation. Mais ce soir il pourrait présenter sa femme à ces « sauvages », ainsi qu'à quelques amis — militaires ou non — qui vivaient aux alentours de ce poste.

Ce qui avait d'abord été la base militaire de Fort Brooks n'était devenu une ville que l'année dernière.

Tampa n'était pas ce qu'on aurait pu qualifier de cité élégante ni même particulièrement civilisée. Elle demeurait avant tout une base militaire, et beaucoup des hommes envoyés ici avaient l'impression d'avoir été condamnés à l'enfer.

D'autres aimaient les plages de sable blanc, les eaux azuréennes de la baie et la douce brise qui y soufflait en permanence, même au cœur de l'hiver. Seuls quelques jours par an pouvaient être considérés comme véritablement froids, alors qu'à Jacksonville et à Pensacola, il arrivait qu'il y eût de la neige.

Toutefois, Tampa restait une ville très rudimentaire. Des maisons de bois étaient venues s'agglutiner autour du fort comme dans le sillage d'une comète. Des quais et des trottoirs en planches avaient été construits à certains endroits afin de permettre aux femmes en jupons et en bottines de circuler; dans d'autres, il n'y avait pas d'autre choix que de marcher dans la boue lorsqu'il avait plu. Néanmoins, la ville prenait de l'expansion chaque année. Des barbiers, des médecins, des dentistes, des apothicaires et des commerçants s'étaient progressivement installés. Des poules se promenaient çà et là, on apercevait une vache de temps à autre et de superbes chevaux passaient dans les rues, montés pour la plupart par des hommes de l'armée.

— On dirait qu'il y a pas mal d'activité, tu ne trouves pas? dit Robert en regardant dans sa longue-vue.

Jarrett acquiesça sans mot dire. Puis, prenant l'instrument, il constata à son tour qu'une animation peu ordinaire régnait à l'intérieur du fort. Derrière la palissade, les soldats semblaient s'agiter dans tous les sens. Jarrett aperçut une compagnie d'une vingtaine d'hommes sauter en selle et s'éloigner au petit galop, partant, apparemment, en mission.

— À ton avis, qu'est-ce qui se passe? demanda Robert.

— Toi et moi savons très bien ce qui se passe, répondit Jarrett d'une voix atone.

La guerre contre les Indiens avait finalement éclaté.

Il était parti de Tampa avec un mauvais pressentiment, sachant que les Indiens avaient accumulé des réserves de poudre et qu'Osceola ne pardonnerait jamais à Wiley Thompson l'humiliation qu'il lui avait fait subir.

Jarrett n'aurait jamais dû partir.

Toutefois, quelle différence cela aurait-il fait? Il ignorait ce qui se passait réellement! Pourtant, le fort et toute la ville étaient sens dessus dessous, comme à la veille d'une attaque.

L'équipage au grand complet était aligné sur le pont et tous les regards convergeaient vers Fort Brooks.

— Préparez-vous à accoster ! ordonna Jarrett.

Le port de Tampa Bay était situé dans une anse profonde et facile d'accès, avec quantité de points d'amarrage, et l'équipage eut tôt fait d'effectuer les manœuvres.

Une étrange animation régnait sur les quais. Un peu partout, on dressait des barricades et on clouait des planches devant les fenêtres. En apercevant le voilier, des gens se précipitèrent vers le quai.

Jarrett aperçut une femme lui faire un signe de la main. Nancy Reynolds, accompagnée de son mari, Josh, étaient de vieux amis. Comme d'habitude, Jarrett avait emporté du sel et du sucre à La Nouvelle-Orléans et rapportait des bas, des savons et des parfums français, des crustacés, des épices ainsi que des nouvelles. Son retour était toujours très attendu.

Donnant un dernier ordre, il s'apprêtait à sauter à terre lorsqu'il entendit la voix étranglée de Tara derrière lui.

— C'est... c'est là que vous vivez ?

Il sentit une nuance d'affolement dans sa voix, mais n'y prêta pas attention. S'il n'y avait eu que cela de perceptible dans sa question, sans doute aurait-il essayé de la rassurer.

Mais il y avait bien autre chose. Il y avait dans sa voix un profond mépris. Visiblement, ce très étrange paradis qui, depuis la mort de Lisa, était devenu la seule chose qu'il aimât, lui faisait horreur.

Il se retourna vivement. Sa charmante épouse contemplait le rivage, pâle comme un linge.

À ce moment précis, Tara était totalement inconsciente de l'avoir mis en colère. Elle ignorait ce qu'elle s'était attendue à trouver, mais ce n'était sûrement pas... ça ! Les maisons étaient si laides, si misérables, sans même une couche de peinture, ni le moindre souci d'architecture... De simples cubes. Sans aucun charme.

Elle serra les mâchoires. La ville qu'elle avait fuie

était d'un tel raffinement ! Ici, les gens semblaient ne se préoccuper que de se barricader au plus vite. Il n'y avait pas les collines verdoyantes qu'elle avait laissées derrière elle dans l'espoir de trouver une vie meilleure. Ni rien de la majesté de la ville prospère qu'elle avait habitée.

Elle eut soudain honte de ses pensées. Qui était-elle pour se permettre de juger ainsi ? Elle devait s'estimer heureuse d'avoir trouvé un refuge. D'ailleurs, le paysage était loin d'être laid. Jamais elle n'avait vu une eau aussi belle, aussi transparente et scintillante sous la lumière. L'air était doux, alors qu'au nord, il devait faire un froid épouvantable. Cet endroit était tout neuf et encore à l'état brut. Raison pour laquelle les bâtiments lui paraissaient si rudimentaires. Elle n'avait qu'à ne pas y prêter attention.

Autour de la ville, la végétation était luxuriante, parsemée de fleurs sauvages, même en cette saison. Tout ceci eût pu être magnifique, si seulement...

Si seulement elle n'avait pas ressenti cette peur qui en émanait. Toute la petite ville de Tampa suintait la peur, aussi sûrement que le soleil réchauffait sa peau.

Aussi sûrement qu'elle sentait monter la mauvaise humeur de Jarrett à ses côtés. Quelle idiote ! Elle n'aurait jamais dû lui laisser voir ainsi sa déception. Il ne pouvait les comprendre.

Jarrett ne comprenait pas. Cette femme avait un don pour le mettre en colère qui le stupéfiait. Elle était affolée — et pour l'instant, elle n'avait vu que Tampa ! Bon sang ! il l'avait pourtant prévenue ! Au cours de ce voyage en bateau, il s'était senti devenir incroyablement possessif — non, lié à elle. Il était maintenant certain qu'elle regrettait amèrement de l'avoir épousé à la va-vite.

Et ils n'étaient pas encore à terre !

L'intimité qu'ils avaient partagée à bord du voilier sembla se dissiper d'un coup. La jalousie qui le consumait — et qu'il avait tenté de nier — ajoutait à la tension qu'il éprouvait. Tara n'avait pas changé. Elle était toujours aussi belle. Et même particulièrement royale et élégante, ce matin. Ses cheveux étaient remontés en chignon sur sa nuque, ses yeux d'un bleu intense brillaient et son visage superbe paraissait plus adorable encore, parfait.

Elle portait une des robes de Lisa. Une robe en velours bleu, ornée de dentelle blanche, qui soulignait sa taille fine et ses hanches pleines. Le décolleté laissait deviner la naissance de ses seins d'albâtre et mettait en valeur son cou gracieux, blanc comme de l'ivoire.

Jarrett eut tout à coup envie de la lui arracher, de faire disparaître cette supériorité bleue et glacée de son regard, et de lui rappeler que, malgré son air innocent, elle n'était qu'une serveuse de taverne qui avait si bien su attiser sa curiosité — et ses sens — qu'il l'avait épousée pour lui venir en aide. Cependant, elle n'était pas vraiment sa femme. Lisa l'avait été, elle, dans tous les sens du terme. Et bien qu'elle fût morte, d'une certaine manière, elle continuait à l'être.

Non, songea-t-il douloureusement. Tara était maintenant sa femme. Il s'était engagé, comme elle-même l'avait fait. Et il avait découvert que son désir pour cette belle épouse se réveillait chaque fois que sa passion aurait dû être comblée. Pourtant, il ne savait toujours rien d'elle. Et à cet instant, en voyant la folle agitation qui s'était emparée de la terre qu'il aimait tant, il comprit qu'une tempête beaucoup plus forte qu'il ne l'avait cru l'attendait, et qu'il allait devoir l'affronter.

Tara détestait son paradis ; et elle n'y avait même pas encore posé le pied.

— Non, ce n'est pas là que je vis. Ma maison se trouve dans un coin beaucoup plus désolé. Ici, ça ressemble à Londres, en comparaison !

Tara pâlit encore et lui jeta un regard dur, en fronçant les sourcils. Un regard qui le condamnait. Brusquement, il s'en voulut. Venait-il en l'espace de quelques secondes de gâcher leurs chances de bonheur? Peut-être était-il déjà trop tard, songea-t-il avec lassitude. Il avait constaté, et lui avait prouvé, qu'il pouvait se montrer tyrannique.

Peut-être n'arriveraient-ils jamais à oublier le passé... Peut-être étaient-ils maudits...

Tara, silencieuse, continuait à observer le rivage.

L'impatience — et sans doute un vague sentiment de honte — poussèrent Jarrett à reprendre la parole.

— Je vous ai expliqué où je vous emmenais! lui rappela-t-il d'un ton sec.

— Ah, Mrs. McKenzie! s'écria Robert en s'approchant gaiement. Vous découvrez enfin notre magnifique Tampa Bay! Vous avez vu l'eau, Tara? Elle est aussi bleue que vos yeux. Et les plages sont splendides. Surtout, ne faites pas attention à la laideur de ces maisons. À la Bay Tavern, Mrs. Conolly prépare la meilleure cuisine qui soit, et elle a de grandes chambres toutes propres, avec de vrais lits qui ne tanguent pas sur les vagues!

Jarrett vit le visage de sa femme s'illuminer soudain. Robert semblait avoir le don de la mettre de bonne humeur, et cela l'agaçait au plus haut point. Ses lèvres roses et pleines se retroussèrent en un sourire parfait et Jarrett éprouva un petit pincement au cœur... une fois de plus.

Aurait-elle été plus heureuse dans cette contrée sauvage si Robert l'y avait amenée?

Mais que pourrait faire Robert? Son charme cesserait rapidement d'opérer, car, une fois qu'ils seraient à terre, il ne serait plus possible de dissimuler le fait que Tampa se préparait à une attaque.

De toute façon, c'était trop tard. Maintenant, ils étaient là.

— Ça m'a l'air... merveilleux, murmura Tara en réponse à ce que venait de dire Robert.

De plus en plus impatient, Jarrett prit sa femme par le bras. S'il ne prenait pas les devants, Robert ne manquerait pas de le faire, il en était certain.

Il l'entraîna avec un peu plus de brusquerie qu'il ne l'aurait voulu. Tara ne résista pas, mais il la sentit se crisper.

— Bien. Allons-y, voulez-vous ?

Cette fois encore, le ton de sa voix était plus dur que nécessaire. C'était plus fort que lui.

Il l'escorta le long de la jetée qui menait au quai. Lorsqu'ils arrivèrent sur la terre ferme, Nancy et Josh se précipitèrent vers eux. Nancy se jeta à son cou en lui posant un baiser sonore sur les lèvres, puis s'écarta, sans le lâcher, et sans se soucier non plus de son imposant mari qui se dandinait derrière elle.

— Oh, Jarrett, tu ne peux pas savoir comme c'est bon de te retrouver ! Peut-être parviendras-tu à faire ce que personne n'a réussi à faire !

— Nancy ! protesta Josh. Tu vas finir par le pousser dans la baie ! Laisse-le respirer un peu ! Et puis, fais attention, tu viens de marcher sur les pieds de cette jeune dame...

— Oh ! Excusez-moi ! s'exclama Nancy.

Jarrett ne put s'empêcher d'éprouver un malin plaisir en voyant une lueur d'embarras dans les yeux de Tara lorsque Nancy l'embrassa. Apercevant alors Robert, elle l'embrassa à son tour.

— Nancy ! dit Robert en soulevant la jeune femme brune toute mince et en la faisant tournoyer. Attention, ton ours de mari nous surveille !

Et il la reposa en riant pour serrer chaleureusement la main de Josh.

— Nancy et Josh Reynolds. Ils ont un magasin en ville, expliqua Jarrett à Tara.

Un peu en retrait de la foule, il aperçut un homme en uniforme militaire qui semblait l'attendre lui aussi. Sous le chapeau à larges bords, il reconnut les boucles blondes du capitaine Tyler Argosy, lui aussi un ami de longue date.

— Que diable s'est-il passé ? demanda Jarrett à Josh Reynolds.

Le gros homme lâcha un soupir.

— L'enfer s'est déchaîné, dit-il simplement. Le major Dade emmenait des troupes à une centaine de kilomètres au nord, à Fort King, et il est tombé dans une embuscade tendue par les Séminoles. Il n'y a eu que trois survivants. Le premier est mort avant d'arriver ici, le deuxième est incapable de parler et le troisième nous a flanqué à tous une trouille bleue ! Nous nous attendons à une attaque, tous les hommes ont pris les armes. Dès que tu en auras l'occasion, tu devrais aller au fort et parler à ce pauvre soldat qui a réussi à échapper au massacre. Les Indiens les ont anéantis, puis leurs esclaves noirs sont arrivés pour scalper et mutiler les cadavres. Tu te rends compte, Jarrett, certains ont vécu avec les Séminoles pendant si longtemps qu'ils sont devenus de véritables Indiens ! Certains ont été leurs esclaves et ont recouvré leur liberté. Mais la plupart ont été esclaves des Blancs, et ceux-ci ont fait preuve d'une dureté impitoyable envers eux. Ils ont pris leur revanche. Wiley Thompson, l'agent de liaison avec les Indiens, a trouvé la mort lui aussi. Il paraît qu'Osceola menait l'assaut et qu'il s'en est pris sauvagement à Thompson. Excusez-moi, mesdames, mais...

— Continue, Josh, le pressa Nancy. Jarrett doit être mis au courant de ce qui s'est passé.

— Nous savions bien qu'Osceola n'oublierait pas ce que lui avait fait Thompson. On n'enchaîne pas un Séminole, on ne fait pas ça, et si Wiley Thompson avait eu un tantinet de bon sens, il s'en serait douté. Les Indiens ont attrapé Wiley juste à la sortie du fort et l'ont assassiné, ainsi que quelques autres. Cette fois, c'est la guerre pour de bon, Jarrett. Personne ne pourra l'empêcher. Personne.

— Mon Dieu ! chuchota Tara.

— Excusez-moi, madame, dit Josh. Je n'aurais pas dû être aussi brutal. Vous êtes venue rendre visite à quelqu'un ? Seigneur ! J'espère que ce n'est pas à un des malheureux soldats du major Dade.

— Non, coupa Jarrett. C'est ma femme.

— Ta femme ? s'exclama Nancy.

Josh, surpris lui aussi, lui jeta un regard de reproche. Nancy se reprit.

— Ta femme ! Oh, et nous avons failli la faire mourir de peur ! Jarrett, tu aurais pu nous prévenir. Nous l'aurions accueillie un peu plus...

— Humainement, suggéra Josh.

— Oh, ça va, espèce de gros ours ! Venez, ne restons pas ici. Oh, c'est affreux, Mrs.... McKenzie, reprit Nancy en trébuchant sur le nom.

— Tara. Son nom est Tara, précisa Jarrett.

— Allons vite à l'auberge avant qu'elle ne s'évanouisse.

— Ne vous en faites pas. Tara est résistante. Elle est très douée pour se débarrasser de ses ennemis. S'évanouir n'est pas dans ses habitudes, dit-il fermement.

Tara était livide, le regard révolté. Mais elle n'allait pas s'évanouir. En fait, elle avait plutôt envie d'étrangler Jarrett.

— Venez, ma chère ! dit Nancy en glissant son bras sous celui de Tara. Tout de même, entendre des nouvelles si affreuses à peine arrivée ! L'auberge est juste au bout de la rue, à quelques pas, si vous avez la force de...

— Elle y arrivera, dit Jarrett.

— Et elle peut aussi parler pour elle-même ! rétorqua Tara, les yeux lançant des flammes.

Ses couleurs lui revinrent peu à peu. Jarrett lui fit un sourire. Elle ne supportait pas d'être mise au défi.

L'abandonnant au bavardage de Nancy, il s'assura

que leurs affaires soient apportées à l'auberge pour la nuit, puis se tourna vers Robert.

— Je suis désolé, murmura le jeune homme. Nous nous doutions pourtant bien que ça finirait par arriver.

Jarrett hocha la tête. Guerres et massacres se succédaient sans trêve depuis de longues années.

— Accompagne Tara chez Mrs. Conolly. Je vous rejoins.

Puis il se dirigea vers Tyler Argosy qui l'attendait patiemment. L'officier lui tendit la main.

— Vous êtes au courant des nouvelles, je suppose. À l'intérieur des terres, c'est la panique générale. Des plantations ont été incendiées. Les Blancs veulent se venger. Ils exigent la déportation de tous les Indiens de Floride à l'ouest du territoire. La plupart d'entre eux ne veulent plus voir un seul Peau-Rouge dans la région.

Jarrett secoua la tête.

— Nous sommes dans une sale situation, Tyler. Vous n'imaginez pas à quel point les Séminoles sont tenaces. Ils ont fui pendant très longtemps. Nous leur avons menti, nous les avons trahis. Et ils connaissent ce territoire bien mieux que nous. Ils sont capables de se battre contre des troupes trois fois plus importantes qu'eux. La bataille risque d'être longue et impitoyable.

— La milice locale est déjà sur le pied de guerre. Washington nous aidera, mais nous avons besoin d'hommes comme vous, McKenzie. Vous connaissez les marais mieux que quiconque. Si vous acceptiez de prendre les armes contre certaines factions vraiment mal intentionnées...

— Je ne peux pas, Tyler. C'est impossible. Et vous le savez.

L'officier soupira en regardant l'océan.

— À vrai dire, je m'en doutais un peu, mais mes chefs ont insisté pour que je vous en parle.

— Revenez me voir quand je pourrai faire quelque chose. Mais ne me demandez pas d'aller voir les chefs indiens pour leur raconter des mensonges. Par contre, le jour où vous serez prêts à entamer des négociations honnêtes, je serai votre homme.

Tyler acquiesça en silence.

— Nous aurons sûrement besoin de vous. Non pas pour cautionner la guerre, mais pour discuter. Mais faites attention : beaucoup de Blancs comprennent mal votre position. Ils risquent de se montrer hostiles à votre égard.

— Vous savez, Tyler, il y a sans doute pas mal d'Indiens qui me haïssent aussi. Ça ne fait rien. Je n'ai pas d'autre choix que d'agir en mon âme et conscience.

— On ne saurait exiger autre chose d'un homme.

— Mais ce massacre est odieux. Aussi, je parlerai à qui vous voudrez, quand vous voudrez. Ça, je vous le promets.

— Vous allez quand même regagner l'intérieur des terres ?

— Oui, j'y serai en sécurité. Ma propriété est un territoire neutre.

— Priez pour qu'elle le reste !

— Osceola jouit d'un prestige important pour l'instant. S'il prend la direction des opérations, je suppose que ma propriété restera neutre. De plus, les hommes qui sont avec moi — qu'ils soient rouges, noirs ou blancs — sont tous des hommes de parole, et je n'ai jamais trahi la confiance des Indiens.

— Ma foi, je me doutais que vous me diriez cela. Et je vous donne ma parole que je ne vous demanderai pas d'entamer des négociations si elles ne sont pas honnêtes.

— Si vous avez besoin de moi, je serai là, dit Jarrett.

— Vous avez ramené une épouse ? demanda Tyler

en regardant vers le petit groupe qui se dirigeait vers l'auberge de Mrs. Conolly.

— Oui.

Tyler sourit.

— Beaucoup de dames espéraient se mettre sur les rangs, le temps venu. C'est une vraie beauté ! Les Indiens risquent de l'affoler, mais il se pourrait bien que certaines rivales soient pour elle un plus grand danger ! Où avez-vous déniché une créature si élégante ?

Jarrett fut tenté d'avouer qu'il l'avait gagnée lors d'une partie de poker, mais il se contenta de hausser les épaules.

— À La Nouvelle-Orléans, dit-il simplement.

— Une fille du Sud ? D'excellente famille, j'imagine.

— De La Nouvelle-Orléans.

Il n'allait quand même pas avouer qu'il n'en avait pas la moindre idée. Il tendit la main à Tyler.

— Si vous avez besoin de moi, et si je peux vraiment vous aider, faites-le-moi savoir.

— Entendu. Et toutes mes félicitations... Pour ce mariage.

— Merci !

Sur ces mots, Jarrett le quitta et se dirigea à grands pas vers l'auberge, saluant machinalement au passage des connaissances, sans toutefois prendre le temps de s'arrêter. Lorsqu'il entra dans l'auberge, il trouva Josh, Nancy et Robert installés autour d'une table. Tara n'était nulle part en vue.

Le plafond aux larges poutres était bas et la pièce, enfumée. Un feu brûlait dans l'âtre et, malgré l'apparence très rustique de la pièce, il y flottait une odeur appétissante. Mais Jarrett n'y prêta guère attention et se précipita aussitôt vers ses amis.

— Où est Tara ? demanda-t-il, gêné par la brusquerie de son ton.

Il ne pouvait s'empêcher de craindre qu'elle eût déjà trouvé un moyen de s'enfuir. Encore.

— Mrs. Conolly vous a donné la grande chambre qui donne sur l'arrière, lui dit Nancy. Tara est allée se rafraîchir un peu. Elle va redescendre tout de suite.

Au même instant, sa femme apparut au sommet des marches qu'elle descendit avec grâce.

Sans lui accorder un regard, elle se dirigea vers Robert.

Jarrett s'arrangea pour arriver avant elle. Les messieurs se levèrent, mais il tira une chaise et l'aida à s'asseoir. Puis il s'installa à son tour et salua la grosse Mrs. Conolly qui venait d'arriver en s'essuyant les mains sur son tablier.

— Jarrett McKenzie ! Je suis contente de vous revoir ! Et avec une ravissante nouvelle épouse, qui plus est ! Ah, mais les jeunes filles vont être folles de jalousie ! Quelle beauté !

Brusquement, son sourire s'effaça.

— Quelle tristesse que vous arriviez à un moment pareil !

— Merci, Peggy ! répliqua Jarrett. Rentrer chez soi est toujours agréable, tant que vous faites ces merveilleux rôtis.

— J'ai préparé un bon dîner pour vous, Robbie Treat et vos amis... et votre ravissante dame !

Elle reprit un air jovial, ravie de s'entendre complimenter sur sa cuisine.

— Ah, voilà Sheila ! Avec du thé pour ces dames et de la bonne bière pour ces messieurs ! Le pain arrive tout de suite, et puis vous aurez un rôti, avec une bonne purée de pommes de terre, des légumes verts et des patates douces.

Mrs. Conolly s'écarta pour laisser passer la serveuse chargée d'un lourd plateau. Sheila jeta un regard appuyé à Jarrett en disposant les tasses et les verres sur la table.

C'était une femme étrange, mince, au teint mat et d'une beauté empreinte d'exotisme. Manifestement, elle était métisse. La veuve Conolly l'avait embauchée quelques années plus tôt, alors qu'elle était orpheline, tout en veillant à l'envoyer le dimanche à l'école. Sheila y allait volontiers — et séduisait tous les garçons de sa classe. Il y avait en elle quelque chose de farouche, mais elle était franche et directe. Elle et Jarrett se connaissaient depuis longtemps.

— Contente de te voir de retour ! fit Sheila d'une voix rauque.

— Merci.

— Tu ne vas pas te laisser impressionner par ce qu'on raconte, dis-moi ?

— Ce qu'on raconte n'a rien de réjouissant, répliqua-t-il en prenant sa bière.

Sheila lui fit un sourire éclatant avant de s'éclipser. Jarrett sentit le regard de sa femme sur lui et sourit. Encore une fois, il se réjouit de la voir éprouver un soupçon d'agacement — pour ne pas dire de jalousie. Lui-même en souffrait constamment.

Il leva son verre en son honneur.

— Bienvenue à la maison, Mrs. McKenzie ! dit-il doucement.

— Oui, bienvenue, Tara ! reprit Nancy avec enthousiasme.

Son mari fit de même et Tara sourit avant de boire une gorgée de thé.

— Quel endroit ! murmura-t-elle.

Jarrett lut dans son regard ce que le ton de sa voix ne laissait pas deviner.

— Que voulait le capitaine Argosy ? demanda Nancy.

Au même instant, Mrs. Conolly revint accompagnée d'un grand Noir, tous deux chargés de plats fumants. En quelques secondes, la table en bois fut recouverte de mets délicieux. Sheila vint les servir.

— Il voulait me confier une mission : le commandement de ses troupes.

— Mais tu ne vas pas accepter ? murmura Nancy.

Jarrett secoua la tête.

— Je ne peux pas, Nancy. Tu le sais bien.

— Et s'ils te demandent de négocier, tu accepteras ? demanda Josh.

— Je ferai tout ce qui sera en mon pouvoir pour éviter un bain de sang, assura Jarrett.

Nancy baissa les yeux sur son assiette.

— Les histoires qu'on raconte sont tellement atroces ! soupira-t-elle. La moitié des hommes de Dade ont été fauchés sur-le-champ. Les Indiens les attendaient, cachés dans les fourrés. Les blessés hurlaient et pleuraient tandis que leurs camarades essayaient de les ramener à l'abri, tout en sachant qu'ils ne tarderaient pas eux-mêmes à se faire mutiler sauvagement.

— Nancy ! protesta Josh avec fermeté pour interrompre sa femme.

Jarrett constata que Tara avait reposé sa fourchette.

— Allons, Mrs. Reynolds, cessez de vous étendre là-dessus ! dit Sheila. Vous feriez mieux de manger. Vous allez tous avoir besoin de toutes vos forces dans les prochains jours !

— Oh, mais, Jarrett, j'ai beau te connaître et savoir que tu as de nombreux amis, je ne suis pas tout à fait sûre que ta plantation soit épargnée.

— Ne vous en faites pas, coupa Sheila en remplissant de bière le verre de Jarrett. McKenzie ne court aucun danger. Les deux camps ont trop besoin de lui, et puis sa plantation est très bien défendue.

— Certainement, remarqua Tara d'un air ironique. D'ailleurs, le major Dade était très bien défendu lui aussi !

— Le major s'est fait prendre par surprise. Ce qui n'arrivera pas à Jarrett, insista Sheila avec franchise.

— Douteriez-vous de mes capacités à vous défendre, ma chère ? s'enquit poliment McKenzie en levant un sourcil.

Tara resta silencieuse un instant. Puis elle sourit.

— Je doute en effet qu'un homme seul puisse faire face à une bande armée.

Sheila renifla avec dédain et s'éloigna. Nancy reposa sa fourchette.

— Je ne me sens pas très bien, dit-elle à voix basse.

Aussitôt, Tara se leva.

— Venez là-haut, Nancy. Vous allez vous étendre un moment, peut-être vous sentirez-vous mieux.

— Peut-être, oui...

Tara ne voulait pas admettre devant tout le monde qu'elle-même n'était pas très à son aise. Elle fit un sourire radieux à Josh et à Robert, ignorant volontairement Jarrett.

— Veuillez nous excuser, messieurs.

Les hommes se levèrent et Jarrett, par politesse, les imita. Tara sentit son regard d'ébène se poser sur elle, mais l'évita soigneusement.

Elle accompagna Nancy au premier étage et l'aida à s'allonger, puis lui glissa un oreiller sous la tête.

— Oh, je me sens déjà beaucoup mieux! murmura Nancy.

Puis elle sourit en regardant Tara.

— Alors, il est revenu avec une femme! Qui aurait pu imaginer cela! Non qu'il ait jamais cessé de s'intéresser aux femmes, mais... de là à en épouser une! Lui et Lisa étaient si jeunes quand ils se sont mariés, ils se ressemblaient tellement!

— Comment cela? demanda Tara curieuse, en s'asseyant au bord du lit.

— Eh bien, tous les deux adoraient la maison, la région, la rivière et tout ce qu'il y a autour. C'est curieux... Josh était dans l'armée, jusqu'à ce qu'il fasse une mauvaise chute et s'abîme gravement le dos. Je voulais qu'on reparte vers le nord, mais il aimait tellement ce pays. Je ne voudrais pas paraître désobligeante, mais il y avait ici des femmes de la plus basse...

— Des prostituées? demanda doucement Tara.
Nancy rougit.

— Oui! Et les soldats étaient si turbulents... Mais Josh prétendait que le seul moyen pour que la ville devienne respectable était que des gens corrects s'y installent. Alors, nous avons tenté l'expérience. Et plus nous sommes restés ici, plus ça nous a plu. J'adore les hivers, le soleil, les plages de sable blanc. Et les endroits les plus isolés sont encore plus magnifiques. C'est vrai, parfois, on est si loin de toute société qu'on finit par en oublier les règles. Il nous arrive même de plonger tout nus dans les vagues! Au début, j'étais morte de peur, mais... Oh, quelle idée de vous raconter tout ça maintenant! Je voulais juste vous montrer le bon côté des choses... même si je tremble de peur à nouveau. Certains Séminoles s'expriment fort bien et sont très polis! J'en ai vu quelques-uns qui avaient été faits prisonniers. La moitié d'entre eux mouraient de faim... les voir ainsi m'a déchiré le cœur! Mais tout de même... ce qui est arrivé au major Dade est si atroce...

Tara se mordilla la lèvre. Peut-être valait-il mieux qu'ils restent à Tampa. Au moins, ils seraient avec Nancy et Josh — et près du golfe du Mexique. Ils pourraient partir en bateau si le danger se rapprochait.

— Pauvre Jarrett! reprit Nancy. Il est dans une position si difficile! Et maintenant, évidemment, depuis que Lisa a été tuée par les Indiens en pleine nature...

— Par les Indiens? demanda Tara d'une toute petite voix.

— Oh, ça n'a rien à voir avec le major Dade, se hâta de préciser Nancy. Je ne voulais pas vous alarmer. Jarrett ne vous a pas parlé d'elle? Il est très discret sur ce sujet, mais maintenant que vous êtes sa femme, je pensais que...

Avant qu'elle ait pu terminer sa phrase, on frappa à la porte.

Tara sursauta. Dieu du ciel, le moment était vraiment mal choisi pour les interrompre !

La porte s'ouvrit. Josh et Jarrett se tenaient sur le seuil.

— Il faut que nous rentrions, Nancy, dit Reynolds à sa femme. Tu te sens mieux ?

— Oui, beaucoup mieux !

Elle se leva et serra Tara dans ses bras.

— Nous avons deux petits qui nous attendent à la maison. J'espère que vous pourrez venir les voir avant de... enfin, j'espère que vous les verrez bientôt.

Tara l'embrassa à son tour, désappointée de ne pouvoir en apprendre davantage de Nancy.

Qu'avait-elle voulu dire ? Pourvu qu'elle ait le temps d'aller voir ses enfants avant de quoi ? Avant de partir ? Avant de se faire massacrer ? Comme la femme de Jarrett, sa Lisa adorée ?

— Tara McKenzie, nous sommes très heureux d'avoir fait votre connaissance, déclara Josh en prenant sa main délicate dans la sienne. Jarrett, ta liste de provisions sera prête demain matin.

Nancy et Josh s'en allèrent et Jarrett referma la porte, contre laquelle il s'adossa.

— Qu'est-ce que nous allons faire ? demanda Tara en reculant vers le lit, afin de mettre un peu de distance entre eux.

Sa voix trahissait son affolement, elle en avait conscience. La description que Nancy avait faite du massacre perpétré par les Indiens était encore présente à son esprit. Elle se rendit compte tout à coup que, même à Tampa, ils ne seraient pas en sécurité, et elle eut brusquement envie de remonter tout de suite à bord et de partir au large, dans n'importe quelle direction, pourvu que ce fût loin, très loin de la Floride.

C'était une question maladroite, elle s'en aperçut très vite.

— Que voulez-vous dire ? demanda Jarrett, intrigué.

— Nous ne pouvons plus rejoindre votre plantation maintenant !

— Pourquoi ?

— Pourquoi ? répéta Tara, abasourdie.

— Oui, pourquoi ? demanda-t-il encore une fois en haussant le ton.

— Mais parce que les Indiens viennent de massacrer une compagnie entière de soldats ! C'est la guerre ! Vous n'avez pas entendu toutes ces histoires abominables ?

— Il y a des problèmes, c'est vrai. Les Indiens de Floride sont dans une situation intenable depuis que les Européens ont découvert le Nouveau Monde.

— Ce ne sont pourtant pas les Séminoles qui viennent de se faire si atrocement massacrer !

— Ne vous méprenez pas, Tara. Wiley Thompson n'a pas respecté ses promesses, ni les traités. J'ai vu des armées de Blancs piller les villages indiens et tuer femmes et enfants. Les torts sont des deux côtés.

Elle le dévisagea en écarquillant les yeux, révoltée.

— Eh bien, peut-être, mais je n'ai jamais vu un Séminole de ma vie, et vous semblez considérer qu'il serait juste que nous nous fassions massacrer uniquement parce qu'un homme n'a pas tenu les promesses faites à une bande de sauvages ?

Elle s'interrompit, effrayée, en voyant que Jarrett semblait prêt à la gifler. Sans un mot, il avança d'un pas vers elle.

Mais son bras retomba aussitôt. Ses lèvres étaient blêmes et une impression de violence émanait de tout son être.

— Vous n'allez pas vous faire massacrer, dit-il enfin d'une voix atone.

— Vous avez parfaitement raison, McKenzie ! Car je n'ai nullement l'intention d'aller à l'intérieur des terres.

— Comment ?

Elle se raidit.

— Je n'ai pas l'intention de...

En quelques secondes, il fut près d'elle. Elle voulut battre en retraite, mais il l'empoigna par le bras et l'attira vers lui, le regard brillant de colère.

Tara sentit ses genoux se dérober sous elle. Maintenant, elle ne savait plus qui était le plus dangereux, des sauvages ou de Jarrett McKenzie.

— Je ne vais pas aller me faire massacrer par des sauvages ! cria-t-elle désespérément.

— Arrêtez ! Personne ne veut vous massacrer !

— Ces hommes...

— Vous m'avez épousé ! hurla-t-il avec une telle force que la tête se mit soudain à lui tourner.

— Oui, vous m'avez aidée ! Et je vous en remercie, sincèrement ! Mais vous n'avez aucune raison de vous croire responsable.

— Parce que vous pensez ne rien me devoir ?

Ses mains puissantes emprisonnèrent plus fermement son bras et il la secoua si fort que son chignon se défit. Des larmes montèrent aux yeux de Tara et elle eut soudain envie de le marteler de coups de poing.

— Je ne veux pas fuir, ni...

— Qu'est-ce que vous voulez, alors ? Va pour les Indiens et les alligators ! Vous vous souvenez ? C'est ce que vous m'avez dit, mon amour ! Vous étiez si impatiente de fuir La Nouvelle-Orléans ! Eh bien, vous en êtes partie. Et vous êtes mariée. Alors, que comptez-vous faire ?

— Lâchez-moi ! ordonna-t-elle. Vous... vous me faites mal !

— Et je vous ferai plus mal encore si vous ne vous expliquez pas, Mrs. McKenzie !

— Bon sang, inutile de vous inquiéter ! commença-t-elle, irritée par le ton plaintif de sa voix.

Seigneur ! C'était de pire en pire.

— Je veux simplement dire que vous ne me devez rien, et je vous remercie pour ce que vous avez fait, mais je peux très bien me débrouiller toute seule ! poursuivit-elle, hors d'haleine. J'essaie de vous faire comprendre que vous n'êtes pas obligé de vous inquiéter pour moi. Visiblement, vous aviez une vie ici, avant que je ne vienne tout bouleverser et...

Elle s'enferrait de plus en plus. Sa voix tremblait devant ce regard noir.

— Il y a ici des gens dont vous êtes proche. Vous avez sans doute... de nombreuses relations. Je vous suis extrêmement reconnaissante mais, bien que j'en sache peu, je sais que votre cœur appartient toujours à votre femme.

— Ma femme, c'est vous ! dit-il en serrant des dents.

Tara se demanda si en disant cela, il cherchait à le lui rappeler ou bien à s'en persuader lui-même.

— Mais pas celle que vous voulez ! dit-elle doucement, réalisant au même moment, qu'elle ne faisait qu'accroître sa rage. Vous me faites mal !

Brusquement, il la lâcha et fonça vers la porte. Comme s'il lui fallait sortir au plus vite de cette chambre — de peur de l'étrangler.

Mais il s'arrêta sur le seuil, le dos tourné. Ses épaules larges, sa haute taille avaient quelque chose d'impressionnant.

Il fit volte-face pour la regarder à nouveau, restant prudemment à bonne distance, et Tara sentit sa gorge se nouer. La colère de Jarrett lui faisait peur. Et pourtant, submergée par un flot d'émotions contradictoires, elle était partagée entre l'envie de fuir loin de lui et de se jeter à son cou. De le bourrer de coups de poing et de se blottir dans ses bras.

Au bout du compte, ça ne ferait pas grande différence. Il ne voulait pas se battre contre les sauvages — il avait refusé la mission que lui avait proposée l'officier.

Tout ce qu'il voulait, c'était rentrer chez lui, retrouver sa plantation au milieu du territoire indien.

— Puisque ma première femme vous intéresse, sachez qu'elle n'avait rien d'une poltronne. Les gens différents ne lui faisaient pas peur, ni les endroits qu'elle ne connaissait pas.

— Mais je ne suis pas Lisa!

— Ça, je l'avais remarqué! Mais vous m'avez épousé, dit-il plus calmement. Et par conséquent, mon amour, vous irez là où j'irai! Vous ne fuirez plus nulle part! Car je vous retrouverai, où que vous alliez. Vous avez choisi de vous marier. Personne ne vous y a forcée. Je veillerai à ce que vous respectiez votre parole!

— Et la vôtre, qu'en faites-vous? demanda-t-elle, décidée à ne pas se laisser faire.

Elle ne parvenait pas à le comprendre! Il ne semblait pas craindre que Nancy lui ait révélé la vérité sur la mort de Lisa.

— Eh bien?

— Et vous, vous respectez votre parole? En me prenant pour femme, vous avez fait le vœu de me chérir et de prendre soin de moi! Envoyer une autre femme à la mort ne vous dérange donc pas?

Cette fois, elle en était sûre, il allait la frapper. Une lueur de rage passa dans ses yeux noirs, son visage s'assombrit et ses lèvres se pincèrent en un rictus. Tara regretta soudain ce qu'elle venait de dire. Elle ravala les larmes qui embuaient ses yeux tout en se maudissant. Elle n'avait pas seulement appris que sa première femme avait été tuée par les Indiens. Elle venait également de découvrir que Jarrett McKenzie l'avait profondément aimée et que, depuis, il ne s'était pas intéressé à grand-chose en dehors de sa terre.

À ses yeux, Tara n'était qu'une nouvelle acquisition. Les hommes avaient des terres, des maisons, des bateaux, des chevaux et des femmes. Certes, elle valait bien trois cents dollars. Il lui avait même dit une fois qu'elle était inestimable. Mais il avait murmuré cela dans l'obscurité. Et pourtant, dans cette même obscurité, il l'avait caressée, et avait su déclencher une tempête dans son cœur.

Tout à coup, peu lui importa de savoir qui avait tort ou raison. Elle eut envie de s'excuser. De dire quelque chose pour apaiser la tension et faire disparaître cette expression de colère sur son visage.

Mais les mots ne lui vinrent pas assez vite.

— Ayez pitié de ces pauvres sauvages ! dit-il doucement.

Puis il se retourna et sortit en trombe. En se refermant, la porte trembla sur ses gonds.

Tara se laissa tomber sur le lit en frissonnant, en proie à une souffrance inconnue jusqu'alors. Elle n'arrivait pas à comprendre. L'avenir l'effrayait, et pourtant sa déception lui causait une douleur plus forte encore. Elle aurait voulu courir après lui et en même temps s'enfuir le plus loin possible.

Réfléchis ! Il y a si longtemps que tu fuis, Tara, tu peux sûrement fuir plus loin encore !

Mais elle n'arrivait pas à réfléchir. Ni même à bouger. Elle restait là, allongée, à se poser des questions et à se morfondre.

Et à prier pour que l'homme contre lequel elle se battait ne soit pas en bas, en train de courtiser cette jolie brune, qui ne demandait visiblement pas mieux que de le suivre où il voudrait.

Va-t'en ! se dit-elle à nouveau.

Non. Malgré sa peur, elle se plierait à son fichu devoir. Elle découvrirait la vérité sur Lisa, sur Jarrett McKenzie et sur ses rapports étranges avec les habitants de Floride. Et elle se battrait contre — et pour ! — cet étranger au regard brûlant qui l'avait ensorcelée. Cet homme avait su éveiller ses sens et quelque chose de beaucoup plus dangereux dans son cœur et dans son âme.

L'homme qui aimait la courageuse Lisa.

Mais Lisa n'était plus là.

Et Tara était désormais sa femme. À nouveau prise de frissons, elle ferma les yeux en croisant les bras. *Avait-elle oublié qu'il l'avait aidée à quitter La Nouvelle-Orléans ?* Elle lui devait quelque chose ; pas étonnant qu'il soit aussi furieux.

Mais pourquoi était-elle si jalouse ?

Si déchirée. Même au moment où elle s'était disputée avec lui, et lui avait annoncé qu'elle n'avait pas l'intention de le suivre, elle s'était demandé si elle serait capable de le quitter. Il lui apparaissait comme un mystère complet. Il était si étonnant, si tourmenté, et en même temps si confiant, si sûr de lui. Ses caresses, ses mots la captivaient...

Tout comme la façon qu'il avait de la serrer dans ses bras.

Elle était liée à lui, leurs existences étaient d'ores et déjà étroitement mêlées. Tous deux étaient passionnés et prompts à s'emporter. Et pourtant, dès qu'il la touchait, tout devenait fabuleux, extraordinaire.

C'était un amant merveilleux.

Mais elle n'en avait pas moins raison ! À Tampa, tout le monde redoutait l'attaque des Indiens. Il aurait dû avoir peur, lui aussi. Les arguments qu'elle avait avancés étaient tout à fait justes !

Ce qui ne changeait rien.

Tara resta étendue, sans pouvoir dormir. Tourmentée par l'image de Sheila, la fille aux yeux noirs et au franc-parler.

Il reviendra, se dit-elle pour se rassurer. Il était son mari.

Mais les heures passaient et il ne revenait toujours pas.

Le supplice de Tara se prolongea jusqu'aux premières lueurs de l'aube.

7

Tara se réveilla en sursaut, avec l'impression qu'elle venait tout juste de s'endormir. Mais le soleil entrait à flots par les fenêtres de la chambre et elle entendit remuer à côté d'elle. Éblouie par la lumière, elle cligna des yeux et se rendit compte qu'elle s'était endormie tout habillée, après avoir passé des heures à attendre le retour de Jarrett.

Il était revenu. Furtivement, elle l'observa à travers ses longs cils. Il était en pantalon et en bottes, en train de boutonner sa chemise. Il jeta un bref coup d'œil par la fenêtre, puis son regard se posa sur elle. Aussitôt, Tara referma les yeux et roula sur le côté, décidée à feindre le sommeil. Avait-il dormi dans cette chambre ? Manifestement pas. Pendant les quelques secondes où elle avait ouvert les yeux, elle avait remarqué que l'oreiller ne portait pas la moindre trace de son passage. Un sentiment de jalousie et de colère l'envahit tout à coup.

Elle entrouvrit vaguement les yeux et sursauta. Sans un bruit, Jarrett avait fait le tour du lit et penché sur elle, attendait. Inutile de continuer à faire semblant... Elle se redressa, irritée de s'être fait prendre aussi facilement. Comment un homme pouvait-il se déplacer aussi vite et aussi silencieusement ?

— Je vois que vous êtes réveillée, remarqua-t-il d'un ton ironique en se redressant. Tant mieux ! Je voudrais lever l'ancre d'ici deux heures.

Un nouvel espoir fit brusquement battre plus fort le cœur de Tara.

— Nous allons rejoindre un port plus au nord ?

— Non, nous rentrons à la maison. J'espérais rester ici plus longtemps, pour vous laisser le temps de voir la ville, de rencontrer des gens — et de faire quelques emplettes — mais, étant donné les circonstances, il me tarde d'arriver à la maison.

— Si elle est encore debout !

— Elle l'est, ne vous en faites pas.

— Je suppose que tous les habitants des alentours vont venir se réfugier ici. Il vaudrait peut-être mieux attendre de voir ce qui se passe.

— On risque d'attendre des années, dit-il sèchement. Il y a de l'eau pour la toilette sur la coiffeuse et du café sur la table, près de la fenêtre. Le bateau avance moins vite sur la rivière qu'en pleine mer. Aussi, je voudrais partir dès que possible.

Tara se leva et alla se verser une tasse de café, qu'elle but en regardant par la fenêtre. Dans le ciel d'un bleu limpide, brillait un soleil éclatant.

— Dépêchez-vous, Tara.

Elle ne répondit pas. Il sortit de la chambre et elle entendit la porte se refermer.

— Dépêchez-vous ! marmonna-t-elle entre ses dents. C'est ça, dépêchons-nous d'arriver dans cette contrée sauvage, où les Indiens nous découperont en morceaux ! Il est si pressé de partir ! J'ai même cru que c'était ce qu'il avait fait hier soir !

Un éclat de rire la fit se retourner d'un bond.

Jarrett était resté dans la chambre.

— Ah ! Alors, je vous ai manqué ? Et moi qui pensais que vous seriez ravie d'être débarrassée de ma compagnie !

Sur l'instant, elle eut envie de l'étrangler. Il n'avait pas quitté la chambre. Il avait fait semblant de sortir, mais était revenu sur ses pas et avait refermé la porte, pour mieux la tromper !

— Être débarrassée de vous m'a en effet ravie, dit-elle avec nervosité.

— Vous auriez dû y penser avant de m'épouser, remarqua-t-il en souriant.

— J'ignorais alors que vous pouviez être si peu raisonnable.

— Vous ai-je trahie une seule fois ?

— Je n'en sais rien.

— Vous ai-je abandonnée à ces coupe-jarrets, à La Nouvelle-Orléans ?

— Ce n'est pas la même chose.

— C'est exactement la même chose. Et je vous avais tout expliqué de ma vie. Vous vous êtes engagée en connaissance de cause.

— Et vous aussi ! rétorqua-t-elle. Peut-être que la personne avec qui vous avez passé la nuit a plus envie que moi de s'embarquer avec vous sur la rivière !

Jarrett la regarda d'un air interloqué.

— Vous remonterez la rivière avec moi, dit-il au bout d'un moment.

— Mais ce n'est pas avec moi que...

— Vous êtes celle que j'ai épousée, mon amour. Je repasse vous prendre dans une heure.

Cette fois, il s'en alla pour de bon. Tara prit son café et retourna s'asseoir au bout du lit en tremblant. Seigneur, qu'avait-elle fait ? Elle avait failli lui cracher à la figure alors qu'il lui avait sauvé la vie ! Mais elle avait à nouveau si peur. Et elle était si jalouse. Elle avait l'impression de perdre la tête.

À La Nouvelle-Orléans, il l'avait protégée, alors qu'elle n'était qu'une simple serveuse dans une taverne minable. Maintenant, tout était différent, et c'était une tribu entière d'Indiens qu'ils allaient devoir affronter.

Mais Jarrett refusait de se battre contre eux. L'armée avait désespérément besoin d'hommes qui connaissaient le territoire aussi bien que lui, et il avait refusé la mission. Tara n'avait nulle envie de le voir tomber dans une embuscade, comme le major Dade, ni d'attendre tranquillement que les Indiens viennent les tuer.

Sa tasse était vide. Elle se leva pour aller se resservir du café et se sentit un peu mieux. Elle se lava rapidement, puis fouilla la malle à la recherche d'une robe plus légère.

Tout à coup, elle s'arrêta, tremblant de tout son corps. Elle était si douée pour s'enfuir... Et elle s'était sentie si malheureuse, allongée dans le noir sans pouvoir trouver le sommeil, à douter et à se poser une multitude de questions...

Brusquement, elle lâcha la robe qu'elle tenait à la main, comme si elle lui brûlait les doigts. Ces affaires étaient celles de sa femme ! Elles avaient appartenu à la femme qu'il aimait. Une femme qui avait trouvé la mort au milieu des Indiens. Mais comment ? Elle n'était pas morte comme le major Dade et ses hommes, avait dit Nancy. Mais alors ?

Tara retourna s'asseoir sur le lit, se refusant à porter des vêtements ayant appartenu à celle qui l'avait précédée. Mais elle n'avait rien d'autre. Et Jarrett lui avait donné ces affaires.

Non. C'était Robert qui lui avait apporté la malle.

Elle n'avait pas vraiment le choix. Elle n'avait rien d'autre à se mettre puisque la robe et la cape qu'elle portait lorsqu'elle avait fui La Nouvelle-Orléans étaient apparemment restées à bord de la *Magda*.

N'y pense pas, se dit-elle en prenant une robe en coton à ravissantes petites fleurs roses. Elle s'habilla en hâte et était en train de se brosser les cheveux quand Jarrett réapparut. Il entra sans se donner la peine de frapper. Tara ne l'avait pas entendu arriver et aperçut son reflet dans le miroir. Elle n'avait pourtant rien fait de mal mais eut, malgré tout, l'impression de s'être mal conduite. Il venait la chercher, or elle n'était pas prête, et la voir ainsi en train de se coiffer, dans une robe ayant appartenu à Lisa, devait le contrarier au plus haut point.

D'un geste habile, elle rassembla ses longs cheveux en un chignon sur la nuque.

— Il est l'heure de partir ? demanda-t-elle d'un ton glacial.

En le voyant la fixer de son regard noir, Tara éprouva un nouveau petit pincement de douleur.

*Qu'avait-elle fait ? Qu'avaient-*ils *fait ? La belle fille à la peau cuivrée du rez-de-chaussée se souciait-elle de le savoir remarié ? Sheila lui avait-elle reproché les engagements qu'ils avaient pris l'un envers l'autre ?*

Et Jarrett, s'en souciait-il ?

— Oui. On y va ?

Il se retourna, prêt à partir, s'attendant à ce qu'elle le suive.

Mais Tara ne bougea pas d'un pouce.

— Et nos affaires ? demanda-t-elle.

— Les malles seront sur la *Magda* avant nous. Venez, il faut partir.

Cette fois encore, elle resta immobile.

— Je tiens à ce que vous sachiez que je pars contre mon gré.

— Aussi curieux que cela puisse paraître, sachez que je m'en étais rendu compte, dit-il d'une voix sourde.

— Ce n'est pas seulement à cause de la situation. Ou de la perspective... du risque de nous faire assassiner dans notre lit. Nous devrions passer un peu de temps ici, voir une couturière. Je n'ai que les vêtements d'une autre femme...

Elle s'interrompit en le voyant hausser les sourcils.

— Pour une fugitive, vous êtes sacrément exigeante !

Tara se leva et resta silencieuse un instant.

— Je préférerais ne rien avoir à vous demander, d'autant plus que vous me faites clairement sentir la dette que j'ai envers vous. Toutefois, je doute que vous soyez heureux de me voir dans les robes de votre femme.

— En ce moment, peu de choses me rendent heureux. Nous pouvons y aller ?

Peut-être avait-elle espéré l'entendre dire que c'était elle qui était maintenant sa femme. Mais il s'en garda bien. Il semblait ne mentionner ce fait que pour lui rappeler qu'elle n'avait d'autre choix que de se plier à ses désirs.

Elle le rattrapa, puis s'arrêta juste devant lui.

— Dommage que vous n'ayez pas su ce qui se passait ici le soir où vous vous êtes lancé dans cette partie de poker.

— En fait, c'est plutôt une chance, non? Je ne serais jamais rentré aussi vite chez moi si je n'avais pas été contraint de fuir La Nouvelle-Orléans avec vous. Venez, Tara, allons-y.

Tara serra rageusement des poings et obtempéra. En entendant rire Jarrett de façon moqueuse, elle fit volte-face et se retrouva face à ses yeux noirs, qui la transperçaient telles des lames de couteau.

— Je ne vous imaginais pas si... timorée.

— Je ne le suis pas, McKenzie. Je suis raisonnable, c'est tout.

— Je vous le redemande, vous ai-je, oui ou non, déjà laissée tomber?

— Peut-être feriez-vous mieux de m'expliquer la confiance extraordinaire que vous semblez avoir en ces sauvages.

— Peut-être feriez-vous mieux de m'expliquer pourquoi vous, vous retrouvez contrainte à venir vivre parmi eux avec moi, répliqua-t-il calmement.

Tara pivota sur ses talons et ne s'arrêta qu'au bas de l'escalier, où Mrs. Conolly les attendait pour leur faire ses adieux. Elle embrassa Tara en lui souhaitant à nouveau la bienvenue.

Robert les rejoignit devant l'auberge et adressa un clin d'œil à Tara, qui lui fit instantanément oublier sa mauvaise humeur: apparemment, il allait les accompagner. Ils échangèrent quelques plaisanteries innocentes, mais elle sentit le regard de son mari rivé sur elle.

Et son désappointement...

Où avait-il dormi la nuit dernière?

Ce fut avec joie qu'elle retrouva Josh et Nancy sur

le quai. La veille, Tara avait à peine eu le temps de faire la connaissance de Nancy, mais elle s'était prise d'une véritable affection pour cette jolie jeune femme et avait déjà l'impression de devoir se séparer d'une amie.

— Je suis si heureuse de vous avoir rencontrée ! s'exclama Nancy en la prenant dans ses bras.

— On a chargé tout ce qu'on a pu, vu le peu de temps dont on disposait, dit Josh à Jarrett. Mais je pense que tu pourras te procurer tout ce dont tu auras besoin prochainement.

Tara entendit à peine ce que se dirent les deux hommes. La petite ville minable de Tampa lui semblait soudain le coin le plus merveilleux qui soit, et elle n'avait aucune envie de partir.

— Je suis contente d'avoir fait votre connaissance, dit-elle à Nancy.

Puis elle se demanda ce qui se passerait si elle se mettait à hurler sur le quai qu'il n'était pas question qu'elle aille se faire massacrer par les Indiens. Jarrett se ferait probablement un plaisir de le faire à leur place, et sur-le-champ.

Au lieu de crier, elle s'efforça de sourire quand Nancy lui expliqua qu'elle avait rempli des cartons de tissus et de patrons et qu'elle lui enverrait bientôt de nouveaux corsets, des jupons, des culottes et tout ce qu'elle réussirait à trouver.

— Jarrett m'a dit que vous aviez dû partir en hâte de La Nouvelle-Orléans et que vos bagages étaient restés là-bas. Je crois que vous serez contente. Cota, la gouvernante de Jarrett, est aussi une couturière exceptionnelle, si vous ne savez pas coudre.

— Je sais coudre, assura Tara.

Elle se rendit compte que Nancy devait la croire issue d'une famille aisée et prospère, et elle n'avait pas envie d'expliquer pourquoi elle savait si bien se débrouiller avec du fil et une aiguille.

— Que Dieu vous garde ! Je suis enchantée pour

Jarrett que vous soyez avec lui, et je prierai pour vous ! Mais il saura vous protéger, j'en suis sûre : il doit vous adorer. Nous sommes encore tellement étonnés qu'il se soit remarié — oh, pardonnez-moi, je bavarde, je bavarde...

Pas assez ! pensa Tara, mais Nancy reprenait déjà de plus belle.

— Dès que nous le pourrons, nous viendrons vous rendre visite. Et puis vous viendrez aussi. Ce n'est qu'à deux jours d'ici, par la rivière, et ça ne prend guère plus de temps à cheval ou en chariot. Nous ne sommes pas si éloignées que ça !

— Nancy, il est temps de partir, dit Jarrett en posant la main sur l'épaule de la jeune femme.

Il la serra affectueusement dans ses bras.

— Que Dieu te garde, Jarrett ! Nous penserons à toi.

— Prends bien soin de toi, dit-il avec chaleur.

Il serra la main de Josh, puis Robert fit ses adieux au couple à son tour. Tara monta à bord de la *Magda*, Jarrett sur ses talons, et elle se retourna une dernière fois, en résistant contre l'envie de revenir en courant dans cette petite ville qui lui semblait maintenant familière et accueillante.

Mais Jarrett resta planté derrière elle pendant que l'équipage s'affairait à lever l'ancre. Ses mains se posèrent sur ses hanches.

— Félicitations, mon amour, chuchota-t-il à son oreille.

— Pourquoi ?

— Vous êtes restée très digne, et vous n'avez pas plongé dans l'eau.

— Il me reste la rivière.

— Ah, oui, mais nous allons nous éloigner de plus en plus de toute civilisation.

— Pourquoi ne voulez-vous pas voir... commença-t-elle, furieuse et sur la défensive.

— Et pourquoi ne me faites-vous pas un peu

confiance, alors que je ne vous ai encore jamais laissée tomber, bien que vous ne demandiez pas mieux que de me fuir sans cesse ?

— Mais ce n'est plus pareil...

— Si, c'est exactement pareil, dit-il sèchement.

Et il s'éloigna pour donner un ordre à Léo.

Sur le quai, Nancy et Josh continuaient à leur faire de grands signes.

Et juste derrière eux, Tara aperçut l'homme blond en uniforme qui s'était entretenu la veille avec Jarrett : l'homme qui avait essayé de lui confier une mission.

L'officier la vit. Il souleva son chapeau et la salua d'un air grave. Tara hésita, puis agita la main en signe d'adieu.

Lentement, le port s'estompa à l'horizon, et tandis que le bateau s'engageait sur la rivière, la civilisation s'évanouit peu à peu.

La végétation se fit progressivement plus dense, et Tara eut effectivement l'impression de s'enfoncer au cœur d'une contrée sauvage.

Le voilier avançant beaucoup plus lentement sur la rivière que sur l'océan, Tara resta de longues heures sur le pont à regarder le paysage. Les rives étaient bordées d'arbres touffus dont les lourdes branches ployaient sous la mousse. L'eau devint d'un vert plus sombre et, pendant quelques instants, ce fut comme si tout l'univers s'était teinté de vert. Même le ciel avait pris une nuance verdâtre. Puis des fleurs sauvages vinrent tacheter la végétation de couleurs éblouissantes. À cet endroit, la rivière était large et profonde, et il soufflait une douce brise. Les voiles parfaitement tendues se dégonflèrent peu à peu.

Un bruit étrange fit sursauter Tara et elle aperçut dans l'épais feuillage des oiseaux qui lançaient des cris stridents ou plaintifs.

Le ciel s'obscurcit. La pluie n'allait pas tarder à

tomber, lorsque Tara vit bouger quelque chose dans les buissons. C'était un Indien coiffé de plumes qui les guettait, tapi dans la verdure ! Les arbres se penchaient de plus en plus bas, leurs robes de mousse enchevêtrées telles des toiles d'araignées, leurs branches tendues comme les doigts d'un squelette. Le souffle coupé, Tara se mit à trembler.

Un oiseau lâcha un cri perçant et s'envola soudain des fourrés. Elle avait vu une plume — mais une plume attachée à une créature vivante. Elle poussa un soupir de soulagement et faillit hurler quand une main se posa sur son épaule. Elle pivota sur elle-même, les cheveux ébouriffés par le vent. Jarrett avait retiré sa chemise et ses chaussures ; son torse nu était cuivré comme celui d'un Indien.

— Descendez dans la cabine, cria-t-il pour couvrir le vent. Sinon, vous allez être trempée.

Elle le regarda sans répondre et il fronça les sourcils en lui effleurant la joue.

— Vous êtes toute pâle !

— Je... je crois que j'ai vu une plume.

— Et ?

— C'était... une plume.

— Et une simple plume suffit à vous faire pâlir comme ça ?

— Elle était sur la tête d'un Indien.

— J'ignore ce qu'on raconte à l'endroit d'où vous venez, Tara, mais les plumes ne poussent pas sur la tête des Indiens.

— Ne soyez pas stupide, je n'ai jamais dit ça ! Je crois qu'elle faisait partie d'une coiffe. Mais vous allez sans doute me dire que les Indiens de Floride n'utilisent jamais de plumes d'oiseaux.

— Ils en utilisent, dit-il calmement. Mais puisque vous n'avez pas crié et que vous n'avez pas plongé dans la rivière, je suppose que cette plume appartenait à un oiseau.

Tara releva le menton, empoigna ses jupes et s'écarta brusquement.

— Excusez-moi, dit-elle avec superbe, je crois que je préfère éviter la pluie — et toutes ces choses désagréables que l'on doit supporter sur le pont.

Jarrett esquissa un geste pour l'arrêter, mais il la laissa passer.

Les poings sur les hanches, il resta à contempler le paysage, sous la pluie fine qui s'était mise à tomber.

Il n'avait aucun droit de la provoquer comme cela, et il se félicita que ce qu'elle venait de voir n'ait été qu'un oiseau.

Car les Indiens étaient bel et bien là. Ils les surveillaient. Et ils continueraient à le faire jusqu'à ce qu'ils soient arrivés à Cimarron.

La pluie ne cessa pas de la journée. Tara s'occupa en passant en revue les affaires que Nancy avait eu la gentillesse de faire descendre dans la cabine. Elle constata avec plaisir que la jeune femme avait fait de son mieux et trouva toutes sortes de tissus, de patrons et de sous-vêtements dans les cartons. Elle se mit à couper et à épingler des bouts de tissu. Vers la fin de l'après-midi, elle entendit des pas se rapprocher et s'empressa de cacher son ouvrage dans une boîte, mais les pas s'éloignèrent.

Peu après, cependant, Nathan lui apporta à dîner sur un plateau. Tara mourait de faim et elle se jeta sur la nourriture. Lorsqu'elle remonta sur le pont, la pluie avait cessé. Le voilier avançait avec une extrême lenteur, et la nuit était tombée. Les bords de la rivière étaient plongés dans une totale obscurité. Mais une obscurité frémissante, comme si des corps à demi nus bougeaient derrière le feuillage. Tara redescendit dans la cabine, certaine qu'elle n'arriverait pas à dormir. Le bateau semblait s'être arrêté. La voix des hommes à la barre lui parvenait faiblement, mêlée à des éclats de rire de temps à autre.

Plus le temps passait, plus elle se sentait mal à l'aise dans ses vêtements. Toutefois, l'idée de se déshabiller cette nuit lui répugnait; toujours aussi furieuse, elle continuait à se demander où avait dormi son mari la nuit dernière.

Où, et avec qui?

Finalement, elle se déshabilla et enfila une chemise de nuit en coton épais, puis se recroquevilla au fond de la couchette. Étendue dans la pénombre, elle recommença à se torturer mentalement, croyant entendre une attaque d'Indiens, puis se demandant la seconde suivante si son mari viendrait la rejoindre cette nuit.

Le sommeil finit par la gagner. Elle se retrouva au milieu d'une forêt dense et silencieuse. Elle courait, pieds nus, l'oreille aux aguets. Mais elle n'entendait que les battements affolés de son propre cœur. Soudain, un bruit la fit sursauter, un bruit de brindilles qui se brisent et de pas résonnant sur la terre grasse.

William était là, juste devant elle. Elle voulut l'appeler, cherchant désespérément à échapper à la mutilation sauvage qui l'attendait si l'Indien qui la poursuivait parvenait à la rattraper.

Il tenait un tomahawk à la main et portait une coiffe aux plumes multicolores. Ses yeux et ses cheveux étaient noirs comme le jais; torse nu, vêtu d'un simple pantalon en daim, il courait derrière elle. L'expression de son visage était déterminée, et il se rapprochait de seconde en seconde. C'était un Indien. Et puis, tout à coup, elle reconnut Jarrett. Elle essaya de crier, mais aucun son ne vint déchirer le silence. Elle trébucha sur les racines d'un arbre immense, tout recouvert de mousse. Sa chemise de nuit vola derrière elle tandis qu'elle tombait lentement, comme dans un film au ralenti. Elle leva les yeux. Le tomahawk, au bout duquel se balançaient des scalps blonds et bruns, s'abattit sur elle. Cette fois encore, elle voulut crier...

8

Elle avait dû crier, car elle sentit qu'on la secouait pour l'obliger à se réveiller. Pendant un instant, elle redouta de se retrouver devant l'Indien de son rêve, mais elle reconnut le visage et le regard noir de son mari à la faible lueur de la chandelle. Ses cheveux étaient attachés en queue de cheval. Prise de panique, elle commença à se débattre.

— Tara ! Que vous arrive-t-il ?

Elle le regarda fixement et se dégagea de son emprise. Le rêve était encore si terriblement présent !

— Vous avez rêvé ?

— Ce que j'ai rêvé, c'est la vérité ! s'écria-t-elle en tremblant de tous ses membres.

— Tara...

Il voulut la prendre dans ses bras, mais elle s'éloigna de lui comme s'il avait la peste et se recroquevilla au bout de la couchette, les genoux remontés contre la poitrine.

— Ne me touchez pas ! Ne me touchez pas ! Vous ne savez pas... Vous vous fichez pas mal de moi ! Vous vous contentez d'avancer aveuglément sur votre fichu bateau au milieu de ces sauvages assoiffés de sang.

Jarrett se leva en jurant. L'espace d'une seconde, Tara s'en voulut. Il avait tenté de la rassurer et elle ne l'avait pas laissé faire. Elle se sentit soudain honteuse.

— La seule chose que j'aie jamais faite aveuglément, madame, c'est de vous épouser.

Sur ces mots, il se dirigea vers la porte.

— Où allez-vous ?

Il se retourna, l'air interloqué.

— Je croyais que vous préfériez que je ne vous touche pas ? Je vais m'asseoir plus loin.

Avec de grands gestes exagérés, il tira le fauteuil près du bureau et s'y installa. Puis, sans quitter Tara des yeux, il se servit un verre de rhum d'une bouteille qu'il sortit d'un tiroir.

— À moins, bien entendu, que vous ne souhaitiez me voir sortir de cette cabine.

Elle le dévisagea sans rien dire.

— Ah ! murmura-t-il. C'est exactement ce que je pensais. Maintenant que je vous ai tirée du pétrin, je suis supposé ne pas vous abandonner, mais je dois garder mes distances !

Tara s'obstina à garder le silence. Étant donné son humeur, il n'y avait pas grand-chose à dire.

— Dormez ! dit-il au bout d'un moment.

— McKenzie...

— Bon sang, Tara, ça suffit ! grogna-t-il. Endormez-vous !

Elle s'étira de tout son long et lui tourna le dos. Étendue, les yeux ouverts, elle avait intensément conscience de sa présence, de son regard brûlant posé sur elle. Elle n'arriverait pas à se rendormir. L'oreille aux aguets, elle repensa au rêve qu'elle venait de faire. L'homme qui la poursuivait était un Indien, mais il ressemblait tellement à Jarrett...

Elle percevait sa respiration, et devina qu'il buvait directement au goulot. Bientôt, il se fatiguerait, et il viendrait s'étendre près d'elle. Et, malgré sa colère, il la prendrait dans ses bras...

Mais il ne vint pas la rejoindre. Au matin, elle comprit qu'il avait passé toute la nuit dans son fauteuil. Il avait dit qu'il ne la toucherait pas et avait tenu parole.

Elle se leva, misérable, puis se leva et s'habilla avant de monter sur le pont. Elle fit un signe de main à Nathan qui était grimpé tout en haut du mât pour observer les abords de la rivière.

Pour repérer les sauvages ? Certainement.

Mais il lui rendit joyeusement son salut. Elle

hocha la tête et s'approcha du poste de gouvernail. Jarrett était à la barre, toujours torse nu. Des mèches brunes retombaient sur son front et, quand leurs regards se croisèrent, ses yeux parurent à Tara à la fois brûlants et glacés. Elle retint une grimace, comprenant qu'il n'était nullement ravi de la voir pour l'instant.

— Ah, bonjour, mon amour. Vous avez bien dormi ?

— Très bien. Et vous ?

— Merveilleusement bien. Une bouteille de rhum peut s'avérer une excellente compagnie. C'est fou comme ça peut réconforter, quand les personnes qui pourraient le faire s'y refusent obstinément.

Tara préféra ignorer cette provocation.

— Vous avez vu d'autres Indiens dans vos rêves ?

— Et dans la vraie vie, McKenzie ?

— Des quantités, répliqua-t-il en tournant la tête vers la rive. Mais inutile de vous en inquiéter.

— Avec vous, je ne risque rien, c'est ça ? demanda-t-elle avec ironie.

— En effet.

Elle s'approcha du bastingage. La pluie de la veille avait fait place à une journée splendide. Des fleurs pourpres s'entortillaient aux arbres, un soleil resplendissant nimbait la nature d'un halo doré et le vent était complètement tombé.

— Avouez-le ! dit-il doucement. C'est un véritable paradis !

Il avait raison. Le paysage était d'une étrange beauté sauvage. Le danger même qui s'en dégageait exerçait une sorte de fascination sur Tara. Pourtant, elle ne pouvait se résoudre à l'admettre devant Jarrett.

— Ce qui est le paradis pour l'un est souvent un enfer pour l'autre ! dit-elle en se retournant.

Il retroussa les lèvres en un sourire totalement dénué d'humour. Tara baissa les yeux et redescendit en hâte dans la cabine où elle passa le reste de la journée à faire de la couture.

Jarrett resta sur le pont jusqu'à une heure avancée de la soirée. Lorsqu'il entra dans la cabine, elle fit semblant de dormir et il alla, de nouveau, s'installer dans le fauteuil, où il s'endormit, avec sa bouteille de rhum pour seule compagnie.

Tara resta étendue, les yeux grands ouverts, à se demander pourquoi elle n'arrivait pas à sortir de sa coquille.

Mais repenser à ce qu'il avait fait à Tampa lui brisait le cœur et la blessait dans son orgueil. Elle n'arrivait pas à faire le premier pas.

Et elle resta de longues heures ainsi à se torturer.

Le lendemain matin, elle s'éveilla tard en entendant des cris. L'équipage s'interpellait et des voix inconnues leur répondaient.

La *Magda* avait cessé de tanguer : on avait dû jeter l'ancre.

Se levant d'un bond, Tara se précipita pour ouvrir la porte, sans se soucier d'être encore en chemise de nuit. Ils étaient amarrés à un large embarcadère, qui s'étendait sur plus de deux cents mètres devant une prairie. Des petites baraques en bois se dressaient à chaque extrémité du ponton, l'une avec des fenêtres, l'autre sans. Et entre les deux, s'élevait une imposante demeure, bâtie sur une colline qui surplombait la rivière. C'était une maison de style colonial, avec une véranda agrémentée de multiples colonnes. La maison parut à Tara immense, plus grande que toutes celles qu'elle eût jamais vues, et d'une élégance incomparable. Un balcon courait tout autour du premier étage. Elle imagina la vue qu'on devait avoir le soir de ce balcon, quand les étoiles et la lune se reflétaient doucement sur l'eau. On devait ressentir une impression de mystère, car le balcon donnait également sur une forêt dense et luxuriante qui s'étendait au-delà de la pelouse, à perte de vue.

Bien qu'on fût en hiver, il y avait une abondance de fleurs autour de la véranda. À l'extrême gauche, on apercevait d'immenses champs, de toutes les nuances de vert. C'était tout simplement magnifique, et Tara se surprit à admirer le paysage. Jusqu'à présent, cette région ne lui avait semblé, qu'une vaste jungle parsemée de marécages.

— Cimarron, dit Jarrett en se glissant à ses côtés.

— Cimarron ?

— C'est comme ça qu'on l'appelle.

— Cimarron, répéta-t-elle dans un murmure.

Ce nom roulait sous la langue et était aussi beau que la maison. Elle se rappela alors qu'il lui avait dit une fois qu'il signifiait *renégat* ou *fugitif* en espagnol. Et que les Blancs l'avaient très vite déformé en *Séminole*.

Jarrett McKenzie, elle en était convaincue, n'avait jamais dû fuir de nulle part. Elle, si. Et elle était maintenant devant cette maison, dans ce paradis stupéfiant situé au beau milieu d'une contrée sauvage. Peut-être était-ce finalement là qu'était sa place. Elle n'était rien d'autre qu'une fugitive...

— Vous comptez faire votre arrivée comme maîtresse des lieux en chemise de nuit ?

La question de son mari la fit se retourner brusquement. Lui-même était élégamment vêtu d'une chemise blanche, d'un gilet écarlate, d'une redingote et d'un pantalon noirs. Ses cheveux couleur d'ébène étaient lissés en arrière — et ses yeux noirs la regardaient d'un air diabolique.

— Lisa n'aurait sûrement pas fait cela ! dit-elle avec acidité.

Ses propres paroles la stupéfièrent, mais il s'était moqué d'elle et, inconsciemment, elle lui avait rendu la monnaie de sa pièce. Elle regretta cependant d'avoir ouvert la bouche. Mais elle ne pouvait plus retirer ce qu'elle venait de dire et ses mots malheureux semblaient flotter douloureusement dans l'air.

— Non, dit-il à voix basse. Elle n'aurait pas fait ça.

— Si vous l'aimiez tant, dit alors Tara d'une voix plus douce, pourquoi m'avez-vous épousée ?

Il grommela quelque chose, sans qu'elle puisse comprendre ce qu'il avait dit. Son regard se fit plus dur.

— Eh bien, nous nous connaissons à peine, ma jolie, aussi aurai-je du mal à prétendre avoir éprouvé une grande dévotion à votre égard. Nous savons tous les deux pourquoi nous nous sommes mariés.

— Mais si vous l'aimiez tant que ça...

— Pour l'amour du ciel ! Qu'allez-vous encore inventer comme bêtise ? Oui, je l'aimais. Mais elle n'est plus là. Et toute la maisonnée va faire la connaissance de la nouvelle maîtresse de Cimarron en chemise de nuit !

— Non, McKenzie, dit-elle froidement, ne vous en faites pas. Vous n'aurez d'ailleurs jamais à me faire de reproches sur mon apparence ou mes manières, je peux vous l'assurer.

— Eh bien, madame, me voilà rassuré !

Faisant volte-face, elle rentra dans la cabine en claquant la porte. Elle l'entendit rire derrière la cloison, d'un rire rauque et empreint d'amertume qui lui chavira le cœur.

Tara s'habilla rapidement, désolée d'arriver dans une robe ayant appartenu à la femme qui avait régné sur cette maison. Ses doigts tremblaient. Il lui fallait à tout prix oublier leur querelle, et cesser de penser à Lisa !

Ce n'était guère facile. Elle continuait à trembler. Elle avait compris que Jarrett était riche, mais n'avait jamais imaginé que sa maison fût aussi magnifique !

Quel dommage qu'elle soit située au fin fond d'un territoire aussi sauvage !

C'était pourtant un endroit idéal pour se cacher. Il

ne restait plus qu'à espérer que ce coin perdu garantirait sa sécurité.

Et que cet homme saurait la protéger. Cet homme qui aimait Lisa. Et qui l'avait épousée et emmenée jusqu'ici.

Mais s'il apprenait la vérité ?

N'y pense pas ! se dit-elle encore une fois. Mieux valait ne pas se laisser perturber par de telles pensées.

Une fois habillée, elle se brossa les cheveux qu'elle roula en un chignon impeccable, décidée à ce que son apparence soit irréprochable en arrivant dans la maison de Jarrett.

Quand elle ressortit de la cabine, elle était fort élégante dans une robe jaune d'or, avec un jupon moutarde et une ombrelle de la même couleur. Ses mains étaient gantées de blanc et elle était chaussée de ravissantes bottines d'un jaune assorti à la robe. Elles étaient légèrement trop petites et lui comprimaient les pieds, mais le moment était mal choisi pour s'en soucier.

Jarrett était au bout de l'embarcadère, en grande conversation avec un homme très grand et mince, aux cheveux presque blancs et aux yeux très bleus. Derrière lui, en total contraste, se trouvait un des hommes les plus noirs qu'elle ait jamais vus, très grand lui aussi et de très noble allure. Elle se demanda si Jarrett avait des esclaves — tout en doutant fortement qu'un tel homme pût appartenir à qui que ce soit d'autre qu'à lui-même.

— Ah, messieurs ! Voilà ma femme ! dit Jarrett en venant à sa rencontre.

Il lui présenta d'abord le grand homme noir.

— Tara, voici Jeeves. Il dirige la maison. Et Rutger s'occupe de plusieurs exploitations.

— Enchantée, murmura Tara en inclinant la tête.

Elle vit que les deux hommes la dévisageaient avec curiosité et intérêt. Apparemment, ni l'un ni l'autre ne semblaient surpris par son arrivée.

— Mrs. McKenzie ! dit Rutger en insistant sur le nom.

Il lui fit un salut un peu raide et Jeeves baissa la tête, en s'inclinant légèrement lui aussi, mais avec beaucoup plus de grâce et de naturel.

— Jeeves va vous accompagner à la maison. J'ai quelques affaires à régler avec Rutger, mais je ne serai pas long. Jeeves, veillez à ce que Molly apporte du thé ou du café à Madame. Je préférerais que vous m'attendiez pour lui faire visiter la maison.

— Comme vous voudrez, monsieur !

Avec un sourire éclatant, Jeeves effleura l'épaule de Tara et l'entraîna sur le sentier qui montait en pente douce jusqu'à l'imposante demeure.

Sur le chemin, Tara resta silencieuse, émerveillée par tant d'élégance et de beauté. De la vigne vierge grimpait le long des colonnes de la véranda et s'entortillait sur le balcon en fer forgé.

— C'est la plus belle demeure de tout le territoire ! déclara Jeeves avec fierté.

— Je n'en doute pas.

— Mr. McKenzie a passé plus de dix ans à la construire. D'ailleurs, il est toujours en train de faire quelque chose.

Elle lui sourit en haussant ses sourcils délicats.

— Vous étiez déjà avec Mr. McKenzie quand la maison a été construite ?

— Oui, madame.

Sa diction était parfaite, comme s'il avait été éduqué dans les meilleures écoles.

— Il y a trente-deux pièces, précisa Jeeves. Il y a donc beaucoup à faire, et je suis enchanté que Mr. McKenzie ait ramené avec lui une nouvelle épouse.

— Merci, murmura Tara.

Elle se surprit à dévisager Jeeves pour voir s'il disait la vérité, mais son regard demeura insondable.

Tara gravit les quelques marches qui menaient à la large véranda. Jeeves passa devant elle pour ouvrir la double porte, par laquelle s'engouffra aussitôt un courant d'air. La construction de la maison, fréquente à cette époque, permettait de s'adapter aux changements de temps : des portes avaient été prévues en vis-à-vis, qu'on pouvait soit ouvrir pour laisser entrer l'air et rafraîchir l'atmosphère durant l'été, soit fermer pour se protéger du froid en hiver.

Le vestibule était superbement meublé de fauteuils et de divans recouverts de brocart, avec des jardinières et des petites tables en bois de cerisier disposées de part et d'autre. Six portes ouvraient sur la pièce, trois de chaque côté. Jeeves expliqua rapidement qu'elles correspondaient au salon, à la salle à manger, à la salle de petit déjeuner, à la bibliothèque, au bureau et au petit salon réservé aux dames. La cuisine se trouvait dans un bâtiment adjacent et les chambres étaient toutes au premier étage : la chambre du maître, trois chambres d'enfants, une lingerie et trois chambres d'invités. Les domestiques avaient leurs quartiers à l'étage supérieur. Jeeves lui parla de la maison, mais ne lui montra que la salle du petit déjeuner où il la présenta brièvement à Molly, la jeune Irlandaise qui s'occupait du rez-de-chaussée. Molly apporta du café et un pain au lait à Tara et s'éclipsa aussitôt, puis Jeeves la salua poliment en lui assurant que Mr. McKenzie serait bientôt de retour et que, si elle désirait quoi que ce soit, il lui suffisait de l'appeler.

Tara but le café, mais s'aperçut qu'elle n'avait guère d'appétit. Elle inspecta la pièce et admira les nombreux objets de valeur qui s'y trouvaient. De larges fenêtres donnaient sur l'avant de la maison et sur la pelouse éclaboussée de soleil.

Une heure passa, rythmée par le balancier de la grosse horloge qui égrenait les minutes.

La mauvaise humeur ne tarda pas à gagner Tara.

Jarrett avait probablement des choses importantes à faire mais il aurait pu demander à quelqu'un de lui faire visiter la maison !

Cependant, elle s'arma de patience et attendit. En sortant sur la véranda pour faire le tour de la maison, elle aperçut des écuries à la limite des champs. Curieuse de voir quel genre de chevaux possédait son mari, elle s'y dirigea.

À peine entrée dans le bâtiment, elle sursauta en voyant quelqu'un surgir de la pénombre et entendit marmonner un vague « madame ? ». Le garçon qui s'adressait à elle était âgé d'environ quinze ans et avait manifestement du sang indien.

— Je peux vous aider ? demanda-t-il.

Son anglais était parfait et il ne paraissait nullement mal intentionné.

— Je... je suis Mrs. McKenzie, dit-elle enfin sans grande conviction.

Ce fut au tour du garçon d'avoir l'air effrayé.

— Mrs. McKenzie est morte.

— Je suis la nouvelle Mrs. McKenzie. Et vous, qui êtes-vous ?

Le jeune homme hésita une seconde avant de répondre.

— Peter, madame. Je m'occupe des chevaux.

— Eh bien, Peter, puis-je les voir ?

— Bien sûr !

Le garçon la précéda le long d'une rangée de boxes parfaitement entretenus. Une bonne odeur de foin imprégnait toute l'écurie, le sol en terre battue était balayé, et Tara songea que son mari dirigeait sa plantation avec beaucoup de compétence.

Mais elle cessa très vite de penser à lui car Peter connaissait admirablement les chevaux et lui parlait de chacun d'eux avec enthousiasme. L'heure passée à l'intérieur de la maison lui avait paru interminable mais, dans l'écurie, elle perdit complètement la notion du temps et oublia la peur que lui avait inspirée Peter au premier abord.

D'ailleurs, toutes ses craintes d'arriver dans cette nouvelle maison semblaient s'être envolées.

Le soleil était en train de décliner lorsqu'elle s'entendit appeler.

— C'est Mr. McKenzie ! s'écria Peter.

Instinctivement, Tara se précipita dehors et constata avec étonnement qu'il faisait presque nuit.

Jarrett était là, les poings sur les hanches. Il se dirigea droit sur elle.

— Où diable étiez-vous passée ? tonna-t-il. Il y a des heures que je vous cherche partout !

— Et moi, il y a des heures que je vous attends ! rétorqua-t-elle en plaçant aussi ses mains sur ses hanches.

Cependant, sa voix chevrotait légèrement. Oubliant tout à coup la menace des Indiens, elle se demanda si elle allait devoir passer sa vie à se bagarrer avec son mari. Mais elle releva fièrement le menton — après tout, elle ne lui devait aucune excuse. Il lui avait reproché d'être timorée... eh bien, elle allait lui montrer qu'elle ne se laissait pas impressionner si facilement !

Surtout quand elle avait raison !

— Vous m'avez fait une peur bleue ! cria-t-il.

Il n'y avait personne aux alentours pour les entendre. Toutefois, elle ne put s'empêcher de répondre de façon cinglante :

— Vous avez eu peur ? Mais de quoi ? Ici, je ne cours aucun risque, c'est vous-même qui me l'avez assuré !

— Peut-être, dit-il plus doucement en serrant les mâchoires, mais je craignais que vous n'ayez encore cherché à vous enfuir — auquel cas, madame, vous auriez bel et bien été en danger.

— C'est vrai. Je n'aurais plus été sous votre protection miraculeuse !

— Surtout, ne vous avisez pas de quitter les abords immédiats de la maison.

Tara faillit répondre, mais elle aperçut Robert sur la véranda, en compagnie de Jeeves.

— Jarrett ! cria Robert. Jeeves vient de me dire que Hattie nous avait préparé son fameux civet de chevreuil.

Jarrett garda les yeux fixés sur sa femme.

— Alors, passons à table ! dit-il doucement.

Puis il se dirigea à grands pas vers la maison. Humiliée, Tara releva la tête en le suivant d'un air calme et digne. Elle adressa un sourire resplendissant à Robert et à Jeeves en arrivant près d'eux.

— Il faut vraiment que vous fassiez plus attention, lui dit Robert en la prenant par le bras. Jarrett était dans tous ses états. Nous vous avons cherchée partout.

Elle jeta un coup d'œil vers son mari, mais son air renfrogné suffit à la persuader qu'il avait été nettement plus furieux qu'inquiet.

Décidant de l'ignorer, elle continua à converser avec Robert en gagnant la salle à manger. Jeeves apporta le vin, tandis que Hattie et Mollie servaient le dîner : des légumes verts — en plein hiver — et le fameux civet de chevreuil préparé par la cuisinière.

— Robert, habitez-vous... ici, lorsque vous séjournez dans la région ?

La réponse qu'elle espérait se devinait au ton de sa voix. Sans doute l'avait-elle posée pour contrarier un peu plus son mari.

— Désolée, mon amour, mais Mr. Treat possède sa propre maison un peu plus bas sur la rivière.

— Nos deux propriétés se touchent, je ne suis donc pas très loin ! ajouta Robert.

Jarrett se mura dans un silence prolongé.

Hattie leur servit ensuite une délicieuse tarte aux pêches, puis du café accompagné de crème.

— Ces messieurs prendront-ils le cognac dans la bibliothèque ? demanda Jeeves. Le sherry est servi dans le petit salon des dames, Mrs. McKenzie.

Le sherry ferait l'affaire, bien que Tara mourût d'envie d'avaler une bonne rasade de whisky. Elle garda les mains sagement croisées sur ses genoux.

Son mari semblait préférer ne la voir participer à aucune libation. Il se leva en lui jetant un regard courroucé et lui tendit la main.

— Robert, excuse-moi un instant, je te rejoins dans la bibliothèque pour boire un verre et fumer un cigare. Tara doit être épuisée. Je vais l'accompagner à sa chambre.

— Mais je croyais que nous devions visiter la maison !

— Demain, dit-il sèchement.

— J'aurais volontiers bu un sherry...

— Jeeves vous en montera un.

Tara réussit à faire un ravissant sourire à Robert, puis se mit à battre tout à coup des cils en sentant les larmes lui monter aux yeux.

— Bonne nuit, Tara. Vous verrez, vous finirez par vous plaire ici, promit Robert.

Incapable de répondre, elle l'embrassa sur la joue et se hâta de sortir de la pièce. Mais son mari la rattrapa par le bras et l'entraîna vers le grand escalier qui menait au premier étage. Raide comme un bout de bois, sans desserrer les dents, elle le suivit jusqu'à une porte qu'il ouvrit en grand.

La lumière vacillante d'une lampe éclairait une grande pièce luxueuse, plongée dans une douce pénombre. Le lit était imposant. Il y avait deux armoires, une pour elle, une pour lui, à chaque coin de la chambre. Une cheminée occupait la moitié du mur. De superbes tapis recouvraient le plancher, apportant une note chaleureuse à l'ensemble.

Cependant, Tara hésitait à entrer. C'était la chambre du maître, il n'y avait ici aucune touche féminine. Un gros registre était posé sur le bureau situé devant les fenêtres. Le dessus de lit était de couleur sombre. Un rasoir et un bol étaient disposés près d'une grande cuvette et d'un pichet.

La chambre était agréable. Tara sentait derrière elle la présence de Jarrett, oscillant entre l'envie de l'étrangler et de la planter là, avec indifférence.

— Il y a de nombreuses chambres dans cette maison...

— Ce qui veut dire ? coupa-t-il avec brusquerie.

— Peut-être... peut-être pourrais-je avoir la mienne ?

Elle ne le regardait pas, mais elle sentit sa température monter d'un seul coup. Passant devant lui, elle se retourna pour l'apostropher.

— Vous n'aviez pas vraiment l'intention de m'épouser et, pour l'instant, il semble que nous ne soyons pas en très bons termes...

— Peu importe que nous soyons en bons termes ou pas. Vous êtes ma femme, et vous dormirez dans cette chambre.

— Parce que vous pensez pouvoir me donner des ordres ! rétorqua-t-elle, regrettant de se mettre en colère et de lui laisser percevoir sa maudite jalousie. Dites-moi où dormir, pendant que...

— Pendant que quoi ?

— Je ferai comme bon me plaira !

— Ce qui vous plaît, c'est de continuer à fuir. Mais il n'en est pas question !

— Fuir, moi ? s'écria-t-elle outrée. C'est pourtant vous qui refusez d'avancer. Vous vivez dans le passé, avec une morte.

Elle s'arrêta net en voyant Jarrett foncer sur elle. Il la souleva et la jeta sur le lit. Elle se débattit furieusement tout en cherchant ses mots et son regard croisa le sien.

— Je ne souhaite pas...

— Je me fiche de ce que vous souhaitez ! Vous ne voulez pas que je vous touche, mais vous voulez être en sécurité, près d'un homme en chair et en os, et armé de préférence d'un fusil ou d'un couteau. Je n'ai ni besoin, ni envie de vous forcer à quoi que ce soit, Mrs. McKenzie. Toutefois, j'espère que vous vous souviendrez des promesses que vous m'avez faites, et de toutes les mises en garde que j'ai pris la peine de vous donner avant notre mariage.

— Des menaces, vous voulez dire !

— Non, des promesses ! Notamment celle de vous comporter comme une bonne épouse.

— J'essaie, dit-elle dans un souffle.

— Vous essayez de fuir ! Vous n'arrêtez pas d'avoir peur et de vouloir fuir !

— Vous ne faites pas beaucoup d'efforts pour me rassurer. Si seulement vous m'expliquiez...

— Pourquoi vous donnerais-je des explications, alors que vous vous entêtez à ne rien me dire ?

— Je ne vous ai pas forcé à entrer dans ma vie, ni à supporter mon passé ou les problèmes que...

— Étant donné que j'ignore tout de vos problèmes, comment voulez-vous que je sache si votre passé risque ou non de nous rattraper ?

Tara préféra se taire et le dévisagea avec indignation. Seigneur, elle ne pourrait jamais rien lui expliquer ! Jamais il n'accepterait de la croire...

— Je vous rappelle qu'une guerre vient juste d'éclater ! dit-elle enfin.

— Pas ici ! répliqua-t-il avec colère. Pas sur cette propriété !

Brusquement, il fit le tour du lit. Pendant quelques secondes, elle s'attendit à une réaction violente de sa part, mais il s'arrêta devant elle pour la dévisager.

— Quoi qu'il arrive, ne sortez pas de cette chambre. C'est ma chambre ; vous êtes ma femme. Et c'est donc là que vous allez dormir.

Sur ces mots, il sortit.

Et ce ne fut que de longues heures plus tard qu'elle finit par s'endormir, comprenant avec tristesse que, bien qu'il l'obligeât à dormir dans sa chambre, il ne viendrait pas l'y rejoindre.

9

Le retour s'était avéré plus mouvementé que Jarrett ne l'avait imaginé. Ce que lui et nombre d'autres redoutaient depuis des mois — voire des années — avait fini par arriver.

Il n'avait jamais eu l'intention de passer cette nuit à Tampa loin de sa femme. Mais il avait été contraint de se rendre au fort afin de discuter avec les officiers et de rendre visite à Ransome Clarke, le soldat qui avait réussi à échapper au massacre.

Alité, ayant de la peine à tourner la tête, Ransome avait accueilli Jarrett avec chaleur. Il l'avait déjà rencontré à plusieurs reprises.

Ransome lui avait raconté comment la plupart des officiers étaient tombés sous les balles des Indiens. L'affrontement avait duré plusieurs heures, mais les soldats étaient en mauvaise posture dès le départ. À la fin de l'assaut, Ransome avait réussi à ramper derrière des buissons sans se faire repérer. Puis les esclaves noirs des Indiens étaient arrivés pour achever les blessés, les mutiler et les scalper.

Le récit de ces atrocités avait laissé Jarrett sans voix. Puis il avait regagné l'auberge et avait passé le reste de la nuit à contempler les braises dans la cheminée de la salle à manger.

Le monde, son monde, courait droit à sa perte.

Et il avait amené une femme au milieu de tout ça.

Une femme malheureuse, et qui le regardait comme s'il l'avait traînée jusqu'au fond de l'enfer.

Une femme qui le fascinait plus que jamais. Robert avait raison : Jarrett avait effectivement besoin d'une femme. Maintenant, il en avait une. Il ne s'était jamais imaginé marié à une créature aussi mystérieuse, qui ne semblait en rien décidée à l'éclairer un tant soit peu sur sa vie. Pas plus qu'il n'avait imaginé le désarroi qu'elle éprouverait en arrivant ici. Il n'était pas près d'oublier le regard accusateur qu'elle lui avait lancé à bord de la *Magda* !

Et puis, cette façon qu'ils avaient de se disputer à tout bout de champ, cette manière qu'elle avait de le repousser sans cesse...

Peut-être était-il normal qu'elle eût peur depuis leur arrivée, elle n'avait entendu que des récits d'horreur, plus terrifiants les uns que les autres.

Ce matin, il s'était encore une fois réveillé seul, bien qu'il eût une nouvelle femme d'une beauté extraordinaire. Il avait pris le petit déjeuner avec Robert sans dire un mot, devinant des reproches dans le silence de son ami. Quand Robert était parti, un torrent d'émotions l'avait submergé. Il avait couru aux écuries et avait sorti son étalon rouan, Charlemagne. Puis il avait sauté sur son cheval fougueux, sans prendre la peine de le seller, pour sentir les mouvements de l'animal, comme son père le lui avait appris. Il avait envie de galoper, comme si le vent pouvait chasser ses idées noires et apaiser les tourments de son âme.

Il avait longé les limites de la plantation, puis s'était éloigné au-delà des champs, sur des terres qui lui appartenaient, mais qui étaient pratiquement vierges. De vieux chênes majestueux poussaient au bord des marécages et des voiles de mousse épaisse s'accrochaient aux branches. Des ruisseaux circulaient entre les marais et les fleurs sauvages poussaient en abondance. Jarrett prêtait à peine attention au paysage. Il savait exactement où il allait : près d'une forêt de pins, dont les branches procuraient une ombre bienfaisante, où les orchidées sauvages pullulaient et où seul le babillement d'une source d'eau fraîche venait perturber la sérénité de la nature. C'était son coin favori : une bande de terre jouxtant le territoire que le traité de 1821 avait cédé aux Séminoles.

Le cheval semblait savoir où l'entraînait son cavalier. Il ralentit en arrivant près du marécage et s'arrêta au bord de la rivière. Jarrett sauta à terre, puis s'accroupit pour s'asperger le visage et boire un peu d'eau fraîche. Il regarda la surface de l'eau se rider, troublant le reflet de son image.

Il ferma les yeux quelques secondes, le plus fort possible, comme s'il espérait chasser ainsi la peine qui lui serrait le cœur.

Ce fut une lourde erreur.

Il perçut un frémissement dans l'air une seconde trop tard. Des bras puissants se refermèrent sur lui et il se sentit projeté dans la rivière avec son agresseur.

L'eau était horriblement froide mais peu profonde. Jarrett se releva d'un bond et se retourna pour faire face à celui qui avait réussi à le surprendre de façon si humiliante.

L'homme était déjà debout, les genoux légèrement pliés, les pieds écartés, le regard fixé sur Jarrett.

Ses longs cheveux raides et son visage au teint cuivré trahissaient une ascendance indienne. Ses hautes bottes noires venaient d'Europe, tout comme son pantalon bleu foncé. Il portait une chemise de couleur vive, aux larges manches bouffantes, de style occidental elle aussi, que de nombreux hommes de son peuple avaient adoptée.

Cependant, ses concessions aux coutumes des Blancs s'arrêtaient là; un bandeau rouge ceignait son front et deux plumes d'aigle dépassaient derrière sa tête. Un long couteau était accroché à sa ceinture. Ce n'était plus un tout jeune homme, mais un guerrier en pleine possession de ses moyens, à peu près de la même taille que Jarrett. Ses muscles tendus saillaient comme ceux d'un athlète. Son visage avait quelque chose d'intrigant, avec de larges pommettes et des sourcils bien dessinés.

Et d'étonnants, de surprenants yeux bleus.

Jarrett ne connaissait que trop bien ces yeux : c'étaient ceux du Séminole Running Bear.

Le guerrier lui fit un sourire avant de se jeter de nouveau sur lui. Jarrett retomba lourdement dans l'eau. Aussitôt, il se releva et gagna la rive où se tenait déjà son adversaire. Puis il s'élança de tout son poids sur lui et tous deux roulèrent sur le sol. Cette fois, Jarrett eut le dessus, et il immobilisa son agresseur en lui maintenant les bras écartés. L'Indien se débattit, mais Jarrett tenait bon.

Soudain, l'Indien se dégagea de son emprise et se redressa, essoufflé, en regardant Jarrett avec un sourire.

Lorsqu'il s'adressa à lui, ce fut dans un anglais impeccable.

— Bon sang, j'ai bien cru que j'allais t'avoir, cette fois !

Jarrett s'étira.

— Tu as bien failli, petit frère !

Ils restèrent silencieux un instant. Puis ils s'étreignirent.

— Ça me fait plaisir de te revoir ! dit Jarrett en s'écartant, la voix vibrante d'émotion.

— Je suis content que tu sois de retour. Qui aurait pu imaginer qu'on en arriverait là ? dit l'Indien avec tristesse.

Les Indiens appelaient le demi-frère de Jarrett Running Bear. Mais son acte de naissance le désignait comme James McKenzie, nom que James respectait autant que son nom indien, car il avait beaucoup aimé son père et ne l'avait jamais renié.

— Ça devait arriver. Mais toi et moi, nous n'avons pas voulu le voir. Étais-tu au courant des projets d'Osceola ?

James secoua la tête.

— Ceux qui prétendent qu'Osceola en veut à tous les Blancs se trompent. Il ne me fait pas part de tous ses plans, car il sait que du sang blanc coule dans mes veines — du bon sang blanc, selon lui — et que je suis étroitement lié à toi.

— Il a du sang blanc lui aussi, remarqua Jarrett.

— Tu le connais depuis longtemps. Et tu sais bien qu'il ne méprise pas tous les Blancs.

— Tu es au courant du massacre ?

James haussa les épaules.

— Oui, je suis au courant. Mais n'oublie pas que Wiley Thompson s'est mal comporté avec les Indiens et que...

— Ce n'était pas le cas du major Dade.

— C'était un militaire, et tu sais parfaitement que l'armée est responsable du massacre de nombreux Indiens, femmes et enfants compris.

Oui, Jarrett le savait. Il ne le savait que trop.

— Si les Blancs respectaient ne serait-ce qu'un seul traité...

— James, ç'a été un véritable carnage. Tu ne peux pas soutenir que le clan qui en est responsable a raison.

— Et les Blancs ? demanda James.

Jarrett leva les bras au ciel.

— Nous savons tous les deux que certains Blancs ont anéanti des villages indiens. Mais beaucoup d'entre eux désirent vivre en paix. Tu as dit toi-même qu'Osceola ne considérait pas tous les Blancs comme mauvais, et tu es sans doute le mieux placé de tous pour tenter de mettre un terme à cette violence aveugle.

James l'interrompit d'un grognement.

— Allons, tu es bien placé pour savoir que je ne souhaite du mal à aucun homme blanc. Il n'y avait pas d'homme plus juste et plus généreux que notre père ! Mais regarde les choses en face, Jarrett. C'était un homme exceptionnel, et même s'il existe sûrement des Blancs bien intentionnés, la plupart de ceux à qui nous avons eu affaire jusqu'à présent n'étaient que des brutes assoiffées de sang !

Jarrett se passa la main dans les cheveux et alla s'asseoir sur un tronc d'arbre au bord de la rivière. Oui, il fallait regarder la réalité en face, ce qu'il n'avait cessé de faire depuis qu'il était enfant.

Jarrett était né à Charleston, en Caroline du Nord. Son père avait émigré d'Irlande. À Cork, son grand-père portait le titre de lord McKenzie, mais le père de Jarrett étant le septième d'une famille de huit enfants, vivre en Irlande sur les terres des McKenzie s'était avéré difficile. À quinze ans, Sean McKenzie avait fui la misère de son pays natal et était arrivé en Amérique juste à temps pour s'engager dans les rangs des rebelles, au moment de la Révolution américaine. Quand les combats avaient pris fin, il se trouvait à Charleston et y était resté. En grande partie à cause d'une jeune fille, Geneva Tweed, fille unique d'un prospère commerçant de Caroline. Geneva, dotée d'une volonté farouche et d'une beauté fascinante, lui avait longtemps résisté, prétendant ne rien avoir à faire avec un immigrant irlandais sans le sou. Mais Sean s'était obstiné et, le temps passant, Geneva s'était laissé convaincre. Peu après leur mariage, elle avait attrapé la fièvre jaune. Son mari l'avait soignée avec dévotion, mais la jeune femme était restée délicate et sa santé fragile. Sean avait toujours voulu posséder une terre à lui, et voulait se consacrer au commerce des fourrures. Mais il adorait sa femme et, inquiet pour elle, avait décidé de rester à Charleston et d'oublier ses rêves.

Le couple était resté sans enfant pendant une dizaine d'années. Et en 1802, Jarrett était venu au monde, à la grande surprise et pour le plus grand plaisir de ses parents. Mais l'état de Geneva demeurait préoccupant. Et, quelques mois avant le cinquième anniversaire de Jarrett, elle avait rendu le dernier souffle.

Sean McKenzie avait failli mourir de chagrin. Son

beau-père, quoique très affecté lui aussi, l'avait aidé à reprendre goût à la vie. À cette époque, le commerce des fourrures avec les Indiens de Géorgie était florissant et permettait à certains de réaliser de fabuleuses fortunes.

Quitter Charleston avait représenté un profond chamboulement dans la vie du petit Jarrett.

À certains moments, il se sentait extrêmement seul, car peu de Blancs vivaient alors parmi les Indiens. Mais Jarrett était un enfant solide, à la fois avide d'apprendre et prêt à se défendre. En outre, pour la première fois depuis la mort de sa mère, son père semblait heureux.

Jarrett avait découvert ce que seuls ceux qui cohabitaient avec les Indiens creeks savaient, à savoir qu'il existait d'importantes différences entre les Indiens. Il y avait de nombreuses tribus, de nombreux peuples et de nombreuses langues. Il avait appris le muscogee des Creeks et le hitichi des Mikasukis, de même qu'il s'était initié à la danse du maïs et à la « boisson noire ».

Le jour de ses six ans, il avait encore appris autre chose ; il allait avoir un frère. Son père lui expliqua qu'il était tombé amoureux d'une femme nommée Mary McQueen, ou Moon Shadow, une Indienne elle-même issue d'une parenté compliquée et de sang mêlé.

Peut-être parce qu'elle appartenait à un monde différent du sien, Jarrett n'avait eu aucune difficulté à accepter sa belle-mère. Ou peut-être était-ce tout simplement parce qu'elle était jeune, jolie, gentille et qu'elle adorait Jarrett. La vie était devenue plus agréable lorsqu'ils avaient emménagé dans une cabane en rondins au milieu de la tribu. Ils prenaient ce qu'il y avait de mieux dans les deux cultures, profitant de la technologie des Blancs et de l'amour que les Indiens vouaient à la terre et aux choses plus spirituelles. Ils fréquentaient des trappeurs blancs mais la tribu était devenue leur véritable famille.

Et lorsque James était né, Jarrett avait été ravi d'avoir un petit frère. Beaucoup de gens trouvaient étrange que Jarrett ait hérité des yeux noirs de sa mère — dont certains ancêtres étaient créoles — et que James ait les yeux bleu cobalt de son père. Mais par ailleurs, les deux garçons se ressemblaient beaucoup. James suivait partout son frère, qui lui apprenait tout ce qu'il savait des coutumes des Indiens et des Blancs.

Jarrett se tourna vers son frère. James était debout, au bord de l'eau, en train de le dévisager, les mains derrière le dos. Indien et Blanc à la fois, c'était un homme étrangement séduisant. Il aurait pu appartenir indifféremment à l'un ou à l'autre monde, mais avait trouvé sa place au sein de la tribu de sa mère, sans jamais briser les liens qui l'unissaient à son frère ou aux autres Blancs qu'il considérait comme ses amis. À l'instar de son père, il s'efforçait de juger un homme sur ce qu'il avait au fond du cœur, et non d'après la couleur de sa peau ou ses origines.

— Il y a toujours eu des problèmes, mais cette fois la situation est plus grave : nous sommes en guerre, marmonna Jarrett d'une voix caverneuse.

— Nous avons déjà connu la guerre. Et celle-ci sera comme les autres. Des hommes chercheront à faire la paix. Des Indiens se battront contre les Blancs, d'autres contre les leurs. Que la guerre s'achève par une victoire ou une défaite, nous serons perdants. Je n'ai pas attaqué Dade, et je n'ai pas suivi Osceola. Mais je comprends pourquoi il se bat.

— J'ai entendu dire à Tampa que le général Clinch était dans le coin. Il venait s'assurer que les Indiens quittent le territoire quand Dade a été attaqué. D'autres troupes fédérales ne vont pas tarder à arriver. Des milices se forment un peu partout. Les Blancs sont fous de rage.

— Tu as refusé de te battre contre nous? demanda James.

— Ils savaient pourtant bien que je refuserais...

James haussa les épaules et vint s'asseoir près de son frère.

— Tu n'as jamais manqué à ta parole. Rassure-toi, je n'ai rien à voir avec le massacre de Dade et de ses hommes, pas plus que je n'ai brûlé des femmes ou volé quoi que ce soit. Nous sommes en guerre, et cependant, toi et moi continuons à nous faire confiance. Qu'allons-nous faire?

— Ce que nous allons faire? répéta pensivement Jarrett. Cette guerre n'est pas la mienne.

— Ils te forceront à y entrer.

C'était vrai. Mais il continuait à ne pas vouloir le reconnaître.

— J'ai refusé de prendre le commandement des troupes.

— Ils te demanderont de négocier, d'aller parlementer avec nos chefs.

— Je suis prêt à le faire, mais il n'est pas question que je prenne les armes.

— Et si tu y es obligé?

Jarrett releva la tête :

— Et toi, que feras-tu? Il est arrivé que des hommes se fassent tuer par les leurs pour avoir refusé de se battre contre l'ennemi.

— Je n'ai pas pris les armes, mais je n'ai pas non plus trahi mon peuple. Je n'ai jamais signé aucun traité, ni accepté d'emmener ma tribu sur les terres désolées à l'ouest du Mississippi. Toutefois, c'est vrai, il faut que nous fassions attention. Chacun de nous a des ennemis dans son camp. Au fait, que pense ta nouvelle épouse de tout cela?

Jarrett lui jeta un bref coup d'œil, étonné que les informations puissent circuler plus vite que les hommes. Mais il savait qu'il avait été surveillé depuis Tampa, et était sûr que ceux qui l'avaient suivi le long de la rivière l'avaient fait à la demande de son frère — peut-être pour protéger Jarrett d'autres tribus indiennes.

— Ma nouvelle épouse n'a pas à commenter les choix que je fais, répondit Jarrett d'un air maussade.

James haussa les sourcils, amusé.

— Dis-moi, mon cher frère, cette attitude n'a rien de chevaleresque ! Dois-je comprendre que la jeune mariée ignore qu'elle est désormais apparentée à la moitié des *sauvages* de la région ?

Jarrett lui lança un regard noir.

— Te voir revenir avec une nouvelle femme est vraiment la dernière chose que j'aurais imaginée ! reprit James.

— Moi aussi.

— On ne se marie pas comme ça, par hasard !

— Je n'ai jamais dit cela, grogna Jarrett.

James s'assombrit soudain.

— C'est seulement que... après la mort de Lisa...

— Lisa est morte depuis bientôt trois ans.

— Tu avais dit que tu ne te remarierais jamais. Mais tu as pris une nouvelle femme et tu l'as amenée dans cette poudrière. Et si je ne me trompe pas, elle ne sait rien sur moi ou ma famille.

Jarrett se leva et s'approcha de la rivière, les mains sur les hanches. Le soleil d'hiver était caressant, l'air frais et la brise légère ; une grue vola gracieusement à ras de l'eau et se posa au milieu de la rivière.

Tout semblait paisible.

— Jarrett ?

Il se retourna.

— Non, elle ne sait rien de toi — ni de ma famille. Si je ne lui en ai pas parlé, ce n'est pas parce que je craignais sa réaction.

— Alors, pourquoi ?

— Je l'ai épousée parce qu'elle avait de sérieux ennuis.

— Quel genre d'ennuis ?

— Je ne sais pas. Elle... était en fuite.

— Encore une fugitive ? Mais comment...

— Je l'ai gagnée aux cartes.

— Tu t'es marié avec une femme que tu as gagnée aux cartes ? demanda James, incrédule.

— Les circonstances sont un peu bizarres. Elle n'aurait jamais dû être là où je l'ai trouvée. Depuis que je l'ai épousée, je peux en témoigner.

— Il t'aurait suffi de coucher avec elle pour t'en rendre compte, grand frère ! Dommage que je n'aie pas été avec toi à La Nouvelle-Orléans !

Jarrett soupira d'un air irrité, et James cessa aussitôt de plaisanter.

— Bon, d'accord. Tu l'as gagnée en jouant aux cartes, elle fuyait tu ne sais qui ou quoi, et tu l'as donc épousée.

— Quelque chose comme ça, admit Jarrett, finalement amusé à son tour par ce résumé.

— Finalement, ça ne m'étonne pas tant que ça. On dit qu'elle est exceptionnellement belle. C'est vrai ?

— Oui. Elle est très belle. Presque parfaite, dit-il d'une voix neutre.

— Tu ne vas quand même pas le lui reprocher !

— Que veux-tu dire ?

— On dirait que tu lui reproches sa beauté. Une beauté qui a tout de même réussi à t'amener devant l'autel alors que tu n'en avais nullement l'intention.

Jarrett secoua la tête.

— Je ne regrette pas de l'avoir fait. Je ne voulais pas me remarier, c'est vrai, mais j'ai besoin d'une femme. Elle n'a pas cherché à me séduire, ni ne m'a forcé. Je l'ai épousée de mon plein gré. Mais...

Il revint s'asseoir sur le tronc d'arbre près de son frère. James était sans doute la seule et unique personne à qui il pourrait parler de sa situation en toute sincérité.

— Je l'ai remarquée à la seconde où elle est entrée dans la taverne, reprit-il. Et puis, j'ai vu la rage, la peur et la détermination apparaître sur son visage quand elle est devenue l'enjeu de la partie. Au début, je voulais seulement l'aider à se tirer d'un mauvais pas, lui offrir à dîner, l'héberger pour la nuit. Et tout à coup, nous nous sommes retrouvés poursuivis par la moitié des voyous de la ville, sans que je sache rien d'elle.

— Et tu ne sais toujours rien ?

— En effet. Je ne pouvais pas exiger qu'elle me dise la vérité, ni même la menacer, et je ne pouvais pas l'abandonner... J'avais très envie d'elle, là-dessus, tu as raison. Je la désirais assez pour me conduire brutalement, mais Robert m'a suggéré que l'épouser serait une bonne idée. Il lui fallait disparaître, et je vivais dans un endroit sauvage, en pleine nature, où il lui serait facile de le faire.

— Et tu n'as pas voulu lui dire la vérité sur cet endroit sauvage, perdu en pleine nature, parce qu'elle-même s'est refusée à se confier. C'est ça ?

— Oui.

— Ah ! ma nouvelle belle-sœur est donc une belle et mystérieuse élégante ! Il me tarde de la rencontrer. Bien sûr, si je vous invitais tous les deux à dîner, elle penserait sans doute que c'est elle que je veux manger !

— J'avoue que la situation dans laquelle elle se retrouve est loin de l'enchanter. Elle a peur, mais elle refuse de l'admettre. Alors qu'elle passe son temps à essayer de fuir. Je lui ai expliqué qu'ici elle ne risquait rien, mais elle continue à se comporter comme si je l'avais arrachée à un danger pour la jeter dans un enfer pire encore.

— Comment veux-tu qu'elle n'ait pas peur ?

— Je lui ai dit qu'il n'y avait pas de quoi.

— Mais tu as oublié de lui préciser que ta maison serait épargnée. Et que tous les chefs, qu'ils soient pour la paix ou pour la guerre, ne franchiront jamais les limites de ta propriété. Parce que tu es un homme blanc qui a toujours tenu parole.

— Parce que l'Indien James McKenzie, Running Bear, est mon frère, corrigea Jarrett.

James sourit à nouveau.

— Tu as vécu parmi mon peuple bien avant moi. Tu as fait tes preuves, et tu as acquis ta réputation grâce à tes propres actes. Peut-être devrais-tu le lui faire savoir.

— Elle pourrait tout de même me faire confiance.

— Arriver au moment où l'on ne parle que du massacre du major Dade et de ses hommes a de quoi ébranler la plus solide des confiances !

Jarrett se mit à marcher de long en large, en regardant la rivière. James avait raison. Tara avait eu raison. Il lui devait des explications. Ce qui le vexait. Il voulait qu'elle ait confiance en lui, et qu'elle lui fournisse d'elle-même des explications sur son passé.

— Peut-être a-t-elle même eu vent d'autres choses, dit James derrière lui. Il y a des gens qui prétendent que ta première femme a été tuée de nos mains.

Jarrett croisa les bras, surpris d'éprouver encore une si vive douleur après tout ce temps.

— C'est un mensonge. Qui aurait pu lui raconter ça ?

— Pas mal d'hommes — et de femmes. Tu devrais peut-être rectifier délicatement les choses.

Jarrett se retourna vivement.

— Elle ne se livre jamais à moi !

— Mais tu lui demandes de vivre dans ce monde qui est le tien, et d'oublier son passé.

— Son passé peut encore nous rattraper, et je ne serai pas armé pour y faire face !

James leva les bras au ciel.

— Je te laisse à ta colère, grand frère ! Mais je suis curieux de faire la connaissance de ma ravissante belle-sœur, qui est peut-être la future mère de mes neveux et de mes nièces.

Jarrett médita un instant sur les dernières paroles de son frère. Il voulait des enfants. Il était convaincu que ses terres prospéreraient dans les années à venir, que la paix finirait par régner et qu'il avait un bel héritage à laisser derrière lui. Il voulait un fils à tenir dans ses bras, à qui il apprendrait ce qu'il savait et qu'il regarderait grandir.

Le problème, il l'admettait volontiers, était qu'il désirait trop la femme qu'il venait d'épouser.

— Il faut que je rentre, dit James. Il me tardait de te voir, avec tout ce qui nous tombe dessus.

Tous deux s'étreignirent à nouveau, affectueusement.

— Embrasse Mère de ma part, dit Jarrett, faisant référence à Mary McKenzie, qui vivait maintenant avec James.

Sean était mort une dizaine d'années plus tôt.

— Sans oublier Sara et Jennifer, ajouta-t-il en pensant à ses nièces. Quant à Naomi, embrasse-la très tendrement.

La femme de James était métisse, comme lui. Sa peau dorée, ses yeux noisette et ses cheveux noir d'encre qui lui arrivaient presque jusqu'aux genoux faisaient d'elle une rare beauté.

— Très tendrement ? répéta James.

— Oui, très, dit Jarrett en souriant, une lueur dans les yeux.

— Attends un peu que je fasse la connaissance de ta femme ! rétorqua James. Et si tu tiens à l'embrasser si tendrement, tu ferais mieux de venir dîner bientôt, avec ou sans ta nouvelle épouse. Mère est très impatiente de te voir, et de te dire que tu restes son fils, quoi qu'il arrive.

— Je viendrai bientôt, promit Jarrett.

James sourit, puis se retourna, prêt à disparaître entre les arbres.

— James ! N'oublie pas que tu restes mon frère, quoi qu'il arrive !

— Je sais, Jarrett, répliqua-t-il en imitant l'accent irlandais de leur père. Nous serons toujours les fils de Sean McKenzie !

Après un dernier geste amical, il s'éloigna dans la forêt, d'un pas silencieux.

Jarrett le suivit du regard quelques instants, puis se tourna vers la rivière. La grue s'était envolée. Pas un souffle ne venait rider la surface de l'eau.

Néanmoins, tout ceci n'était qu'un mensonge. C'était pour toute cette splendeur qu'il se battait, et pourtant...

Il n'avait pas d'ennemi contre lequel se battre.

Il soupira. Il avait été impatient de revenir, et l'enfer s'était déchaîné en son absence. Il avait effectivement mille choses à faire.

Malgré une épouse mal disposée à son égard. Et à cause de laquelle il n'avait pas fermé l'œil de la nuit, mourant d'envie de la prendre dans ses bras.

Quoi qu'il en soit, il était temps d'aller la rejoindre.

Subitement, il se sentit impatient de la retrouver. Il avait été stupide. À force de redouter de la voir s'enfuir à nouveau, curieusement, c'était lui qui avait fui loin d'elle.

Un sourire illumina soudain son visage.

Il siffla son cheval. Aussitôt, Charlemagne dressa les oreilles et arriva au petit trot.

Jarrett sauta sur son bel étalon, à l'indienne, et reprit en hâte le chemin de la maison.

10

Tara était sur la véranda, en train d'admirer le paysage. L'air de décembre était agréablement frais, et une petite brise soufflait en silence.

Les voix des hommes qui travaillaient dans les champs lui parvenaient. Des hommes rouges, jaunes, blancs et de tous les mélanges possibles entre les trois. Des employés. Tara ignorait si ce statut découlait de la désapprobation de Jarrett pour l'esclavage, ou s'il résultait simplement de son sens développé des affaires. La Floride était une région où tous les fugitifs savaient pouvoir trouver de l'aide. Et les problèmes que rencontraient les Indiens venaient fréquemment du fait qu'ils refusaient de remettre des esclaves noirs qui s'y cachaient aux chasseurs de primes lancés à leurs trousses.

Tara frissonna sous la brise, émerveillée une fois de plus devant tant de beauté et de sérénité. On eût dit un paradis terrestre, alors que le danger était à deux pas. Elle ne comprenait pas Jarrett, ce qui était pour moitié à l'origine de sa frayeur. De plus, elle s'en voulait d'être terrorisée, ce qui n'arrangeait pas les choses ! Elle avait horreur de la lâcheté, mais une véritable panique s'était emparée d'elle à Tampa. Plusieurs personnes avaient évoqué l'éventualité d'une attaque. Et pourtant, Jarrett avait voulu revenir ici, à une portée de flèche du territoire indien !

Pourquoi n'avait-il pas peur ? Pourquoi avait-il refusé la mission que voulait lui confier l'armée ? Et pourquoi avait-elle senti passer une compréhension étrange entre son mari et cet officier ? Apparemment, Jarrett n'était pas prêt à faire ce qu'ils attendaient de lui.

Tara s'approcha de la balustrade qu'elle agrippa fermement. Elle l'avait déçu, c'était évident. Elle se mordit la lèvre en se demandant comment les choses avaient pu s'envenimer ainsi. Non que leur histoire ait commencé par une grande amitié ! Néanmoins, il l'avait fascinée au premier regard, alors qu'elle n'avait encore nullement conscience du charme irrésistible qu'exerçait cet Irlandais noir. Au début, bien qu'il fût loin d'éprouver pour elle un amour fou, il s'était montré attentif, passionné. Et juste au moment où elle avait découvert à quel point elle avait envie d'amour et de tendresse, la réalité avait repris le dessus.

— C'est un tyran! murmura-t-elle.

Mais sans doute n'avait-elle pas fait grand-chose pour améliorer leurs rapports lorsqu'elle avait crié qu'elle ne voulait pas qu'il la touche.

Et maintenant, malgré la dette qu'elle avait envers lui, elle s'obstinait à se barricader dans sa dignité, à ne pas ouvrir son cœur à cet homme qui allait dormir où bon lui semblait tout en lui dictant ce qu'elle devait faire.

À chaque instant, elle redoutait qu'un tomahawk séminole ne lui fende le crâne.

Tara ne voulait pas avoir peur. Ce qui bien entendu n'empêchait rien.

Pourtant, il lui était déjà arrivé maintes fois d'affronter le danger. Mais elle ne voulait pas revenir en arrière. Plutôt mourir ici.

Elle aurait seulement voulu que Jarrett se montre un peu raisonnable, qu'il réalise ce qui s'était passé et voie enfin que sa merveilleuse Floride n'était qu'une terre sauvage, si tranquille et bien tenue que soit sa plantation.

Soudain, Tara se retourna. Elle n'avait rien entendu de spécial, mais son instinct l'avertit que quelqu'un l'observait.

C'était *lui*.

Jarrett se tenait devant la double porte, les bras croisés sur la poitrine, en train de l'observer. Elle se demanda à quoi il pensait. En tout cas, l'expression qu'il arborait ne lui plaisait guère. Il y avait quelque chose de moqueur et de vaguement méprisant dans son regard et elle se rappela combien elle l'avait déçu. Manifestement, elle n'arrivait pas à la cheville de sa *vraie* femme, Lisa.

Aussitôt, elle s'en voulut de cette pensée. Lisa était morte. Et Jarrett ne lui avait pas dit grand-chose sur elle. Peut-être était-ce à cause de cela ; il ne lui avait rien dit du tout.

— Je vois que vous avez finalement survécu à cette nuit, dit-il d'un ton léger.

— Le contraire vous aurait dérangé ?

Immédiatement, elle se mordit la langue. Trop tard... Cette remarque puérile lui avait échappé.

Il souleva un sourcil en la dévisageant sans répondre. Elle se sentit encore plus mal à l'aise.

Mais les rumeurs qui circulaient à Tampa Bay continuaient à la hanter. Et Nancy Reynolds avait insinué que la première femme de Jarrett avait été tuée par les Indiens.

Tara resta immobile un moment, se retenant de lui assener un bon coup sur la tête pour lui faire comprendre qu'il aurait dû être en train de...

De massacrer les Indiens ? se dit-elle non sans provocation.

Elle ne connaissait pourtant aucun Indien. En revanche, elle savait ce qui était arrivé au major Dade et à ses soldats.

— Alors, mon amour, comment avez-vous dormi ? demanda-t-il d'une voix nonchalante et quelque peu ironique, tout en s'approchant.

— Très bien, merci, répondit-elle en faisant un terrible effort pour ne pas se sauver en courant.

— Rendons grâces au ciel que vous n'ayez pas été tirée de votre lit en pleine nuit par des sauvages à moitié nus !

— Et vous non plus... où que vous ayez dormi !

— Mais je n'ai jamais eu peur d'une telle chose.

— Ah oui, c'est vrai ! Vous êtes immunisé contre les poignards et les machettes des Séminoles, à ce qu'il paraît. Mais vous avez tout de même une fort belle tête avec une superbe tignasse. Peut-être auriez-vous intérêt à vous en soucier davantage.

— Une fort belle tête, vous trouvez ? Je suis ravi que quelque chose chez moi suscite votre approbation.

— Je ne suis moi-même pas mécontente de ma chevelure. Et j'aimerais beaucoup la conserver ainsi que le cuir chevelu auquel elle est attachée.

— Il est un peu tard pour vous en inquiéter, vous ne croyez pas ? Vous qui étiez prête à vous noyer et à remettre votre âme au diable, vous vous laissez inquiéter par une poignée d'Indiens excités ?

Tous deux savaient bien que les problèmes ne venaient pas d'une poignée d'Indiens excités.

— C'est la guerre ! lui rappela-t-elle.

— Oui, et il y a déjà eu des guerres. Et il y en aura encore. Les hommes y survivent.

— Parfois. Et les femmes ?

— Vous me semblez être de la race des survivants, ma chère. Mais il est vrai que je sais si peu de choses à votre sujet...

— Sans doute plus que je n'en sais sur vous. Dites-moi, comment avez-vous dormi, la nuit dernière ?

— Je suis ici chez moi. J'y dors toujours merveilleusement bien.

Au moins avait-il dormi quelque part dans la maison. *Mais avec qui ?* souffla à Tara une petite voix provocatrice.

Jarrett s'assit sur la rambarde, tout près d'elle, mais sans la toucher.

— La maison vous plaît-elle ? s'enquit-il avec courtoisie.

— J'aurais du mal à le dire, étant donné que je n'en ai vu qu'une petite partie. À mon arrivée, on m'a informée que j'aurais droit à une visite complète ; malheureusement, le maître de ce paradis a été trop occupé à d'autres choses.

— Ah, mais le maître en question comptait bien vous faire visiter la maison. Et son cœur n'a fait qu'un bond en ne trouvant nulle part la nouvelle maîtresse.

— S'il avait attendu plus longtemps avant de se mettre à sa recherche, elle serait devenue vieille et grisonnante, et il ne l'aurait pas reconnue.

Jarrett esquissa un sourire.

— Elle serait devenue vieille et grisonnante ? Ça m'étonnerait ! Je crois plutôt qu'elle se serait aventurée du côté des marécages en essayant de s'enfuir. Mais où serait-elle allée, je me le demande !

Cette légèreté, Tara en avait conscience, cachait autre chose. Néanmoins, elle s'en félicita. Là, sur la véranda, elle se sentait rassurée par sa présence, elle avait l'impression qu'il suffisait qu'il la prenne dans ses bras pour qu'elle fût à l'abri de tous les dangers.

Elle était tombée amoureuse de lui, elle le comprit à cet instant. Amoureuse de ce regard sombre et inquiétant, du son de sa voix, de ses mains, de sa force, de sa peau, de ses caresses...

Aussitôt, elle baissa les yeux.

Découvrir qu'elle était amoureuse d'un homme qui l'avait épousée pour lui venir en aide, mais qui au fond de son cœur ne voyait en elle rien d'autre qu'une agréable décoration, quelque chose de fonctionnel, était loin de la rendre heureuse.

Toutefois, cet après-midi, elle ne voulait pas se disputer avec lui, n'avait pas envie d'être son ennemie.

— Une fois, vous m'avez promis de ne plus me poser de questions, lui rappela-t-elle doucement.

— Je vous l'ai promis ?

— Absolument.

— Ah ! Eh bien, je ne peux pas m'en empêcher. Si vous décidiez de vous enfuir, où iriez-vous ? Au nord ? Votre accent est difficile à localiser. Je crois y détecter parfois un léger accent du Sud, ou bostonien peut-être. Et puis je recommence à me dire que je n'ai pas la moindre idée de l'endroit d'où vous venez.

— Vous avez promis de...

— Mais ça ne m'empêche pas de m'interroger. Bien entendu, vous êtes libre de me fournir des informations quand bon vous plaira, dit-il doucement.

Il tendit la main et lui releva le menton.

— Peut-être auriez-vous l'amabilité de m'expliquer pourquoi vous donnez cette impression que rien ne peut vous atteindre.

— Et vous, vous ne voulez toujours pas me donner de réponse ?

— Vous avez promis de ne pas m'en demander. Ce qui n'est pas mon cas.

Jarrett lui effleura délicatement la joue. Une fois de plus, elle se sentit captivée par ce regard brûlant. Sa main, douce comme le velours, glissa sur sa nuque, et il l'attira tout contre lui. L'emprisonnant entre ses genoux, il posa un baiser sur ses lèvres. Un baiser tendre, léger et extrêmement troublant. Puis il la regarda dans les yeux, et lorsqu'il lui parla, sa voix se fit délicieusement rauque.

— Je vous le répète, si vous suivez mes conseils, vous serez en sécurité. Restez dans les limites que je vous ai indiquées et rien de mal ne pourra vous arriver.

— Comment pouvez-vous en être aussi sûr ?

Jarrett s'apprêtait à lui répondre quand des cris s'élevèrent, en provenance de l'embarcadère. Elle ne saurait jamais ce qu'il avait eu l'intention de lui dire.

— Mr. McKenzie ! Un bateau remonte la rivière !

Jarrett se leva, l'air préoccupé.

— Excusez-moi, dit-il.

Et il s'éloigna.

Tara le suivit jusqu'au bord de la rivière.

L'embarcation qui venait d'accoster transportait huit canons, ainsi que des soldats armés de fusils, alignés devant la proue. Tara reconnut l'homme aux boucles blondes qui l'avait saluée de loin au départ de Tampa.

Elle resta un peu en retrait, à la limite de la pelouse, tandis qu'on jetait une passerelle et que l'officier, en grand uniforme, descendait à terre.

— Tyler! s'écria Jarrett. Je ne pensais pas vous revoir si tôt!

— Je vous jure que je me serais passé de cette promenade sur la rivière. Je ne comptais pas arriver si tôt, je vous assure, mais...

Il haussa les épaules avec lassitude. Deux de ses hommes le rejoignirent, tandis que les autres restaient de garde sur le pont. Rutger, le contremaître de Jarrett, ne perdait pas un mot de ce qu'il disait et il aperçut la femme de McKenzie, qui attendait un peu plus loin.

— Peut-être pourriez-vous m'accorder quelques instants dans votre bureau? demanda-t-il.

— Bien entendu.

Jarret se retourna et son regard s'illumina en apercevant Tara.

— Tara, je ne crois pas que vous ayez rencontré le capitaine Tyler Argosy, voici ma femme, Tara.

— C'est un plaisir et un honneur de faire votre connaissance, Mrs. McKenzie.

— Merci, monsieur, tout le plaisir est pour moi, murmura-t-elle en cherchant le regard de Jarrett.

Mais Tyler s'était déjà reculé.

— Jarrett, vous connaissez les sergents Culpeper et Rice, dit-il en se tournant vers les deux jeunes soldats. Messieurs, Mrs. McKenzie.

Tous deux saluèrent Tara, qui leur adressa un petit signe de tête en retour.

— Tara, mon amour, je suppose que ces messieurs resteront dîner avec nous.

Mais Jarrett faisait face au capitaine Argosy et avait dit cela sans la regarder. C'était une manœuvre pour l'éloigner, elle en était certaine, et elle se demanda de quelles nouvelles atrocités s'étaient rendus coupables les Indiens pour qu'il veuille se débarrasser d'elle ainsi.

Toutefois, elle lui avait fait la promesse de se comporter en bonne épouse.

— Veuillez m'excuser, dit-elle aux hommes.

Puis elle regagna la maison, et ils bavardèrent encore quelques secondes avant de la suivre.

Tara trouva Jeeves dans la cuisine, en grande discussion avec Hattie, la cuisinière, une femme de haute taille, mi-indienne, mi-noire, qui parlait peu mais cuisinait de façon exceptionnelle.

— Bonjour, Mrs. McKenzie, dit Jeeves en s'inclinant respectueusement.

Tara songea que Jeeves était sans doute tout disposé à se montrer poli et à la servir de son mieux — du moins, tant que les désirs de sa maîtresse n'entreraient pas en conflit avec ceux de son mari.

Et Jeeves veillait sans cesse à ce que ses désirs n'aillent point à l'encontre de ceux de son maître.

— Bonjour, madame, ajouta aussitôt Hattie, en fixant gravement Tara de ses yeux en amande.

— Nous avons des invités à dîner : le capitaine Argosy et deux de ses hommes. J'imagine que l'équipage restera à bord du bateau.

— Je vais prévenir les filles, dit Hattie. Lorsqu'ils viennent, nous apportons des tourtes à ces garçons. Nous...

Elle s'interrompit en sentant le regard de Jeeves se poser lourdement sur elle.

— Nous leur avons toujours fait apporter des tourtes, reprit-elle. Mais c'est comme vous voudrez.

— Nous continuerons à le faire, répliqua Tara, un peu agacée.

— Miss Lisa a toujours fait comme ça, poursuivit la cuisinière. Et Mr. McKenzie a continué.

— Eh bien, nous nous efforcerons de préserver la tradition, dit Tara en se forçant à sourire.

— J'avais prévu du poulet, expliqua Hattie en se tournant vers Jeeves.

Il resta silencieux.

— Peut-être pourrions-nous faire un rôti ? Avec des pommes de terre et des légumes verts ? Et une soupe pour commencer, ainsi qu'un poisson ?

— Hattie prépare le meilleur poisson-chat de tout le territoire ! déclara Jeeves avec fierté.

— Ce serait merveilleux, en effet, dit Tara en souriant.

— Et pour le dessert, madame ?

— Avons-nous des pommes ?

— Des tonnes, madame.

— Et sa tarte aux pommes est...

— La meilleure de tout le territoire ! compléta Tara à la place de Jeeves. Décidément, nous avons de la chance.

À peine sortie de la cuisine, elle se demanda s'ils allaient se lancer dans des comparaisons scabreuses entre la nouvelle maîtresse et la défunte Lisa. Entendant des pas derrière elle, elle se retourna et aperçut Jeeves.

— Mrs. McKenzie, je pensais que vous voudriez peut-être m'indiquer quel vin vous préfériez pour ce soir. La cave se trouve dans le bâtiment d'à côté.

Elle hocha la tête et le suivit. La « cave » n'était qu'à moitié enfoncée dans le sol, et Tara songea que dans un pays aussi marécageux que celui-ci, il devait être difficile de creuser plus profondément, à moins de vouloir un puits. Mais la pièce contenait toutes sortes de bonnes bouteilles provenant de France, d'Espagne et d'Italie, ainsi que quelques crus spéciaux rapportés par Jarrett de différents voyages. Elle sélectionna deux vins français, un rouge et un blanc, puis examina le reste des bouteilles. Comme d'habitude, Jeeves l'observait en silence. Était-il en train de la juger ? En tout cas, elle était absolument certaine de ne pas avoir commis d'impair.

— Approuvez-vous mon choix ? demanda-t-elle.

— Ce n'est pas à moi de... commença-t-il.

— Vous vous occupez de cette maison depuis

longtemps, et de manière remarquable, aussi suis-je persuadée que vous avez une opinion.

Elle fit cette remarque en souriant, sachant pertinemment qu'elle avait intérêt à faire de Jeeves un ami.

Il lui rendit son sourire et inclina légèrement la tête pour la remercier du compliment.

— Votre menu et votre choix de vins me paraissent excellents, lui assura-t-il.

— Que vient faire le capitaine Argosy ici ?

— Écoutez, Mrs. McKenzie...

— Allons, Jeeves, je ne suis pas une enfant !

— Je pense que ces messieurs sont en train de discuter dans la bibliothèque.

— Et je suis certaine qu'un whisky leur ferait plaisir. Pouvez-vous préparer un plateau avec des verres pour les officiers ? Je leur apporterai moi-même.

Jeeves toussota discrètement.

— Mrs. McKenzie, il y a un bar dans la bibliothèque. Ces messieurs se serviront s'ils en ont envie.

— Oh, murmura Tara, frustrée.

Mais aussitôt, elle sourit en arquant ses ravissants sourcils.

— Alors, préparez-moi une assiette de fruits. Nous devons bien avoir d'autres délicatesses de ce genre à offrir à ces messieurs pour les faire patienter jusqu'au dîner.

Jeeves roula des yeux en secouant la tête.

— Mrs McKenzie, je ne...

— Jeeves, coupa Tara avec autorité, auriez-vous la gentillesse de vous en occuper ?

Il n'avait pas vraiment le choix. Cependant, même lorsque Tara eut obtenu son plateau de friandises, cela ne servit pas à grand-chose. Quand elle frappa à la porte de la bibliothèque, elle fut d'abord accueillie par un long silence, suivi d'un « entrez ! » sans aucune amabilité. Affichant son plus charmant et son plus innocent sourire, elle entra, et les officiers se levèrent poliment. Mais Jarrett se précipita vers elle avec un regard désapprobateur, la remercia de son attention et la raccompagna jusqu'à la porte en posant une main ferme sur ses reins.

Tara se retrouva dans le couloir sans en savoir davantage sur ce qui se passait.

Au bout d'un moment, Jeeves vint la rejoindre. Sans insister sur le fait qu'il avait essayé de la prévenir, il lui suggéra courtoisement de prendre un bain et de se changer avant le dîner. Il avait pris la liberté de faire remplir la baignoire, qui l'attendait.

Un bain chaud lui parut une excellente idée. Elle sourit à Jeeves et le remercia, en se disant qu'elle commençait peut-être à se faire des amis dans cette maison.

Tara resta plongée dans l'eau chaude pendant un bon moment. Puis, elle décida de terminer une des robes qu'elle était en train de se confectionner. Si elle se dépêchait un peu, elle aurait le temps de finir. Nancy Reynolds lui avait signalé que la lingère de Jarrett, Cota, était excellente couturière, aussi demanda-t-elle à Jeeves de la faire venir dans sa chambre.

Tara s'était attendue à voir une femme noire, indienne ou métisse, mais Cota s'avéra une ravissante jeune Italienne au teint mat, avec des cheveux d'un noir bleuté et de grands yeux verts. Son anglais n'était pas encore parfait, et elle ne travaillait pas ici depuis longtemps. Très enthousiaste quant au projet de sa nouvelle maîtresse, la jeune femme se mit au travail avec diligence.

Les deux femmes étaient encore au travail lorsque la porte s'ouvrit, et Tara, en corset, découvrit son mari sur le seuil. Le rouge lui monta aux joues et son cœur se mit à battre plus fort. Elle attendit qu'il parle le premier.

— *Scusi* ! s'écria Cota en rougissant à son tour et en se levant d'un bond.

— Cota, commença Tara.

Mais la jeune femme avait déjà filé.

Intimidée, Tara plaqua pudiquement la robe contre sa poitrine. Il ne lui restait plus qu'à terminer l'ourlet sur une dizaine de centimètres.

Jarrett entra et referma la porte.

— Je venais vous prévenir que le dîner allait être servi, dit-il.

Elle hocha la tête en avalant sa salive.

— Je... je descends tout de suite.

Il la regarda quelques secondes sans bouger, puis la rejoignit en trois enjambées. Assise devant la cheminée, Tara continuait à serrer fébrilement sa robe. Jarrett s'accroupit et la lui prit des mains.

— C'est ce que Cota a fait aujourd'hui ? demanda-t-il en caressant le tissu soyeux, sans la quitter des yeux.

Elle secoua la tête.

— J'avais commencé cette robe sur le bateau, mais nous l'avons terminée cet après-midi.

— Vous êtes une remarquable couturière, observa-t-il en haussant les sourcils.

Tara baissa les yeux, les mâchoires serrées.

— Je vous avais dit que je saurais remplir mes devoirs de bonne épouse.

— Il n'y a qu'un seul *devoir* qui compte, murmura-t-il.

En croisant son regard, elle éprouva soudain un sentiment de rage.

— Et j'ai failli sur ce point ?

— Vous n'avez failli en rien. C'est moi qui vous ai laissée oublier les termes de notre mariage.

Tara se rendit compte qu'il ne lui faisait aucun reproche, et qu'il y avait même un certain amusement dans sa voix. En le voyant sourire, son cœur se mit à battre à tout rompre et elle rougit. Cherchant désespérément à changer de sujet, elle lui reprit la robe et repensa qu'elle avait été prête, un instant plus tôt, à enfoncer la porte de la bibliothèque afin de découvrir ce qui se passait.

Elle s'écarta légèrement de Jarrett.

— Pourquoi sont-ils là ? demanda-t-elle.

— Je vous expliquerai plus tard, répondit-il après un bref moment d'hésitation. Nous n'avons pas le temps pour l'instant.

— Dites-moi seulement...

Tara s'interrompit brusquement, car il venait de saisir la robe et elle dut lâcher prise, pour éviter de la déchirer. Il examina le style sophistiqué de l'ouvrage avant de lever les yeux sur elle.

— Paris ? Vous venez de l'étranger ? Jeeves est convaincu que vous êtes issue d'une excellente famille et que vous avez fui pour éviter un scandale. Quitte à vous retrouver en plein marécage.

Tara s'approcha et reprit autoritairement sa robe.

— J'ai posé ma question la première. Pourquoi ces militaires sont-ils ici ?

Jarrett ne répondit pas, mais continua à regarder d'un œil admiratif sa femme et la robe tour à tour.

— Magnifique !

— La robe ?

Un sourire malicieux ourla ses lèvres.

— Oui. Mais surtout ce qui est en dessous.

Cette fois, quand il lui arracha la robe des mains, ce ne fut plus seulement pour la regarder. Il la laissa tomber par terre. Des heures et des heures de travail minutieux jetées ainsi — quelle négligence ! Tara voulut la ramasser, mais il saisit sa main qu'il emprisonna dans la sienne avant de laisser ses doigts courir sur ses épaules dénudées.

— Il faut que nous nous occupions sérieusement de notre mariage. Je suis profondément désolé d'apprendre que vous craignez avoir failli en quoi que ce soit.

Elle avait envie de lui, de ses caresses et de la douceur de sa voix. Trop, sans doute. Son cœur battait comme un tambour. Elle avait du mal à respirer.

— Jarrett, ces hommes attendent...

— Ah, oui ! Vous m'avez demandé de ne pas vous toucher. Pourtant, je n'ai fait que respecter ma parole et vous ai dit ce que j'attendais exactement de vous dès le départ.

— Jarrett ! protesta-t-elle, surprise de s'entendre l'implorer ainsi. Vous venez de me dire que vous n'aviez pas le temps de me répondre ! J'exige de savoir ce que...

— Tiens, tiens ! Vous exigez !

Tout à coup, à son grand étonnement, et non sans un certain désappointement, il la relâcha.

— Je vous répondrai ce soir, dit-il, le regard toujours aussi impénétrable.

Il marcha vers la porte, puis se retourna une dernière fois.

— Et je tiens à vous prévenir, Mrs. McKenzie. Ce soir, il n'est pas question que je fasse la sentinelle devant votre porte. Vous vous demandez où je passe mes nuits ? Eh bien, sachez que je compte passer celle-ci avec vous. Et que je n'ai pas l'intention de beaucoup dormir !

Tara n'eut pas l'occasion de lui répondre : Jarrett sortit et referma la porte derrière lui.

11

Tara tremblait tellement qu'elle dut s'asseoir, la robe de soie jaune roulée en boule entre ses mains. Elle s'empressa de la défroisser tout en se demandant ce qu'elle redoutait le plus, de l'issue du dîner de ce soir ou bien du fait qu'elle allait devoir attendre tout ce temps avant d'être de nouveau avec Jarrett.

Puis elle s'interrogea à nouveau sur la raison de la

présence des militaires et sur ce qu'ils étaient venus dire à son mari. Il avait l'air si tendu...

Elle se releva et s'habilla rapidement. Mieux valait ne plus penser au reste de la soirée. Pour l'instant, ce qu'elle voulait, c'était obtenir au moins une réponse à l'une de ses questions.

Les hommes étaient dans la salle à manger, en train de boire l'apéritif, attendant poliment son arrivée.

Il y eut un vague frémissement dans la pièce lorsqu'elle entra, et chacun s'empressa de venir la saluer. Les sergents Rice et Culpeper s'effacèrent avec déférence devant leur supérieur et prirent soin de s'écarter, en rougissant légèrement, lorsque Jarrett vint chercher son épouse qu'il installa au bout de la table. Sur la nappe en lin d'une blancheur immaculée, l'argenterie étincelait de mille feux et les assiettes en porcelaine, décorées d'un motif bleu d'une élégance royale, étaient en parfaite harmonie avec le reste de la maison.

Sans doute était-ce Lisa qui avait choisi la vaisselle, pensa Tara. Instantanément, elle se maudit en silence de continuer à éprouver un tel ressentiment envers la défunte.

Jeeves s'éclaircit la gorge, et elle se rendit compte qu'il était juste derrière sa chaise, attendant son signal pour servir. Elle lui fit un petit signe de tête en souriant, et il lui adressa un sourire encourageant en retour.

On échangea des plaisanteries. Le sergent Rodney Culpeper, très blond, le visage constellé de taches de rousseur et aussi aimable qu'un chien de garde, lui expliqua que cet hiver était nettement plus agréable que le précédent. Tyler Argosy parla de l'abondance des récoltes et du miracle que représentait la possibilité de faire pousser des choses tout au long de l'année.

— Ah, oui ! Mais il n'y a pas que cela d'étonnant ;

il y a aussi cette guerre sanglante que mènent les Indiens, observa Tara.

Elle s'appliqua à éviter le regard de Jarrett, assis à l'autre bout de la table. Malgré elle, elle releva les yeux. Comme elle s'y attendait, il la scrutait d'un regard noir et brûlant.

— Il est vrai, Mrs. McKenzie, que nous sommes sur un tout nouveau territoire, dont la majeure partie est encore à l'état sauvage, répliqua Tyler Argosy. Nous n'avons pas de villes aussi sophistiquées que New York, Philadelphie, Boston, Richmond, Charleston ou d'autres du même genre.

— Vous-même venez du Nord, Mrs. McKenzie? demanda poliment le sergent Rice.

— Du Nord? répéta-t-elle en regardant son assiette.

Sentant le regard de braise de Jarrett rivé sur elle, elle releva la tête. Les sourcils arqués, l'air curieux, comme Tyler, il attendait sa réponse.

— Cette dame est du Sud, il n'y a pas de doute! assura à tous le sergent Rice, qui leur avait expliqué être lui-même originaire d'Alabama.

— Il y a aussi beaucoup de femmes très raffinées qui viennent du Nord, contra le sergent Culpeper.

Tara remercia en silence les deux hommes de leur intervention.

— Sachez en tout cas, messieurs, que je ne suis pas d'ici! dit-elle en riant.

— Mais, Mrs. McKenzie, vous devez tout de même... reprit le sergent Rice.

À la surprise de Tara, ce fut cette fois son mari qui vint à sa rescousse.

— Ma femme ne voudrait pas vous décevoir l'un ou l'autre, dit aimablement Jarrett. Nous nous sommes rencontrés et mariés à La Nouvelle-Orléans, et j'étais bien entendu impatient de rentrer à la maison, étant donné les circonstances.

Il venait de la sauver, mais venait également de lui

fournir une excellente occasion d'en apprendre davantage. Occasion qu'elle se garda bien de laisser passer.

— À quelles circonstances exactement faites-vous allusion ? demanda-t-elle d'un air innocent.

Le silence retomba quelques minutes. Seul Jarrett pouvait lui répondre. En présence de son mari, les autres préféreraient probablement s'abstenir.

— Il y a une famille, tout près d'ici, qui est impatiente de rejoindre Tampa Bay. Ils ne vivent pas sur la rivière, mais plus loin, à l'intérieur des terres. Je vais aller les chercher.

Le cœur de Tara se mit à battre plus vite.

— Comment ? chuchota-t-elle.

— Je vais les escorter jusqu'à Tampa, expliqua Jarrett avec un brin d'impatience.

— Mais le capitaine Argosy a un bateau d'hommes armés.

— Rien qu'une compagnie de soldats, Tara. Ce n'est pas suffisant pour s'aventurer dans les terres. Je suis plus à même de me tirer de cette situation.

Un silence explosif enveloppa tout à coup la salle à manger.

— Pourquoi ? dit soudain Tara.

— Parce que nous nous efforçons d'éviter toute nouvelle provocation. Nous voulons juste faire partir cette famille, sans risquer un nouveau massacre. Le général Clinch n'est pas très loin d'ici, des milices s'organisent et procéder ainsi est plus raisonnable, voilà tout, dit-il calmement.

Il avait beau lui avoir répondu, il ne lui avait rien dit du tout.

— Ma chère, reprit-il d'un ton plus ferme, je crains que nous ne mettions nos invités mal à l'aise.

Que leurs invités aillent au diable ! Sans cesser de le dévisager, Tara reposa ses couverts, but une gorgée de vin et se tourna vers les militaires avec un sourire éclatant.

— Je vous prie de me pardonner. Détendez-vous et profitez de Cimarron. Messieurs, je vous laisse entre vous pour boire un cognac et fumer des cigares.

Ni le dessert ni le café n'avaient encore été servis, mais puisqu'elle était la maîtresse de maison, cela signifiait que le dîner était terminé.

Elle se leva ; les hommes s'empressèrent de l'imiter.

— Tara... commença Jarrett.

Mais elle avait déjà quitté la pièce.

Sortant en hâte par la porte de derrière, elle dégringola les marches de la véranda, fila droit devant elle dans la nuit et ne s'arrêta qu'en arrivant devant un immense arbre à l'autre bout de la pelouse. Elle s'y appuya en attendant de reprendre son souffle et laissa son regard errer sur la rivière. Le bateau militaire était ancré près de la *Magda*. Les lanternes allumées à bord scintillaient dans l'obscurité.

Il allait partir. Doux Jésus, il allait s'en aller ! Il l'avait traînée jusqu'ici, et tout ça pour finalement l'abandonner !

Et pourtant, elle n'avait plus aussi peur qu'auparavant. Seulement, elle n'avait pas envie de le voir partir. Ni de rester éveillée dans le noir, nuit après nuit, à se demander s'il était encore en vie.

— Bon sang ! entendit-elle soudain derrière elle.

Elle faillit crier en sentant une main s'abattre sur son bras pour la faire pivoter sur elle-même. Jarrett ! Elle ne l'avait même pas vu sortir de la maison, et en quelques minutes à peine, il l'avait retrouvée, au beau milieu des arbres, alors qu'elle se croyait invisible.

— Inutile de jurer ! s'écria-t-elle en essayant en vain de se dégager. Vous allez partir !

— J'ignorais que j'allais vous manquer.

— J'ignorais quant à moi que vous alliez m'abandonner aux sauvages !

— Avez-vous vu un seul sauvage sur cette propriété ?

— Vos invités vous attendent ! rétorqua-t-elle. Mon départ n'a pas dû les surprendre. Sans doute penseront-ils que je me suis échappée afin de me faire à l'idée que mon mari est prêt à offrir son scalp. Mais vous, McKenzie, vous ne pouvez pas les laisser tomber comme ça.

— Mais si, mon amour ! dit-il en l'attirant contre lui. Je suis venu consoler ma pauvre jeune épouse, qui se fiche éperdument de mon scalp et qui est seulement furieuse parce qu'elle est persuadée que je ne me soucie pas du sien.

Tara essaya encore une fois de se dégager de son étreinte, mais il ne lâcha pas prise. Folle de rage, au bord des larmes, elle voulut lui donner un coup de pied qu'il esquiva sans mal. Aussitôt, il la souleva dans ses bras et repartit à grands pas vers la maison, sans prêter attention à ses poings qui lui martelaient furieusement la poitrine.

— Je vais crier ! prévint-elle. Vos amis les militaires vont se demander ce qui se passe.

— Ils ne se demanderont rien du tout. Ils sont retournés sur leur bateau.

Tara lui lança un regard lourd d'accusation.

— Vous vous comportez de façon malhonnête et injuste ! lâcha-t-elle.

— Je ne suis nullement injuste. Je vous avais prévenue, dit-il en accélérant le pas.

En un clin d'œil, ils se retrouvèrent dans le vestibule.

— Vous n'êtes qu'un tyran !

— Vraiment ?

Elle aurait dû crier. Puisqu'elle l'en avait menacé, elle aurait dû mettre ses menaces à exécution.

Mais elle n'en avait pas le courage. En outre, si elle criait, qui viendrait se mêler des affaires d'un jeune couple dans sa propre maison ?

Ils étaient presque en haut du grand escalier. D'un coup d'épaule, Jarrett ouvrit la porte de la chambre. De leur chambre.

Les fenêtres ouvertes laissaient entrer l'air frais, les rideaux se balançaient doucement dans la pénombre et une odeur délicate de fleurs fraîches embaumait la pièce.

Le couvre-lit avait été replié et une lampe brûlait sur la coiffeuse, projetant une lueur vacillante sur les murs de la chambre.

Jarrett referma la porte et la regarda dans les yeux.

— Que je sois maudit si je vous abandonne ce soir !

Tara secoua la tête, à nouveau étonnée de se sentir aussi perdue.

— Mais m'abandonner demain ne semble pas vous déranger !

— J'emporterai cette nuit avec moi !

— Et la nuit dernière ? répliqua-t-elle avec un air de défi.

— Vous vous êtes inquiétée ?

— Je vous le répète, vous n'êtes qu'un tyran ! Vous m'ordonnez de rester ici pendant que vous...

Devant son regard noir, Tara ne put terminer sa phrase. Il la reposa soudain par terre et commença à défaire les minuscules boutons qu'elle avait mis tant de temps à coudre sur sa robe. Elle voulut se dégager, mais il la retint fermement.

— Ne bougez pas. Il est évident que vous avez beaucoup travaillé pour réaliser cette robe, et ce serait dommage de l'abîmer.

— Mais c'est vous qui...

— Restez tranquille !

Tara se mordit la lèvre en tremblant et s'exécuta. Dès qu'il lui eut retiré la robe, elle s'écarta et lui fit face, vêtue de son corset et de ses jupons. Il la regarda d'un air renfrogné, les mains sur les hanches.

— Je ne me souviens pas vous avoir fait mal, madame !

— Je ne me souviens pas avoir dit que vous l'aviez fait ! riposta-t-elle.

Puis, sans qu'elle s'y attende, Jarrett la prit dans ses bras et sauta d'un bond sur le lit et la laissa retomber sur les draps blancs et accueillants. Tara atterrit sur le ventre, et elle sentit ses doigts remonter sur ses reins pour dénouer les liens en satin de son corset.

— Que faites-vous ? s'écria-t-elle.

— J'aime que mes femmes puissent respirer !

Dans un sursaut d'énergie, elle parvint à se retourner face à lui. L'impétuosité de son geste se chargea de terminer la tâche entreprise par son mari, et les baleines et les dentelles s'écartèrent, dénudant ses seins. Elle se sentit devenir écarlate, mais s'efforça de soutenir son regard.

— Exactement ! Vos *femmes* !

Jarrett s'immobilisa tout en la maintenant fermement entre ses cuisses musclées.

— Je vous en prie, poursuivez, dit-il aimablement.

— Si vous avez tant envie de me voir respirer, peut-être pourriez-vous commencer par bouger un peu, suggéra-t-elle.

— Ah, mon amour, inutile de m'en prier !

D'un geste rapide, il lui immobilisa les mains. Tara voulut résister, mais comprenant qu'elle n'arriverait à rien, elle se figea, le regardant droit dans les yeux. Avec un petit sourire, il se pencha sur elle. Ses lèvres effleurèrent les siennes. Tout doucement. Du bout de la langue, brûlante comme du métal en fusion, il dessina le contour parfait de sa bouche, puis son baiser se fit plus insistant, plus fougueux.

Il redressa la tête et elle respira à fond.

— Je vous avais dit que j'avais besoin d'une femme ! rappela-t-il avec douceur.

— Et je n'ai jamais eu l'intention de vous refuser cela ! murmura-t-elle. Mais je ne peux pas être ce que vous voulez si vous vous montrez injuste.

— Injuste ? demanda-t-il, sincèrement intrigué.

— Je ne peux pas me contenter de ne rien dire et de vous être reconnaissante à jamais.

— De ne rien dire ? répéta-t-il.

— Vous m'avez sauvé la vie, ce dont je vous suis reconnaissante. Et vous m'avez expliqué ce que vous vouliez exactement et je... moi aussi, je voulais être avec vous, et...

— Afin que je vous protège des Indiens.

— C'est vous qui avez insisté pour venir ici. Alors, faites-le !

— Je vous protégerai mais, pour l'instant, je compte profiter des délices de cette vie pour laquelle je serais prêt à donner la mienne !

— Oh ! s'écria-t-elle en le repoussant d'un air irrité.

Mais Jarrett éclata de rire en se serrant contre elle, et quand elle se détourna de ses lèvres, il lui effleura la joue, le cou, puis, du bout de la langue, lécha la pointe rose de son sein...

— Où étiez-vous ? demanda-t-elle.

À nouveau, Jarrett se figea. Son regard d'ébène se posa sur elle et ses lèvres esquissèrent un petit sourire.

— Quand ?

— La nuit dernière.

— Dans une des chambres d'invités.

— Et la nuit précédente ?

Il haussa les sourcils.

— Sur le bateau, bien entendu.

— Je veux dire à... à Tampa.

Il tarda un peu avant de répondre, et le cœur de Tara se mit à battre la chamade. Brusquement, elle se sentit affreusement misérable. Il avait donc passé la nuit avec cette jeune femme si fière et si pulpeuse... Sheila.

Jarrett poussa un soupir.

— Je suis allé au fort, pour parler avec l'un des rares survivants du massacre du major Dade et de ses hommes, dit-il calmement.

Et elle comprit qu'il avait hésité parce qu'il se demandait s'il ne ferait pas mieux de lui mentir, si elle n'aurait pas accepté plus facilement de savoir qu'il avait passé la nuit avec une autre femme.

— Satisfaite ?

— J'aimerais que vous compreniez ! Si vous me dites de dormir ici...

Posant un doigt sur ses lèvres, il lui imposa silence.

— Alors, je dois y dormir aussi, admit-il.

Il la regarda intensément pendant quelques secondes, attendant de voir si elle allait dire quelque chose. Ce qu'elle ne fit pas.

Sa bouche se posa sur la sienne, et Tara ne trouva plus de raisons de lui résister.

Répondant à son baiser, elle entrouvrit les lèvres. Sa bouche était si brûlante, si avide, si douce, qu'elle avait l'impression de flotter sur une couche moelleuse de nuages. La façon dont elle s'abandonna soudain surprit tellement Jarrett qu'il s'écarta pour la regarder. Il jeta le corset au pied du lit, puis se redressa pour lui ôter ses chaussures qu'il lança un peu plus loin. Lorsqu'il lui retira ses dessous, Tara sentit la chaleur de ses mains sur ses hanches nues et l'entendit jurer en déchirant par mégarde un ruban de satin. En la voyant apparaître nue devant lui, hormis ses bas, il frissonna et s'immobilisa un instant en souriant d'un air coquin. Et très vite, elle comprit pourquoi. Avec une voluptueuse lenteur, Jarrett commença à rouler et à faire glisser un bas le long de sa jambe, s'arrêtant de temps à autre pour effleurer sa peau nue du bout des lèvres. Tara retint son souffle en essayant d'oublier la sensation de brûlure qui commençait à monter entre ses cuisses.

Il la regarda en levant un sourcil, et le deuxième bas atterrit sur le plancher. À son tour, il se déshabilla, sans la quitter des yeux. Pendant un instant, elle trouva étrange de pouvoir le convoiter ainsi, d'admirer ses muscles tendus, sa peau lisse et bronzée, et d'éprouver si souvent une telle colère à son égard. Une telle jalousie.

Un tel désir. Un tremblement fébrile s'empara d'elle lorsqu'elle réalisa que son envie de lui était à la fois naturelle et légitime. Elle l'avait épousé, elle était sa femme. Et, plus important encore, elle était de plus en plus amoureuse de lui.

Lorsqu'il fut nu, elle ne put s'empêcher de se lever, impatiente de le toucher à son tour. Il lui tournait le dos, aussi son geste le prit-il par surprise, et il se retourna vivement en la dévisageant d'un œil vaguement méfiant. Décontenancée, Tara s'avança précipitamment pour poser la main sur sa poitrine, tout près de son cœur.

— Je voulais juste... vous toucher, dit-elle dans un murmure.

Jarrett posa sa main sur la sienne et l'attira contre son corps nu.

— Ah, ma chère femme, rien ne saurait me ravir davantage !

Un sourire resplendissant de bonheur éclaira un instant son visage, puis il la prit par le menton afin de l'embrasser sur la bouche. Elle se serra contre lui, tout en caressant délicatement ses larges épaules, puis laissa courir ses doigts le long de son dos. Ses mains se refermèrent sur ses fesses musclées, et elle l'entendit soupirer. Accrochée à lui, elle savoura pleinement l'ardeur incandescente de son baiser. Puis Jarrett la souleva dans ses bras et l'emporta sur le lit sans cesser de couvrir sa bouche et sa gorge de baisers.

Sa main se faufila entre ses cuisses. Ses doigts la caressèrent longuement, doucement, avant de la pénétrer. C'était comme si un feu velouté emplissait sa bouche, un feu qui irradiait jusque dans les recoins les plus intimes de son être, la plongeant dans une splendeur étourdissante de douceur, dans un désir fébrile de lui appartenir.

Il la dévora de milliers de baisers, s'attardant sur ses seins ronds, sa gorge très blanche et son ventre nacré. Quand ses doigts l'abandonnèrent, laissant place à ses lèvres brûlantes, Tara laissa échapper un petit cri de protestation. Elle était au bord de l'extase, folle de désir.

Un désir merveilleux qui semblait rejaillir dans tout son être, comme une cascade. À moitié étourdie, elle sentit le poids de son corps sur elle, et il la prit, sa bouche fiévreuse collée à la sienne. Et soudain, il se mit à aller et venir en elle, sauvagement, provoquant une nouvelle explosion flamboyante. Instinctivement, elle commença à onduler des hanches, au même rythme que lui, s'envolant vers le plaisir.

Tara poussa un petit cri, et ce fut soudain comme si des étoiles blanches étincelaient dans la profondeur de la nuit. Elle était sur un petit nuage, et pourtant, elle avait une conscience particulièrement aiguë de sa présence, de la douceur de sa peau cuivrée contre la sienne, de la tension de ses muscles, tout comme de l'intensité du désir qu'il éprouvait pour elle.

Alors, elle eut l'impression d'être emportée avec lui. Un long grognement retentit dans l'obscurité, et il s'arc-bouta sur elle, le corps secoué de violents soubresauts. Puis il l'enlaça tendrement et retomba sur le côté, en la serrant tout contre lui. Tara se blottit au creux de son épaule. Et Jarrett resta immobile, la main posée sur son ventre. Elle referma les doigts autour des siens, le cœur battant.

— Tu es vraiment obligé de partir ? demanda-t-elle, le souffle court.

Il se redressa sur un coude pour la regarder au fond des yeux.

— Cette merveilleuse entreprise de séduction n'avait donc d'autre but que de me faire rester ici ?

— Je ne me rappelle pas avoir séduit qui que ce soit, dit-elle en réprimant une soudaine envie de le gifler.

— Pour ce faire, il vous suffit de respirer, dit-il, sans qu'elle sût s'il cherchait ou non à se moquer d'elle.

— Je croyais que vous aimiez voir vos femmes respirer, rétorqua-t-elle.

— En effet, ne venez-vous pas d'en avoir la preuve ?

Tara marmonna quelque chose d'incompréhensible en fermant les yeux, mais, aussitôt, il la reprit dans ses bras et s'allongea tout contre elle, sans plus rien dire. Et, bien qu'elle mourût d'envie de s'éloigner de lui après cette remarque sur le fait qu'elle l'avait séduit pour avoir gain de cause, Tara resta sagement immobile.

Quand il reprit la parole, ce fut d'une voix tourmentée, et pleine de sincérité.

— Si je n'y étais pas obligé, je ne partirais pas !

Des larmes montèrent aux yeux de Tara, qu'elle réprima en battant des cils. Il pensait vraiment ce qu'il disait. Elle ne répondit pas et resta là, tout contre lui, sans rien trouver à dire.

— Je reviendrai le plus vite possible, promit-il.

Tara ne savait toujours pas quoi dire.

— Désormais, j'ai une très bonne raison de revenir, ajouta-t-il.

Malgré cela, elle ne parvenait toujours pas à lui dire qu'il pouvait partir tranquille et ferma les yeux.

Jarrett resta longtemps silencieux, sans doute n'avait-il rien d'autre à lui dire non plus. Convaincue que l'anxiété allait l'empêcher de s'endormir, elle finit cependant par se laisser aller à une douce somnolence. Et elle était sur le point de s'abandonner à un profond sommeil quand elle se retrouva à nouveau dans ses bras. Ce soir, c'était elle qui était séduite, et elle ne trouvait rien à redire sur sa façon de lui faire l'amour.

Un peu plus tard, quand elle sentit ses caresses et vit son regard brûlant, Tara se décida finalement à ouvrir la bouche. Ah! il la désirait! Et pourtant, il était décidé à l'abandonner!

— Aurez-vous encore autant envie de moi quand je n'aurai plus de cuir chevelu ni de cheveux sur le crâne? demanda-t-elle d'un air plein de défi et de reproche.

— Personne ne s'en prendra à vos cheveux, chuchota-t-il au creux de son oreille. Et vous vous souviendrez de moi quand je serai parti.

Ce ne fut que beaucoup plus tard que Tara s'endormit vraiment. Et ses rêves furent plus terrifiants les uns que les autres.

Elle courait à perdre haleine. Un Indien la poursuivait, un couteau à la ceinture, son tomahawk levé, prêt à lui fendre le crâne. Elle n'osait pas se retourner pour regarder son visage, trop effrayée à l'idée de reconnaître celui de l'homme qu'elle avait épousé et qui s'apprêtait à la tuer.

Cependant, elle dut s'arrêter de courir car, en relevant la tête, elle aperçut William devant elle. Quelqu'un le tenait par les cheveux, un couteau posé sur sa gorge, prêt à l'égorger.

Des mots résonnèrent tout à coup avec une cruauté étrange et elle se figea sur place, terrorisée.

— Reviens, Tara. Accepte de payer le prix, sauve-lui la vie...

— William! hurla-t-elle à plusieurs reprises, persuadée de pouvoir le sauver si elle parvenait à le rejoindre.

Mais l'Indien était sur ses talons. Elle l'avait conduit droit à William, et c'était maintenant l'Indien qui le menaçait. C'était ou son scalp ou celui de William.

— Tara !

Une main se plaqua brusquement sur sa bouche, et elle se réveilla en sursaut. Jarrett la berçait, son corps nu, mince et lisse lui fit penser à une panthère agile dans la nuit. Son regard brillait, tel un feu brûlant sous la glace.

— La moitié du régiment risque de venir enfoncer la porte pour voir si je ne suis pas en train de vous assassiner, dit-il en retirant sa main.

Tara écarquilla les yeux, le cœur battant violemment.

— Il n'y a pas de régiment ici. Vous m'avez dit que le capitaine Argosy et ses officiers étaient retournés sur leur bateau.

— C'était pour vous empêcher de crier, admit-il, mais je ne pensais pas que vous alliez pousser des hurlements comme si j'avais commis quelque atrocité au milieu de la nuit !

— Vous m'avez menti ! commença-t-elle d'un ton accusateur.

— Qui est William ?

Tara ne put se contenir : des larmes noyèrent ses yeux. Elle continuait à trembler.

— Tara, qui est William ?

Le regard de Jarrett s'était durci.

Tara ouvrit la bouche et s'humecta les lèvres. Mais avant d'avoir pu prononcer un seul mot, elle recommença à trembler et fut secouée de violents sanglots. À sa grande stupéfaction, Jarrett l'enlaça tendrement, sans plus lui poser de questions. Doucement, il lui caressa les cheveux, écartant des mèches folles de son visage.

— C'est fini, dit-il. Tout va bien. Rendormez-vous. Je suis là.

Mais demain vous ne serez plus là ! faillit-elle crier.

— Vous ne craignez rien, chuchota-t-il. Je vous le jure, Tara, ici vous ne risquez rien. Rien du tout...

Ses paroles la réconfortèrent. Peu à peu, elle cessa de trembler.

— Endormez-vous, vous ne risquez rien, répéta-t-il.

Sa force rassurante et sa tendresse eurent bientôt raison d'elle. Elle était lasse, si lasse.

Quand enfin elle s'endormit, ce fut pour sombrer dans un lourd sommeil.

Elle se réveilla lentement, comme si d'épais nuages l'empêchaient de reprendre pleinement conscience. Elle n'avait qu'une envie, continuer à dormir. Mais quelqu'un la secouait énergiquement.

Tara ouvrit les yeux.

Son répit avait été de courte durée.

Jarrett, les traits tirés, était penché sur elle. La faible lueur de l'aube éclairait vaguement la chambre, mais il semblait être debout depuis longtemps. Peut-être n'avait-il même pas dormi. Il était habillé ce matin d'un pantalon marron un peu lâche, d'une chemise blanche à col ouvert, d'un gilet vert sombre et d'une veste couleur de terre. Il avait de grandes bottes qui lui arrivaient pratiquement jusqu'aux genoux. Ses cheveux bruns étaient attachés sur sa nuque, mettant en valeur son beau visage tendu et même, en cet instant, quelque peu menaçant.

— Qui est William ? demanda-t-il.

Tara secoua la tête.

— Personne dont vous ayez à vous inquiéter.

— Qui est William ? répéta-t-il.

— Jarrett...

— Bon sang, qui est-ce ?

Il l'agrippa fermement par les épaules pour l'obliger à le regarder dans les yeux. Les draps glissèrent, dévoilant le corps nu de la jeune femme et ses longs cheveux retombèrent, les enveloppant d'un voile blond tous les deux.

— Qui est-ce? tonna-t-il encore une fois.

Plus de questions! Il le lui avait promis.

Cette fois, pourtant, il était clair qu'elle allait devoir lui répondre.

— Mon frère! cria-t-elle, en retenant les sanglots qui lui nouaient la gorge. William est mon frère!

Puis elle se dégagea de son emprise et se laissa retomber sur le ventre, les yeux fermés, en priant le ciel pour replonger dans le sommeil profond et rassurant d'où il l'avait tirée.

Jarrett ne bougea pas.

— Votre frère? Vous me le jurez?

Devant l'air outré de Tara, Jarrett comprit qu'elle lui avait dit la vérité. Il écarta ses longs cheveux, et ses lèvres brûlantes effleurèrent sa peau nue.

— Nous parlerons à mon retour, dit-il.

Ils parleraient? Il n'arrêtait pas de la bombarder de questions et refusait systématiquement de répondre aux siennes!

Une seconde plus tard, Tara se rendit compte que la porte venait de s'ouvrir et de se refermer: il était parti.

Elle sauta hors du lit et se précipita vers la porte, en s'enroulant dans le drap pour couvrir sa nudité.

Trop tard! Elle l'entendit crier quelque chose à Jeeves et courut jusqu'à la fenêtre, juste à temps pour le voir s'éloigner sur son cheval. D'un geste rageur, elle lança le drap sur le lit. Elle aurait voulu qu'il reste...

Et pas seulement parce qu'elle avait peur.

Mais parce qu'elle avait été heureuse de dormir près de lui, de sentir ses bras autour d'elle tout au long de la nuit.

Parce que... oui, c'était bien cela, elle l'aimait.

12

Durant les premières semaines qu'elle passa dans sa nouvelle maison, Tara apprit une foule de choses sur Cimarron.

Pour commencer, elle se rendit très vite compte que son mari ne plaisantait pas sur le chapitre de la sécurité.

Des hommes armés gardaient la propriété, comme s'il s'agissait d'un véritable petit royaume. Ce n'était pas exactement un camp militaire, mais, au bout de quelques jours, elle remarqua que des hommes faisaient en permanence le guet en haut des bâtiments situés de part et d'autre de l'embarcadère. Rutger, accompagné d'une petite escorte, arpentait les champs à cheval tout au long de la journée et, le long du cours d'eau et de la forêt qui bordaient le territoire indien, des hommes étaient à l'affût, dissimulés dans les arbres. La quatrième nuit qui suivit le départ de Jarrett, Tara dormit profondément, se sentant enfin en sécurité à Cimarron.

Elle explora également le reste de la maison, ce qui s'avéra une expérience plutôt agréable. Jeeves lui montra les moindres recoins, et elle prit peu à peu conscience de l'empire que son mari avait réussi à bâtir sur cette terre hostile, infestée de marécages. La maison était meublée avec beaucoup d'élégance, tout en étant d'un confort exceptionnel. Et si la chambre lui avait tout d'abord paru extrêmement masculine, peu à peu, elle devenait aussi la sienne. Quelques petites choses avaient suffi à la transformer : ses affaires de toilette étaient maintenant posées sur la coiffeuse et Jeeves avait fait apporter un grand miroir sculpté, ainsi qu'une ravissante petite table ancienne.

Le mobilier de chaque pièce avait été choisi avec un soin méticuleux. Une des chambres réservées aux invités était décorée dans le style français du XVIIe ; une autre dans le style Tudor, avec un grand lit à baldaquin en bois sombre. La bibliothèque et le bureau de Jarrett, meublés plus succinctement, étaient remplis de somptueuses sculptures rapportées de Nouvelle-Angleterre. Le vestibule était d'une grande élégance avec ses divans et ses petites tables en acajou.

Quelque chose pourtant troubla Tara lorsque Jeeves l'emmena dans la petite bibliothèque située au premier étage.

La pièce comportait deux fenêtres, séparées par un large pan de mur. Un emplacement idéal pour accrocher un tableau, ce qui n'avait pas manqué d'être fait. Le tableau représentait une femme. La perspective était insuffisante pour permettre de juger de sa taille, car elle se tenait près d'un petit bouquet de fleurs, vêtue d'une robe jaune largement décolletée. Son long cou mince lui donnait une allure royale. Ses yeux en amande d'un beau brun, avaient quelque chose d'exotique et ses cheveux acajou, relevés, dégageaient son cou gracieux. Elle souriait d'un air énigmatique.

En observant le tableau, Tara sentit un grand vide s'ouvrir en elle, car elle comprit, sans qu'on ait eu besoin de le lui dire, que cette femme était la véritable maîtresse de Cimarron — la « vraie » femme de Jarrett. Elle avait été d'une beauté exceptionnelle, et si le peintre avait su la rendre fidèlement, il avait dû émaner d'elle une grande douceur. Sans doute avait-elle été une partenaire idéale pour Jarrett, une parfaite maîtresse de maison. C'était elle qui avait donné tout son charme à Cimarron.

Mais elle était morte ! se rappela Tara, soudain honteuse d'éprouver une fois encore de la jalousie. Néanmoins, elle était certaine que Lisa avait partagé davantage de choses avec Jarrett qu'elle-même n'y parviendrait jamais.

Tara tenta vainement d'éviter le tableau. Chaque jour, elle se retrouvait malgré elle dans la petite bibliothèque, en train de contempler la jeune femme en robe jaune.

Quoi qu'elle fît, elle ne pouvait s'empêcher de se demander si Lisa aurait fait les choses de la même manière. Quelle quantité de savon Lisa avait-elle fait fabriquer, combien de bougies ? Quelle proportion de viande salée, de viande fumée ? Sous la responsabilité de Jeeves, la maison avait bien évidemment continué à tourner, et lui comme les autres domestiques ne manquaient pas de se montrer parfaitement courtois à son égard. Cependant, elle comprit rapidement qu'aucun d'eux ne répondrait aux multiples questions qui lui brûlaient la langue. Jeeves avait bien entendu été le premier que Tara avait essayé d'interroger : un jour, à brûle-pourpoint, elle lui demanda comment Lisa était morte. Mais il se contenta de soupirer, puis lui dit que maître Jarrett préférerait certainement lui expliquer lui-même ce qui s'était passé. Tara avait alors tenté sa chance auprès de Cota, mais la jeune femme ne savait rien ; quant à Hattie, elle avait simplement levé les yeux au ciel à la façon de Jeeves, en lui assurant que Mr. McKenzie la scalperait comme un Séminole si elle s'avisait de parler à tort et à travers.

Un soir, Tara envoya chercher Rutger, pour lui demander ostensiblement s'il avait entendu des nouvelles du côté de la rivière. Il dîna avec elle dans la salle à manger et lui raconta qu'un trappeur de passage s'était arrêté le temps de lui dire que Tampa n'avait subi aucune nouvelle attaque, du moins, pour l'instant. Mais Rutger ne savait rien au sujet de Lisa, ou bien c'était un comédien habile, car lorsque Tara avait essayé plus subtilement de lui arracher quelques informations, il était parvenu à éluder ses questions.

Jeeves se montra plus sensible à sa curiosité. Un

après-midi, la trouvant dans la bibliothèque, plantée devant le portrait, il lui demanda si elle aimerait voir la tombe de Lisa et, bien que ce fût un peu morbide, Tara s'empressa d'acquiescer. Il l'emmena dans un petit cimetière situé derrière les dépendances et entouré par une grille de fer forgé. Jeeves ouvrit la porte et s'effaça pour laisser Tara passer. Il y avait plusieurs tombes, mais elle ne les aperçut pas tout de suite, car un sarcophage surmonté d'une sculpture représentant un ange aux ailes déployées attira son attention. Elle s'approcha de la tombe et caressa du bout des doigts les mots gravés dans la pierre : *Ici repose la dépouille de Lisa Marie McKenzie, née à St. Augustine, Floride, en 1806, arrachée à son paradis terrestre et rappelée au ciel par les anges le 18 janvier 1833. Épouse adorée, femme bénie et pleurée de tous, elle restera à jamais vivante dans nos cœurs.*

La phrase inscrite sur la tombe n'en apprit guère plus à Tara. Elle se tourna vers Jeeves pour lui poser une question, mais il s'était éclipsé discrètement. Désappointée, elle s'apprêtait à repartir quand elle aperçut d'autres sépultures dont elle s'approcha pour lire les inscriptions. L'une d'elles l'intrigua particulièrement : *Un être en fuite*, et elle pensa que Jeeves pourrait sans doute lui en dire davantage. Sur celle d'à côté, on pouvait lire : *Mary Lyde, née à Dublin, Irlande, en 1811, morte sur la plantation de Cimarron, Territoire de Floride, en 1831, avec son bébé, mort-né. Poussière, tu retourneras à la poussière. Que Dieu bénisse ses enfants.*

Pauvre Mary Lyde ! songea Tara. Et pauvre Lisa ! Elles étaient mortes si jeunes toutes les deux.

Un vent frais se leva tout à coup. Il ne restait plus qu'une tombe, un peu en retrait de celle de Lisa. L'ange aux ailes déployées la cachait un peu, mais Tara découvrit en s'avançant que la sépulture était ornée d'une superbe statue de la Vierge tenant l'enfant Jésus dans ses bras. Sur la plaque de marbre qui se trouvait en dessous, trois mots étaient joliment gravés : *Notre petite fille.*

Intriguée, Tara examina attentivement la pierre et sentit son cœur se glacer.

De quelle petite fille s'agissait-il ? Celle de Lisa et de Jarrett ? Probablement, bien qu'il y eût d'autres personnes enterrées ici.

La brise se renforça brusquement, soulevant un tourbillon de feuilles à ses pieds. Le soleil avait commencé à décliner. Tara se redressa pour regarder vers la rivière. Les arbres lui bouchaient la vue. Au loin, le ciel était embrasé d'or et d'écarlate mais au-dessus du cimetière, il semblait enveloppé de ténèbres, et Tara frissonna malgré elle. Elle repensa à la belle femme du portrait, endormie dans la mort sous la terre.

En train de se décomposer, aussi beau que fût le monument érigé en son honneur.

Qu'était-il arrivé à Lisa ? Soudain Tara se sentit très seule. L'obscurité n'allait pas tarder à tout recouvrir et elle ne voyait plus aucun des hommes qu'elle avait si souvent aperçus en train de patrouiller discrètement sur la plantation.

Elle tourna les talons, impatiente de quitter le minuscule cimetière, avec l'impression que des yeux invisibles la guettaient dans l'ombre. Son cœur faillit s'arrêter de battre quand elle se sentit tout à coup retenue par sa jupe. Prise de panique, elle crut un instant que le fantôme de la première épouse de Jarrett s'était jeté sur elle, pour lui dire qu'elle n'était pas la maîtresse de Cimarron et que sa présence ici n'était qu'une imposture.

Sa jupe s'était accrochée à l'une des fleurs en fer forgé de la grille qui entourait le cimetière. Elle se libéra, puis, le cœur toujours battant, elle se contraignit à ne pas courir jusqu'à la maison.

Mais elle claqua fiévreusement des dents tout le long du chemin.

Dès qu'elle entra, elle se précipita au petit salon pour se servir un verre de sherry. Mais, après un instant d'hésitation, elle alla dans la bibliothèque, prit la bouteille de whisky et se versa une généreuse rasade. L'alcool lui brûla la gorge, mais eut toutefois l'effet escompté. Aussitôt, elle se sentit plus calme — et parfaitement stupide — et se convainquit au bout d'un moment qu'elle réussirait à trouver les réponses aux questions qu'elle ne cessait de poser et que tout le monde éludait.

Elle alla prévenir Hattie qu'elle prendrait ce soir un plateau dans sa chambre. Quand Jeeves le lui apporta, elle le remercia de lui avoir montré le cimetière, mais se garda de lui poser la moindre question sur les morts qui y reposaient. Adroitement, elle exprima sa stupéfaction devant l'étendue de la plantation et l'efficacité du rendement.

— Bien entendu, je me rends compte que je n'ai pas encore tout vu. Jarrett m'a décrit beaucoup de choses ; toutefois, je n'arrive pas à me faire une idée très précise de la situation.

— De quelle situation Mrs. McKenzie ?

— Eh bien, reprit-elle le plus innocemment du monde, je dois avouer que la délimitation du territoire est un peu floue dans mon esprit.

Tara s'approcha du lit sur lequel elle dessina une péninsule imaginaire.

— Jeeves, venez me montrer à quoi ça ressemble. Ce bout du lit correspond à la longueur de la péninsule. Alors, où est quoi ?

Jeeves la considéra un instant d'un air méfiant, puis s'approcha en souriant.

— Là, en bas, ce sont les Florida Keys, et tout ça, ce sont les marécages ! En haut, il y a Jacksonville, et un peu plus bas, St. Augustine. De l'autre côté, c'est Pensacola. Et là, à l'intérieur, vers le milieu, c'est Tallahassee. Vous savez pourquoi c'est maintenant la capitale ?

— Non, pourquoi ?

— Eh bien, les législateurs avaient l'habitude de se réunir une fois par an à Pensacola. L'année suivante, la réunion se tenait à St. Augustine, mais cela représentait un voyage de cinquante-cinq jours sur l'océan. Or, un jour, un bateau a fait naufrage près de la côte sud et la moitié des hommes ont péri. Tallahassee, située à mi-chemin, parut alors comme un endroit idéal pour se rencontrer. Maintenant, si l'on descend plus bas à l'ouest, on trouve Tampa. Là, c'est la rivière, et tout ça, c'est le territoire indien.

— Très bien, dit Tara. Recommençons à une plus petite échelle. Là, il y a Tampa, la rivière, et ici, c'est Cimarron. Montrez-moi ce qu'il y a autour de Cimarron.

Quelques minutes plus tard, elle se releva, le sourire aux lèvres : la propriété de Robert se trouvait près d'un petit cours d'eau, un peu plus loin en aval de la rivière. Ce serait facile de s'y rendre.

Et elle partirait à cheval dès le lendemain matin !

Cette nuit-là, Jeeves n'alla pas se coucher.

Il resta dans la bibliothèque, dans un des gros fauteuils, et explora le contenu des rayons.

Il y avait un nombre impressionnant de livres. Des ouvrages classiques, ainsi que des romans, mais principalement des manuels d'agriculture et d'architecture. Il y avait également de nombreux ouvrages sur les herbes médicinales, l'élaboration de remèdes ou la façon de réduire une fracture, de même que sur la faune, la flore, les serpents venimeux et les plantes dangereuses. Il y avait aussi des mémoires d'hommes célèbres, notamment ceux d'Andy Jackson, dédicacés personnellement à Jarrett McKenzie. Se faire une idée d'un homme d'après ce que contenait sa bibliothèque avait toujours paru intéressant à Jeeves. À cette époque, les planteurs capables de lire et d'écrire étaient plutôt rares. Jarrett McKenzie adorait les livres. Pas autant que Robert Treat, dont la bibliothèque était deux fois plus importante que celle-ci, et qui était lui-même très érudit.

Jeeves appréciait les deux bibliothèques, et les deux hommes. Il avait eu la chance de grandir en homme libre, ce qui n'avait pas été le cas de ses parents. Après leur mort, il était venu travailler sur la plantation. Rutger était déjà employé comme contremaître, mais Jarret McKenzie et sa femme avaient besoin d'un maître d'hôtel pour s'occuper de leur magnifique maison. L'endroit avait tout de suite plu à Jeeves. Cimarron était unique en son genre. Jarrett McKenzie se refusait à avoir des esclaves ; il voulait des gens qui travaillent pour lui en échange d'un salaire, et ne se souciait nullement de la couleur de leur peau. Peu à peu, Jeeves s'était pris d'une telle affection et d'un tel respect pour son employeur qu'il n'avait plus été question pour lui de repartir.

Surtout après la mort de Lisa.

Il n'avait jamais vu un homme supporter si dignement son chagrin. Jarrett McKenzie avait continué à faire bonne figure devant les autres, tout en continuant à souffrir intérieurement.

Jusqu'à présent.

Jeeves sourit. *Elle* avait apporté une nouvelle vie dans cette maison. En fait, elle avait réussi à redonner à Jarrett McKenzie le goût de vivre.

Au cours de ses voyages, Jeeves avait entendu de multiples accents, qu'il n'avait aucun mal à imiter. Les Blancs étaient parfois étonnants. Ils avaient toujours l'air stupéfait d'entendre un Noir parler avec une élocution meilleure que la leur. La langue et les accents avaient été très importants pour Jeeves, dès son plus jeune âge, aussi aurait-il dû pouvoir dire d'où venait la nouvelle et ravissante Mrs. McKenzie.

Cependant, il n'arrivait pas à la situer !

Il s'étira et se redressa sur son fauteuil pour jeter un coup d'œil dans le vestibule.

Elle n'avait pas quitté sa chambre.

Il s'était trompé. Il avait eu ce soir l'étrange impression qu'elle était sur le point de s'enfuir de Cimarron. Pourquoi, il n'aurait su le dire avec exactitude. Il avait surpris une lueur étrange dans ses yeux lorsqu'elle regardait Jarrett — notamment quand il avait le dos tourné. Bien qu'aucun d'eux ne lui ait fait part de quoi que ce soit, Jeeves était convaincu que ce mariage n'avait rien d'ordinaire. Jeeves l'aimait bien. Oui, il aimait beaucoup sa nouvelle maîtresse ! Elle avait beau avoir peur, sa détermination était la plus forte. Elle aimait les gens, et faisait preuve de beaucoup de curiosité et de sensibilité. Belle et légère comme un ange, elle était cependant dotée d'une force intérieure inébranlable qui l'emmènerait sans doute loin.

Loin de la maison, avait-il craint.

Cependant, elle n'avait pas bougé. Il avait passé la moitié de la nuit à veiller, et se sentit tout à coup un peu ridicule. Apparemment, il avait eu tort de croire qu'elle pût se sauver dans la nuit.

Une heure du matin.

Vaguement somnolent, il sursauta en sentant qu'on lui tapait sur le pied et découvrit Rutger penché sur lui. Curieusement, le bel Allemand blond et lui étaient devenus les meilleurs amis du monde.

— À mon tour de monter la garde, dit Rutger. Je suppose que tu voulais t'assurer que Mrs. McKenzie dormait bien dans sa chambre. Je t'ai entendu ronfler.

Jeeves s'insurgea :

— Je ne ronfle jamais ! déclara-t-il fièrement de toute sa hauteur.

— Alors, un troupeau de buffles a dû charger quelque part près d'ici. Va dormir un peu. Je garderai un œil sur notre nouvelle maîtresse.

Jeeves se dirigea vers la porte et s'arrêta sur le seuil.

— Surtout, ne t'endors pas !

Rutger avait pris un livre et était en train de se servir un whisky.

— Je te signale que c'est toi qui ronflais, monsieur le valet toujours parfait !

Jeeves renifla et s'éloigna. Arrivé dans le grand vestibule, il frissonna. L'aube était presque levée. Elle n'avait pas bougé. Qu'est-ce qui avait pu lui faire penser qu'elle était prête à s'enfuir, alors qu'il était convaincu que — à défaut d'être amoureuse de lui — elle était à la fois follement intriguée et captivée par son mari ?

Jeeves se passa la main sur la nuque. Manifestement, il s'était trompé. Elle n'irait nulle part. Ce dont il se félicita.

Épuisé, il gravit l'escalier. Il avait hâte que Jarrett revienne.

Bien que la garnison soit toujours sur le pied de guerre, Tampa n'avait eu à déplorer aucune nouvelle attaque des Indiens.

Ce fut ce que Jarrett apprit en arrivant enfin en ville avec les Patterson : Jim et Jill, la sœur de la jeune femme, Marianne, et son petit frère J.P., ainsi que leurs sept enfants, Paddy, Jane, Anne-Marie, Michael, Seth et les jumeaux, Caleb et Joshua. Le trajet ne lui aurait pris que deux jours s'il n'avait dû escorter une caravane composée de deux chariots, trois vaches, quatre chèvres et quelques poulets. À l'intérieur des terres, les routes étaient difficiles, les ponts rares et très éloignés les uns des autres, aussi le voyage avait-il été long et pénible. Mais, ayant toujours beaucoup aimé les Patterson, il ne leur en tenait nullement rigueur, même s'il souhaitait de tout cœur retourner au plus vite chez lui.

Le moment était mal venu de s'absenter de la maison. Après tout ce temps perdu bêtement, il avait enfin retrouvé une femme.

Et bien que, par sa faute, il fût resté éveillé toute

la nuit à se demander qui pouvait être William, il avait finalement découvert la vérité.

Son frère... William était son frère.

Ce n'était pas grand-chose. Mais, tout de même, cette révélation lui redonnait de l'espoir. Il ne tarderait pas à connaître la vérité sur son passé et alors...

— Oh, Jarrett! Nous voilà enfin arrivés! s'écria Jill, ravie.

Elle marchait devant l'un des chariots, distribuant de temps à autre des coups de badine sur les bœufs qui transportaient les quelques objets de première nécessité qu'ils avaient décidé d'emporter.

Aucune des personnes vivant à proximité de la propriété de Jarrett n'avait été encore attaquée, mais plus au nord, plusieurs plantations de canne à sucre avaient été prises d'assaut par les Indiens. La plupart du temps, les propriétaires avaient pu s'échapper, mais tout avait brûlé et les esclaves ainsi que les domestiques avaient disparu. Soit ils avaient été faits prisonniers par les Indiens, soit ils s'étaient enfuis à travers les marécages, soit ils gisaient morts au milieu des décombres.

Jill s'approcha de Jarrett en désignant la silhouette de Tampa qui se profilait au loin.

— Mon Dieu! Nous avons réussi! s'exclama-t-elle en souriant.

Elle avait un joli visage. À presque quarante ans, elle était mince comme un fil. Elle avait élevé ses enfants en pleine nature pendant vingt ans, et cette vie plutôt rude l'avait marquée, mais elle demeurait fort séduisante. Elle et Lisa avaient été très liées, bien qu'issues de deux mondes différents. Elles avaient de nombreux points en commun : toujours prêtes à partir à l'aventure, et toutes deux très éprises de leur maison, de leur mari et de la beauté sauvage de ce nouveau territoire américain. Le père de Lisa avait été un héros de la Révolution, un politicien riche et respecté, qui avait élevé sa fille dans le luxe. Orpheline, Jill avait grandi sur une plantation de Géorgie, où elle ramassait le coton en compagnie des esclaves.

C'était sans doute la raison pour laquelle elle haïssait l'esclavage et, comme à Cimarron, la propriété des Patterson était entretenue par des hommes libres, de toutes couleurs et de toutes origines. Un à un, leurs employés les avaient quittés, pour échapper au désastre qui s'annonçait.

Jill avait alors décidé d'abandonner la propriété — en attendant que la situation soit stabilisée.

Jim s'approcha de sa femme. C'était un homme grand et maigre, usé par des années de labeur, solide et fidèle en amitié.

— Merci de ton aide, Jarrett, dit-il en prenant sa femme par la taille. Sans toi, nous n'aurions jamais réussi.

Jarrett haussa les épaules.

— Ce n'est pas certain, Jim. Je ne vois pas pourquoi les Indiens s'en prendraient à toi ou à Jill.

— Peut-être, mais j'ai souvent eu l'impression qu'on nous observait. À plusieurs reprises, j'ai senti une présence derrière les palmiers, et je suis sûr que tu l'as remarquée, même si tu n'as rien dit. Les Indiens ne nous ont pas quittés d'une semelle. Je préfère ne pas penser à ce qui aurait pu arriver si tu n'avais pas été avec nous.

— Il n'y avait aucun danger. J'en suis certain.

— Tu penses que c'étaient les hommes de ton frère qui nous surveillaient ?

Jarrett hocha la tête.

— Probablement. J'espère que Mrs. Conolly aura quelque chose de meilleur à nous offrir que les malheureux lapins que j'ai attrapés en route.

— Et ses muffins seront sûrement moins durs que ceux que maman a emportés ! s'écria une petite voix du fond du chariot.

Caleb, âgé de cinq ans, un petit diable tout maigre

avec les yeux pâles de sa mère, des cheveux blond platine et la langue bien pendue, se pencha avec un sourire radieux.

— Je t'interdis de dire du mal de mes muffins, jeune homme ! rétorqua Jill, amusée.

Jarrett se surprit à envier ce bonheur familial. Jim et Jill avaient travaillé dur pour offrir une vie confortable à leurs enfants et chacun d'eux s'était montré poli et coopératif tout au long du voyage.

Caleb et Joshua, avec leur petites frimousses identiques, avaient toujours été les préférés de Jarrett. Peut-être parce qu'ils étaient les plus jeunes. Les plus proches de l'enfant que lui-même aurait pu avoir, si elle avait vécu. Les battements de son cœur s'accélérèrent.

Il était en train de pleurer Lisa.

— Je suis vraiment désolée que nous t'ayons enlevé à ta nouvelle épouse, dit Jill en l'observant. Elle doit être fâchée. Cimarron est magnifique mais je suis sûre qu'elle ne doit pas être heureuse de s'y retrouver toute seule.

— Je serai vite de retour, dit Jarrett.

— Dépêchons-nous, dit Jim à sa femme. Comme cela, Jarrett pourra se reposer un peu avant de repartir.

Jarrett les laissa partir devant et resta une minute immobile.

Il tendit l'oreille, mais ne perçut aucun bruit. Jim avait vu juste : les Séminoles les avaient escortés une grande partie du chemin.

Jarrett était impatient de retourner chez lui, mais avant il projetait d'aller rendre visite à sa belle-mère, à son frère et à la famille de celui-ci. Était-ce sa réputation ou l'insistance de James et de Mary qui le mettait à l'abri des menaces qui pesaient sur les autres ?

Il ne le saurait sans doute jamais.

Une foule les accueillit à leur arrivée à Tampa.

Tyler Argosy et quelques-uns de ses hommes vinrent les aider à décharger les chariots. Après lui avoir renouvelé leurs remerciements, les Patterson allèrent se laver et se restaurer, et Jarrett se rendit chez Mrs. Conolly avec Tyler, qui lui apprit que la guerre contre les Séminoles avait commencé. Le général Clinch, qui espérait pouvoir repousser les Indiens plus à l'ouest sans trop de difficultés, s'était retrouvé aux prises avec eux, sans savoir ce qui était arrivé au major Dade. On avait relevé de nombreux morts et blessés. Le bruit courait qu'une ferme avait été attaquée au sud de Jacksonville, le fermier tué, et sa femme scalpée et laissée pour morte. Cependant, elle avait survécu et avait fait une description détaillée des Indiens qui l'avaient agressée. La peur, l'amertume et la haine se répandaient encore plus vite que la peste

— Vous pourriez peut-être en toucher un mot à votre frère, suggéra Tyler d'un air grave en allumant sa pipe. Bientôt, il ne restera plus un homme blanc qui ne préférera tirer d'abord et poser des questions ensuite.

Bien qu'écœuré par ces récits, Jarrett éprouva le besoin de prendre la défense de son frère.

— Vous savez bien que James n'a tué personne, mais il m'a expliqué clairement qu'il ne pouvait condamner les guerriers responsables des massacres, étant donné la façon dont on les a toujours traités.

— Les Blancs ne veulent plus des Indiens. C'est aussi simple que ça.

— Certains ne partiront jamais. Et il y a les marécages dans lesquels ils peuvent se cacher, vous le savez bien, Tyler.

— Le président Andy Jackson est déterminé à les regrouper.

— Alors, il va se mettre une guerre sur les bras.

Tyler hocha tristement la tête.

— Faites part de mes mises en garde à James, voulez-vous ?

Jarrett acquiesça. Le capitaine se leva et posa la main sur son épaule.

— Merci d'avoir amené les Patterson jusqu'ici. Cela a dû vous coûter sacrément de partir de chez vous. À votre place, j'aurais hésité à le faire.

Jarrett le regarda d'un air perplexe.

— Je veux parler de votre femme.

— Elle sera là à mon retour.

En tout cas, elle avait tout intérêt. Ils avaient à parler d'une quantité de choses.

Tyler sourit.

— Ça n'a quand même pas dû être facile de partir.

— C'est vrai, reconnut Jarrett avec franchise.

— Mes hommes sont encore éblouis. Ils pensent que vous avez trouvé là une vraie princesse de conte de fées. Dites-lui que si jamais elle a besoin de...

— Tyler, vous feriez mieux de partir avant que je ne commence à me demander où vous voulez en venir, et que je vous aplatisse contre le mur.

L'officier éclata de rire.

— Je m'en vais. Toutefois, si elle a besoin de quoi que ce soit...

— Au revoir, Tyler !

Le capitaine sourit et salua avant de s'en aller. Jarrett resta à siroter le verre de whisky posé devant lui. Il ferma les yeux. Pendant le voyage, il n'avait pas beaucoup dormi ; il avait passé ses nuits à guetter le moindre bruit. Et quand il s'était enfin abandonné au sommeil, des rêves désagréables étaient venus le tourmenter. Le visage de Tara lui était apparu. Il avait pratiquement senti ses boucles dorées s'enrouler autour de lui. Et il avait plongé dans le bleu incroyable de ses yeux.

Seulement, encore une fois, elle s'était enfuie. Elle courait à perdre haleine. Et il avait beau courir à toute vitesse, il n'arrivait jamais à la rejoindre. Pourtant, plus il se rapprochait d'elle, plus il avait conscience du danger. Elle courait aveuglément, droit devant elle, loin de lui, vers les ténèbres et les ombres d'un danger inconnu.

Jarrett termina son verre. Il fallait qu'il dorme, mais dès l'aube, il se remettrait en route. Elle l'attendrait. Elle avait sacrément intérêt.

Mrs. Conolly lui avait attribué une petite chambre. Avec le nombre de réfugiés qui ne cessait de s'accroître, c'était une chance inespérée. Fourbu, Jarrett avait demandé à prendre un bain chaud et, alors qu'il s'y prélassait, en fermant les yeux, il prit soudain conscience qu'il n'était pas seul dans la pièce. Sheila se tenait devant lui, les lèvres retroussées en un ravissant sourire, le regard brillant. Elle s'apprêtait à le pousser sous l'eau par surprise, mais Jarrett fut plus rapide et lui agrippa les poignets.

— Jarrett ! protesta-t-elle en faisant la moue.

Il soupira.

Il aimait bien Sheila, mais même à l'époque où il menait une vie débridée, il avait toujours pris soin de garder ses distances avec elle. Premièrement, parce qu'elle était trop jeune, et deuxièmement parce qu'elle était aussi tenace qu'une pieuvre armée de huit tentacules.

— Je suis un homme marié, dit-il.

— Je ne t'ai jamais demandé de m'épouser. Je ne me marierai avec personne, blanc, rouge ou noir. Je veux seulement te rendre heureux.

— Je suis déjà aux anges.

À nouveau, elle fit la moue et s'agenouilla près de la baignoire. Vêtue d'une simple chemise blanche qui mettait en valeur sa peau brune, les pointes de ses seins se devinaient sous l'étoffe légère, et elle avait désormais tout d'une vraie femme. Elle battit de ses longs cils et le dévisagea de ses beaux yeux en amande.

— Tu n'aurais jamais dû ramener une femme ;

elle ne fera que t'apporter des ennuis. Mais je me fiche pas mal que tu l'aies épousée.

Jarrett lui lança un regard interloqué. Sheila fronça son joli nez.

— Elle est blanche et froide comme le marbre. Et elle ne t'aime pas. Elle, elle fait son devoir, moi, je veux te donner du plaisir.

Il ne put s'empêcher de sourire et lui posa la main sur la tête.

— Sheila, elle est belle comme le marbre, mais il y a un point sur lequel tu te trompes lourdement. Elle est loin d'être froide. Et elle me donne beaucoup de plaisir.

Sheila se releva, l'air contrarié.

— Très bien, McKenzie. Quand elle t'aura trahi, souviens-toi que je suis la femme que tu aurais dû désirer !

Et en relevant fièrement la tête, elle s'en alla.

L'eau du bain avait refroidi. *Elle ne t'aime pas*, avait dit Sheila. Et c'était malheureusement la vérité. Jarrett venait de faire une longue chevauchée, son univers était en train de se disloquer sous ses yeux. En outre, il avait passé suffisamment de nuits seul. Il aurait dû prendre le « plaisir » que Sheila se proposait de lui offrir.

Mais ce n'était pas de Sheila qu'il avait envie. Ni de personne d'autre. Il se souvenait de ces yeux immenses et bleus qui l'avaient fixé dans la pénombre. De ce regard presque douloureux quand elle lui avait demandé où il avait dormi. De sa voix, teintée d'angoisse.

Tara s'était montrée particulièrement ardente, cette nuit-là. Était-ce dans l'espoir de l'empêcher de partir ? Ou était-ce vraiment de la pure passion ? De toute façon, il s'en moquait. Ce qui comptait, c'était qu'il puisse rentrer chez lui, la prendre dans ses bras, la toucher, et sentir le feu de cette passion à nouveau.

L'eau du bain était maintenant glacée.

Jarrett sortit de la baignoire, se sécha et se mit au lit. Seul.

Dès l'aube, il sauta sur Charlemagne et prit le chemin du retour. Finalement, peut-être s'arrêterait-il d'abord à la plantation. Il ne savait pas bien pourquoi — sans doute ce maudit rêve — mais il était impatient de s'assurer qu'elle allait bien.

Et qu'elle était là, en train de l'attendre. Oui, elle avait sacrément intérêt à être là quand il arriverait.

Tara n'eut aucune difficulté à persuader Peter de lui seller un cheval, une jolie jument grise appelée Céline.

Elle prit la précaution d'empaqueter une cape pour le voyage, au cas où il pleuvrait. Puis elle se glissa subrepticement dans la cuisine pour prendre un bidon d'eau, de la viande séchée, des biscuits et du fromage. Si le voyage prenait plus de temps que prévu, elle aurait de quoi tenir.

Une fois en selle, Tara fit semblant de ne pas remarquer les hommes qui surveillaient la plantation et qui étaient vraisemblablement chargés de garder un œil sur elle. Elle passa un moment à se familiariser avec la jument, trottant près de la maison et le long de l'embarcadère, sans trop s'éloigner. Dès qu'elle fut sûre que personne ne faisait plus attention à elle, elle s'engagea sur un sentier qui s'enfonçait dans les terres.

Elle savait exactement où elle allait. Jeeves lui avait montré où se trouvait la plantation de Robert. Et ce ne devait guère être à plus de dix minutes à cheval.

Peut-être quinze.

Tara avait un très bon sens de l'orientation et était excellente cavalière. D'emblée, elle s'entendit très bien avec la jument.

Le problème, c'était la piste. Au premier abord, elle paraissait facile. Des aiguilles de pin recouvraient le sol, de grandes branches s'élevaient au-dessus d'elle et la terre était parfaitement sèche.

Puis le chemin commença à se rétrécir et le terrain à changer. La jument trébucha, et Tara se rendit compte que les pins étaient déjà loin derrière elle et que le sol n'était plus aussi ferme. Pourtant, elle avait eu la certitude qu'il lui serait impossible de se perdre : la propriété de Robert devait se trouver juste de l'autre côté de la forêt de pins. Mais il n'y avait ni pelouse, ni plantation en vue. En fait, elle était maintenant en plein marécage. Les sabots de la jument s'enfonçaient de plus en plus dans la boue.

Tara tira sur les rênes en s'efforçant de conserver son calme. Il suffisait de faire demi-tour et de revenir sur ses pas. Certes, elle n'atteindrait pas la propriété de Robert, et n'obtiendrait toujours pas de réponses à ses questions, mais au moins elle rentrerait saine et sauve.

Le cri perçant d'un oiseau la fit sursauter. Elle se sentit tout à coup ridicule. Après tout, peu importait, il n'y avait personne pour la voir ou l'entendre.

Elle prit sa respiration et scruta les alentours. Un peu plus loin, le sol avait l'air d'être plus ferme. Les arbres qui poussaient là-bas devaient être des cyprès. Le feuillage était toujours aussi dense, et tout autour d'elle était noyé de vert, mais le terrain ne semblait plus aussi marécageux.

Elle s'immobilisa un instant, confuse. Elle ne pouvait pas rester ici ; il fallait déguerpir au plus vite. Plus le temps passait, plus elle se sentait mal à l'aise. Pourtant, la nature était splendide. Le soleil filtrait à travers la ramure et sa caresse était douce et chaude. Devant elle, éclatant de couleur sur le fond vert sombre des taillis, se détachaient de superbes orchidées sauvages. Tara fronça les sourcils.

Elle n'allait pas rester là à admirer le paysage ! Toutefois, peut-être valait-il mieux ne rien faire. Ou se contenter de laisser la jument avancer à son gré.

Étant bien entretenue et bien nourrie, elle retrouverait probablement d'elle-même le chemin de l'écurie.

Mais le cheval restait immobile, apparemment perplexe devant la configuration boueuse du terrain.

Soudain, quelque chose bougea, et Tara faillit encore une fois crier. Elle resta pétrifiée devant un énorme oiseau blanc qui s'envola au-dessus d'une sorte de canal. C'était une grue, majestueuse de beauté dans cette nature sauvage. Il y avait d'autres oiseaux, des petites aigrettes blanches, qui avançaient au bord de l'eau de leur démarche sautillante.

S'il y avait des grues et des aigrettes, il se pouvait qu'il y ait aussi des animaux friands de grues et d'aigrettes. Comme, par exemple, des alligators.

Ou, plus terribles encore, des Indiens.

Tara tenta de se calmer.

— Il faut faire demi-tour, ma fille! dit-elle à la jument. Il faut rentrer à la maison!

Tara fit tourner sa monture, et faillit être désarçonnée quand un des sabots arrière s'enfonça dans la boue.

L'idée qu'il pût y avoir des sables mouvants l'affola soudain. Mais il ne fallait surtout pas paniquer, et obliger le cheval à avancer.

— Sors de là! ordonna-t-elle à la jument, qui obéit.

Très vite, le terrain redevint plus ferme, le canal disparut de son champ de vision, et Tara pensa avoir retrouvé un sentier. Elle flatta les flancs de la jument pour la rassurer et lui faire accélérer le pas. À peine venait-elle de se féliciter d'avoir réussi à retrouver son chemin qu'elle tira de toutes ses forces sur les rênes, le cœur glacé.

Tara n'avait rien vu, rien entendu, et pourtant elle était cernée de toutes parts.

L'un d'eux se tenait en plein milieu du chemin, juste devant elle. Il avait le teint cuivré, les cheveux noir de jais. Son pantalon était rouge comme le sang et sa chemise en coton, décorée de nombreuses médailles en argent. Il portait une coiffe de chef ornée de plumes et d'autres médaillons en argent. Des bottes en daim étouffaient le bruit de ses pas. Un poignard était glissé à sa ceinture et il tenait un fusil à la main. Un autre couteau était attaché au-dessus de sa cheville.

Il fit un geste de la main et, aussitôt, plusieurs guerriers sortirent du couvert des arbres. Certains étaient nus jusqu'à la taille et avaient des peintures sur le corps.

Tara poussa un cri et quand les Indiens approchèrent, elle commença à donner des coups de pied dans tous les sens. À sa grande surprise, elle en atteignit un au menton. Il tomba par terre en se frottant la mâchoire. La jument se mit alors à hennir et à ruer furieusement. Mais Tara tint bon. Cependant, les Indiens étaient trop nombreux. Ils se jetèrent sur le cheval, et tirèrent Tara par terre. Hors d'haleine, jurant et se débattant de toutes ses forces, elle continua à résister. Quelqu'un l'empoigna par les bras. Un autre s'assit à califourchon sur elle. Prise de panique, elle voulut crier lorsque le bruit d'une détonation retentit, figeant tout le monde sur place.

Une voix jeta un ordre dans une langue qu'elle ne comprenait pas. Immédiatement, l'Indien assis sur elle se releva; celui qui lui maintenait les bras la relâcha.

Abasourdie, Tara resta quelques secondes sans bouger, puis, réalisant qu'elle était à nouveau libre de ses mouvements, se releva d'un bond.

Un autre Indien venait d'arriver sur un superbe alezan. Il portait un pantalon bleu foncé et des bottes en daim qui lui montaient jusqu'aux genoux. Sa chemise multicolore était largement ouverte sur son torse couleur de bronze. Ses yeux se posèrent sur Tara qui éprouva subitement une sensation de malaise, comme si elle le connaissait, comme si elle l'avait déjà vu dans un rêve ou dans un cauchemar. Il la toisa calmement et elle se rendit compte que c'était un Indien aux yeux bleus, que du sang blanc coulait dans ses veines. Ce qui ne changeait pas grand-chose. Il leva la main et lui fit signe de venir le rejoindre.

Elle allait mourir. Là, aujourd'hui, au milieu de cette jungle.

Il aurait mieux valu se noyer dans le Mississippi.

Ou tendre son cou au bourreau !

Mais non, elle s'était battue, elle avait fui. Et avoir cru être définitivement sauvée en se retrouvant dans les bras de Jarrett avait été une profonde erreur, car il ne lui avait sauvé la vie que pour l'abandonner ici ensuite.

Tara regarda l'Indien sur son cheval, puis releva fièrement le menton, décidant qu'elle ne se laisserait pas assassiner, scalper et mutiler sans livrer bataille.

— Espèce de sale Peau-Rouge ! Assassin ! s'écria-t-elle.

Puis elle se mit à courir sur le sol tapissé d'aiguilles de pin et se jeta sur lui avec une telle violence qu'il tomba de cheval. Elle atterrit sur lui et, certaine de livrer là son dernier combat, leva le poing pour le frapper de toutes ses forces.

Des cris retentirent autour d'eux. L'homme allongé sous elle laissa échapper un cri furieux dans sa langue, mais elle n'y prêta pas attention. Elle continua à le bourrer de coups.

Brusquement, elle se retrouva sous lui, son regard bleu plongé au fond de ses yeux. Il jura encore une fois en lui agrippant les poignets. Les autres se mirent à rire et à plaisanter. Le regard bleu continuait à la transpercer.

Et il lui paraissait familier. L'Indien avait un beau visage. Seigneur, elle était manifestement en train de perdre la tête ! Elle était sur le point de se faire assassiner et tout ce qu'elle trouvait à faire, c'était de se dire que cet homme était un magnifique guerrier.

Tout à coup, il se redressa et lui tendit la main pour l'aider à se relever.

— Venez ! ordonna-t-il en anglais.

Tara lui cracha au visage. Il recommença à jurer, dans sa langue cette fois, et elle poussa un hurlement quand il l'agrippa fermement par les poignets avant de la jeter en travers de son épaule.

D'un bond, il sauta sur son alezan, qui partit au galop, sans la moindre hésitation quant à la direction à prendre.

Et ils s'enfoncèrent plus profondément au cœur de cette contrée hostile.

13

Jarrett redescendit la rivière sur la barque du vieux Johnson. Le voyage ne prenait que deux jours, mais il avait été facile et touchait presque à sa fin.

Johnson, le plus vieil homme que Jarrett ait jamais rencontré, édenté, les cheveux tout blancs, maigre et sec comme une brindille, vivait dans la région depuis plus longtemps qu'aucun autre Blanc. Peut-être en raison de son âge, ou parce qu'il faisait désormais partie du paysage, les Indiens ne semblaient pas se soucier de lui, pas plus qu'il ne se souciait d'eux. L'idée de se faire attaquer ne l'effrayait nullement et, quand les soldats du fort lui avaient suggéré de rester en ville quelque temps, Johnson les avait regardés avec stupéfaction.

— Comme si j'avais envie de m'installer dans une maison avec des rideaux qui bouchent les fenêtres et des murs tout autour ! avait-il expliqué à Jarrett pendant le trajet.

Impatient de rentrer chez lui, Jarrett s'était contenté de hausser les épaules. De toutes façons, il ignorait où habitait Johnson : il ne l'avait jamais vu ailleurs que sur sa barque. Et comme le vieil homme semblait déterminé à continuer de remonter et descendre la rivière, il avait été ravi d'emprunter sa barque pour abréger le parcours. En outre, cette solution ne semblait pas déplaire à Charlemagne.

— On dirait qu'on vous attend avec impatience, dit Johnson.

Jarrett repoussa son chapeau en arrière et scruta la rive. Toute la maisonnée semblait s'être rassemblée au bord de l'embarcadère. Jeeves était au premier rang; Rutger, à cheval, avait l'air prêt à se jeter dans la rivière pour lui crier quelque chose. Même la petite lingère italienne, Cota, était là, l'air tendu.

Jarrett se leva, les mains sur les hanches, en laissant errer son regard sur la foule. Tara n'était pas là. Qu'avait-il donc espéré? Qu'elle allait subitement se donner entièrement à lui, à cause de la dernière nuit qu'ils avaient passée ensemble?

Elle aurait dû être là. Si tout le monde était réuni là, à l'attendre...

Sans attendre que la barque ait accosté, Jarrett sauta à terre et se dirigea vers Jeeves et Rutger.

— Que s'est-il passé? Où est-elle?

— Partie, Mr. McKenzie, dit Rutger. Nous l'avons suivie dans les bois, mais sa trace s'arrête brusquement. Elle avait préparé un plan pour nous échapper, Mr. McKenzie, ce qui n'est évidemment pas une excuse, mais...

— Qu'a-t-elle emporté? demanda Jarrett à Jeeves.

— Un peu de nourriture. Et quelques vêtements, d'après Cota. Elle n'est peut-être partie que pour la journée.

— Nous allons nous mettre à sa recherche, Mr. McKenzie. Les gars et moi, nous allons la chercher, et nous la retrouverons.

— Je la retrouverai moi-même, répliqua Jarrett. Rutger, prenez Charlemagne et brossez-le un bon coup. Jeeves, préparez-moi de quoi me changer. Dès que Charlemagne sera prêt, je repartirai.

— Elle était sous ma responsabilité, commença Rutger.

— Non, coupa Jarrett. Sous la mienne.

Et il s'éloigna à grandes enjambées. Il la retrouverait, il en était certain. En territoire indien. Il ne lui restait plus qu'à prier qu'elle ait été emmenée par son frère ou par des membres de sa tribu. Les autres chefs ne lui feraient probablement pas de mal : Osceola lui avait promis que sa terre resterait neutre — ce qui ne signifiait pas pour autant que tous les chefs respecteraient cette promesse.

Jarrett monta l'escalier quatre à quatre et alla se rafraîchir le visage et le torse, avant d'enfiler une chemise propre.

Au moment de sortir de la chambre, il hésita, et son regard se posa un instant sur le lit dans lequel ils avaient passé leur dernière nuit ensemble, ce lit n'avait cessé de le hanter depuis son départ. Il remarqua que la pièce commençait à comporter quelques touches féminines. Un bout de dentelle dépassait d'un tiroir. Une brosse à cheveux en argent était posée sur la coiffeuse. Et un léger parfum de rose flottait dans l'air.

— Maudite femme ! jura-t-il à haute voix.

Il lui avait fait confiance, il avait cru qu'elle resterait.

Mais elle s'était enfuie. Elle l'avait épousé, s'était liée à lui, à sa vie, avait ensorcelé son âme... Et puis elle s'était enfuie.

Maudite soit-elle ! Mais il s'arrangerait pour le lui faire payer.

En espérant qu'elle ne soit en train d'affronter aucun réel danger...

Cette pensée le ramena brusquement à la réalité.

Jarrett dégringola l'escalier et fila aux écuries où Charlemagne l'attendait. Jarrett sauta sur son cheval qui se mit à piaffer, comme s'il comprenait lui aussi l'importance de sa nouvelle mission.

— Je vous ferai prévenir dès que je l'aurai retrouvée, cria-t-il à Rutger et à Jeeves, en s'éloignant au galop.

Tara ne savait pas très bien à quoi elle s'était attendue, mais certainement pas à un village comme celui dans lequel ils venaient d'arriver. Le cheval s'arrêta au milieu d'un groupe de cabanes en rondins, très simples, mais parfaitement entretenues.

Elle était tellement effrayée qu'elle faillit tomber quand l'Indien la fit glisser de son épaule pour la poser par terre. Aussitôt, il sauta de cheval et la rattrapa. Tara ouvrit la bouche pour manifester sa désapprobation, mais il prononça un mot dans sa propre langue qu'elle devina être un ordre lui intimant de se taire. Ce qu'elle décida de faire pour l'instant.

Les autres Indiens les avaient suivis, à pied, et elle en aperçut quelques-uns arriver au camp. Le métis lui fit signe d'avancer. Elle recula, les yeux rivés sur lui, tout en essayant de prendre connaissance de ce qui l'entourait. Les cabanes étaient rassemblées autour d'un grand feu, sur lequel des femmes étaient en train de faire cuire un cerf. Certaines portaient des vêtements en peau, d'autres, des jupes à l'européenne. Comme les hommes, elles semblaient adorer les bijoux : la plupart d'entre elles portaient une multitude de colliers. Un peu plus loin, près d'un bosquet d'arbres, des enfants en train de jouer avec une balle et des bouts de bois s'arrêtèrent pour observer les nouveaux venus.

Une jeune femme se détacha du petit groupe des cuisinières et s'approcha pour poser au métis une question à laquelle il répondit sèchement. La jeune femme écarquilla les yeux en dévisageant Tara, puis reprit la parole. À nouveau, le métis lui répondit brusquement et, cette fois, elle garda le silence. Le métis recommença à parler en faisant des gestes. La jeune femme séminole s'avança vers Tara qui, instinctivement, s'écarta. Elle avait entendu dire que dans certaines tribus les femmes étaient plus barbares que les hommes.

Mais l'Indienne lui jeta un regard impatient en secouant la tête et tendit la main vers la plus grande des cabanes. Hésitante, Tara se tourna vers le métis qui aboya un nouvel ordre. Agacée, la jeune femme prit Tara par le bras, mais elle se dégagea. Voyant le métis pointer son fusil dans sa direction, elle se résigna à suivre l'Indienne qui la conduisit dans la grande cabane.

Il n'y avait qu'une seule pièce. Un feu brûlait au fond, et bien que ce ne fût pas exactement une cheminée, une ouverture dans le toit empêchait la fumée d'emplir l'habitation. Au centre, à même le sol, des pierres étaient empilées en cercle et, tout autour, étaient disposées des paillasses constituées de peaux de bêtes et de fourrures. Il y avait également des ballots, roulés et superposés, que Tara supposa contenir les biens des habitants de la cabane.

Dans un coin, des fusils étaient entassés les uns sur les autres. Tara les examina longuement, mais après un regard vers la femme qui l'avait amenée ici, elle réalisa avec étonnement qu'elle serait incapable de prendre un fusil pour lui tirer dessus. Sans savoir précisément pourquoi, elle sentait que la jeune Indienne ne lui voulait aucun mal.

Ce qui ne semblait pas être le cas du métis.

La femme indiqua une des paillasses et fit signe à Tara de s'y asseoir. Elle secoua vigoureusement la tête, mais au même instant, le métis aux yeux bleus entra dans la cabane, fonça sur elle, la prit par les poignets et la força à s'asseoir sur le lit. Puis il retourna vers la femme en s'adressant à elle dans sa langue. L'Indienne ne semblait pas du tout d'accord avec lui. Le métis éleva la voix. Haussant les épaules, la jeune femme alla chercher quelque chose derrière les ballots, puis revint s'agenouiller près de Tara, une longue lanière en cuir à la main. Tara la regarda fixement, puis leva un regard alarmé vers la jeune femme.

— Non, je vous en prie, murmura-t-elle.

La voix de l'Indienne se réduisit soudain à un murmure, et elle lui parla en anglais.

— Donnez-moi vos poignets ! Il ne vous fera pas de mal.

— Je vous en prie, parlez-moi... commença Tara.

Mais la jeune femme se releva aussitôt pour dire quelque chose au guerrier aux yeux bleus et, devant son regard furieux, Tara préféra se taire.

Néanmoins, quitte à se faire massacrer, elle n'avait pas l'intention de leur faciliter les choses. Quand la jeune femme se remit à genoux pour lui attacher les poignets, Tara la poussa par terre et se releva d'un bond.

Mais elle n'eut pas le temps d'atteindre la porte. *Il* était là, planté sur le seuil. D'une main, il lui saisit les poignets, la poussa sur le lit et la ligota en un tour de main. Puis, il attacha le bout de la lanière à une des poutres de la cabane, laissant à Tara un vague espoir de pouvoir se libérer plus tard. Mais son regard se posa sur elle avec une étrange dureté tandis qu'il vérifiait le nœud, et elle comprit, le cœur serré, qu'elle n'y parviendrait jamais toute seule.

Et maintenant ? Qu'allait-il se passer ? Elle avait lu que certains Indiens gardaient les prisonniers afin de les torturer au cours de cérémonies spéciales.

Peut-être voulait-il seulement la faire tenir en place pour la scalper...

À son grand étonnement, le métis s'éloigna et alla rejoindre la jeune femme à la silhouette gracieuse et aux yeux d'un brun profond, à qui il parla dans sa langue d'une voix nettement plus douce, presque tendre. La jeune Séminole jeta un bref coup d'œil à Tara, l'air toujours aussi désapprobateur, mais se plia à la volonté du métis et hocha la tête. Il lui tendit la main, et elle vint vers lui, lorsque des cris et une étrange agitation leur parvinrent soudain de l'extérieur.

Le métis sortit, entraînant la jeune femme avec lui. Tara se retrouva seule.

Pendant quelques secondes, elle attendit, mais personne ne vint. Elle entendait des voix devant la cabane, comme si des gens se disputaient. Il y eut quelques rires brefs, des murmures, encore quelques cris, puis ce fut à nouveau le silence.

Au bout de quelques minutes, le premier Indien qu'elle avait aperçu au milieu du chemin, celui qui portait une coiffe de plumes et un pantalon rouge, entra. Osant à peine respirer, elle le regarda, terrifiée, prête cependant à se rebeller si jamais il l'approchait de trop près. Il lui posa une question qu'elle ne comprit pas, et elle resta à le contempler, bouche bée, priant le ciel pour que ses jambes ne se dérobent pas sous elle.

La belle Indienne revint dans la cabane, suivie du guerrier aux yeux bleus.

— Il veut savoir si vous êtes la femme de White Tiger, demanda-t-il en anglais d'un ton brusque.

— La quoi ? balbutia Tara, l'œil toujours rivé sur l'homme qui se tenait devant elle.

Il avait un visage surprenant, étroit, rusé, avec des yeux très sombres et de hautes et larges pommettes. Son regard était franc, intelligent, perçant, et particulièrement menaçant.

L'Indienne soupira, l'air irrité.

— Êtes-vous la nouvelle épouse de McKenzie ? demanda-t-elle à son tour avec impatience.

— La nouvelle épouse de... Oui ! Je suis la femme de McKenzie, répondit vivement Tara.

Son cœur se mit à battre douloureusement dans sa poitrine.

Qu'avait-elle fait ? McKenzie — son mari — était White Tiger ? Ils avaient même un nom pour lui ? Il était surprenant que ses amis les militaires ne l'aient pas encore pendu haut et court, car il était manifestement davantage du côté des Indiens que de son propre peuple.

Lisa McKenzie était morte ici, même si elle ignorait comment. Et c'était maintenant son tour...

L'Indien la montra du doigt et dit quelque chose d'un air grave. Aussitôt, le métis aux yeux bleus réagit. L'Indien à la coiffe s'adressa à nouveau à elle. Tara se sentait comme une enfant qu'on serait en train de gronder.

Et c'était d'ailleurs le cas. La jeune femme lui traduisit ce qu'il venait de dire.

— Il dit que vous devriez être fouettée.

— Pardon ? s'écria Tara en sursautant.

— Vous avez désobéi à votre mari, vous êtes allée là où vous ne deviez pas, vous mettant ainsi gravement en danger.

— Dites-lui d'aller en enfer ! répliqua Tara en tremblant.

L'Indienne la regarda avec de grands yeux.

Elle ouvrit la bouche pour parler, et Tara fut persuadée qu'elle n'avait pas l'intention de répéter ce qu'elle venait de dire au guerrier en rouge. Peu importait. Le guerrier avait compris. Il leva la main pour couper la parole à la jeune femme, puis dit autre chose, que l'Indienne tarda à traduire.

— Qu'a-t-il dit ? demanda Tara, redoutant déjà la réponse.

— Il dit que si votre mari ne vous fouette pas, il se fera un plaisir de s'en charger.

Le guerrier la dévisagea encore un moment et, bien qu'elle fût certaine qu'il se serait volontiers servi d'un fouet, elle crut discerner une petite lueur admirative dans son regard. Un petit sourire se dessina aux coins de ses lèvres, comme s'il avait voulu plaisanter plutôt que la menacer vraiment.

Soudain, il ressortit, suivi du métis. Tara éprouva un profond soulagement. Ses genoux faillirent se dérober sous elle, mais elle vit que la jeune femme s'apprêtait à sortir et chercha à la retenir.

— S'il vous plaît, attendez ! supplia-t-elle doucement.

L'Indienne hésita, puis, voyant que les deux hommes étaient à nouveau en grande conversation, se tourna vers Tara.

— Je vous en prie, dites-moi ce qui va m'arriver.

— Il ne va rien vous arriver.

— Rien ? souffla Tara.

— Pas si vous vous comportez correctement. Vous n'auriez pas dû aller vous promener par là !

— Et je n'aurais pas dû avoir peur, et je n'aurais pas dû être attaquée ! Et je...

— Ça suffit ! dit la jeune femme.

Et elle sortit en refermant la porte.

Immédiatement, Tara se redressa et entreprit de défaire la lanière attachée à la poutre.

Au bout de quelques minutes d'efforts aussi éreintants qu'inefficaces, elle retourna s'asseoir sur le lit et contempla les marques rouges qui commençaient à apparaître sur ses poignets. Chaque fois qu'elle bougeait, la lanière de cuir mordait un peu plus profondément sa chair.

Quelques minutes plus tard, Tara se releva pour arpenter l'espace réduit où elle était retenue prisonnière, cherchant quelque chose qu'elle pût utiliser pour couper ses liens. Il n'y avait rien à sa portée. Quelques ustensiles de cuisine étaient rangés dans un coin, mais ils étaient trop loin. Elle s'étira en laissant échapper une bordée de jurons. Puis elle regagna la couche où elle s'étendit, la tête sur un oreiller recouvert de fourrure. Croyant avoir entendu des pas devant la porte, elle se releva d'un bond. Mais les pas ne tardèrent pas à s'éloigner.

Tara avait soif, elle était épuisée et terrorisée. Elle resta un long moment à se tourmenter, se demandant si elle pouvait croire ce que lui avait dit la jeune femme. Elle était prisonnière, et si on ne l'avait pas encore scalpée, c'était vraisemblablement parce qu'elle était la femme de McKenzie! Mieux que sa femme, sa propriété! Son mari devait connaître ces Indiens. Peut-être était-ce lui qui avait appris l'anglais à la jeune femme?

Quelle importance! songea-t-elle avec ironie. Du moment qu'elle conservait ses cheveux sur la tête!

Tara était sur le point de s'endormir quand la porte grinça sur ses gonds. Elle se redressa brusquement. Des ombres se profilaient dans la pièce. L'après-midi touchait à sa fin. Pendant quelques secondes, elle ne vit rien d'autre que la silhouette d'un géant aux cheveux noirs s'encadrer devant la porte. Elle se mordit la lèvre, luttant contre une soudaine envie de hurler.

Il était de retour. Il s'avança dans la pièce. Derrière lui, la jeune Indienne apparut, avec un pichet d'eau et un bol en bois. Elle s'approcha de Tara qui examina d'un regard ébahi ce qui ressemblait à une bouillie pleine de grumeaux.

— *Koonti*, lui dit la jeune femme, quoique le mot ne signifiât rien pour Tara. C'est une racine. Nous la râpons et l'utilisons pour tout. Le pain... le porridge. Ça vous réchauffera.

Le métis aboya quelque chose depuis le seuil. La jeune femme aux ravissants yeux noirs semblait légèrement agacée par la situation, mais finissait toujours par se soumettre à ses ordres. Il attendait qu'elle ressorte de la cabane, ce qu'elle s'apprêtait à faire.

Tara se leva en se traitant mentalement d'imbécile.

— Attendez ! Vous ne pouvez pas me garder prisonnière comme ça ! Que comptez-vous...

L'homme l'interrompit, proférant une longue suite de mots incompréhensibles.

— Il dit que vous feriez peut-être mieux de vous soucier un peu plus de McKenzie, expliqua la jeune femme en se tournant vers Tara. Tant que vous êtes ici, il faut faire ce qu'on vous dit. Vous êtes toujours en danger. Mais un plus grand danger vous attend peut-être ! Ailleurs !

Sur ces mots, elle se retourna et sortit. Le métis resta sur le seuil et, pendant un instant, ses larges épaules semblèrent occulter le peu de lumière orangée qui subsistait encore. Puis la porte se referma derrière lui, et Tara se retrouva dans une sinistre pénombre.

Désespérée, elle se jeta sur le lit, mais sa soif ne tarda pas à se rappeler à elle. Elle porta le bol en bois à ses lèvres, et l'eau pure et fraîche la désaltéra. Sentant son estomac gargouiller, elle considéra la bouillie d'un air perplexe. On ne lui avait donné ni fourchette, ni cuillère. Sans doute était-elle censée aspirer ce mélange infâme à même le récipient ? Mourant de faim, elle se décida à essayer.

Finalement, ce n'était pas si horrible que ça. Le mélange avait un petit goût de potiron et de miel. Après en avoir mangé la moitié, elle estima que c'était suffisant. Elle recommença à marcher de long en large, consciente que, hormis la faible lueur du feu qui était en train de mourir, elle se retrouverait bientôt plongée dans une totale obscurité.

Elle retourna s'asseoir, les yeux fixés sur la porte. Rageusement, elle ravala ses sanglots en repensant aux détails atroces qu'on lui avait rapportés sur le massacre du major Dade. Ils avaient dit qu'ils ne lui feraient pas de mal. McKenzie peut-être, mais pas eux. Où était la vérité ? *En attendant, elle était prisonnière !*

Un peu plus tard, Tara s'allongea. Une douce chaleur régnait dans la cabane, et la couche de fourrures s'avéra beaucoup plus confortable qu'elle l'avait imaginée. Bientôt, elle ferma les yeux.

Quelques secondes — ou quelques heures — plus tard, Tara se réveilla en entendant rire tout près d'elle.

Paniquée, elle se redressa, à nouveau prête au combat.

Mais, à la faible lueur du feu, elle vit les yeux noirs de deux enfants, la plus jeune âgée de trois ans environ, l'autre de cinq. Voyant qu'elle était réveillée, la plus petite fila se cacher derrière sa sœur, mais passa la tête pour regarder Tara avec un grand sourire. C'était une enfant magnifique, aux traits fins, les yeux de la forme et de la couleur d'une amande, aux dents étincelantes et au teint légèrement cuivré.

— Bonjour, fit Tara.

Les petites filles lui sourirent et recommencèrent à glousser de plus belle.

— Qui êtes-vous ? leur demanda-t-elle.

Puis elle grommela quelque chose entre ses dents.

— Mais qu'est-ce que j'espère ? se reprocha-t-elle à haute voix, enfouissant son visage dans ses mains toujours attachées. Elles ne peuvent pas me répondre... !

— Bonjour, dit une petite voix douce.

Stupéfaite, Tara releva la tête.

— Seigneur ! Tu parles anglais ? Ou alors, tu m'imites ? Tu comprends ce que je dis ?

La petite fille allait répondre quand la porte s'ouvrit. À nouveau, *il* apparut, tel un géant crachant le feu, dans l'embrasure de la porte. À peine eut-il prononcé quelques mots que les enfants décampèrent à toutes jambes.

Il s'avança d'un pas lourd et menaçant. Tara se recroquevilla contre le mur, un cri étouffé dans la gorge. Elle laissa échapper un petit gémissement quand il s'approcha d'elle en lui souriant, les mains en l'air, comme pour lui montrer qu'il ne portait pas d'armes. Puis il se retourna et s'en alla.

Cette fois encore, Tara n'aurait su dire avec exactitude combien de temps s'était écoulé. Le feu était presque éteint, et elle devina qu'il faisait nuit. En dépit de la peur qui la tenaillait, elle sombra à nouveau dans une vague somnolence. La journée avait été terriblement éprouvante.

Elle ne se réveilla que lorsque quelqu'un la secoua sans ménagement. La belle Indienne était là, avec une grande peau de daim et un coquillage coupant comme un rasoir.

— Il veut ça pour ce soir ! dit-elle en anglais.

— Pardon ? répliqua Tara d'un air ahuri.

— Je vais vous montrer. Faites attention.

Et la jeune femme commença à racler les petits bouts de chair séchée qui étaient restés collés à la peau, la lissant jusqu'à lui donner une souplesse comparable à celle de la soie.

— À vous, maintenant.

— À moi ? Oh non, pas question que je travaille pour des sauvages qui me retiennent prisonnière en attendant de me scalper !

— Personne ne va vous scalper ! rétorqua la jeune femme avec impatience en lui glissant le coquillage dans les mains. Mais vous devez travailler. Ici, tout le monde travaille. C'est ça, ou mourir de faim.

— Et si je refuse ?

— Alors, vous le regretterez, car il viendra lui-même vous chercher. Une femme doit se rendre utile.

Tara n'était pas tout à fait certaine d'avoir pleinement saisi le sens de ses paroles, mais elle n'était pas sûre non plus de le vouloir. Elle tendit ses poignets.

— Vous allez me détacher ? demanda-t-elle.

— Ce ne sera pas la peine, répondit sèchement l'Indienne avant de s'en aller.

Tara resta un long moment assise dans la cabane obscure, jurant ses grands dieux qu'elle ne ferait pas ce qu'on lui demandait ; puis, poussant un soupir, elle commença à travailler la peau comme la jeune femme le lui avait montré. Bien qu'elle ne fût pas aussi habile, elle ne se débrouillait pas si mal. Elle finit par se laisser absorber par sa tâche, et réalisa alors que ce serait plus facile si elle n'avait pas les mains liées.

Tout à coup, elle se sentit vraiment stupide. Le coquillage qu'elle avait en main était aussi effilé qu'un rasoir ! Il lui suffisait de couper les lanières qui lui liaient les poignets. Mais ce n'était pas si facile. Ses doigts étaient tout engourdis et des gouttes de sueur perlaient à son front.

Au moment où elle semblait enfin sur le point d'y parvenir, la porte s'ouvrit à toute volée. Tara se remit aussitôt à gratter la peau de daim, mais trop tard. La lanière accrochée à la poutre pendait dans le vide et, naturellement, c'était le métis qui venait de faire irruption dans la cabane. Quand il la souleva en la tirant par les poignets, elle poussa un hurlement. Son regard croisa le sien dans la pénombre ; il avait l'air exaspéré. Il se retourna pour crier quelque chose et la jeune Indienne vint ramasser la peau de daim et le coquillage, puis ressortit aussitôt. Tara résista, se débattant de son mieux pour empêcher le métis de lui attacher de nouveau les poignets. Elle lui envoya un grand coup de poing au menton, puis se recroquevilla en le voyant la main levée sur elle, prêt à la frapper. Se reprenant, il sourit en secouant la tête, mais n'en oublia pas pour autant de l'attacher à la poutre.

Une seconde plus tard, l'Indienne revint. Avec cette fois un grand mortier et un pilon, ainsi qu'un autre récipient rempli d'une drôle de matière filandreuse.

— *Koonti*, dit le guerrier.

Il allait en dire plus, mais s'arrêta, laissant le soin à la femme de lui donner les instructions.

— Il faut piler ça en une poudre très fine, pour le faire cuire, dit-elle.

Tara se redressa de toute sa hauteur en secouant la tête.

— Il dit que vous devez le faire. On lui a ordonné de vous faire travailler, sinon vous devrez payer le prix.

— Je suis prisonnière, et il n'est pas question qu'on me fasse travailler! insista Tara.

L'Indienne se tourna vers le guerrier, comme si elle l'avait prévenu de la façon dont réagirait Tara. Il dit quelque chose et la jeune femme traduisit à contrecœur ce qu'il venait de dire en anglais.

— L'ordre ne vient pas de lui. Il vient de quelqu'un qui a toute autorité sur vous. Et vous avez tout intérêt à coopérer, sinon on vous demandera de faire des choses que vous risquez de trouver beaucoup plus... difficiles.

Une fois encore, Tara sentit sa volonté vaciller. Piler du *koonti* valait peut-être mieux que ce qu'ils lui réservaient.

Elle s'assit en les dévisageant d'un air furieux tous les deux.

— Je vous souhaite à tous d'aller rôtir en enfer! cracha-t-elle.

Et elle commença à piler le *koonti*, ce qui, avec les poignets attachés, s'avéra plus difficile encore que de manier le coquillage.

Au bout d'un moment, apparemment satisfait, le métis s'en alla, suivi de la jeune femme.

Ses yeux la brûlaient affreusement. Il devait être tard. Au moins deux ou trois heures du matin. Elle n'en pouvait plus. Elle était morte de fatigue. Non, pas morte! Morte, c'est ce qu'elle serait si...

Ils avaient pourtant dit qu'ils ne lui feraient pas de mal!

Mais elle avait mal. Une crampe à la main lui arracha un petit cri de douleur, et elle se mordit la lèvre jusqu'au sang, ne voulant pas que les Indiens risquent de l'entendre. Elle s'efforça de se remettre au travail. Dans la cheminée, le feu avait fini par s'éteindre. Elle avait froid, elle était épuisée et pleine de courbatures.

Quand une nouvelle douleur lui déchira la main, Tara jeta violemment le mortier et le pilon à l'autre bout de la pièce. Le *koonti* moulu se répandit sur le sol.

— Non, je ne le ferai pas, il n'en est pas question ! cria-t-elle de toutes ses forces.

Ce qu'elle regretta amèrement en voyant la porte s'ouvrir à nouveau. Elle se leva, inquiète, tandis que la jeune Indienne s'approchait en contemplant le *koonti* éparpillé et le récipient gisant sur le sol.

— C'est malin ! dit-elle.

Et à la surprise de Tara, elle s'empressa de ramasser le récipient et commença à rassembler le *koonti*.

Mais le guerrier fit alors irruption dans la cabane, considérant tour à tour la femme, le *koonti* et Tara.

Après avoir aboyé ce qui ressemblait à un ordre, il repartit. La jeune femme resta un instant accroupie, la tête inclinée.

— Maintenant, vous allez venir avec moi, dit-elle en se retournant.

Tara secoua vigoureusement la tête.

— Non !

— Vous feriez mieux de venir, sinon ils enverront les autres vous chercher.

— Je refuse. Personne ne me fera sortir d'ici contre mon gré !

L'Indienne se releva en soupirant, l'air profondément désolé. Elle se dirigea vers la porte et s'apprêta à appeler quelqu'un.

— Attendez ! dit Tara en relevant le menton. Où m'emmenez-vous ?

— Dans la petite cabane.

— La petite cabane ? Mais pourquoi ? Pourquoi la petite cabane ?

— Ici, c'est chez moi, dit-elle doucement. Vous ne pouvez pas dormir ici, pas ce soir.

— Alors... ?

— Alors, vous allez dormir dans la petite cabane ! dit la jeune femme, exaspérée.

— Je vous en prie, supplia tout à coup Tara en baissant la voix. Ne les laissez pas...

Elle s'arrêta. *Ne les laissez pas quoi ?* Allaient-ils simplement l'emmener dans une autre prison ?

Quel sort lui réservaient-ils ?

Qu'est-ce que cela pouvait bien faire ? De toutes façons, elle n'avait pas le choix. Si elle essayait de fuir, les autres la rattraperaient. Les guerriers n'attendaient que cela. Sans compter qu'ils étaient nombreux. Et ces hommes l'emmèneraient où bon leur semblerait. Ils pourraient très facilement la maîtriser, lui trancher la gorge...

Mais elle se battrait. Si elle devait mourir, ce ne serait pas sans s'être défendue jusqu'au bout.

Pourtant, la jeune femme avait simplement parlé de l'emmener dans une autre cabane. Peut-être y avait-il un temps pour se battre, et un temps pour faire preuve de calme et de dignité.

Tara poussa un soupir en se redressant lentement. À l'aide d'un long poignard qu'elle sortit de la poche de sa robe, l'Indienne vint couper la lanière, dont elle enroula le bout autour de son poignet.

— Venez.

Tara la suivit, et elles sortirent de la cabane.

Un grand feu continuait à brûler au centre du camp. Malgré l'heure tardive, de nombreux hommes étaient réunis en conseil tout autour. Leurs lances et leurs fusils étaient posés à terre, juste derrière eux. Ils se passaient une gourde remplie d'une boisson dont ils buvaient une gorgée chacun leur tour.

Sans la quitter un seul instant des yeux.

Toutefois, la jeune Séminole ne leur prêta nullement attention et entraîna Tara vers une cabane située un peu à l'écart, sous un bosquet d'arbres. Tout en marchant, Tara sentit les regards fixés sur elle.

Certains hommes avaient le visage peint, d'autres portaient des casquettes ou des bandeaux garnis de plumes multicolores. Des bijoux en argent scintillaient autour de leur cou, à leurs poignets ou sur leurs coiffes.

Ils l'observaient, impassibles. De grandes flammes s'élevaient vers la lune et les étoiles, projetant une lueur magique au cœur de la nuit.

En passant près d'eux, Tara arrondit les épaules, déterminée à ne pas leur accorder le moindre regard.

Étrangement, dès qu'elles s'éloignèrent de la chaleur du feu de camp, une gigantesque frayeur saisit Tara.

Une lumière brillait à l'intérieur de la petite cabane; elle en distinguait la lueur à travers les fenêtres étroites et les interstices entre les rondins. Là aussi, une cheminée s'ouvrait vers le ciel, et une fumée grise s'en échappait, s'évanouissant dans l'immensité veloutée des ténèbres.

Tara ne se rendit compte qu'elle s'était arrêtée que lorsque la jeune femme lui donna un léger coup de coude.

— Venez. Sinon, nous allons toutes les deux avoir des ennuis. Il est temps.

Temps ? Temps pour quoi ? Les femmes de la tribu l'attendaient-elles dans la cabane? Étaient-ce elles qui étaient chargées de la découper en petits morceaux?

Aucun mal ne lui serait fait...

— Tout de suite! Il a demandé que vous veniez tout de suite!

— *Il*? murmura Tara.

Mais elles venaient d'arriver devant la porte. La jeune Indienne l'ouvrit et, avec une force surprenante, poussa Tara à l'intérieur.

Pendant quelques secondes, Tara cligna des yeux. La cabane, bien que plus petite, ressemblait à la précédente. De la viande séchée était suspendue aux poutres, à côté de gourdes et d'ustensiles de cuisine. Une grande couche tapissée de fourrures occupait un bon quart de la pièce, et il y avait des ballots roulés un peu partout.

Mais Tara vit tout ceci très vite. Son regard se concentra sur le centre de la pièce, juste devant un petit feu qui crépitait dans une cheminée.

Juste devant, il y avait une grande baignoire en bois, rudimentaire mais assez grande, d'où s'élevait une vapeur fumante.

Et dans la baignoire...

Quelqu'un jeta un ordre en indien.

— Il veut que vous vous occupiez de lui, dit la jeune femme en la poussant fermement.

Tara resta figée de stupeur. *Il* était dans la baignoire! Le métis qui l'avait amenée ici. Elle ne voyait que son dos et ses épaules bronzées surmontés d'une tignasse noire comme le jais.

— Non! chuchota Tara, mais le mot ne franchit pas ses lèvres.

À nouveau, elle se sentit faiblir, comme si elle allait tomber. Elle avait été convaincue que ce métis était le mari ou l'amant de l'Indienne, jamais elle n'aurait cru...

Cru quoi? Une soudaine frayeur la cloua sur place.

L'homme dans la baignoire dit quelque chose que Tara ne comprit pas, et la jeune femme la poussa en avant.

— Non, je ne veux pas!

— Il le faut! murmura l'Indienne. Ne l'obligez pas à venir vous chercher!

Un frisson la parcourut. C'était donc ça ! Tout ceci avait été soigneusement planifié depuis le départ.

On allait l'obliger à passer toute la nuit ici.

— Allez-y ! ordonna l'Indienne.

— Attendez ! Ce n'est pas possible, vous le voyez bien ! Détachez-moi ! Je ne peux pas...

L'homme prononça quelques mots d'une voix dure, lui coupant la parole.

— Il sait que vous êtes prête à user de toutes les ruses possibles et imaginables pour vous enfuir. Et il trouve que vous vous tenez beaucoup mieux quand vous êtes attachée. Occupez-vous de lui !

Sur ces mots, elle tourna les talons et sortit de la cabane.

Tara lui emboîta le pas, décidée à tenter encore une fois sa chance de retrouver sa liberté, même si c'était pure folie de sa part.

Mais la porte de la cabane se referma brutalement et Tara entendit qu'on tirait un verrou à l'extérieur. Des sanglots dans la gorge, elle commença à tambouriner de toutes ses forces contre la porte, souhaitant devenir folle afin d'échapper à l'univers infernal dans lequel elle venait de basculer.

Tout à coup, l'homme dit quelque chose, et elle s'immobilisa, le dos plaqué contre la porte. *Il* était toujours là. Elle ne voyait que ses cheveux très noirs, les muscles puissants de ses épaules cuivrées et ses doigts agrippés au rebord de la baignoire. D'une seconde à l'autre, il allait se lever pour venir la chercher. Or elle avait les mains liées, et était enfermée avec lui dans la cabane.

Fuir était impossible. Ce soir, elle ne parviendrait pas à lui échapper.

Il dit à nouveau quelque chose, mais elle n'y prêta pas attention. Elle venait d'apercevoir une grande casserole suspendue au-dessus du feu, remplie d'eau bouillante. Il voulait être servi ? Eh bien, il n'allait pas être déçu !

— Soyez maudit ! s'écria-t-elle. Ne comptez pas sur moi pour vous obéir. Allez plutôt brûler en enfer !

Ce disant, elle se précipita vers le feu pour empoigner la casserole et lui renverser le contenu sur la tête. Mais avant même d'avoir pu atteindre la cheminée, des bras robustes surgirent de la pénombre et des doigts cuivrés se refermèrent comme un piège autour de ses poignets. Tara sursauta et se débattit furieusement, sentant le corps nu et mouillé du sauvage qui venait de bondir hors de la baignoire.

Elle se mit à donner des coups de pied dans tous les sens et l'entendit gémir de douleur. Elle continua à lutter désespérément pour tenter de se libérer, mais il l'empoigna fermement pour l'obliger à se retourner. Au même moment, son genou heurta violemment le rebord en bois de la baignoire, il essaya de reprendre son équilibre... Trop tard ! Ils se retrouvèrent tous les deux dans l'eau. Avec une force inouïe, il la serra contre lui en agrippant ses seins à pleines mains. Malgré l'épaisseur de ses vêtements, Tara sentait les muscles fermes de ses cuisses, la chaleur qui s'en dégageait, ainsi que la force de son désir.

Elle hurla comme une folle, tout en se débattant dans l'eau. Quand elle réussit enfin à se retourner, elle se retrouva au fond de la baignoire, emportée par son élan, buvant la tasse et manquant se noyer.

— Tara !

En entendant prononcer son nom, elle se figea sur place. Elle n'avait pourtant pas rêvé...

Aussitôt, les bras musclés l'emprisonnèrent à nouveau.

Lorsqu'elle se retourna pour le regarder, le cœur battant à tout rompre, il desserra quelque peu son étreinte. Tara s'attendait à voir le métis aux yeux bleus perçants. Elle devait être en train de perdre la tête car le visage qui lui faisait face lui était familier.

Et le regard très noir, impitoyable, qui luisait dans la pénombre était bel et bien celui de Jarrett McKenzie.

Son mari.

14

— Jarrett ! s'écria-t-elle en suffoquant.

Les yeux noirs se posèrent sur elle avec dureté.

— Seigneur ! C'est vous ! reprit-elle d'une voix aiguë et fébrile. Que faites-vous ici... Oh, mon Dieu ! Je viens d'avoir la plus grande frayeur de ma vie ! On m'a obligée à travailler comme une damnée et on m'a torturée !

— Si on vous avait vraiment torturée, vous vous en seriez rendu compte !

— Lâchez-moi ! ordonna-t-elle en se débattant furieusement comme si elle avait affaire à un sauvage.

D'ailleurs, en ce moment, McKenzie l'était encore plus que n'importe quel Séminole, décida-t-elle.

Toutefois, il ne semblait guère disposé à la lâcher. Entortillés tous les deux dans la masse trempée de ses vêtements, il lui passa la main dans les cheveux en la serrant contre lui, les yeux plongés dans les siens.

— Lâchez-moi ! insista-t-elle en grinçant des dents. Oh, Seigneur, je devrais vous arracher les bras et les jambes ! Vous...

— C'est tout ? Vous devriez voir quelle punition on réserve aux fugitives, mon amour.

Le ton de sa voix était menaçant, tout comme son regard, noir et brûlant. Tara étouffa un petit cri, puis elle réalisa qu'il avait dû rentrer à la maison...

Et ne l'y avait pas trouvée.

— Les Séminoles, mon amour, poursuivit-il en effleurant sa joue d'un doigt mouillé, comme beaucoup d'autres Indiens, peuvent être d'une extrême cruauté. L'adultère et la trahison sont condamnés avec une sévérité particulière. Parfois, on arrache les oreilles et le nez des coupables.

— Oh ! s'exclama-t-elle en lui frappant le torse de ses poings liés. Comment avez-vous osé ! Vous étiez là, vous connaissez ces gens ! Et vous les avez laissés me...

Tara s'interrompit et poussa un cri, car Jarrett se releva soudain en la soulevant dans ses bras, l'œil plus noir et plus menaçant que jamais.

— Arrêtez ! commença-t-elle.

Mais il se tenait devant elle, entièrement nu, sa peau mouillée scintillant comme de l'or à la lueur vacillante des flammes. Tara, elle aussi, était trempée. Les doigts puissants emprisonnaient ses bras, telles des griffes d'acier.

— Allons, madame, ce n'est pas vous qui allez me faire la morale ! dit-il en la secouant. Après ce qui s'est passé ! Vous pensiez pouvoir vous enfuir de la maison à votre guise...

— Après ce qui s'est passé ? Mais c'est vous qui m'avez amenée dans cet enfer et m'avez abandonnée !

— Vous êtes ma femme !

Non, pensa-t-elle. Elle aurait bien voulu l'être, mais elle ne l'était pas. Sa femme était celle qui reposait à six pieds sous terre, elle l'avait compris dès le début. Elle n'était qu'une étrangère qu'il avait ramenée pour combler le vide de sa vie, pour lui tenir compagnie à table, pour avoir une femelle chaude et douce à serrer contre lui et à prendre subrepticement dans l'obscurité de la nuit.

Tara essaya de se libérer de son étreinte, mais en vain. Se redressant de toute sa hauteur, elle le regarda droit dans les yeux, son regard bleu lançant des flammes. Jarrett était là depuis pas mal de temps, elle venait de le réaliser. Sans doute s'était-il installé dans la petite cabane. Elle aperçut ses affaires roulées dans un coin. Ses armes étaient également posées contre le mur, et il y avait même, raffinement d'homme blanc, des serviettes en lin qui l'attendaient sur le lit tapissé de fourrures.

Elle avait dû s'échiner à gratter des peaux, à piler ces fichues racines, *et tout ceci uniquement parce qu'il en avait donné l'ordre*. Lui, Jarrett ! Pas le métis aux yeux bleus, ni même le chef en pantalon rouge. Non, c'était Jarrett qui l'avait réduite à vivre dans la terreur, qui lui avait infligé ces crampes dans les mains et ces blessures dans sa chair. Détenant toute autorité sur elle, il en avait usé et abusé sans aucune pitié.

— Misérable ! siffla-t-elle en recommençant à le bourrer de coups de poing. Je vais vous arracher le cœur ! Jamais je ne vous pardonnerai, je vous le jure.

— Vous allez vous taire, voilà ce que vous allez faire ! grogna-t-il.

— Pas tant que je serai en vie, McKenzie !

— On va finir par vous entendre !

— Je m'en fiche !

— Eh bien, pas moi ! dit-il, une lueur étrange dans les yeux. Ma petite épouse en fuite ne me mettra pas dans une situation plus embarrassante.

— Parce que vous trouvez votre situation embarrassante ? explosa-t-elle.

Tara se mit à trembler. Elle avait eu si peur. Et ses doigts étaient pratiquement en sang...

— *Votre* situation ! répéta-t-elle d'un ton railleur.

Mais une main mouillée se plaqua sur sa bouche. Jarrett se pencha sur elle, et elle repensa à la façon dont le métis s'était encadré dans la porte de l'autre cabane.

— Madame, sachez qu'il serait regrettable que les Séminoles, aussi proche que je sois d'eux, en viennent à penser que je ne suis même pas capable de faire la loi dans mon propre foyer. Ils n'avaient pas l'intention de vous faire du mal, voyez-vous, mais ils vous ont trouvée en dehors des limites dans lesquelles ils m'avaient promis que vous seriez en sécurité. Quand ils m'ont demandé une explication, je dois avouer que j'ai eu du mal à la leur fournir.

Tara tremblait de tout son corps, incapable de parler puisque sa main la bâillonnait. Tout à coup, il la lâcha et la fit pivoter sur elle-même. Elle sentit ses doigts défaire les agrafes de sa robe et, malgré une furieuse envie de l'insulter, elle s'adressa à lui à voix basse.

— Qu'est-ce que vous faites ?

— Ne vous inquiétez pas, je n'attends pas grand-chose de mon épouse pour l'instant, répondit-il d'une voix moqueuse. Vous êtes trempée.

— Ça m'est égal.

— Inutile de compliquer les choses en attrapant une pneumonie !

Il fit passer sa robe, son corset et sa camisole par-dessus ses épaules, mais ne put aller plus loin, car ses mains étaient toujours attachées.

— Détachez-moi ! ordonna-t-elle en frissonnant.

Il la tourna face à lui en haussant les sourcils.

— Toujours aussi exigeante, ma petite fugitive !

— Détachez-moi tout de suite !

— Si j'avais eu la présence d'esprit de vous attacher à la maison, nous n'en serions pas là.

— Et si vous ne m'aviez pas abandonnée à une bande de sauvages, nous n'en serions pas là.

— Si vous m'aviez écouté...

— Détachez-moi ! Sinon, vous n'arriverez jamais à m'enlever ces vêtements trempés !

Oh, si seulement elle avait les mains libres ! Elle se serait fait un plaisir de gifler ce superbe visage !

— Ah bon, vous croyez ? demanda-t-il doucement.

Éberluée, Tara le vit empoigner sa robe qu'il arracha d'un coup sec, sans la quitter des yeux. Elle se retrouva devant lui, entièrement nue.

— Oh, espèce de monstre ! murmura-t-elle en se jetant sur lui.

Mais Jarrett la souleva, et elle lui martela la poitrine tandis qu'il l'emportait sur la couche de fourrures, où il la laissa retomber sans ménagement. Tandis qu'il la débarrassait des derniers lambeaux de vêtements, elle se tortilla en jurant et en le menaçant.

— Je vous le jure, Jarrett McKenzie, vous me paierez ça ! Je vous arracherai les yeux.

— Et ce sont eux que vous traitez de *sauvages* ? railla-t-il.

Tara se retrouva hors d'haleine, en train de le regarder au fond de ses yeux noirs, furieuse, et cependant...

Vivante. Formidablement vivante. Il ne lui avait jamais paru si voluptueux, là, serré contre elle, nu, mouillé, avec ses muscles saillants sous sa peau cuivrée. Seule la lueur du feu éclairait la pièce ; ils étaient au bout du monde. Si dehors il faisait froid, il régnait ici une douce chaleur. La cabane était imprégnée d'une bonne odeur de terre et d'herbe grasse à laquelle se mêlait celle des pins et des cyprès. L'air caressait sa peau nue, et elle sentit une délicieuse brûlure monter en elle. Et pourtant, quelque chose l'empêchait de s'abandonner totalement.

Lorsqu'il s'agenouilla près d'elle, elle fit de même.

— Bon sang, McKenzie ! Je veux savoir ! Depuis combien de temps êtes-vous ici ? Vous leur avez dit que je me tenais mieux quand j'étais attachée !

Cependant, il n'avait pas l'air de l'écouter. Il voulut la serrer contre lui, et elle essaya de se défiler, mais ses bras se refermèrent sur elle, l'immobilisant.

— Ne me...

— Ne soyez pas bête ! J'essaie de vous réchauffer !

Jarrett lui posa une couverture à carreaux sur les

épaules. Soudain, on frappa à la porte. Il se leva. Elle allait lui crier qu'il ne pouvait pas aller ouvrir tout nu, lorsqu'il attrapa une serviette qu'il enroula autour de ses hanches.

Le métis était revenu. Il regarda Jarrett et lui dit quelque chose dans sa langue. Tara resta sur le lit, enveloppée dans la couverture, et les observa sans bouger. Soudain, un drôle de sentiment l'envahit. Elle repensa au rêve dans lequel elle était poursuivie par un Indien.

Un Indien qui n'était autre que Jarrett. Or son mari n'avait pas la moindre goutte de sang indien, à moins que...

Les deux hommes étaient presque de la même taille. De dos, il eût été facile de les confondre.

Le métis avait apporté quelque chose, un panier, qu'il tendit à Jarrett.

— Merci, dit-il en anglais.

— Je t'en prie, répondit le métis, très distinctement.

Malgré elle, Tara sursauta. Elle se leva, la couverture serrée contre elle, les yeux plissés, furieuse à nouveau.

— Vous parlez anglais ! lança-t-elle d'un air accusateur.

Le métis haussa un sourcil en se tournant vers Jarrett.

— Tu ne lui as encore rien dit ?

Tout à coup, il nota un détail qui le fit sourire.

— Et tu ne l'as pas encore détachée ?

Tara sentit ses joues s'empourprer.

— Je n'ai pas encore eu l'occasion de passer beaucoup de temps seul avec elle, expliqua Jarrett.

— Ah... murmura le métis en retroussant les lèvres.

Quand il souriait, il était étonnamment séduisant, pensa Tara.

Comme Jarrett.

— Osceola est encore là ? demanda Jarrett.

Le métis secoua la tête.

— Tant mieux ! murmura Jarrett en se retournant vers Tara. Si elle continue comme ça jusqu'à l'aube, c'est sans importance !

Le métis fit un petit signe de tête vers Tara.

— Je crois que je ferais mieux de vous laisser tous les deux. Je suis ravi d'avoir fait votre connaissance, Tara McKenzie.

Furieuse et troublée à la fois, elle le regarda sortir de la cabane.

— Au nom du ciel, allez-vous m'expliquer ce qui se passe ici ? s'écria-t-elle, la voix vibrante de colère.

Sans lui répondre, Jarrett revint vers elle et laissa tomber la serviette. Nu, silencieux, son corps de bronze se mouvant avec la grâce d'une panthère, il s'approcha d'un pas décidé.

Une fois devant elle, il jeta la couverture par terre.

— Jarrett...

— Il y a longtemps. Trop longtemps. Bon, il n'y a pas si longtemps que ça, c'est vrai, mais ça m'a paru une éternité !

D'une main ferme, il la força à s'allonger.

— Jarrett ! cria-t-elle en essayant de le frapper de ses poings liés.

Mais il lui agrippa les mains et lui maintint les bras au-dessus de la tête tout en s'allongeant sur elle. Elle prit une longue inspiration, toujours aussi furieuse, bien qu'éprouvant un désir de plus en plus intense, comme décuplé par l'envie qu'elle avait de le scalper !

— Je ne plaisante pas ! cria-t-elle, les lèvres tremblantes. Je ne vous pardonnerai jamais. À la première occasion, je vous arracherai les cheveux, je vous scalperai et...

Il ne lui prêtait pas attention.

— Il y a vraiment beaucoup trop longtemps ! chuchota-t-il en se penchant sur elle.

Elle prononça son nom à plusieurs reprises en se tortillant sous lui. Mais sa bouche, chaude et avide, se plaqua contre la sienne, la clouant sur place. Du bout de la langue, il força l'entrée de ses lèvres, et une onde de plaisir monta en elle. La main de Jarrett caressa ses seins, puis glissa entre ses cuisses qu'il écarta avec autorité.

Tara gémit en le sentant s'arc-bouter sur elle. Soudain, il se mit à genoux. Il avait un poignard à la main. Elle se mordit la lèvre, le cœur battant à tout rompre, lorsqu'il se pencha pour trancher les liens de cuir autour de ses poignets.

Puis il se rallongea sur elle.

Oui, il y avait longtemps, trop longtemps... Instantanément, Tara oublia qu'elle avait voulu lui résister, qu'elle était exténuée, qu'elle avait été retenue prisonnière tout un jour et toute une nuit, qu'on l'avait forcée à gratter des peaux et à piler des racines.

Elle oublia tout, envahie par une sensation fulgurante lorsqu'il la prit par les hanches pour la pénétrer, ses yeux noirs plongés dans les siens. Une fine couche de sueur recouvrit son corps bronzé tandis qu'il allait et venait en elle. Elle l'agrippa par les épaules, folle de désir. Un bruit de tonnerre retentissait à ses oreilles; c'était son cœur, qui battait en rythme avec le sien. Brusquement, une lumière splendide et déchirante explosa dans sa tête, et elle gémit doucement, s'abandonnant à l'extase, lorsqu'il jouit à son tour, déclenchant dans tout son être de nouvelles petites vagues de plaisir. Reprenant peu à peu ses esprits, elle prit conscience de la fourrure douce sous son dos trempé, ainsi que des battements rapides de son cœur. Les doigts de Jarrett restèrent emmêlés à ses cheveux encore un instant, puis il se retira et s'étendit contre elle.

Pendant quelques minutes, Tara resta silencieuse, s'efforçant de reprendre son souffle, le regard errant sur les ombres qui dansaient au plafond. Quand il voulut la reprendre dans ses bras, elle s'empressa de protester.

— J'ai toujours l'intention de vous étrangler dès que j'en aurai l'occasion, dit-elle sèchement.

— M'étrangler, moi ? demanda-t-il en s'appuyant sur un coude pour la regarder. Ce n'est pourtant pas moi qui suis allé là où je ne devais pas, ni qui ai cherché à m'enfuir.

À bout de patience, elle essaya de le repousser, mais se retrouva à nouveau prisonnière de ses bras. C'était sans doute mieux ainsi : il fallait absolument qu'ils parlent.

— Mais c'est bien vous qui étiez ici, dans ce camp séminole, en train de veiller à faire exécuter les tâches les plus ridicules à votre épouse déjà terrifiée !

— Ils vous ont dit qu'ils ne vous feraient pas de mal, lui fit-il remarquer, une lueur plus sombre dans les yeux.

— Des dizaines de Blancs se sont fait massacrer sur le territoire, et j'aurais dû me sentir rassurée !

— Vous auriez dû vous dire que vous aviez de la chance ! rétorqua-t-il, légèrement irrité. Actuellement, peu de Blancs peuvent se vanter de n'avoir eu droit qu'à une simple remarque de la part d'Osceola.

— Osceola ? répéta Tara en tremblant. Mon Dieu ! C'était l'homme avec la coiffe de chef et le pantalon rouge !

— Oui.

Un long frisson la parcourut des pieds à la tête. Osceola... Sans doute le chef guerrier le plus puissant de cette bande de barbares ! Et il lui était tombé dessus dans les bois ! Il aurait très bien pu...

— Oh ! s'écria-t-elle d'une voix étouffée, en le frappant avec une rage renouvelée. Vous m'avez laissée me faire enlever en pleine nature par Osceola, ce sauvage qui a une haine absolue pour tous les Blancs !

— Pas pour tous les Blancs.

— Ah oui, c'est vrai, il semble avoir une très haute opinion de vous !

— C'est un homme très intelligent, qui a vu ce qui était arrivé à son peuple, mais n'en voue pas pour autant une haine inconsidérée à tous les Blancs. Il est en guerre contre eux, c'est tout.

— J'espère que vous pourrez m'expliquer la différence la prochaine fois qu'il scalpera vos amis ou vos voisins ! Seigneur ! Quand je pense que vous m'avez laissée...

— Je vous ai laissée à la maison, où je vous avais dit de rester ! tonna-t-il en lui saisissant les poings. Le temps que je retrouve votre trace, on vous avait déjà amenée ici.

— Mais il y a des heures et des heures que vous auriez pu signaler votre présence ! s'exclama-t-elle.

Jarrett ne le nia pas.

— Et vous leur avez ordonné de me faire faire toutes ces choses !

Le regard d'ébène se durcit.

— Je vous avais mise en garde. Vous ne deviez quitter la propriété sous aucun prétexte. Si vous ne vous étiez pas enfuie...

— Je ne me suis pas enfuie ! protesta Tara, folle de rage.

— Et qu'avez-vous fait, alors ?

Elle ouvrit la bouche, se demandant tout à coup si ce ne serait pas pire de lui expliquer qu'elle avait voulu aller voir Robert Treat. Il était son ami, son meilleur ami, Tara le savait, mais elle était également consciente d'avoir essayé de rendre son mari jaloux de Robert à plusieurs occasions. Sans doute histoire de se mettre un peu de baume au cœur...

— Je ne me suis pas enfuie, répéta-t-elle.

Jarrett se pencha sur elle.

— Dans ce cas, où comptiez-vous aller ?

— Ah, non ! s'indigna-t-elle. Vous n'imaginez tout

de même pas que je vais répondre à vos questions ! N'est-ce pas, « White Tiger » ? L'homme aux yeux bleus, comment s'appelle-t-il ?

— Running Bear, répondit Jarret au bout d'un instant.

— Running Bear, qui parle si parfaitement l'anglais ! dit Tara d'un ton amer.

— Parfaitement, en effet.

Tara le regarda au fond des yeux, regrettant qu'il la serre si fort. Cette intimité n'était nullement désagréable, mais l'empêchait de se concentrer. Elle avait du mal à respirer.

— Et, apparemment, la langue des Séminoles n'a aucun secret pour vous. C'est bien ce que vous parliez tout à l'heure ?

— Le muskogee.

— Le muskogee ?

Il haussa les épaules.

— Je parle le hitichi presque aussi couramment. Ce qui n'a rien de glorieux, vu que j'ai été élevé dans les deux langues.

— Vous avez été *élevé* ?

Jarrett ne répondit pas.

— Je veux savoir, et tout de suite, reprit-elle avec entêtement. De quoi parlait-il ? Quelle est cette chose que vous ne m'avez pas encore dite ?

Jarrett la lâcha et roula sur le côté en regardant le plafond. Il leva les mains en signe de défaite, puis les laissa retomber sur son torse.

— James McKenzie.

— Pardon ?

— Running Bear. Son autre nom est James McKenzie.

Tara en resta coite.

— C'est mon frère, dit-il en se redressant sur un coude, avec cette fois la rapidité et la grâce d'un serpent. William est votre frère. James est le mien.

Elle sursauta et laissa échapper un petit cri

étouffé. Seigneur ! Mais oui, c'était donc cela ! De dos, avec ses cheveux très noirs, elle avait pris Jarrett pour un Indien, et tous deux avaient à peu près la même taille et la même stature.

Il avait donc un Séminole pour frère ! Et il avait été élevé au milieu des Indiens ! Pas étonnant qu'il soit certain d'être en sécurité parmi eux !

Et il ne lui avait rien dit !

— Ignoble individu ! souffla-t-elle. Oh !

Une fois encore, elle se jeta sur lui, avec une telle force qu'il tomba sur le dos. Les poings en avant, elle entreprit de le bourrer de coups sur le torse et les épaules.

— Tara !

Mais rien ne l'arrêterait.

Hors d'haleine, suffoquant, elle se retrouva à nouveau sous lui, les bras cloués sur le lit, le corps emprisonné par les cuisses puissantes de Jarrett.

— Je vous tuerai, je vous le jure !

— Tara !

— Je vous tirerai une balle dans les genoux. Et je vous scalperai et je ...

— Taisez-vous ! On va finir par vous entendre !

— Je vais vous dire ce que je pense de vous, et aussi fort qu'il me plaira.

— Je vous conseille de fermer votre jolie bouche, mon amour. Ou je vais me charger de vous la fermer.

— Si jamais vous osez...

Et il osa. Ses lèvres se collèrent aux siennes, sa langue se faufila vigoureusement dans sa bouche, et la force de son baiser lui coupa la respiration. Lorsque ses lèvres s'écartèrent, Tara ne se souvenait plus très bien pourquoi elle avait crié.

— Ce n'est pas une manière d'avoir une conversation, dit-elle en suffoquant.

Un sourire se dessina sur les lèvres de Jarrett et une lueur étincela dans son regard d'ébène.

— Nous n'étions pas en train d'avoir une conversation. Nous nous disputions.

— Je vous préviens que...

— Et moi je vous préviens que je ne vous laisserai pas me couvrir de ridicule !

— Mais vous, qu'avez-vous fait avec moi ?

— J'ai essayé de vous faire prendre conscience des dangers qui menacent les femmes désobéissantes.

— Espèce de...

— Et j'espère que vous avez compris !

— Vraiment !

Mais Tara se retrouva une nouvelle fois réduite au silence. Et quand il cessa de l'embrasser, il ne lui laissa pas le temps de reprendre la parole. Il s'empara d'un de ses seins, il titilla du bout de la langue la pointe rose de l'autre, jusqu'à ce qu'elle abandonne toute résistance. Alors, il plongea les doigts dans ses cheveux pour reprendre sa bouche avec une avidité qui la laissa tout étourdie, le corps brûlant. Tandis que la brûlure de son baiser se propageait jusqu'au creux de son ventre, il saisit ses fesses à pleines mains. Arquée sous lui, Tara cria en sentant sa bouche descendre sur le triangle d'or entre ses cuisses. Une chaleur fulgurante sembla exploser en elle, la laissant déchirée entre l'envie de se soustraire à ses caresses et de se donner à lui. Et au moment où elle crut que le monde allait chavirer sous elle, il s'allongea de tout son long sur son corps brûlant pour la pénétrer en la serrant de toutes ses forces. Pendant quelques secondes, elle se détendit, puis eut tout à coup l'impression de s'envoler plus haut encore. Prise de tremblements, éprouvant au fin fond de son être une explosion dont l'intensité la stupéfia, elle s'abandonna enfin au plaisir, blottie entre ses bras. Elle voulait résister, se révolter contre le sale tour qu'il lui avait joué, mais elle n'avait ni la force, ni vraiment l'envie de continuer à se battre davantage cette nuit.

Dans un coin de son esprit, quelque chose la poussait à vouloir le détester.

Mais au fond de son cœur, elle était heureuse d'être avec lui, et maintenant qu'il était là, tous ses secrets semblaient ne plus avoir d'importance.

Elle posa la main sur les bras musclés qui entouraient sa taille.

— Je vais aussi étrangler votre frère, dit-elle doucement.

— Je suis sûr qu'il se comportera dignement.

— Les baignoires sont choses courantes chez les Séminoles ? demanda-t-elle d'un ton léger.

— Non, admit-il au bout d'un moment, l'air amusé, bien qu'il lui tournât le dos. Cette baignoire est à moi.

— Et cette cabane ?

— Elle est à moi également.

— Et tout le monde le sait ?

— Peu de gens s'aventurent jusqu'ici, mais la plupart de mes amis ou de mes relations savent que j'ai un frère dans ce village, et que j'ai grandi avec une tribu de Séminoles.

— On devrait vous pendre par les pieds et vous battre jusqu'à ce que mort s'ensuive.

— Il n'est pas dit que ça n'arrivera pas. Tout est possible dans cette contrée sauvage.

Tara frissonna et Jarrett la serra plus fort.

— Ce qui ne veut pas dire que nous sommes ici en danger.

— Je sais ! murmura-t-elle en se retournant, l'air soudain sérieux. Mais, Jarrett, tout peut arriver. Même moi, je comprends ça. Osceola n'est pas le seul à décider.

— C'est exact.

— Vous risquez de vous retrouver vous-même en danger.

— Tara, avec les Creeks, les Séminoles et les Mikasukis, je peux me débrouiller, je vous le jure.

Et, si vous acceptez de m'écouter, vous ne courrez aucun risque vous non plus. Arrêtons de nous disputer pour ce soir.

— Mais...

— Tara, je vous en prie, j'ai eu une dure journée.

— À qui le dites-vous ! répliqua-t-elle.

— J'ai chevauché durant plusieurs jours avant de pouvoir rentrer à la maison.

Quelque chose dans sa voix incita Tara à tenir sa langue, bien qu'elle mourût d'envie de continuer à le bombarder de questions — et à lui reprocher ce qu'il lui avait fait subir aujourd'hui.

— Je répondrai à toutes les questions que vous voudrez demain matin, promit-il avec douceur, en la serrant contre lui.

Il la tenait par la taille, le torse contre son dos, le menton posé sur sa tête blonde. Un feu continuait à flamber en elle, chaud et caressant, lumineux et doré.

Il lui avait promis de répondre à ses questions le lendemain. Soudain Tara sourit et se lova tout contre lui.

C'était de la folie ! Elle était en pleine nature, parmi des gens que les siens considéraient comme des sauvages...

Et pourtant, lorsqu'elle ferma les yeux, elle s'endormit presque instantanément, sombrant dans un sommeil incroyablement paisible...

James McKenzie était adossé au mur de sa cabane, en train d'admirer les lueurs dorées du feu, et attendait ; s'impatientant de plus en plus au fur et à mesure que les minutes passaient.

Il soupira et se passa la main dans les cheveux. Il y avait déjà pas mal de temps que Naomi avait emmené leur « invitée » à la cabane de Jarrett, mais lorsqu'il était allé vérifier si son frère avait besoin de quelque chose, il n'avait trouvé ni femme ni enfants à son retour. Un peu plus tôt, Naomi avait vaguement mentionné que les enfants iraient passer la nuit chez sa mère. James s'était inquiété, sachant que les événements de la journée n'avaient pas plu à sa femme, et se doutait qu'elle serait loin de l'accueillir à bras ouverts cette nuit. Eh bien, maintenant, il en était sûr. Non seulement les enfants dormiraient dans la cabane de sa mère, mais, apparemment, sa femme avait décidé d'en faire autant.

Exténué, il ferma les yeux et renversa la tête en arrière. La vie avait été si douce. Et puis, brusquement, la guerre avait éclaté. Et cela ne faisait que commencer. Il avait peur. Il voyait tant de choses que de nombreux guerriers ne semblaient pas voir! Pourtant, il aurait pu vivre aussi facilement avec les Blancs qu'avec les siens; l'éducation qu'il avait reçue l'avait laissé libre de choisir l'un ou l'autre monde. Mais il était tombé amoureux de Naomi, et leur vie s'était faite ici.

Cependant, ils étaient diablement proches de la zone que les Blancs entendaient nettoyer de tous les Peaux-Rouges. Le territoire était grand, il y avait tant de terres à partager, mais les Blancs voulaient tout s'approprier.

Il rouvrit les yeux et contempla encore un instant les flammes, un petit sourire aux lèvres. D'ici quelques minutes, il irait chercher Naomi. Ici, c'était lui le chef. Il avait du sang blanc et entretenait des relations privilégiées avec de nombreux Blancs. Toutefois, sa position était précaire du fait de son appartenance aux deux sociétés. Il avait dansé dans de somptueuses salles de bal avec les filles de politiciens, de médecins, de marchands et de planteurs blancs, et s'était fait de nombreux amis parmi les soldats. Toute sa vie, il avait été franc et honnête, aussi bien dans ses rapports avec les Blancs qu'avec les Indiens. Il s'était toujours refusé à prendre position pour l'un ou l'autre camp, tout en étant conscient de la difficulté de sa situation, et fermement déterminé à ne pas se ridiculiser. Ou bien à l'être par sa femme. Même s'il l'aimait plus que tout au monde.

Au moment où il s'apprêtait à se rendre chez sa mère, la porte de la cabane s'ouvrit doucement.

Sans doute espérait-elle le trouver endormi.

Le dos très droit, il la regarda entrer et attendit. Naomi referma la porte.

Elle évita soigneusement son regard, l'air maussade, visiblement mécontente de cette journée.

— Où étais-tu ? demanda-t-il avec douceur, bien qu'il connût déjà la réponse.

— Tiens, tu parles en anglais maintenant ?

— Oui, je parle en anglais. Où étais-tu ?

— Chez ta mère, avec mes enfants.

— *Nos* enfants, souligna-t-il aimablement.

— Je pensais que tu dormais.

James sourit en secouant la tête.

— Tu savais parfaitement que je ne dormirais pas. D'ailleurs, d'ici quelques minutes, je serais venu te chercher.

— Oui, je sais, dit-elle simplement.

Effectivement, Naomi savait qu'il serait venu. Il aurait dû le faire, pour sauver la face. C'était pour la même raison qu'elle avait estimé devoir revenir. Pour sauver la face.

— Je pense que tu as bien fait d'amener sa femme à mon frère plutôt que de l'aider à s'enfuir.

— Ah oui ? C'était pourtant lui jouer un sale tour !

— Je ne vois pas en quoi.

— Tout ce qu'elle a vu, le temps que je suis restée, c'est une tignasse de cheveux noirs. Elle devait être terrorisée à l'idée de se faire violer par un métis vicieux.

Il s'arrêta devant elle, sans la toucher, en réprimant un sourire.

— Oh, mais il n'a jamais été question de lui faire subir un si funeste destin !

— Ce qui signifie que c'est mon cas? demanda Naomi, le menton haut.

James cessa de sourire.

— Je n'ai jamais été vicieux! Par contre...

Ses yeux s'écarquillèrent en voyant qu'elle était prête à bondir vers la porte. En riant, il la prit dans ses bras et l'enlaça tendrement. Lorsqu'il l'avait épousée, il était très amoureux d'elle et avait succombé à la grâce et à la beauté de la jeune fille qu'elle était alors. Les années passant, il avait appris à l'aimer plus profondément, car Naomi possédait d'innombrables qualités, faisait preuve d'une extrême gentillesse envers tous les êtres vivants, était douce et tendre, et toujours prompte à protéger les siens. Elle avait mûri, était devenue la mère de leurs deux filles, mais était restée la svelte et gracieuse jeune fille qu'il avait séduite un jour près de la source babillante aux eaux cristallines. Sa beauté s'était même accentuée au fil du temps.

— James McKenzie! s'écria-t-elle d'une voix ferme et un peu guindée. Tu ne crois quand même pas que tu vas me forcer à faire quoi que ce soit après la comédie que tu m'as obligée à jouer à cette pauvre fille aujourd'hui! Ne t'avise pas de...

— Te forcer? s'exclama-t-il en s'agenouillant devant le lit. Ah, jamais, mon amour! Te convaincre, peut-être, te persuader!

— Me séduire! lança-t-elle d'un ton accusateur.

Et il éclata de rire en l'allongeant sur la couche avant de s'étendre à ses côtés. Sa bouche trouva la sienne tandis que ses doigts s'acharnaient sur ses vêtements. Il eut vite fait de les lui retirer, et de se débarrasser des siens.

Naomi frissonna en sentant sa peau nue contre la sienne. Il adorait se presser contre elle, de tout son long. Et elle adorait ça aussi, sentir qu'il la désirait, tout en sachant que, comme toujours, il la garderait dans ses bras tout au long de la nuit.

La colère qui l'animait n'y changeait rien. Mary lui avait dit que la colère ne devait jamais séparer un homme et une femme toute une nuit. Naomi était revenue parce qu'elle savait que, sinon, James serait venu la chercher. Et il aurait été furieux d'avoir dû le faire. Car malgré son air fier, et bien qu'elle ne fût pas de taille à lui résister, il ne la forcerait jamais à rien. Il serait resté sur le seuil, en la regardant et en demandant de venir avec lui, stoïque, imperturbable, extraordinairement séduisant avec son visage si peu banal et son regard si bleu, d'un bleu cobalt qui s'enflammait parfois d'une lueur étrange. Il lui aurait tendu la main. Et elle serait venue vers lui.

Ou bien...

Il l'aurait séduite.

À moins, bien entendu, qu'incapable de supporter son silence, elle ne soit d'elle-même venue vers lui.

Pour le séduire.

Naomi ferma les yeux. Elle n'avait aucune envie de se battre. Elle sentait le corps nu de son mari contre le sien, si chaud, si viril. Il était tout en muscles, dur et lisse comme l'acier.

James lui faisait l'amour comme il avait choisi de vivre. Avec une ferveur, une intensité à couper le souffle. La terre se mettait alors à trembler. Et il l'emportait dans ce mélange de force et de douceur qui la troublait jusqu'au plus profond de son âme.

La main posée sur son cœur, Naomi sentit sa respiration se ralentir peu à peu. Un sourire aux lèvres, elle se lova contre lui, puis se rappela qu'elle était en colère, et à juste titre.

Elle s'écarta et lui tourna le dos. Il soupira, en lui touchant délicatement l'épaule pour la ramener contre lui.

— Je t'assure, elle a vraiment eu peur! insista Naomi.

— Mon frère n'est pas un ogre!

— C'est de toi qu'elle avait peur! Peur d'être...

— Violée ?

— Si tu avais vu son regard quand elle a aperçu cette tignasse de boucles noires !

— Naomi ! Elle ne pouvait pas avoir peur de moi ! Elle a bien dû se rendre compte que j'avais une femme.

— Oui, mais elle a sans doute eu peur de devenir une deuxième femme. La plupart des Blancs savent que les Séminoles prennent plus d'une épouse. Et elle est très belle. Elle a le teint très pâle, elle est un peu mince, mais...

James se mit à rire en la regardant au fond des yeux.

— Mais pour une Blanche, elle est très belle, c'est ça ?

Naomi haussa les épaules en lui caressant les cheveux.

— Tu es toi-même à moitié blanc. Et même un peu plus que cela, bien que tu n'aies pas toujours l'air de t'en rendre compte. Mary a reçu du sang blanc de certains de ses ancêtres, elle aussi.

— Peu importe la couleur, dit-il en souriant. Je n'ai jamais voulu avoir deux femmes. Une, c'est déjà bien assez compliqué comme ça !

Naomi lui donna un grand coup de poing et il ne put s'empêcher de rire.

— Je n'ai jamais eu l'intention d'avoir deux femmes, parce que la mienne est une délicieuse beauté qui comble mon cœur, et qu'il n'y a de place pour aucune autre.

Naomi sourit. Il s'étendit près d'elle, et elle posa la tête sur son large torse.

— Tout de même, ce qui s'est passé aujourd'hui ne me plaît pas, dit-elle.

— Et ça ne fait que commencer.

Pendant une brève seconde, elle le sentit se raidir, comme s'il devenait tout à coup distant et glacé en pensant à l'avenir.

— Oui, ça ne fait que commencer, répéta-t-il. Et que ça te plaise ou non, on ne pouvait guère faire autrement. Il fallait bien que je la ramène ici. Même si je crois qu'Osceola se serait contenté de la garder en attendant Jarrett, je n'en étais pas tout à fait sûr. Il fallait réagir. Nous sommes en guerre, Naomi. J'ai peur pour nous, pour toi et moi. Pour nos enfants et pour notre peuple. Les Séminoles ont tué, pillé, brûlé et mutilé à plusieurs reprises. Osceola peut se montrer très dur, quelquefois. Il fallait que la femme de Jarrett retienne la leçon, qu'elle apprenne qu'il était dangereux de quitter Cimarron comme elle l'a fait. Tu ne le comprends donc pas ?

Naomi resta silencieuse un instant.

— Tu n'avais pas besoin d'être si cruel avec elle.

— Je n'ai pas été cruel. J'ai été ferme. C'est la femme de mon frère ; j'aimerais bien qu'elle survive à cette guerre.

— Je ne suis pas certaine qu'elle soit d'accord avec ta définition des mots *cruel* et *ferme*.

— Libre à elle de reparler de tout cela avec Jarrett si elle en a envie.

— Elle a dû être terrorisée de se retrouver là. Si elle a entendu ne serait-ce que la moitié des rumeurs qui circulent sur la mort de Lisa...

— Elle découvrira la vérité pendant son séjour ici, dit fermement James. Naomi, arrêtons de nous disputer.

— Elle a peut-être encore plus peur de Jarrett. Il était dans une telle colère quand il est arrivé ici !

— Naomi, c'est leur problème à tous les deux. Il est tard. Il est temps de dormir.

Il était temps de dormir... parce qu'il en avait envie. Sa journée avait été longue, ses appétits étaient rassasiés. Pourtant, elle aurait volontiers continué à discuter un peu, juste histoire de parler.

Cependant, elle se contenta de sourire et se recroquevilla tout contre lui, les doigts enfouis dans ses cheveux.

James pouvait être tant de choses, songea-t-elle. Et si têtu.

Néanmoins, il était d'une volonté farouche, intelligent, tendre, confiant, parfois un peu trop arrogant et sûr de lui, et parfois si doux que c'en était surprenant. Elle l'aimait pour tout ce qu'il était.

Et était très fière d'être sa femme.

Naomi ferma les yeux, se sentant elle-même en sécurité et pleine de confiance.

Quelque part au loin, un loup hurla. Sans troubler le profond sommeil dans lequel était plongé tout le camp.

15

James McKenzie parlait l'anglais à la perfection, Tara put le constater dès le lendemain matin. Et son sourire était effectivement superbe, confondant. Elle le découvrit très vite, car il revint de bonne heure à la cabane. Il frappa à la porte, leur laissant le temps de se rhabiller avant d'entrer, avec une cafetière à la main.

— Ce café a été acheté au comptoir de MacDougall, au sud d'Apopka, expliqua James à Tara en remplissant des tasses en terre cuite.

Puis il se tourna vers Jarrett.

— Elle sait qui je suis, maintenant ?

— Oui, elle le sait, répondit-il en fronçant les sourcils.

James fit un clin d'œil à Tara. Désormais, l'associer avec le « sauvage » qui lui avait flanqué la veille la frousse de sa vie lui paraissait difficile, mais elle avait conscience que les deux frères étaient convaincus de la nécessité de lui donner une bonne leçon pour s'être aventurée ainsi en pleine nature.

— J'espère que vous me pardonnerez le rôle que j'ai joué dans cette mascarade, mais il faut que vous réalisiez que le danger était réel. Osceola voulait vous emmener.

— Osceola ? Mais m'emmener où ? demanda Tara.

James haussa les épaules.

— Dans sa tribu. À l'abri du danger. Nous sommes en guerre, Tara. Vous n'auriez pas dû aller vous promener comme cela. La situation est de plus en plus instable, et vous auriez pu rencontrer des fuyards qui, en voyant une femme blanche là où elle n'aurait pas dû être, vous auraient peut-être fait subir un mauvais sort.

— Vous auriez pu me dire qui vous étiez.

James parut un instant mal à l'aise, puis son regard se posa sur son frère.

— J'ai dû négocier avec Osceola. Et puis...

— Et puis, il y avait votre frère ! fit-elle.

— En effet ! dit Jarrett en la prenant par la taille. Aucun mal ne vous a été fait ; toutefois, il fallait bien que vous compreniez quels dangers vous encouriez en vous promenant ainsi.

Il avait l'air de trouver cela si naturel !

— Peut-être, commença-t-elle.

— Mais nous en reparlerons plus tard, déclara fermement Jarrett.

Elle n'avait pas l'intention d'en rester là, mais James reprit la parole aussitôt.

— Venez à la maison. Mary est impatiente de connaître Tara. Mary vous plaira, promit James. Bien qu'elle soit indienne.

Tara faillit bondir, mais se rappela qu'elle était à peine vêtue.

— Ce n'est pas parce que vous êtes indien que je suis en colère ! se défendit-elle.

Cependant, si elle avait eu peur, c'était bien parce qu'ils étaient séminoles. D'emblée, elle les avait considérés comme des monstres, pour la seule et unique raison qu'ils étaient indiens.

Ce en quoi, d'ailleurs, elle n'avait pas tout à fait tort. Comme James l'avait souligné, ils étaient en guerre. Mais réaliser qu'elle le trouvait sympathique la troubla. Son sourire désarmant et le bleu éclatant de ses yeux lui plaisaient. Tout comme cette façon qu'il avait de rester digne et de s'en remettre à son frère.

— Ce qui me rend furieuse, c'est la manière dont vous m'avez dupée, ajouta-t-elle tandis que les hommes attendaient. Et que vous ayez été blanc, rouge, noir ou rayé comme un zèbre n'aurait rien changé !

James hocha la tête.

— Alors, je vous renouvelle mes excuses, dit-il d'un ton aimable.

Dès qu'il fut parti, Tara prit une peau d'ours dont elle se couvrit la poitrine, puis releva fièrement la tête vers Jarrett, en haussant un sourcil.

— Mary ?

— Ma belle-mère.

— Oh...

— Aussi furieuse soyez-vous contre moi, j'espère que vous saurez vous montrer courtoise avec Mary.

Tara grimaça, tout en essayant de se dégager de son étreinte.

— C'est elle qui vous a élevé ?

— Pendant de longues années.

— Eh bien, McKenzie, si j'ai une chose à reprocher à cette femme, c'est bien votre manque de manières !

Jarrett lui tapota le bout du nez. La proximité de son corps nu et son odeur si délicieusement masculine la troublèrent une fois de plus.

— Je vous aurai prévenue, mon amour.

— Prévenue ? Le simple fait de me demander quelque chose ne vous viendrait pas à l'idée ?

— Je vous avais demandé de ne pas quitter Cimarron.

Elle baissa les yeux.

— Si vous n'aviez pas fait tant de secrets...

— Pardonnez-moi, mais c'est moi qui garde des secrets ?

Cette fois, Tara ne trouva rien à répondre.

Jarrett se leva et, à la lumière du jour, Tara s'étonna de la confusion qu'elle ressentait en le voyant nu après l'intimité qu'ils venaient de partager. Jarrett ne semblait pas gêné le moins du monde. Il s'arrêta devant la baignoire et prit de l'eau dans ses mains pour se rafraîchir le visage.

— Brrr... il fait froid ! marmonna-t-il entre ses dents.

Le feu était éteint, et le petit matin était effectivement glacé.

— J'aimerais bien prendre un bain chaud, dit Tara en regardant la baignoire.

— Plus tard. D'ailleurs, il se peut que j'aie quelque chose de mieux à vous proposer. Tout dépendra du soleil.

Il alla chercher son pantalon et l'enfila. Tara se leva, la peau d'ours toujours serrée contre elle, mais elle dut la laisser tomber pour ramasser ses vêtements. Et quand elle voulut lacer son corset, Jarrett se précipita derrière elle pour l'aider.

— Mary vous plaira, j'en suis sûr.

Soudain, elle réalisa combien c'était important pour lui. Aussi étrange que ce monde pût lui paraître, c'était celui que son mari connaissait bien. Et qu'il aimait.

Jarrett ramassa sa robe pour la lui passer pardessus la tête. Sans doute avait-il oublié la façon quelque peu précipitée avec laquelle il la lui avait enlevée la veille, car Tara se retrouva empêtrée dans un amas de tissu déchiré du décolleté jusqu'à l'ourlet. Elle se retourna pour le regarder dans les yeux.

— Vous tenez vraiment à ce que je fasse la connaissance de Mary habillée ainsi ? demanda-t-elle doucement.

Il haussa les sourcils et croisa les bras sur sa poitrine.

— Pas vraiment, dit-il avec un petit sourire.

Il se détourna, examinant la cabane à la recherche d'une autre tenue. Il allait encore lui proposer une robe de Lisa, songea-t-elle en se mordant la lèvre.

— Je peux arranger ça très vite, si vous me donnez du fil et une aiguille.

Il s'immobilisa pour évaluer l'étendue des dégâts.

— Vous pouvez arranger ça très vite ?

— Oui, si ça ne vous ennuie pas.

Avec un haussement d'épaules, il alla chercher un nécessaire à couture en cuir. Sans le regarder, Tara entreprit de réparer la robe, mais sentit son regard rivé sur elle tandis que ses doigts s'agitaient avec habileté.

— Vous êtes vraiment très douée.

— La plupart des femmes le sont.

— Pas autant que vous. Ce qui m'entraîne à me poser tout un tas de questions. Mais, de toute façon, tout en vous me conduit à me poser des questions.

Tara cassa le fil et fit un nœud, avant de lever enfin les yeux sur lui.

— Je vous en prie, n'oubliez pas que nous sommes en pleine forêt, dans une cabane indienne qui appartient à votre famille.

Jarrett s'approcha, lui prit des mains la robe recousue et lui posa un petit baiser sur le bout du nez avant de la faire tourner pour l'aider à s'habiller.

— Ma cabane, le village de mon frère... Cet endroit vous semble donc si désagréable ?

Tara hésita un instant avant de répondre.

— Non, admit-elle d'une voix douce, en se retournant pour le regarder droit dans les yeux.

Jarrett sourit. Et elle s'en félicita, heureuse de distinguer une lueur admirative dans son regard, plutôt que la déception qu'elle y devinait parfois.

Néanmoins, son sourire ne tarda pas à s'évanouir.

— Où alliez-vous, Tara?

— J'espérais en apprendre davantage sur... Lisa.

L'expression de Jarrett s'assombrit aussitôt.

— Et que comptiez-vous faire, parler aux arbres de la forêt? demanda-t-il avec une pointe de sarcasme.

Les joues de Tara s'empourprèrent.

— Non, je...

— Vous vouliez vous rendre chez Robert.

— Oui.

— Petite folle! Vous méritiez vraiment ce qui vous est arrivé!

— Vraiment? contra-t-elle. Eh bien, vous n'imaginez pas ce que vous méritez, vous!

Jarrett s'apprêtait à lui répondre quand on frappa à la porte. Il dit quelque chose en indien, sans quitter Tara des yeux. Sans doute avait-il enjoint au visiteur d'entrer, car la porte s'ouvrit en dessinant un rayon de lumière dorée dans la cabane. C'était la belle Indienne, et elle les salua tous deux en anglais.

— Bonjour. Mary m'envoie vous chercher, au cas où tu aurais oublié le chemin.

Puis elle se tourna vers Tara.

— Elle s'excuse d'être si impatiente, mais il lui tarde de faire votre connaissance.

Tara sourit, le regard plongé dans celui de Jarrett.

— Seigneur! Quand je pense que j'aurais pu la rencontrer dès hier!

— Inutile de revenir là-dessus! rétorqua-t-il en la prenant par l'épaule. Tara, voici ma belle-sœur, Naomi.

— Ce qui s'est passé hier n'était en rien une idée à moi, s'empressa d'assurer la jeune femme.

— Naomi est une épouse douce et aimante qui écoute son mari, commenta Jarrett. Et maintenant, pouvons-nous y aller?

Ce n'était pas une question; il poussa Tara devant lui.

Sans un mot, Naomi se retourna pour passer devant eux.

Une activité intense régnait déjà dans le camp. De vastes champs s'étendaient au-delà du village, et les hommes devaient être revenus de la chasse, car il y avait de nombreux lapins ficelés sur des piques, ainsi qu'une antilope de fort belle taille enfourchée sur une broche, près du grand feu qui brûlait au milieu des cabanes.

Plusieurs personnes saluèrent Jarrett, qui leur répondit aimablement. Ce matin, tout le monde souriait à Tara, et bien que toute la tribu semblât s'amuser à ses dépens, il y avait quelque chose de chaleureux et d'accueillant dans leur attitude. Elle était toutefois peu disposée à leur pardonner, non seulement parce que ce peuple l'intriguait, mais aussi par simple bon sens : les Blancs étaient tout de même en guerre contre les Indiens !

Ils retournèrent dans la cabane de James McKenzie. À peine entrée, Tara vit la très belle femme qui attendait au milieu de la pièce. Elle était grande et mince, vêtue d'une jupe brodée et d'un corsage rouge, et portait de somptueux bijoux en argent. Ses cheveux étaient noirs comme la tourbe, et elle ne paraissait guère avoir plus de quinze ans que Jarrett.

Elle avait la peau sombre, des yeux noirs en amande, des pommettes très hautes et, de son visage d'une éclatante beauté, émanait une extrême gentillesse. Elle salua Jarrett à voix basse, puis tendit les mains à Tara, qui se serait avancée d'elle-même si elle n'avait pas senti la présence menaçante de son mari derrière elle.

— Soyez la bienvenue, ma fille, dit la femme en anglais.

Puis elle dit quelque chose dans sa propre langue, comme pour réprimander Jarrett. Il haussa les épaules et répondit d'un ton ferme, bien que poli. Puis il s'en alla et Naomi vint toucher Tara sur l'épaule.

— S'il vous plaît, venez vous asseoir et partager notre pain.

Mary dit quelque chose et Naomi décocha un petit sourire à Tara.

— Elle dit que vous êtes très belle, que vous rayonnez au point d'aveugler le regard.

— S'il vous plaît, dites-lui que je la remercie.

— Elle comprend ce que vous dites. Mary avait appris l'anglais pour faire plaisir à son mari, mais elle ne l'a pas parlé depuis sa mort.

Tara se tourna vers l'indienne.

— Merci, dit-elle.

Et Mary lui sourit doucement tout en disposant des tranches de pain et de viande sur une assiette qu'elle offrit à Tara. Naomi lui expliqua que c'était du pain *koonti*, assaisonné au potiron, et que la viande séchée était du chevreuil. La tribu possédait du bétail, mais en avait vendu la plus grande partie récemment.

— Ils disent que nous devrons bientôt partir, dit Naomi.

— Partir ? Mais cette terre est à vous, s'étonna Tara.

Naomi sourit et haussa les épaules.

— Oui, depuis le traité de Moultrie Creek. Mais, apparemment, tout le monde l'a oublié.

— La guerre va peut-être s'arrêter.

— Non. Elle ne s'arrêtera pas. Des guerriers comme Osceola ne se rendront pas. Nous refuserons d'être déplacés vers l'ouest.

Mary recommença à parler, tout en faisant signe à Tara de manger. Naomi traduisit.

— Elle dit que parfois les jeunes Blancs ne comprennent pas. Depuis qu'ils sont arrivés, on nous a forcés à quitter nos maisons. On nous a repoussés dans les marais, et ça continue. Mais elle jure qu'elle n'ira pas à l'ouest. Elle est ici chez elle.

Tara fronça les sourcils.

— Je ne comprends pas. Si James est le frère de Jarrett, alors...

— Oh, oui, cela compte aussi ! dit Naomi dans un sourire. Et c'est la vérité, Jarrett ne fera pas la guerre à son propre peuple, pas plus qu'il n'oubliera son frère. Ni Mary, ni moi, ni les enfants. Jarrett nous a donné de la terre, insistant sur le fait qu'elle nous revenait en tant qu'héritiers de Sean McKenzie. Mais vivre entre deux peuples en guerre n'est pas facile. James a décidé de vivre avec sa famille indienne, et si nous sommes contraints de partir, il viendra avec nous, nous protégera et finira par se battre contre les Blancs. Il n'aura plus le choix.

— Peut-être n'en arriverons-nous pas là ! murmura Tara, l'air malheureux.

Mary dit quelques mots, et Naomi sourit encore une fois avant de traduire.

— Elle dit que vous semblez avoir bon cœur, et elle est heureuse que vous ayez épousé Jarrett.

— Dites-lui que... Merci, Mary.

Mary ajouta quelque chose.

— Elle espère que vous lui donnerez de nombreux fils, expliqua Naomi.

— Oh, s'exclama doucement Tara.

Soudain, son cœur se mit à battre plus fort. Elle se tourna vers Mary.

— Que... qu'est-il arrivé à la première épouse de mon mari... à Lisa ?

Un long silence emplit la cabane. Mary regarda Naomi, mais Tara était certaine qu'elle l'avait parfaitement comprise.

D'un signe de tête, Mary encouragea Naomi à parler.

— Elle est morte ici, dans notre camp.

Tara s'efforça de reprendre sa respiration.

— Vous voulez savoir pourquoi les Blancs disent que nous l'avons tuée ? demanda Naomi d'une voix amère.

Tara avait la bouche sèche.

— Oui. Pourquoi ?

— Elle est morte en accouchant, dit doucement Naomi. Jarrett était parti avec James. Ils essayaient déjà de négocier afin d'éviter un bain de sang. Il y avait une grande réunion à Fort King. Lisa ne devait pas accoucher avant deux mois, mais, un matin, elle a décidé de venir attendre Jarrett ici, avec Mary et moi. Nous ne savions pas qu'elle allait venir. Le soir, Jeeves est arrivé, inquiet de ne pas avoir eu de ses nouvelles.

— Mon Dieu !

— Nous l'avons retrouvée dans la forêt. Elle était tombée de cheval. Ma belle-mère est guérisseuse, elle connaît toutes les plantes et toutes les herbes qu'on peut y trouver. Elle a fait de son mieux, mais Lisa et le bébé n'ont pas survécu. L'enfant était mort-né. Lisa a succombé à une hémorragie.

— Oh, mon Dieu ! souffla Tara.

Ses yeux la brûlaient. Quel horrible accident ! Elle imaginait la pauvre Lisa étendue par terre, sachant peut-être que son enfant avait péri et que sa propre vie était en train de lui échapper.

— Aucun médecin blanc n'aurait pu la sauver, reprit Naomi d'une voix douce. Mais elle est morte ici, et vous imaginez comment ceux qui nous haïssent ont pu déformer une pareille histoire.

Tara resta sans rien dire, se sentant vide et glacée. Elle pensa à ce qu'avait dû éprouver Jarrett à son retour, en apprenant la mort de sa chère Lisa et de son bébé.

Mary dit quelque chose. Elle parla longtemps, avec passion. Tara ne comprenait pas, mais le ton de sa voix était grave et suppliant.

Tara se tourna vers Naomi.

— Elle dit que vous ne devez pas avoir peur de nous. Que Jarrett est comme son fils, et qu'elle serait volontiers morte à la place de Lisa.

Naomi sourit.

— Hier, elle était absolument furieuse de voir Jarrett arriver et dire que vous aviez besoin d'être punie pour ce que vous aviez fait. Elle a dit que vous ne nous connaissiez pas, alors, comment pouviez-vous nous faire confiance? Mais Jarrett ne voulait pas que vous vous promeniez toute seule dans la forêt. Nous vivons une époque troublée, il est vrai. Et puis, il y a eu Lisa. Mais elle veut que vous sachiez que vous êtes ici chez vous. Cette famille est aussi la vôtre, et vous y êtes la bienvenue. Elle espère que vous parviendrez à voir au-delà des barrières des races et des couleurs, et que vous nous aimerez aussi. Si vous le pouvez.

Si elle le pouvait...

La vie était décidément bizarre. Il y avait vingt-quatre heures à peine, les Séminoles — les Indiens, quelle que soit leur appartenance — la terrorisaient. Les choses changeaient à une vitesse folle. Les hommes ne se définissaient pas selon qu'ils avaient la peau rouge, blanche, noire, ou qu'ils étaient métis, et même si le sang d'un homme n'était pas pur, en revanche, son cœur pouvait l'être.

Tout comme le sien.

Sur une impulsion, Tara posa son assiette et vint s'agenouiller près de Mary McKenzie. Elle prit l'Indienne dans ses bras et la sentit la serrer contre elle avec douceur.

Au bout d'un moment, elle retourna s'asseoir à sa place et croisa le regard noir rempli de sagesse de Mary. Elle sourit, puis se tourna vers Naomi.

— S'il vous plaît, dites-lui qu'il y a des années et des années que je ne m'étais pas sentie aussi bien, comme si... comme si j'avais retrouvé une famille.

Et en disant cela, elle était profondément sincère.

Tara fut heureuse d'avoir rencontré Mary et de découvrir que Naomi était une amie. Elle passa une grande partie de la journée en leur compagnie. Sara et Jennifer, les deux petites filles qui étaient venues la surprendre la nuit précédente, vinrent les rejoindre. Tara réalisa avec surprise qu'elle était leur tante. Toutes deux étaient précoces et parlaient très bien l'anglais : James avait insisté pour qu'elles l'apprennent correctement, afin qu'elles soient à même de survivre dans un monde inéluctablement envahi par les Blancs. Au fil de l'après-midi, Tara se rendit compte toutefois qu'elles n'étaient pas de petites Indiennes, mais des enfants, tout simplement, toujours prêtes à rire et à jouer. Jennifer, la plus jeune, était un véritable petit diable. Quant à Sara, elle avait un grand sens des responsabilités et expliqua à Tara que les femmes n'étaient en rien un genre inférieur dans la société séminole.

— Ma grand-mère habite avec nous parce que sa famille s'est disloquée avec le temps. Mais nous vivons surtout avec la famille de ma mère, et quand je me marierai, mon mari viendra vivre avec notre famille.

Tara hocha la tête et Sara se tourna vers Naomi qui lui sourit.

— En général, nous prenons le nom du côté maternel, et le mari habite dans la famille de sa femme. Mais la guerre change beaucoup de choses.

— Que se passe-t-il quand un homme a deux épouses ? demanda Tara, intriguée.

— La seconde épouse se joint à la famille de la première, expliqua Naomi. Il s'agit souvent d'une jeune sœur, d'une veuve, ou d'une parente. Mais parfois, comme je vous le disais, les choses changent. Et il faut quelquefois fuir avec qui on peut.

Lorsqu'elle se retrouva seule dans la cabane de Jarrett, Tara repensa à ce que lui avait dit sa belle-sœur. Elle était très lasse, et quand Naomi l'avait raccompagnée, elle avait été contente de pouvoir s'allonger sur le lit de fourrures en songeant à tout ce qu'elle avait appris en si peu de temps.

Elle continuait à en vouloir à son mari. Mais elle l'aimait. Plus que jamais, sa vie l'intriguait et l'émouvait.

Tara se demandait à quoi avait pu ressembler Lisa. Sans doute l'aurait-elle appréciée. Pour la première fois, elle réussit à ne plus ressentir de jalousie envers celle qui l'avait précédée. Elle imaginait parfaitement comment des rumeurs insidieuses avaient pu se répandre sur la disparition de Lisa, du fait qu'elle soit morte dans un camp de Séminoles.

Les liens de Jarrett avec son frère et son peuple devaient effectivement être très forts, car lui-même n'avait jamais douté de la vérité; il s'était contenté de pleurer la disparition tragique de sa femme. Et de son enfant.

Tara dut somnoler quelques instants au milieu des fourrures, car quand elle ouvrit les yeux, un feu ronronnait doucement dans la cheminée et elle n'était plus seule.

Jarrett était là, assis en tailleur, en train de la regarder.

Elle sursauta.

— Que se passe-t-il? demanda-t-elle d'une voix assoupie.

Il sourit en secouant la tête.

— Je vous regardais dormir.

— Je suis bizarre quand je dors?

— Non, vous êtes très belle, répondit-il d'une voix douce. Fatiguée?

— J'ai eu une journée éprouvante, hier, lui fit-elle remarquer d'un ton neutre, ce qui le fit sourire.

Il se pencha pour lui prendre les mains. Elle voulut se dégager mais il la tint fermement.

— Ah oui! J'aperçois en effet une ou deux petites égratignures.

Cette fois, quand elle retira ses mains, il la lâcha.

— Ce n'est pas la première fois de ma vie que j'ai des égratignures, assura-t-elle.

Il haussa un sourcil très noir.

— Vraiment ? Quand je pense que tout le monde est convaincu que vous êtes une grande dame ! Comment une dame pourrait-elle se retrouver avec des égratignures ? Enfin, si toutefois vous en êtes une.

Tara s'assit, raide et la tête haute.

— Cela vous dérangerait si je n'en étais pas une ? demanda-t-elle d'une voix glacée.

Jarrett se releva d'un bond.

— Pas du tout, dit-il en lui prenant les mains pour l'aider à se lever. Venez, je vous ai dit que je vous réservais une surprise. C'est le moment.

— Le moment de quoi ?

— Vous verrez. Vous n'en êtes tout de même pas réduite à ne plus pouvoir faire un pas ?

— Non. Je peux marcher. Si vous préférez...

— Je ne préfère rien du tout. Je vais vous porter.

— Même si je crie tout le long du chemin ?

— Vous risquez d'avoir un sacré auditoire ! dit-il avec un sourire.

Tara ôta ses mains des siennes et se dirigea vers la porte. Il la suivit en glissant un bras autour de sa taille.

— Rappelez-vous que je vous sers de tampon dans cette contrée de sauvages.

Elle renifla avec mépris.

— McKenzie, comment voulez-vous que j'aie peur des sauvages alors que je vous ai épousé ?

— Parfait ! Surtout, ne l'oubliez pas ! dit-il en riant.

En traversant le camp, Tara éprouva un nouveau sentiment de curiosité. Il y avait là une véritable communauté, dans laquelle des gens vivaient et travaillaient. Aujourd'hui encore, un grand feu était allumé. On avait tué un veau qui était en train de rôtir au-dessus des flammes. Les hommes allaient et venaient, nettoyant leurs fusils, aiguisant leurs couteaux. Des enfants couraient, pieds nus, en riant aux éclats. Des peaux de bêtes étaient tendues sur des cadres, et des femmes et des jeunes filles les grattaient à l'aide de coquillages effilés comme des lames de rasoir, afin d'en faire des vêtements et des couvertures.

Un peu plus loin, un autre petit groupe de femmes pilaient des racines de *koonti*. D'autres s'occupaient d'un petit potager et d'un carré de potirons. Elles bavardaient et riaient. Toutes dirent bonjour à Jarrett et regardèrent Tara sans la moindre gêne. Cette fois, elle ne se priva pas de les dévisager. Sara et Jennifer étaient là, jouant au ballon avec une boule faite de feuilles de palmier. Elles se précipitèrent vers eux. Jarrett prit Jennifer dans ses bras, et elle poussa des cris de joie quand il la jeta en l'air. Tara sentit qu'on la tirait par sa robe. À son tour, elle prit Sara par les mains et la fit tournoyer, pour le plus grand plaisir de l'enfant.

Bientôt, une rangée d'enfants se forma devant eux. Les petits garçons étaient torse nu, en pantalon, les petites filles portaient des robes similaires à celles de leurs mères. N'ayant pas la force de tous les soulever, Tara dirigea la joyeuse petite bande vers Jarrett. Lorsqu'il eut reposé le dernier enfant, il prit Tara par la taille et l'entraîna à l'écart, le long d'un sentier qui serpentait à travers les cyprès et les palmiers.

Ils arrivèrent devant une rivière dont l'eau babillait doucement, invitant à la baignade. Un immense cyprès dominait la rive. Le soleil commençait à décliner à l'horizon. Ses rayons encore chauds projetaient une lumière magique, embrasant le ciel de rouges et de mauves profonds, de jaunes et d'ors vibrants. Sur ce fond bariolé, des oiseaux multicolores virevoltaient avant de se poser au bord de la rivière : des grues, des aigrettes blanches et de magnifiques hérons bleus. Tara s'immobilisa pour admirer le spectacle.

— Ce sont des hérons bleus, dit Jarrett.

— Je sais, j'en ai déjà vu.

— Vous en avez déjà vu ?

— Oui, à une exposition où il y avait des dessins d'un certain Mr. Audubon.

— Ah... C'est un sacré chasseur, murmura Jarrett.

— Il chasse ces oiseaux ?

— Il chasse tout ce qui lui passe sous le nez, répondit Jarrett avec un sourire. Et quand il ne trouve pas l'oiseau qu'il cherche, il engage des hommes pour le faire. Il les empaille, les peint, et leur rend la vie.

— Vous le connaissez ?

Jarrett hocha la tête.

— Non seulement je le connais, mais je l'aime bien. Sa curiosité est insatiable. Bien que chasseur, il adore ces créatures et sait apprécier leur beauté. C'est un véritable aventurier ; il a beaucoup exploré la nature.

— Vous l'aimez bien parce qu'il adore cette nature sauvage dans laquelle vous vivez ! remarqua Tara d'un ton accusateur.

Il haussa les épaules.

— C'est possible. Bon, je ne suis pas venu ici uniquement pour admirer les oiseaux.

— Et que... commença-t-elle.

Mais elle s'interrompit en le voyant soudain se déshabiller.

— Venez, dit-il.

Détournant les yeux de son corps nu qui flamboyait comme le cuivre à la lueur du soleil couchant, elle le regarda dans les yeux.

— Pardon ?

— L'eau est délicieuse, croyez-moi. Le soleil l'a réchauffée toute la journée.

— Mais...

— Pour une femme si prompte à plonger dans le golfe du Mexique en plein hiver, je vous trouve bien lente à réagir.

Il fit un pas en avant, et Tara retint son souffle en portant la main à sa gorge, persuadée qu'il allait lui arracher sa robe et la jeter dans l'eau.

Mais il passa devant elle de son pas agile pour empoigner une liane accrochée au cyprès et s'élança prestement au-dessus de la rivière, dans laquelle il se laissa tomber en criant.

Il disparut. Quelques secondes plus tard, un cri sauvage retentit et une dizaine d'oiseaux s'enfuirent à tire-d'aile, affolés. La tête de Jarrett réapparut, ses cheveux noirs et mouillés lissés sur sa nuque.

Il avait de l'eau jusqu'à la taille.

— Vous venez ?

Tara s'humecta les lèvres, étonnée de se sentir sourire.

— Il doit y avoir pas mal de sales bêtes, là-dedans. Des serpents.

— Je croyais que j'étais la plus sale bête que vous ayez jamais rencontrée !

— C'est exact, mais je n'aime ni les serpents ni les alligators, et je vous l'ai dit dès le départ !

— Il n'y a pas d'alligators par ici.

— Comment pouvez-vous en être sûr ?

— Tout le monde vient se baigner ici. Les alligators savent qu'il vaut mieux pour eux ne pas se montrer. Ils risquent de se faire tuer. Aussi se tiennent-ils à distance.

— Et les serpents ?

— Et si Dieu envoyait la foudre ! s'exclama Jarrett avec impatience.

— Parce que vous pensez que le temps va se gâter ?

— Tara...

— Je vais me contenter de regarder, dit-elle en

soupirant et en s'asseyant sur des feuilles de palmier. J'ai cru un instant que vous alliez m'arracher ma robe et me forcer à me baigner. Mais le paysage est tellement magnifique, je suis ravie de...

Elle s'interrompit.

Jarrett sortit de la rivière et se précipita vers elle, le corps ruisselant.

— Ma méthode a échoué. La vôtre me semble meilleure.

— Quelle méthode ? De quoi parlez-vous ?

Cette fois, elle hurla en le voyant se pencher sur elle pour lui prendre les mains et l'obliger à se relever. Avant qu'elle ait pu ajouter quoi que ce soit, il l'empoigna fermement sous le bras.

— Mais que faites-vous ? cria-t-elle en se tortillant dans tous les sens.

— Je vais vous arracher votre robe et vous forcer à vous baigner.

— Vous ne pouvez pas !

— Mais si je peux, et vous le savez très bien. Restez tranquille. Je ne voudrais pas déchirer cette robe davantage, elle est déjà en piteux état.

— Oh, et je me demande bien pourquoi !

— Arrêtez de bouger. Vous ne voulez quand même pas rentrer toute nue ?

— Oh ! s'écria-t-elle lorsqu'il fit passer la robe par-dessus ses épaules.

En un rien de temps, il lui retira son corset et la renversa sur le sol pour lui enlever ses chaussures, ses culottes et ses bas.

Tara se retrouva entièrement nue entre ses bras. Accrochée à lui, elle avait du mal à marcher sur le sol inégal, tapissé de racines enchevêtrées.

— S'il y a des serpents là-dedans...

— Il n'y en a pas.

— Mais s'il y en a...

Il s'arrêta et la regarda en haussant les sourcils.

— Eh bien, quoi ? De toutes façons, vous avez déjà décidé de me couper en morceaux et de me scalper.

— Je le ferai avec beaucoup moins de plaisir s'il y a ne serait-ce qu'un seul serpent dans l'eau ! assura-t-elle.

Il sourit.

— Et moi qui croyais que vous aimiez nager !

— Je...

Mais Tara se retrouva dans l'eau avant d'avoir pu achever sa phrase. Il avait empoigné la liane et s'était balancé au-dessus de la rivière, l'entraînant avec lui.

Puis il l'avait lâchée.

C'était merveilleux. La rivière était peu profonde, d'une incroyable transparence. Le soleil l'avait chauffée toute la journée, et il faisait plus chaud dans l'eau qu'à l'extérieur.

Aussitôt, Tara plongea, émerveillée de la température délicieuse de l'eau limpide. Quand elle refit surface, Jarrett n'était nulle part en vue.

Soudain, elle sentit qu'on la tirait par les pieds, et elle se retrouva tout contre lui. Son corps se glissa contre le sien, lui procurant une sensation extraordinairement érotique.

Ensemble, ils refirent surface.

— Alors ? demanda-t-il.

Pendant un instant, le soleil se refléta dans ses yeux noirs qui scintillaient comme des diamants.

— Alors quoi ? murmura-t-elle.

Jarrett avait les yeux baissés. Au contact de l'eau fraîche, la pointe rose de ses seins s'était durcie, Tara s'en aperçut en rougissant. Et c'était là qu'était fixé son regard.

— N'est-on pas proche de la perfection ? fit-il d'une voix rauque.

— L'eau... est très bonne, reconnut-elle.

Il sourit et l'attira contre lui, l'entraînant en quelques battements vers un endroit où il avait pied. Debout, immobile, il la pressa contre lui. Ses seins s'écrasèrent contre son large torse. Il saisit ses fesses à pleines mains pour la soulever et, pétrissant ses cuisses, l'empala sur lui.

Un petit cri s'étouffa dans sa gorge. La tête enfouie au creux de son cou, elle l'enlaça. Il commença à la faire bouger, de plus en plus vite. Les jambes et les bras enroulés autour de lui, elle sentit une onde de plaisir monter en elle, tel un tison brûlant plongé dans l'eau fraîche. Elle s'arc-bouta contre lui et il la caressa. Ses lèvres mordillèrent son épaule, ses doigts s'enfoncèrent dans la chair tendre de son dos. Puis elle gémit, stupéfaite d'éprouver un plaisir aussi fulgurant, dont la force la laissa tout étourdie. Pendant quelques secondes, ils restèrent tendrement enlacés dans l'eau fraîche.

— C'est un vrai paradis, murmura-t-il doucement en posant la main sur sa nuque mouillée.

— Hum, marmonna-t-elle vaguement.

Mais, tout à coup, quelque chose la frôla. Quelque chose qui ne faisait pas partie du corps de Jarrett.

Elle s'écarta de lui pour voir en quoi consistait le danger.

— C'est un gros serpent !

— Comment ?

— Il est énorme ! Oh, vous aviez tort, ce n'est peut-être pas un serpent, c'est peut-être un alligator, il est énorme. Oh !

Affolée, elle se jeta à son cou tandis que la *chose* se faufilait entre ses jambes.

— Tara !

— Vite, sortez-moi de là !

— Ce n'est pas un serpent !

— Alors, c'est un alligator !

— Mais non, je vous le jure !

Toutefois, en disant cela, il se retourna lui aussi, comme si l'énorme chose venait de le frôler à son tour.

— Vous voyez bien ! Oh, mon Dieu ! Jarrett !

— Tara, c'est une vache marine ! Elle ne vous fera pas de mal !

— Comment ?

— Ce n'est qu'une innocente vache marine. C'est une sorte de vilain dauphin ! Elle ne vous fera aucun mal. Elle a l'habitude de jouer avec les enfants, elle veut seulement se faire caresser.

— Comment ?

Jarrett la lâcha — l'abandonna ! — pour plonger sous l'eau. Elle le vit s'éloigner en compagnie de la chose dans les profondeurs. Sans la moindre réticence, il caressa l'animal tout en nageant à côté de lui. Tara retint sa respiration. Il avait raison. Ce n'était ni un serpent, ni un alligator.

Et, en effet, la créature ressemblait à un affreux dauphin. En plus gros. Elle devait faire dix ou douze mètres de long, était de forme ronde et un peu grotesque. Pourtant, elle nageait avec une grâce surprenante.

Brusquement, elle eut envie de la toucher elle aussi. Elle plongea sous l'eau en battant rapidement des pieds afin de les rattraper, mais ils firent demi-tour, et elle n'eut qu'à tendre la main pour flatter le flanc rugueux de l'animal. Il était bien plus gros qu'elle, mais apparemment très doux.

Se rendant compte qu'elle allait bientôt manquer d'air, Tara refit surface en suffoquant. Jarrett surgit près d'elle et reprit sa respiration en la dévisageant de ses yeux noirs.

— Une vache marine ? fit-elle.

— Oui. Elles adorent les jacinthes d'eau qui poussent par ici, expliqua-t-il en lui montrant des algues fleuries qui tapissaient le fond de la rivière.

Tara en arracha une poignée et replongea en les tendant à l'animal qui vint droit vers elle. Sa tête ressemblait un peu à celle d'un morse, avec des moustaches.

Très délicatement, l'animal prit les algues, puis replongea en se frottant contre ses jambes. Tara le caressa.

Tout à son jeu, elle ne s'aperçut pas qu'elle était maintenant seule dans l'eau. Jarrett était allé s'asseoir sur la rive, sous un cyprès, et la regardait.

Après avoir flatté une dernière fois l'animal, elle revint vers le bord. Quand elle posa le pied sur la rive boueuse, elle se sentit soudain mal à l'aise, affolée à l'idée de ce qui pouvait se cacher sous cette boue.

Son inquiétude se lisait sur son visage. Avec un sourire, Jarrett se leva pour venir à sa rencontre, indifférent à la boue, et la souleva dans ses bras. Tara frissonna légèrement, en le regardant de ses grands yeux bleus. Sa peau était toute chaude, déjà séchée par les rayons du soleil déclinant.

— Vous n'auriez pas dû me toucher. Vous êtes sec. Moi, je suis toute mouillée.

— Je me sécherai à nouveau.

— Mais je suis trempée.

— Eh bien, je vous sécherai aussi, lui dit-il en l'étendant sur une couche de feuilles de palmes, avant de s'allonger près d'elle.

— Cet animal n'avait rien d'un monstre. Il est si docile !

— Ah, c'est que se faire caresser ainsi est loin d'être désagréable.

— C'est vrai ? murmura-t-elle.

Elle aurait dû grelotter de froid, mais elle était brûlante à nouveau. Elle aurait dû être rassasiée, cependant ses sens étaient en éveil, et elle s'en étonna. Tara s'éclaircit la gorge en essayant de rassembler ses pensées.

— Il va bientôt faire plus froid !

— Non. Je suis là pour vous réchauffer.

— Je suis toute dégoulinante.

— Je vous lécherai pour vous sécher.

Tara se mit à trembler en se disant qu'il devait y avoir quelque chose dans cet Éden qui exacerbait les sens et poussait à la recherche du plaisir. D'ailleurs, ce n'était pas si mal d'être désirée ainsi par cet inconnu dur comme un roc, qui l'avait épousée, l'avait arrachée au danger et la mettait si constamment au défi avec la vie.

Une légère brise fit frémir tout son corps. Elle s'abandonna avec délices à sa caresse. Et à Jarrett.

Il esquissa un petit sourire. Tara baissa langoureusement ses longs cils, puis le regarda dans les yeux.

— Et vous... vous avez seulement envie de vous faire caresser? demanda-t-elle dans un souffle.

En grognant, Jarrett se pencha et posa la tête sur son ventre à la peau douce où miroitaient de fines gouttelettes d'eau.

— Oui, mon amour. Je veux seulement que... que vous me caressiez.

Tara enfonça les doigts dans ses cheveux noirs comme l'ébène. Elle sentit les lèvres et les mains de Jarrett explorer la chair douce et tendre entre ses cuisses. Alors, étouffant un petit gémissement de plaisir, elle tendit la main.

Et commença à le toucher.

À le caresser.

Enfin, le soleil disparut à l'horizon, plongeant le paysage dans la pénombre. La lune se leva dans le ciel nocturne tandis qu'ils s'habillaient pour reprendre le chemin du camp.

16

Trois jours plus tard, ils revinrent au bord de la rivière. Le temps s'était soudainement dégradé, la température avait chuté, aussi n'allèrent-ils pas se baigner, mais restèrent assis sur la rive, Jarrett adossé à un arbre, Tara, la tête posée sur sa poitrine. Ils étaient silencieux, et une multitude d'oiseaux virevoltaient au-dessus de l'eau. Tara les regardait, fascinée.

Ils devaient partir en fin de matinée, et elle se rendit compte avec étonnement qu'elle le regrettait presque.

— Ils paraissent si paisibles, murmura-t-elle.

— Qui ça ? Les oiseaux ?

— Non, les Indiens.

Jarrett garda le silence encore quelques secondes, puis poussa un soupir.

— C'est une tout autre vie, Tara. Certaines choses sont comme dans le monde des Blancs, d'autres pas. Ils ont un grand sens de la justice, et l'homme le plus humble du village peut donner son opinion sur n'importe quel sujet. Mais le meurtre est instantanément puni de mort ; si le meurtrier s'échappe, alors c'est sa famille qui doit payer à sa place. Le *mico* — ou chef — est en général le fils aîné de la sœur du chef, mais ces temps-ci, les choses changent à toute vitesse. James est *mico* parce qu'une grande partie de la famille de Naomi est morte. Quant à Osceola, ce n'est pas un chef héréditaire, il a acquis le pouvoir grâce à sa détermination exceptionnelle et à ses qualités de guerrier. Ils adorent leurs enfants et sont très gentils avec eux, mais quelquefois, si la vie d'un enfant est menacée par la famine, ou que ses pleurs risquent d'entraîner l'attaque ou le massacre d'une tribu, on a recours à l'infanticide. C'est une pratique couramment admise.

— Oh, mon Dieu ! s'écria Tara en frissonnant.

Quelle horreur ! Elle n'arrivait pas à imaginer comment des parents pouvaient tuer leurs enfants, surtout ces adorables gamins à la peau brune dont elle avait fait la connaissance.

Pourtant, elle savait bien que les liens du sang n'étaient pas forcément les plus forts, et les Séminoles agissaient sans doute avec plus de compassion que certains hommes blancs qu'elle avait eu l'occasion de rencontrer.

— En cas d'adultère, les hommes comme les femmes sont sévèrement punis. On arrache les oreilles de la femme et de son amant. Et si le mari le décide, l'amant doit le débarrasser de son épouse désobéissante. À la deuxième incartade, on leur coupe les lèvres et le nez. Lorsque le mari d'une femme meurt, elle doit porter le deuil pendant quatre ans. Et si elle déshonore sa mémoire en se remariant ou en couchant avec un autre homme pendant cette période, la famille de son défunt mari a le droit de la tuer.

— Je n'ai vu personne au village avec des oreilles coupées ! remarqua Tara.

— Les femmes ont tendance à bien se tenir ! dit-il d'un ton léger.

— Hum...

Il l'enlaça tendrement.

— Ils croient au bien et au mal, et en l'existence d'un être suprême qu'on appelle le Grand Esprit ; il gouverne le ciel et la terre. C'est le maître de toute vie. Ils s'efforcent de faire le bien, et croient qu'après leur mort ils seront récompensés en allant au « paradis », là où le soleil se lève ; sinon, ils seront punis et iront là où le soleil se couche, c'est-à-dire en « enfer ».

— Ce qui n'est pas très différent, murmura Tara.

— Vous m'avez pardonné ? demanda brusquement Jarrett.

— Pardonné ?

— Pour le premier jour que vous avez passé ici, dit-il avec une lueur dans les yeux.

Elle attendit un instant avant de secouer la tête.

— Ah, pardonner est une chose, oublier en est une autre. Et je ne suis pas près d'oublier !

— Allons, soyez franche ! Comment auriez-vous

réagi si je vous avais dit que mon frère vivait parmi ces barbares qui terrorisent tout le monde ?

Tara se contenta de hausser les épaules.

— Tout de même, je porte encore des traces d'égratignures.

— Essayez de voir les choses sous un autre angle, vous êtes maintenant plus familière de nos marécages et de ce pays sauvage, vous ne croyez pas ?

— Ah ! Alors, désormais, je suis libre de me promener où j'en ai envie ?

Jarrett s'appuya au tronc d'arbre en souriant.

— Je ne crois pas que je serai capable de vous couper les oreilles. Mais rassurez-vous : je n'hésiterai pas à vous botter le derrière.

— Quant à vous, monsieur...

— Je sais. Vous tenez absolument à me priver de mon scalp !

Tara s'apprêtait à lui répondre, mais il poussa un profond soupir et la prit par la taille en se relevant.

— Je voudrais passer un peu de temps avec Mary avant de rentrer à Cimarron, où les militaires ne vont sans doute pas tarder à venir me relancer, ajouta-t-il avec une pointe d'amertume dans la voix.

Elle acquiesça en silence. Et quand il lui prit la main, elle ne résista pas, en proie toutefois à un malaise croissant tandis qu'ils regagnaient le camp. Les gens s'étaient habitués à elle, et elle s'était habituée à eux.

Jarrett dîna en compagnie de plusieurs guerriers pendant que Tara partageait le repas avec Mary, Naomi et les enfants. Peu après, les petites filles s'endormirent paisiblement sur leurs couches de fourrures. Mary et Naomi bavardaient à voix basse au milieu de la cabane et, par la porte que Tara avait fait exprès de laisser entrouverte, elle apercevait Jarrett. Il était en pleine conversation, l'air grave, et agitait les mains avec émotion tout en parlant. Son frère était assis à côté de lui. La « boisson noire » circulait entre les hommes. Jarrett et James — ou White Tiger et Running Bear — se tenaient bras dessus bras dessous.

— Ils sont très proches l'un de l'autre, dit Naomi.

Tara, qui était assise en tailleur, les coudes sur les genoux et le menton dans les mains, releva la tête.

— Pour être honnête, je ne sais que très peu de chose de Jarrett, avoua-t-elle à la jeune femme.

Naomi sourit en venant s'asseoir près d'elle.

— Vous en savez sans doute assez.

— Lisa continue à lui manquer.

— Il est très heureux de vivre avec vous.

Tara haussa un sourcil.

— Vous croyez? Et que penser de la nuit où je suis arrivée ici?

Naomi se retint de rire.

— Oh, il était en colère. Il a cru que vous cherchiez encore à vous enfuir.

— Je ne voulais pas m'enfuir. J'allais voir Mr. Treat.

— Robert? demanda Naomi, les yeux brillants.

— Non seulement Robert sait tout de Jarrett mais je vois qu'il connaît tout le monde ici! se lamenta Tara.

Cette fois, Naomi éclata de rire.

— Bien sûr que nous connaissons Robert! C'est le meilleur ami de Jarrett, après son frère, et il vient souvent nous rendre visite. Il rapporte aux filles des bonbons de La Nouvelle-Orléans, et elles l'adorent.

— Moi aussi, je l'aime bien.

— Faites attention! Si vous étiez séminole, vous risqueriez de perdre vos oreilles!

— Mais je ne suis pas séminole, et mes oreilles ne risquent rien. Robert est seulement un ami. Il n'est pas...

— Il n'est pas quoi?

— Il n'est pas Jarrett.

Naomi sourit. Au bout d'une minute, Tara sourit à son tour à sa belle-sœur.

— Vous parlez très bien anglais, dit-elle.
— Oh, c'est parce que je le parle sans arrêt, répliqua la jeune femme en haussant les épaules.
Tara secoua la tête.
— Il y a maintenant plusieurs jours que j'entends votre langue, et pourtant...
— Ça ne fait que trois jours. Moi, j'ai entendu parler anglais toute ma vie ; James n'a même pas une « première langue » à proprement parler ; il a appris le muskogee et l'anglais en même temps, quand il était petit. Encore maintenant, il lui arrive de mélanger les deux. Jarrett fait la même chose. Si vous en avez envie, vous finirez vous aussi par l'apprendre. Vous connaissez déjà quelques mots.
Tara fronça les sourcils.
— *Mico*, dit Naomi.
— Oui, ça je l'ai suffisamment entendu ! Ça veut dire *chef*.
Naomi prit une orange.
— Je ne m'en souviens pas, dit Tara en secouant la tête.
— *Yalaha*.
— *Chef* et *orange*... avec ça, je ne vais pas aller très loin !
Naomi éclata de rire.
— Le reste viendra petit à petit, dit-elle en se tournant vers la porte. Tiens, les voilà !
Elle voulut prévenir sa belle-mère qui était en train de broder une chemise en silence, mais Mary redressa la tête.
— Voilà mes fils ! dit-elle.
Tara passa une soirée exceptionnellement agréable. Mary avait entrepris de lui raconter tout un tas d'histoires sur Jarrett : son initiation de guerrier, comment il s'était peint le corps en bleu, avait bu la « boisson noire » et pris son nom d'adulte, White Tiger. James traduisait, ajoutant des remarques qui faisaient rire Tara. Naomi le repre-

nait. Et Jarrett soupirait, rétablissant la vérité avec une infinie patience.

— Si vous l'aviez vu le jour où il a attrapé un serpent « gueule de coton » ! On l'appelle ainsi à cause des deux traits blancs qu'il a au bout de la gueule, expliqua James.

— C'est un serpent venimeux ?

James hocha la tête.

— Je marchais à peine. Jarrett n'aurait pas dû jouer avec le serpent, mais il avait rampé jusqu'à nous, et puis Jarrett allait être un grand guerrier, plus fort que nous tous.

Jarrett émit un vague grognement.

— James, cette histoire est vraiment...

— Alors, il a attrapé le serpent. Mais il a eu peur de le relâcher. Il s'est assis au bord de la rivière et a attendu. Père est finalement arrivé et l'a sauvé.

— J'ai dû rester comme cela pendant au moins cinq heures, admit Jarrett.

— Deux, corrigea Mary en levant deux doigts avec un sourire timide.

— Eh bien, ça m'a paru nettement plus long !

Peu de temps après, ils retournèrent à leur cabane. Tara, tombant de sommeil et ravie, s'étendit sur les fourrures.

— Je ne comprends toujours pas comment les choses fonctionnent. James ne veut pas se battre contre les Blancs. Osceola a fait tuer Charlie Emathla parce qu'il refusait de partir à l'ouest, et pourtant, lui et James — et vous ? — semblez vouloir vivre en paix.

Jarrett retira sa chemise sans répondre.

Tara se redressa d'un air inquiet.

— Jarrett, Osceola était ici le jour de mon arrivée. Depuis, je ne l'ai pas revu. Où est-il ?

Jarrett haussa les épaules.

— Ici, ce n'est pas chez lui. Il est vaguement apparenté à Mary, et donc à James, mais il vit avec sa propre famille.

Tara hésita une seconde.

— Il était venu chercher des guerriers, n'est-ce pas? Pour s'attaquer à des exploitations de Blancs.

— Comment voulez-vous que je le sache? dit-il avec impatience.

— Mais vous le savez parfaitement! accusa Tara.

— Osceola est en guerre. Étant donné les circonstances, il ne me tient pas au courant de tous ses déplacements.

— Mais s'il avait besoin de vous, il saurait où vous trouver.

— Et si j'avais besoin de lui, je saurais où le trouver!

Mécontente, Tara se rallongea en lui tournant le dos. Une minute plus tard, il vint s'étendre près d'elle. Elle sentit la chaleur de sa peau nue, mais resta le dos tourné, immobile.

Elle ne s'était pas trompée. Osceola était bien venu chercher des hommes pour partir en expédition avec lui. James et Jarrett McKenzie vivaient dans un paradis illusoire, et ils ne pourraient pas continuer à vivre ainsi éternellement.

Elle crut qu'il l'avait oubliée, ou qu'il était suffisamment agacé pour ne rien vouloir d'autre d'elle ce soir. Mais elle avait tort. Au bout de quelques minutes, il la prit dans ses bras et tira sur ses vêtements.

— Qu'est-ce que c'est que ça? demanda-t-il.

— Une robe.

— Bizarre! Ça n'a rien à faire dans un lit.

Tara laissa échapper un soupir lourd d'irritation.

— Jarrett, vous semblez penser que...

— Je pense qu'une robe n'a rien à faire dans un lit où nous dormons, c'est tout.

Hésitante, elle se mordilla la lèvre. Puis elle s'assit pour retirer ses vêtements et remonta frileusement la couverture de fourrure. Il la regarda de ses yeux noirs comme de l'encre, les doigts enfouis dans ses longs cheveux.

— Satisfait ?

— C'est une mauvaise question !

Mais quand elle se recoucha près de lui, toujours aussi raide, il ne la toucha pas.

Et dans la nuit, elle eut froid. Elle se rapprocha légèrement de lui, blessée de voir qu'il arrivait si bien à garder ses distances alors qu'elle-même avait vite compris qu'elle n'aimait pas du tout ça.

Cependant, quand elle se lova contre lui, son corps répondit au sien, et il l'enlaça. Tara resta éveillée un instant, s'interrogeant sur l'homme qu'elle avait épousé, et sur la femme qu'il avait enterrée. D'après Naomi, Jarrett était heureux de vivre avec elle. Toutefois, elle ne pouvait s'empêcher de se demander si elle ne servait pas uniquement à combler un vide.

Sa jument étant retournée à Cimarron, Tara monta sur Charlemagne devant Jarrett, mais le robuste cheval ne sembla pas remarquer la surcharge. Elle avait embrassé les enfants, Naomi, Mary — et même James — mais avait été surprise de voir les habitants du village lui faire de grands signes et de grands sourires, comme à Jarret. Elle leur avait souri et fait signe en retour avec un petit pincement au cœur. Pendant un instant, elle s'était demandé comment Jarrett supportait d'être ainsi pris entre deux feux, priant le ciel pour qu'il échappât à cette épouvantable effusion de sang.

Sur le chemin du retour, ils se parlèrent peu. Tara était encore fatiguée et, appuyée contre le torse de son mari, elle se mit à somnoler. En fin de matinée, elle se réveilla en sentant qu'il la soulevait dans ses bras. Interloquée, elle vit qu'ils s'étaient arrêtés au bord d'une rivière pour se rafraîchir.

Elle se lava le visage et but à pleines mains en frissonnant légèrement, car il faisait encore frais. Elle entendit Charlemagne boire à grand bruit près d'elle et, en se retournant, vit que Jarrett s'était éloigné vers un bosquet d'arbres. Elle le rejoignit et regarda par-dessus son épaule.

Un tronc d'arbre creusé était posé par terre, surmonté d'un piquet qui formait une sorte de broche, recouverte de bouts de tissus et de fourrures. Juste à côté, étaient posées des calebasses et des assiettes de nourriture en décomposition au-dessus desquelles des mouches bourdonnaient.

C'était une tombe. Le tronc d'arbre creusé avait la forme exacte d'un cercueil.

Jarrett resta immobile.

— Little Wild One, dit-il au bout d'un instant.

— Un ami?

— Quelqu'un que j'ai connu. Autrefois.

— Il est mort de maladie?

— Son fusil et sa lance sont là, prêts à partir avec lui dans le monde des esprits, dit-il en lui montrant les armes posées sur le cercueil. Il est mort au combat.

Tara hésita.

— Pour un guerrier, mieux vaut mourir en combattant que de maladie, n'est-ce pas?

Jarrett haussa les épaules.

— Sans doute. Mais il n'avait que quinze ans. C'est dur de mourir à cet âge. Venez, rentrons à la maison.

Il l'aida à remonter sur Charlemagne. Peu de temps après, ils pénétrèrent dans la forêt de cyprès dans laquelle Tara s'était perdue — et où Osceola l'avait accostée. Très vite, ils aperçurent la pelouse de Cimarron, et Tara constata avec surprise qu'elle était heureuse de revoir la maison. Au moment où elle en était partie, elle la considérait encore comme la maison de Lisa.

Mais Lisa n'était plus une ennemie. Cette maison restait la sienne, tout en étant en même temps à elle.

— Voilà Jeeves. Il doit être impatient de nous voir revenir, commenta Jarrett. Il va vouloir nous préparer à dîner.

— Ce qui me plairait surtout, c'est de prendre un bon bain chaud, dit pensivement Tara.

— Aucun problème, fit Jarrett en sautant de cheval avant de l'aider à descendre.

Aussitôt, quelques-uns des employés se précipitèrent à leur rencontre. Peter emmena Charlemagne à l'écurie et Jeeves accourut vers eux, son sourire éclatant illuminant son beau visage noir.

— Bienvenue, Mrs. McKenzie ! Nous sommes contents de vous revoir. Vous nous avez beaucoup manqué.

— Merci, Jeeves.

— Elle voudrait prendre un bain, dit Jarrett en souriant à son majordome.

— Eh bien, monsieur, je me doutais que Mrs. McKenzie en aurait envie, et comme vous nous avez fait prévenir de votre retour, j'ai pris la liberté de faire préparer la baignoire. Elle est dans votre chambre, monsieur, à moitié remplie d'eau chaude, et il y a d'autres bouilloires sur le feu.

— Je vous remercie, Jeeves, dit Tara en le serrant brièvement dans ses bras.

Ce genre de comportement n'était peut-être pas de mise ici, mais peu lui importait. Elle les abandonna et gravit les marches du perron en courant.

Dans le vestibule, elle s'arrêta un instant, heureuse d'être de retour.

Chez elle.

Elle monta les marches de l'escalier deux à deux, en s'émerveillant de voir à quel point tout avait profondément changé depuis son départ. En entrant dans la chambre de Jarrett — leur chambre — elle vit le bain fumant préparé à son intention, ainsi que les bouilloires en train de frémir sur le feu.

Pendant quelques minutes, elle resta figée sur le seuil. Un frisson la parcourut en songeant combien le bonheur soudain qu'elle éprouvait à se trouver là était absurde. Jarrett ne l'aimait sans doute pas vraiment, mais peut-être, ainsi que Naomi le lui avait dit, était-il heureux de vivre avec elle. Cimarron était magnifique. Cette chambre, malgré son aspect quelque peu masculin, était agréable et accueillante. Et elle s'était sentie si bien dans ce lit... Elle y avait passé tant de nuits éveillée, à penser à lui. Et à se tourmenter.

Peut-être qu'avec le temps...

Néanmoins, elle serra des poings en faisant le vœu de ne pas avoir elle-même autant de secrets. Si seulement la vérité pouvait éclater au grand jour...

Mais si la vérité avait éclaté au grand jour, elle ne serait pas là en ce moment. Et bien qu'elle en mourût d'envie, elle ne pouvait pas prendre le risque de faire des confidences à Jarrett.

Elle ferma les yeux un instant. Si seulement elle avait pu savoir ce qui était arrivé à William. Cependant, mieux valait se persuader qu'il allait bien, et qu'il était en sécurité tant qu'elle était loin !

Le bain l'attendait, un nuage de vapeur s'en échappait.

Tara se déshabilla en hâte, puis versa le reste de l'eau chaude avant d'entrer dans la baignoire. L'eau était parfumée de sels de roses. Un savon à l'odeur délicate était posé sur une épaisse serviette en éponge, qui l'attendait sur un fauteuil à bascule près de la baignoire. Elle releva ses cheveux en chignon et se plongea dans l'eau. La nuque appuyée sur le rebord de la baignoire, elle ferma les yeux. Il fallait à tout prix oublier son passé, l'abandonner derrière elle.

Loin derrière elle.

Elle rouvrit les yeux et haussa les sourcils d'un air perplexe. Jarrett était entré dans la chambre à pas de loup et était assis sur le fauteuil devant la baignoire, les mains jointes, en train de l'observer. Un petit frisson lui parcourut le bas des reins. Le regard étrange, sombre lui était familier. Tout comme l'étaient la tension qui se devinait sur son beau visage bronzé et les mains aux doigts cuivrés qui n'arrêtaient pas de se croiser et de se décroiser en la regardant. Il y avait tant de choses de lui qu'elle connaissait.

Tant de choses qu'elle aimait.

Et elle savait à présent comment il avait appris à se déplacer sans faire de bruit !

— Vous auriez pu frapper ! dit-elle sur un ton de douce réprimande.

Il leva les mains.

— Mais c'est ici que je vis. C'est ma chambre. Et vous êtes ma femme.

C'était une parfaite entrée en matière pour une dispute, toutefois, Tara n'en avait aucune envie. Elle esquissa un sourire en abaissant ses longs cils.

— De toutes façons, je ne m'attendais pas à ce que vous frappiez, avoua-t-elle. Je vous connais trop bien !

Trop bien, mais encore trop peu !

Cependant, elle ne fut pas surprise de le voir venir s'agenouiller près de la baignoire et plonger les mains dans l'eau avec nonchalance.

— Désormais, vous connaissez tous mes plus grands secrets, dit-il d'une voix neutre.

— Tous ?

— Oui, tous. Alors, peut-être pourriez-vous me dire quelques-uns des vôtres.

L'eau sembla s'être refroidie d'un coup. Pendant une seconde, ce fut comme si des nuages lui voilaient les yeux.

— Je... je ne peux pas ! dit-elle dans un murmure.

— Tara !

— Jarrett, je vous jure que...

— Pourquoi rêvez-vous de William ?

— Il ne risque rien ! souffla-t-elle.

— Où est-il ?

Elle secoua la tête avec véhémence.

— Tant que je suis loin, il ne risque rien.

— Tara!

— Je vous en prie, je vous ai juré que j'étais innocente!

— Mais innocente de quoi? demanda-t-il, frustré. Je ne sais toujours rien de vous. Vous êtes capable de coudre des choses incroyables en quelques heures; vous me dites que vous avez déjà eu des égratignures. Je vous ai trouvée dans une taverne qui avait tout d'un bordel, et pourtant vous prétendez être aussi innocente qu'une enfant. Vos manières sont irréprochables, votre façon de parler, parfaite. Et personne ne semble capable d'y déceler la moindre trace d'accent. Je ne saurais dire si vous êtes issue d'une grande famille ou si vous êtes une pauvre gamine des rues.

— Vous m'avez dit que c'était sans importance! rétorqua-t-elle d'une voix fébrile.

— C'est exact, dit-il avec passion. Nous ne pouvons pas oublier que nous sommes ici dans un nouveau monde, que nous avons fait une révolution pour être libres, et que ce nouveau monde est sans doute l'un des plus sauvages qui soit. Ce qui compte ici, ce n'est pas la naissance, mais l'intelligence et le courage, deux qualités dont vous ne manquez nullement. Mais, Tara...

Les lèvres tremblantes, elle avait de plus en plus froid.

— Jarrett, vous m'aviez promis de ne plus me poser de questions!

Dans ses yeux noirs, brûlants comme la braise, elle devina une profonde émotion. Une fois de plus, il attendait d'elle des réponses.

— Tara, j'ai besoin de connaître la vérité!

— Vous aviez promis!

Il soupira en serrant des dents, comme s'il était contraint de s'avouer vaincu. Il ne pouvait quand même pas revenir sur sa promesse.

— Jarrett, je vous en prie...

— Oui, oui, je sais, je vous ai fait de stupides promesses ! Tant pis ! dit-il en lui relevant le menton pour la forcer à le regarder dans les yeux. Tant pis ! Vous voir trembler ainsi, avec cette lueur brillante dans les yeux, ne me plaît pas du tout. Je renonce à vous accabler de questions. Du moins pour l'instant.

— Merci ! dit-elle à voix basse.

— Mais je vous demande une chose.

— Laquelle ?

— D'essayer.

— D'essayer ?

Jarrett hocha gravement la tête.

— Je veux une femme.

— Je ne vois pas ce que... commença Tara, l'air ébahi.

— Je veux que vous me fassiez la promesse que vous ne chercherez plus à vous enfuir.

— Je ne cherchais pas à m'enfuir. Je vous l'ai dit.

— Ah, oui ! Vous vouliez seulement aller chez Robert !

— Dans l'intention d'obtenir de lui des réponses !

— Oh, murmura-t-il en lui caressant le menton du bout du pouce. Je veux ma femme à moi.

Soudain, elle se mit à trembler pour une tout autre raison. Une sensation de chaleur fulgurante l'envahit.

— Mais... vous avez... tout ce que vous voulez.

— En effet, j'ai ce que je peux prendre. Je veux ce que vous voulez me donner.

Elle le considéra d'un air perplexe.

— Mais... je vous ai donné tout ce que je suis capable de donner !

— Ça, ce n'est pas sûr ! dit-il avec un sourire.

— Jarrett...

— D'une certaine manière, je reconnais que vous m'avez tout donné. J'espère simplement que ce n'était pas... par rancune, ou en paiement de quoi que ce soit.

Tara sentit ses joues s'empourprer.

— Je ne vous ai rien donné par rancune! Je suis heureuse d'être ici!

— Ici? Dans cette région hostile? Remplie d'alligators, de serpents, et de sauvages?

Elle lui fit un sourire en hochant la tête.

— Au milieu de cette nature sauvage, oui. Avec les alligators, les serpents et tous les sauvages. Y compris vous.

Devant le silence de Jarrett, Tara paniqua. Ne lui avait-elle pas donné trop, et trop vite? Elle ne devait pas oublier que, tout au fond de son cœur, il aimait encore Lisa, qu'elle...

Qu'elle n'était là que pour combler un vide. Peut-être même le comblait-elle bien.

— Jarrett...

Mais il venait de se relever. Et elle se retrouva soudain dans ses bras, l'eau parfumée ruisselant sur sa poitrine et entre ses cuisses. D'un mouvement leste, il l'emporta sur le lit.

Sa bouche ne se posa ni sur ses lèvres ni sur aucun endroit de son corps, mais prit aussitôt possession de la partie la plus tendre et la plus intime de son être. Inlassablement, il la caressa. L'excita jusqu'à ce qu'elle crie de plaisir en prononçant son nom. Suffocante, suppliante...

Sans même prendre le temps de se déshabiller, il se contenta de baisser son pantalon pour la pénétrer. Lorsqu'elle atteignit l'orgasme, Tara poussa un cri déchirant et se blottit en tremblant entre ses bras où il la garda longtemps. Tendrement.

— Votre bain doit être froid, dit-il. Et c'est pourtant ce dont vous aviez le plus envie.

— Ça... ça ne fait rien.

— Nous allons faire réchauffer l'eau.

Lovée tout contre lui, elle frotta sa joue contre le coton de sa chemise.

— Nous y arriverons! dit-il avec une soudaine intensité.

Elle ne savait pas exactement à quoi il faisait allusion, à la précarité de leur vie dans cette contrée sauvage en proie au tumulte ou à leur mariage.

Mais en cet instant même, elle n'avait pas vraiment envie de le savoir. Allongée à ses côtés, la chaleur, la force qui émanaient de lui suffisaient à la rendre heureuse.

Et il était si doux...

Néanmoins, alors qu'ils étaient étendus là, tendrement enlacés, ne désirant rien d'autre que de prolonger ce moment, elle s'entendit lui poser une question à voix basse.

— Jarrett ?

— Oui ?

— Comment était-elle ?

Aussitôt, elle le sentit se contracter.

— Qui ça ?

— Lisa.

— Pour l'amour du ciel, Tara...

— Jarrett, je vous en prie, je voudrais juste savoir quelque chose d'elle.

Pendant un long moment, il ne dit rien, et elle crut qu'il ne lui répondrait pas. Elle se mordit la lèvre, regrettant de lui avoir posé une telle question.

— Elle était confiante, dit-il enfin. Je l'ai rencontrée quand j'étais très jeune, et elle, plus jeune encore. Elle était née à St. Augustine. Son père avait fait fortune en faisant du commerce de fourrures avec les Indiens et elle avait souvent voyagé avec lui dans toute la péninsule. Elle aimait l'aventure, était calme et très douce. Elle adorait la Floride, avait une connaissance approfondie du territoire, comme Robert. Elle avait confiance en l'avenir, car elle était convaincue que la Floride deviendrait un jour un État. Elle a toujours été persuadée que le problème indien finirait par trouver une solution.

Il s'interrompit un moment, hésitant.

— Elle pouvait aussi être très têtue, dit-il avec

douceur. Nous avions beaucoup attendu pour avoir des enfants, et nous désirions tous les deux ce bébé. Elle n'aurait jamais dû partir à cheval pour rejoindre le village de mon frère.

Cette fois, il se tut pour de bon. Tara avait enfin obtenu quelque chose de lui, quelque chose d'intime qu'elle pouvait pratiquement tenir dans ses mains et chérir — du moins en eut-elle l'impression pendant quelques instants. Mais cette impression ne tarda pas à s'évanouir. Car, une fois de plus, elle n'avait pu se résoudre au silence. Malgré ses efforts, elle n'arrivait pas à laisser Lisa reposer en paix.

— Je suis désolée, dit-elle.

Jarrett se releva brusquement, et elle eut soudain peur de le perdre encore un peu davantage. Elle ferma les yeux en se maudissant d'avoir ouvert la bouche.

Ce fut avec surprise qu'elle le vit revenir s'étendre près d'elle, une fois déshabillé. Aussitôt, il la reprit dans ses bras en la serrant tendrement contre lui.

— Il est tard, dit-il.

Et ce fut tout.

Mais peu lui importait. Dans ses bras, elle se sentait bien. Une étrange sensation de paix l'envahit. Elle était heureuse d'être près de lui, sachant qu'il la garderait enlacée tout au long de la nuit.

Ce qui était de bon augure pour l'avenir.

TROISIÈME PARTIE

DESTINÉE

Et la boucle est bouclée

17

Au cours des jours qui suivirent, Tara repensa à leur retour à Cimarron comme à un moment de pure magie. Ils passèrent leurs soirées à dîner en tête à tête et leurs journées à faire le tour de la plantation à cheval.

Elle avait pris l'habitude d'apporter des fleurs au cimetière et, bien qu'il fût au courant, Jarrett n'y faisait jamais allusion.

Parfois, elle le surprenait en train de la dévisager, sachant qu'il s'interrogeait sur son mystérieux passé. Néanmoins, elle savait aussi qu'il n'attendait qu'une occasion et que, le moment venu, il exigerait d'elle des réponses. Tout en étant convaincue qu'il espérait la voir lui dire d'elle-même la vérité.

Toute la vérité.

Plus ils passaient de temps ensemble, plus Tara avait envie de s'ouvrir à lui. Toutefois, son désir de ne pas troubler ces moments merveilleux était plus fort encore, et elle redoutait de lui parler.

Jarrett semblait heureux avec elle, satisfait de leur mariage. Il était toujours prompt à lui dire qu'il avait envie d'elle, à se montrer passionné et débordant de tendresse. Mais il ne lui avait jamais murmuré de mots d'amour, aussi restait-elle sur sa réserve.

Cependant, les jours passaient, et la magie continuait à opérer.

Un jour, elle apprit comment se rendre chez Robert : Jarrett l'informa qu'il avait des affaires à régler avec son ami et lui demanda si elle voulait l'accompagner à cheval.

Wild Oak, la propriété de Robert, était plus petite que Cimarron. Il n'y avait pas de véranda, mais une large terrasse occupait tout l'arrière, ornée seulement de quelques colonnes et de superbes décorations en brique rouge. Comme à Cimarron, la maison avait été construite autour d'un vestibule central, destiné à faciliter la circulation de l'air. On accédait à la cuisine attenante à la maison par un passage couvert et il y avait quatre pièces au rez-de-chaussée : un solarium, ainsi que l'appelait Robert, avec d'immenses baies vitrées qui donnaient à l'est, du côté du soleil levant ; une salle à manger ; un bureau ; et enfin, une dernière pièce devant laquelle Tara retint son souffle. C'était l'une des plus impressionnantes bibliothèques qu'elle ait jamais vue.

— Oh ! s'écria-t-elle, émerveillée, laissant Jarrett et Robert pour s'avancer au milieu de la pièce.

Lentement, elle pivota sur elle-même. Trois des murs étaient recouverts de rayonnages qui montaient jusqu'au plafond. Robert avait tout. Du théâtre français, des œuvres italiennes. Des opéras. Defoe, Bacon, Shakespeare, Molière. Il y avait une section d'ouvrages politiques dus à plusieurs auteurs américains, Jefferson, Adams, Madison, Franklin. Une autre sur la Nouvelle-Angleterre, dont plusieurs volumes sur la terrible persécution des soi-disant sorcières de Salem, et des travaux sur ce sujet de fameux érudits, tels que Cotton Mahler et Increase Mather. Et puis, des rayons entiers remplis de romans, ainsi que toutes sortes d'essais, pamphlets et documents.

Tara se retourna vers Jarrett et Robert qui se

tenaient sur le seuil. Jarrett la regardait d'un air perplexe; Robert lui souriait, comme s'il était impatient de voir sa réaction et s'en réjouissait à l'avance.

— Vous avez pratiquement tout! dit-elle avec ravissement.

Il la rejoignit pour lui montrer la partie réservée à la fiction.

— Il y a ici quelques livres extraordinaires, des récits d'aventure et des histoires romanesques. À la gloire des pirates et des jours d'antan! lui expliqua-t-il avant de se tourner vers Jarrett. Je crois que nous pouvons la laisser explorer tranquillement les rayons pendant que nous parlerons production, commandes et dates d'expéditions.

Mais Jarrett s'approcha à son tour pour prendre un porte-documents en cuir sur une des étagères. Il alla le poser sur le grand bureau en chêne situé au centre de la pièce et l'ouvrit en faisant signe à Tara de venir le rejoindre. Sur la première page, il y avait une superbe aquarelle, un paysage de rivière, avec des chênes moussus dont les branches ployaient lourdement au-dessus de l'eau. Elle pouvait voir ce paysage presque quotidiennement en regardant par la fenêtre de la maison. Au dos de la feuille, minutieusement écrit à la main, se trouvait une énumération des caractéristiques du paysage qu'illustrait le dessin.

Tara se tourna vers Jarrett, et il passa à la page suivante. C'était une aquarelle représentant des fleurs sauvages.

— C'est magnifique, murmura-t-elle.

— Robert, tu devrais lui en dire quelques mots, dit Jarrett.

— Je suis sûr qu'elle préfère fouiller parmi les livres, répliqua le jeune homme.

— C'est vous qui les avez faites? demanda Tara en le dévisageant.

Il s'approcha et tendit la main vers la peinture qu'elle avait sous les yeux.

— Ces aquarelles ont pour but de montrer ce qu'on trouve dans la nature. Celle de notre région. Il y a ici des pins, des sapins et du romarin de Floride. La terre est relativement pauvre pour l'agriculture, mais même dans les coins les plus sauvages, on trouve des espèces extrêmement rares. Les animaux sauvages abondent : tortues-gaufres, ratons laveurs, sconses tachetés, renards gris, cerfs à queue blanche, ours noirs de Floride, cailles, pics-verts à crête rouge et bien d'autres encore.

Il tourna la page. Une autre superbe aquarelle apparut, documentée avec autant de précision que les précédentes.

— Nous sommes entourés de marais. Les cyprès prédominent dans ces coins marécageux, où l'on trouve une multitude de poissons, d'oiseaux et de petits mammifères. Et des alligators, bien entendu.

Il passa à la feuille suivante.

— Ici, on voit des forêts et des prairies, reprit Robert avec enthousiasme. Et puis, des sources d'eau claire et la région rocheuse, tout au bout de la péninsule.

— Ces dessins sont fascinants, murmura Tara.

Elle se mit à tourner elle-même les pages et découvrit des esquisses, des dessins à la plume et d'autres illustrations d'oiseaux et d'animaux dans leur habitat. Admirative, elle leva les yeux vers Robert.

— J'ai voyagé un peu avec Jarrett et Mr. Audubon, quand il est venu ici. Il m'a beaucoup appris.

— Il faudrait publier tout cela.

— Je le ferai peut-être un jour.

Tara passa au dessin suivant. On y voyait une ancienne mission espagnole, et le texte qui l'accompagnait décrivait les efforts des Espagnols pour christianiser les Indiens aux premiers jours de leur découverte de la Floride.

— Déjà à cette époque, les choses n'étaient pas faciles, dit Robert à voix basse. Les soldats espagnols ne se sont jamais vraiment bien entendus avec les indigènes ; vous vous souvenez peut-être de notre conversation sur Juan Ortiz. Le premier missionnaire à être arrivé en Floride s'appelait Cancer de Barbastro, et il en avait amené d'autres avec lui. Le roi d'Espagne était satisfait, car il estimait que les quatre tout premiers explorateurs s'étaient comportés comme des tyrans, avaient fait beaucoup de mal, et qu'il était donc temps d'expédier là-bas des prêtres ! Cancer envoya quelques hommes qui furent capturés par les Indiens. Alors, il brandit une croix au-dessus de sa tête et tenta sa chance à son tour.

— Et alors ? demanda Tara.

Robert haussa les épaules.

— Les Indiens l'ont tué lui aussi.

— Robert, je ne suis pas certain que tu sois en train de faire ce qu'il y a de mieux pour convaincre Tara que cet endroit est un incomparable et merveilleux paradis, dans lequel il fait bon vivre, remarqua Jarrett un peu sèchement.

— Vous savez, les Indiens d'alors étaient très différents, poursuivit le jeune homme. Il n'y avait plus que des survivants d'anciennes tribus. Les Espagnols ont continué à envoyer leurs missionnaires.

— Oui, à La Havane, les prêtres apprenaient les langues indiennes auprès des prisonniers faits en Floride, continua Jarrett. L'un d'eux, le père Corpa, enseignait dans une mission du nord de la Floride et, un jour, il a eu la mauvaise idée de gronder le fils d'un chef local. Le pauvre homme a été massacré pendant qu'il priait, et le fils du chef et ses amis sont allés de mission en mission afin d'assassiner les prêtres.

— Cette fois, elle va sûrement adorer vivre ici ! remarqua Robert en levant les yeux au ciel.

— Les missionnaires n'ont jamais songé à abandonner ? demanda Tara.

— Le roi leur avait suggéré de partir, dit Robert.

Mais ces missionnaires étaient des hommes de Dieu, ils estimaient avoir une mission. Aussi sont-ils restés. Et quand l'Espagne a voulu exiger des Indiens qu'ils versent un impôt en maïs au gouvernement, les prêtres ont compris que les chefs de tribus refuseraient. Ils sont partis en bateau à La Havane pour tenter de faire annuler la décision. Mais leur embarcation a coulé, ils n'ont jamais atteint leur destination et la guerre a éclaté entre les Blancs et les Indiens.

— Et ce fut la fin des missions ? s'enquit Tara.

— Non. En 1702, le gouverneur Moore, de Caroline du Sud, est arrivé en Floride pour faire la guerre à l'Espagne, et toutes les missions ont été rasées. Mais il ne faut pas oublier que les prêtres enseignaient des quantités de choses aux indigènes. Ils élevaient des chevaux et du bétail. Leur influence était loin d'être négligeable. Mais quand la Floride est passée sous drapeau britannique, les missions qui restaient ont disparu d'elles-mêmes. Et lorsque la Floride est de nouveau revenue aux Espagnols, l'Espagne n'avait plus assez d'argent pour les réouvrir. N'oubliez pas que La Havane a toujours été le port espagnol le plus important dans le Nouveau Monde. La Floride est devenue un fardeau, et bien évidemment, notre gouvernement a tout fait pour précipiter les choses ! Notre gouvernement, mais aussi le grand ami de Jarrett, Andy Jackson.

Tara jeta un coup d'œil vers son mari qui s'était éloigné, la laissant regarder les dessins avec Robert. Il était debout devant le feu et leur tournait le dos. Il se retourna vers Robert en fronçant les sourcils :

— Je n'ai jamais prétendu approuver tout ce qu'a fait Jackson.

— Je m'en doute, dit Robert. Je ne sais pas si vous êtes assez âgée pour vous en souvenir, mais quand Jackson est venu ici pour attaquer les positions espagnoles, cela a déclenché une véritable fureur.

Car, à cette époque, à en croire le gouvernement, Jackson avait pris le commandement des troupes dans le seul but de repousser les Indiens qui avaient franchi la frontière en Alabama et en Géorgie et menaçaient les vies et les propriétés des Américains. Mais ceci se passait juste après la guerre de 1812. Si les Anglais avaient gagné la guerre, les Indiens du nord de la Floride auraient pu récupérer les terres qui faisaient alors partie du sol américain. Mais les Américains ont gagné, et il restait trop peu d'Anglais prêts à les pousser à s'attaquer aux Américains. Quand Jackson est arrivé, il a agi avec une extrême brutalité.

Tara observa attentivement Jarrett.

— C'est à ce moment que vous avez combattu sous les ordres de Jackson ? demanda-t-elle.

Il secoua la tête, l'air ennuyé.

— J'ai combattu avec Jackson à La Nouvelle-Orléans. C'était un commandant et un homme extraordinaire. Mais il lui arrivait parfois de se comporter de façon tout à fait inhumaine. Il a fait exécuter deux soldats britanniques par une cour militaire alors qu'il n'en avait pas le droit ; il a pris des propriétés espagnoles, alors qu'il n'en avait sans doute pas le droit. Et Dieu sait qu'il a toujours eu terriblement envie de prendre leurs terres aux Indiens. Si vous voulez bien m'excuser, je crois que je vais aller prendre l'air.

Sur ces mots, Jarrett inclina légèrement la tête et sortit.

Décontenancée, Tara considéra Robert d'un air interrogateur.

— Je n'aurais pas dû reparler de tout cela, murmura le jeune homme.

— Pourquoi ?

Robert lui montra une autre page du carnet à dessin qui la surprit. C'était une aquarelle particulièrement réussie sur laquelle on reconnaissait Jarrett et

James sur fond de nature sauvage, se tournant le dos, une expression grave sur le visage. Jarrett était vêtu d'une redingote noire, de hautes bottes, d'un pantalon moulant et d'une chemise blanche à jabot. James portait un pantalon et des bottes en daim. Un simple croissant en argent pendait à son cou et un turban rouge ceignait ses cheveux très noirs.

— C'est bizarre, ils ont tous les deux une telle passion pour ce territoire ! dit pensivement Robert. Et les voilà emportés dans le tumulte. Jarrett a toujours envisagé de grandes choses pour le territoire, tout en s'arrangeant pour avoir des œillères par rapport au problème indien. Il s'est battu pour qu'il y ait des écoles, des routes, et tout au fond de son cœur, il rêve de voir la Floride devenir un État. Mais il ne veut pas se mêler de politique, il ne peut pas. Surtout maintenant, depuis que nous sommes en guerre.

— Mais il essaie toujours d'user de son influence.

— Oui, et il existe d'autres hommes raisonnables comme lui. Ils sont nombreux à penser que les Indiens d'ici — comme ceux d'ailleurs — ont été floués. Mais leurs voix ressemblent au cri solitaire des loups les soirs de pleine lune. Des routes ont été construites, le territoire continue à s'étendre. Et au fur et à mesure qu'il s'étend, de plus en plus de gens exigent que les Indiens en soient chassés, si bien que le combat de ceux qui défendent leurs droits revient à vouloir lutter contre le mouvement des marées. Aussi Jarrett s'est-il consacré corps et âme à sa propre terre, tout en essayant de continuer à faire ce qu'il peut.

Tara l'écouta en hochant la tête, puis l'embrassa sur la joue.

— Vous êtes un ami extraordinaire.

— Merci. Je crois que je vais aller le chercher pour que nous parlions un peu affaires. Regardez tout ce qui vous plaira.

Tara acquiesça. Il la laissa, et elle tourna une autre page. Robert avait dessiné à la plume une Indienne au bord d'une rivière, les mains plongées dans l'eau fraîche pour se laver le visage. Elle était très belle. Il avait su capter une expression pleine de nuances. La jeune fille devait être quelqu'un qu'il connaissait, qu'il connaissait même bien. Mais lorsque Tara se retourna pour lui poser la question, il n'était plus là.

Elle referma le carnet en se demandant si elle l'interrogerait ou non au sujet de la jeune fille. Il y avait quelque chose de vraiment spécial dans ce dessin. Une question de ce genre risquait de l'embarrasser.

Tara reposa le porte-documents sur l'étagère. Peut-être lui en dirait-il davantage un autre jour, du moins, elle l'espérait.

Elle se plongea ensuite dans un roman de pirates et ne s'aperçut qu'il commençait à faire nuit que lorsqu'elle releva la tête, sentant qu'on l'observait.

Jarrett se tenait sur le seuil. Elle se demanda depuis combien de temps il était là.

— Cette bibliothèque vous plaît ? lui demanda-t-il.

Elle hocha la tête en souriant.

— Elle est magnifique. Mais la vôtre aussi.

— La nôtre.

— La nôtre, répéta-t-elle en rougissant légèrement.

— Tout de même, j'ai l'impression que vous pourriez rester ici des journées entières.

Tara secoua la tête.

— Non.

Jarrett s'approcha du fauteuil dans lequel elle était assise et l'embrassa sur les cheveux, puis la prit par la main pour l'aider à se lever.

— Le dîner va être servi, dit-il.

Il était déjà fort tard quand ils regagnèrent Cimarron. Jarrett ne monta pas directement se coucher, mais resta en bas avec Rutger, pour le mettre au courant de ce dont il avait discuté avec Robert.

Lorsqu'il monta dans la chambre, Tara était à moitié endormie. Cependant, elle prit conscience qu'il l'observait depuis le seuil de la porte.

Jarrett souffla la dernière des bougies. Elle l'entendit se déshabiller avant de venir se glisser dans le lit, et sentit sa peau brûlante contre la sienne.

Aussitôt, il la réveilla pour lui faire l'amour avec fougue. Puis il s'étendit près d'elle en regardant fixement le plafond.

Elle avait envie de lui parler, de s'ouvrir à lui, de dire quelque chose. Mais elle savait que si elle lui posait une seule question, il s'empresserait de l'interroger à son tour. Ce qu'elle redoutait. Quelque chose d'infiniment doux, mais d'infiniment fragile, s'était depuis peu installé entre eux. Néanmoins, elle ne pouvait pas encore lui dire la vérité, bien qu'elle en mourût d'envie. Elle s'en sentait tout simplement incapable.

Aussi resta-t-elle allongée en silence, tendrement blottie entre ses bras.

Ce que cette époque troublée ne lui permettrait pas de faire très longtemps.

Quand le jour se leva, il y avait à peine deux semaines qu'ils étaient revenus du village du frère de Jarrett. Tara, qui était en train de ramasser des fleurs, se figea en entendant une soudaine animation du côté de l'embarcadère. Puis elle traversa la pelouse et vit avec appréhension qu'un autre bateau militaire avait remonté la rivière et s'apprêtait à accoster.

— Maudits soient-ils ! marmonna-t-elle entre ses dents.

Elle resta pétrifiée un instant, tout en sachant qu'elle ne disposait d'aucun pouvoir pour faire disparaître ce bateau comme par enchantement. Puis elle alla prévenir Jeeves qu'ils auraient de la compagnie ce soir.

Jeeves était dans le vestibule, en train d'expliquer aux jeunes femmes de chambre comment faire briller l'argenterie.

— Il semble que Tyler Argosy soit de retour. J'ignore encore combien d'hommes il amène avec lui, mais je suppose que nous aurons au moins trois invités supplémentaires à dîner.

Jeeves hocha la tête.

— Très bien, je vais en informer la cuisinière, Mrs. McKenzie.

Tara lui tendit un bouquet de fleurs.

— S'il vous plaît, veillez à les mettre sur la petite table de l'entrée. Et puis, ajoutez quelque chose au menu que nous avions prévu. Je vous laisse choisir le vin. Cette fois, je veux à tout prix savoir ce qu'ils sont venus faire ici !

Sans attendre sa réponse, elle tourna les talons et se précipita hors de la maison pour se rendre à l'embarcadère. Jarrett n'était pas là, il était parti à cheval à l'autre bout de la propriété, et bien qu'on ait dû l'informer de l'arrivée du bateau, il n'était pas encore de retour. Pas plus que ne l'était Rutger. Léo Hume attendait sur le ponton, prêt à accueillir les militaires qui n'allaient pas tarder à descendre à terre.

— Bonjour, Mrs. McKenzie.

— Bonjour, Léo, répondit-elle avec un sourire aimable en se plantant d'un air déterminé à ses côtés.

Il la regarda d'un air mal à l'aise, mais tandis qu'on donnait des ordres pour jeter l'ancre, Tara resta là, imperturbable. Tyler Argosy fut le premier à descendre du bateau, et il fut apparemment enchanté de l'apercevoir.

— Tara McKenzie ! s'écria-t-il en la saluant la première et en prenant ses mains dans les siennes.

Puis il se tourna vers Léo.

— Bonjour, Léo.

— Bonjour, capitaine. On est parti prévenir Mr. McKenzie. Il ne va pas tarder.

— Merci, Léo, dit Tyler en reportant son attention sur Tara. C'est très bien ainsi : Mrs. McKenzie est beaucoup plus belle à regarder.

— Ah, capitaine Argosy! Vous me flattez! minauda-t-elle en modulant sa voix. À quoi devons-nous le plaisir de vous revoir?

— Oh, Tara! Vous êtes vraiment trop adorable, dit-il doucement en s'approchant. Ma présence ici est loin de vous être agréable, ma chère, et j'en suis conscient. Vous devez vous demander pourquoi ce satané soldat est encore venu vous enlever votre mari.

— Parce que vous allez encore me l'enlever?

— Pas pour très longtemps, du moins, je l'espère. Toutefois, je vous assure que je ne peux guère faire autrement.

Tara n'eut cependant pas l'occasion d'en apprendre davantage, car Jarrett arriva sur Charlemagne, sauta à terre, l'air préoccupé, et retira son gant pour serrer la main de Tyler.

— Bonjour, Tyler. Que se passe-t-il?

Tyler jeta un coup d'œil en biais vers Tara.

— Peut-être pourrions-nous aller bavarder dans la bibliothèque?

— Oui, nous pouvons peut-être tous y aller, dit doucement Tara.

— Tara... commença Jarrett.

— Aujourd'hui, vous êtes seul, capitaine? Où sont vos deux jeunes sergents?

Tyler regarda Jarrett, qui prit sa femme par les épaules et la dirigea vers la maison.

— Mon amour, soyez gentille d'aller dire à Jeeves que le capitaine Tyler dînera avec nous.

— C'est déjà fait, *mon amour,* rétorqua-t-elle en souriant.

— Mais il ne sait sans doute pas que Tyler est tout seul. Tyler, avez-vous une préférence pour un vin ?

— Certainement ! Ce délicieux bordeaux !

— Tara, vous voulez bien y aller, s'il vous plaît ?

Son ton était ferme. Il était clair que les deux hommes cherchaient à l'éloigner.

Elle les dévisagea tour à tour.

— Tôt ou tard, vous devrez me dire ce qui se passe !

Puis elle repartit en hâte vers la maison.

Arrivée sur le perron, elle se retourna, et se dit que les nouvelles qu'apportait Tyler devaient être graves. Lui et Jarrett étaient en grande conversation, et le visage de son mari lui parut plus tendu et plus sombre que jamais. Léo et quelques hommes avaient formé un cercle autour d'eux et les écoutaient d'un air inquiet.

Tara alla trouver Jeeves, puis revint dans le vestibule où elle commença à marcher de long en large, attendant que les hommes se rendent dans la bibliothèque.

Mais ils avaient apparemment décidé de discuter sur la pelouse, maintenant qu'elle n'était plus là !

Jeeves vint la rejoindre et la regarda d'un air consterné. Enfin, elle s'arrêta.

— C'est de la folie ! s'exclama-t-elle. Ils veulent toujours tenir les femmes à l'écart de leurs conversations, mais ce ne sont pas les conversations qui apportent le malheur, elles ne font qu'en prévenir ! Je suis sûre que les maris des femmes qui ont été massacrées dans leur maison avaient pris soin de ne pas les mettre au courant du danger qui les menaçait !

— Mrs. McKenzie, vous ne risquez rien, vous le savez bien.

Tara ferma les yeux un instant. Pauvre Jeeves ! Il n'avait pas la moindre idée des dangers qui la menaçaient au-delà de cet univers.

— Excusez-moi, Jeeves. Vous vouliez quelque chose ?

— Mr. McKenzie a fait dire qu'ils ne reviendraient pas à la maison avant le dîner ; ces messieurs vous retrouveront à table à six heures.

Elle se figea.

— Parfait ! dit-elle doucement.

Qu'espéraient-ils réussir à lui cacher ? Les journaux arrivaient régulièrement, même si c'était avec retard. Tôt ou tard, elle finirait par apprendre ce qui se passait.

— Merci, Jeeves. J'irai rejoindre ces messieurs tout à l'heure.

Elle monta dans sa chambre, tremblante d'inquiétude et de colère tandis qu'elle se changeait pour le dîner. S'appliquant à être aussi parfaite que possible, elle remonta ses cheveux en chignon, enfila une robe vert émeraude largement échancrée et mit un collier garni d'une minuscule perle pour attirer l'attention sur son ravissant décolleté. Elle était en train de mettre du parfum derrière l'oreille lorsqu'on frappa à la porte.

Ce n'était pas Jarrett. Il ne se donnait jamais la peine de frapper.

Tara se leva pour ouvrir, s'attendant à voir Jeeves revenir la prévenir que les hommes dîneraient finalement sur le bateau — et l'éviteraient ainsi toute la soirée.

Mais ce n'était pas Jeeves qui se tenait sur le seuil, c'était Robert. Poussant un cri de joie, Tara se jeta dans ses bras pour l'embrasser avec fougue.

Il la serra dans ses bras, puis s'écarta aussitôt.

— Ça, Mrs. McKenzie, c'est le genre d'accueil qui donne envie de repartir, uniquement pour avoir le plaisir de revenir. Malheureusement, je crois que je courrais alors le risque de me faire abattre !

Tara sourit.

— En tout cas, pas question de vous laisser repartir pour l'instant. Jarrett m'évite. Il est avec Tyler Argosy.

— Oh ! dit Robert.

En voyant son regard, elle comprit instantanément qu'il cherchait lui aussi à lui cacher quelque chose.

— Robert, si vous savez quelque chose...

— Vous ne voudriez quand même pas que je me fasse tuer ?

— Non, bien sûr.

— D'ailleurs, je ne sais sûrement rien que vous ne sachiez. Mais si vous vous comportiez en bonne maîtresse de maison et descendiez m'offrir un verre, je serais ravi de vous faire part de ce que je sais.

— Venez ! dit-elle en se dirigeant vers l'escalier. Je veux bien vous arroser de whisky si vous acceptez de m'éclairer un tant soit peu sur ce qui se passe !

Dans la bibliothèque, elle servit un verre de whisky à Robert, puis se versa un cognac et se laissa tomber sur le sofa qui occupait le centre de la pièce. Mais Robert ne semblait nullement disposé à lui révéler si facilement ses secrets.

— Comment allez-vous ? J'ai entendu parler de votre équipée en pleine forêt. Mais vous êtes revenue depuis déjà pas mal de temps. Comment ça se passe ici ?

— Très bien, répondit-elle en pointant vers lui un doigt accusateur. Vous auriez dû me parler de la famille de Jarrett. Et comment êtes-vous au courant de mon excursion dans la forêt ?

— Ce n'était pas à moi de vous parler de sa famille. Jarrett l'aurait sûrement fait.

— Sans doute, quand nous aurions été vieux et grisonnants sur notre lit de mort.

Robert se fendit d'un sourire.

— Il est trop proche de son frère. Il n'aurait pas attendu aussi longtemps ! Je suis au courant de votre excursion parce que je reviens du village. Je vais vous en dire plus, mais finissez d'abord.

Tara secoua la tête.

— Je vais très bien.

— Vous en avez l'air. Pour être franc, vous êtes radieuse. Plus belle que jamais.

— Merci. Peut-être que je finis par m'adapter, dit-elle doucement. Je ne suis presque plus jalouse de Lisa ! Oh, Robert, je suis allée sur sa tombe, et Mary et Naomi m'ont raconté ce qui lui était arrivé. Je regrette sincèrement ! Pour tout le monde.

Robert contemplait son verre, un drôle de sourire aux lèvres.

— Oui, cette histoire a été une vraie tragédie. Mais vous n'auriez pas dû être jalouse de Lisa. Vous l'auriez sûrement beaucoup aimée.

— C'est seulement que...

— Que quoi ?

— Jarrett l'aime toujours.

Le jeune homme se tut une minute.

— Vous savez, Tara, il peut continuer à l'aimer dans son cœur tout en vous aimant follement.

Elle haussa les épaules.

— Ah, mais à vous, je ne peux pas cacher grand-chose. Vous savez parfaitement de quelle façon je suis arrivée ici !

— La façon dont vous êtes arrivée ici est sans importance. Ce qui compte, c'est que vous soyez là.

— Vous êtes gentil. Et maintenant, assez tergiversé, monsieur ! Que savez-vous que j'ignore encore ?

— Nous sommes en guerre, et les choses ne font que s'aggraver.

— Mais y a-t-il des nouvelles que j'ignore ? Il peut difficilement y avoir plus affreux que ce qui est arrivé au major Dade !

Robert but une longue rasade de whisky, qu'il garda un instant dans sa bouche avant de l'avaler.

— James McKenzie va partir avec sa tribu, dit-il en posant son verre vide sur le bureau.

— Comment ? s'écria Tara. Mais je croyais que sa terre...

— Sa terre est progressivement envahie. Le traité de Moultrie Creek n'est qu'un bout de papier sans aucune valeur, dont les politiciens se servent pour se renvoyer la balle.

— Mais Jarrett est propriétaire d'une grande partie de ces terres.

— Tara ! dit Robert en venant s'agenouiller près d'elle et en lui retirant son verre des mains pour les prendre dans les siennes. James a du sang blanc dans les veines, et il respecte la mémoire de son père. Mais sa mère est séminole, sa femme est séminole, ses enfants sont séminoles, et sa vie est séminole. Cette guerre le touche de trop près. Il doit emmener son peuple afin d'échapper aux soldats qui ratissent les bois et ont ordre d'expédier les Indiens à l'ouest. Vous ne comprenez pas que James n'a pas le choix ?

— Mais Jarrett peut...

— Non, Tara. Jarrett ne peut pas l'en empêcher. Ce serait une grave erreur ; il risquerait de mettre la vie de son frère en danger. Il faut que vous le compreniez.

— C'est complètement fou ! Jarret et James sont frères. Vous-même avez d'excellents amis parmi ce peuple. Je ne vois pas...

— C'est là tout le problème, Tara ! C'est nous qui avons entraîné ces gens au désastre. Ils souffrent dans leur chair et dans leur sang. Ces petits enfants que nous adorons, ces hommes que nous admirons et ces femmes que nous aimons. Même vous, Tara. Au début, vous vous rappelez comme la simple idée des Séminoles vous effrayait ?

— Je continue à avoir le bon sens de craindre les guerriers assoiffés de revanche.

— Mais Osceola est le plus farouche des guerriers. Avez-vous peur de lui ?

— Je suis la femme de Jarrett, répondit-elle simplement.

Robert sourit.

— Il faut que vous vous efforciez de mieux comprendre ce qu'aucun homme n'est en mesure de vraiment expliquer.

Tara ignorait si elle comprenait quelque chose ou pas, mais quand elle redressa la tête, elle éprouva un soudain malaise.

Jarrett était sur le seuil de la porte.

Robert resta à genoux devant elle en lui tenant chaleureusement les mains. Le tableau devait être plutôt déconcertant.

Tara voulut retirer ses mains, mais n'osa pas. Prendre un air coupable n'était d'ailleurs pas nécessaire, puisque Robert et elle étaient parfaitement innocents. Lentement, elle se leva en se tournant vers la porte.

— Jarrett est là, Robert. Et le capitaine Argosy est avec lui. Peut-être accepteront-ils de nous dire ce qu'ils comptent faire dans les semaines qui viennent, à défaut de nous en expliquer la raison!

Robert se releva prestement pour serrer la main des deux hommes. Si la poignée de main de Jarrett manqua d'enthousiasme, Robert ne sembla pas y prêter attention. Tara fut la seule à remarquer l'intensité farouche de son regard d'ébène, tout comme la chaleur qui semblait émaner de lui au moindre de ses mouvements, gracieux comme ceux d'un félin.

— Il n'y a aucune raison que vous ignoriez, mon amour, dit Jarrett en venant se placer derrière elle, la main sur son épaule. Nous sommes en guerre, un point c'est tout. Mais le dîner est servi. Allons-y, voulez-vous?

Il l'escorta jusqu'à la salle à manger. Robert et Tyler les suivirent. Pendant le repas, Jarrett veilla à entretenir la conversation, encourageant Tyler à mettre Tara au courant des dernières mondanités de Tampa, bien qu'elles fussent de plus en plus rares. Néanmoins, quelle que soit l'importance des événements se déroulant dans le monde, les potins continuaient d'aller bon train.

Vers le milieu du repas, Robert répéta à Jarrett ce qu'il avait dit un peu plus tôt à Tara. Il avait vu juste : malgré l'expression profondément peinée qui apparut sur son visage, Jarrett n'avait aucunement l'intention de s'opposer à la décision de son frère.

— Bien entendu, James espère te voir en personne, mais étant donné les circonstances...

Robert n'acheva pas sa phrase.

— Quelles sont exactement ces circonstances? demanda Tara.

Tyler, mal à l'aise, garda le silence. Jarrett prit son verre de vin qu'il fit tourner dans sa main.

— Des dizaines de maisons ont été détruites. Et des fermiers tués. Des riches, des pauvres. Mais vous le savez déjà.

Tara sentit un frisson la parcourir.

Jarrett poursuivit :

— Les militaires ont également beaucoup souffert, en dépit des troupes fédérales envoyées en renfort. Plusieurs hommes de confiance ont été envoyés ici, mais la milice locale s'est retirée. Les hommes sont impatients de rentrer chez eux afin de protéger leur propre famille. Les fédéraux ne connaissent pas ou très peu le terrain; ils s'enfoncent dans les marécages, où les Indiens les tuent avant de se faufiler à travers les broussailles pour descendre les rivières en canoë.

— Alors, vous allez repartir? demanda Tara.

— Tara, je suis bien placé pour les aider, expliqua Jarrett.

Sa voix contenait une irritation manifeste, et elle vit son regard noir se poser lourdement sur Robert. Était-il inquiet de la laisser à nouveau? Ces derniers jours avaient-ils eu si peu de sens à ses yeux?

D'ailleurs, n'aurait-elle pas dû elle-même s'inquiéter ? Craindre qu'une autre femme appartenant à son passé, l'ayant réconforté et distrait de son chagrin après la disparition de Lisa, puisse lui offrir quelque chose qu'elle n'avait pas ?

Comme la confiance et la franchise ? se demanda-t-elle avec angoisse.

— Jarrett, vous n'êtes sûrement pas le seul être humain sur terre capable de résoudre ce problème ! lança-t-elle en guise de protestation.

Tyler se pencha soudain en avant.

— Le sergent Culpeper a été tué la semaine dernière, Tara. Lors d'un accrochage avec l'un des lieutenants d'Osceola, Coacoochee, ou Wildcat.

Elle avala péniblement sa salive. Cette nouvelle lui fit infiniment de peine. Elle revoyait le sergent Culpeper, assis dans cette même pièce, juste en face d'elle. Si poli, et si jeune. Avec tant d'années encore à vivre !

Son regard s'arrêta sur Jarrett.

— Osceola a fait parvenir un message au général Clinch, juste après avoir échappé à une embuscade. Pour dire au général que si les Blancs avaient des fusils, lui aussi en avait. Que si les Blancs avaient de la poudre et des munitions, lui aussi en avait. Les Blancs se battront jusqu'à ce que la dernière goutte de sang séminole imbibe le sol de ce territoire.

— Mais que vient faire Jarrett dans tout ceci ? demanda Tara.

— Jarrett peut aller voir Osceola. Peu d'hommes blancs le peuvent.

Osceola ! Elle aurait voulu pouvoir l'étrangler de ses propres mains ! Mais, elle ne pouvait que s'effondrer sur la table et pleurer le pauvre sergent Culpeper. Et tant d'autres... Tout à coup, son cœur se durcit en pensant à Naomi, à Mary et aux filles. Mais Robert avait dit vrai : tous ces gens étaient inextricablement liés, et aucun d'eux n'était heureux de se retrouver dans les camps opposés d'une guerre douloureuse et dévastatrice.

Le repas était terminé, bien que les assiettes fussent encore à moitié pleines. D'une seconde à l'autre, Jeeves allait arriver et proposer aux hommes de leur apporter des liqueurs et des cigares dans la bibliothèque. Et ils recommenceraient à parler, sans elle.

— Eh bien, puisque vous avez décidé de faire le travail de l'armée, Jarrett, je suppose que vous partirez demain matin. Tyler...

Tara s'arrêta un instant. Elle était sur le point de lui dire que sa simple vue la rendait malade, mais elle réussit à tenir sa langue et à lui dire quelques mots tout aussi sincères.

— Faites attention à vous, capitaine. Sous le feu, n'oubliez pas de baisser la tête.

Les hommes se levèrent. Tyler la salua d'un air grave, sachant qu'il ne pourrait rien ajouter qu'elle eût plaisir à entendre. Robert lui prit les mains et l'embrassa sur la joue.

Elle évita habilement Jarrett et s'éclipsa gracieusement de la pièce.

Au lieu de remonter directement dans sa chambre, Tara s'attarda quelques minutes sur la véranda. La nuit était fraîche, mais plutôt douce. Elle repensa à Molly, nageant avec insouciance dans l'eau limpide, aux chansons qui s'élevaient joyeusement dans les champs, aux éclats de rire des domestiques dans la maison, à ces nuits pendant lesquelles elle avait tenu dans ses bras son mari et le bonheur. Soudain, elle eut peur de voir tout ceci disparaître. Si Jarrett s'en allait...

— Ah, si seulement je pouvais lire dans vos pensées ! Et rendre sa sérénité à ce front inquiet !

Tara fit volte-face. Robert était venu la rejoindre.

— Lire dans mes pensées n'a rien de très difficile. Je suis en colère. Je suis désolée pour James, et furieuse contre Jarrett. Il ne peut pas mettre fin à cette guerre! Il ne peut pas contrôler Osceola!

— Et il ne peut pas renvoyer Tyler quand celui-ci lui demande de transmettre ses conditions à Osceola.

— Tyler peut encore passer dix ans à transmettre des conditions à Osceola. Et je le déteste. Tant de gens sont morts, et le sergent Culpeper... Oh, Lisa s'en serait certainement beaucoup mieux tirée que moi!

— Elle aurait été bouleversée.

— Comment pouvez-vous le savoir? s'écria Tara avec passion.

— Ma foi, je l'ai connue toute ma vie, répondit Robert sur la défensive.

— Comment?

Il resta silencieux un moment, puis inclina légèrement la tête en la regardant attentivement.

— Vous voulez dire que Jarrett ne vous a jamais parlé du lien qui nous unissait? Vous ne... vous ne savez toujours pas?

— Oh! Seigneur, qu'est-ce que je ne sais toujours pas?

Robert sourit en secouant lentement la tête.

— Rassurez-vous, rien de comparable avec le fait que vous êtes apparentée à une tribu d'Indiens, bien que ce ne soit pas si différent. Lisa était ma sœur.

— Pardon?

— Lisa était ma sœur. Je suis venu ici avec elle quand Jarrett a acheté ces terres, nous avons été amis dès le départ. Nous...

Il s'interrompit et prit un air inquiet en voyant la réaction de Tara.

Brusquement, le monde s'était mis à tourner. À toute vitesse. *Sa sœur!* Oh, une fois de plus elle s'était couverte de ridicule. Qu'avait-elle dit à Robert? N'avait-elle pas eu des paroles blessantes, à cause de sa fichue jalousie, ou fait quoi que ce soit qui ait pu lui faire du mal? Elle l'avait obligé à l'écouter, alors qu'il devait être inconsolable d'avoir perdu un être qu'il avait aimé. Pourvu qu'elle n'ait rien dit de tel! Robert avait toujours été si gentil avec elle.

Maudit soit Jarrett!

La tête continuait à lui tourner. C'était absurde, mais elle craignait de se comporter comme une ravissante idiote et de s'évanouir sur la véranda. Elle vacilla. Robert se précipita pour la retenir.

À la seconde où il la rattrapa dans ses bras, Jarrett arriva à son tour.

Tara luttait pour reprendre ses esprits. Battant des cils et serrant des dents, elle dut faire appel à toute sa volonté pour trouver la force de se tenir debout toute seule. Robert voulut l'aider. Jarrett se tenait immobile sur le seuil, et sa silhouette imposante faisait penser à une statue de bronze. Il s'approcha de Robert et de Tara, ne semblant pour une fois nullement d'humeur à mâcher ses mots à leur égard.

Il arracha Tara à l'emprise de Robert en l'agrippant fermement par le bras.

— Eh bien, mon amour, je ne suis pas sûr que vous serez si malheureuse et si seule pendant mon absence.

— Jarrett! protesta Robert.

Mais Tara n'avait pas l'intention d'en rester là. Laissant exploser sa colère, elle administra une claque d'une violence inouïe sur la joue de Jarrett. Il fut si stupéfait qu'il la lâcha, et elle en profita pour filer à l'intérieur de la maison.

Arrivée dans la chambre, elle s'arrêta devant la fenêtre pour respirer. Elle avait l'impression d'étouffer. Au bout de quelques minutes, sa respiration redevint régulière. Mais elle n'arrivait toujours pas à réfléchir.

Elle resta là, à fixer la pelouse obscure, le dos raide.

Peu après, elle entendit Jarrett entrer dans la chambre et sentit son regard se poser sur elle.

— Comment osez-vous ! s'écria-t-elle au bout d'un instant en tremblant. Comment osez-vous nous accuser alors que vous m'avez une fois de plus caché la vérité ?

— Quelle vérité ?

— Robert est votre beau-frère !

— Qu'est-ce que ça change ? demanda Jarrett l'air furieux.

— Oh, mon Dieu ! souffla-t-elle. Vous ne m'avez rien dit, vous ne m'avez pas prévenue ! Et je lui ai dit tant de choses !

— Si vous avez fait preuve d'indiscrétion, vous ne pouvez vous en prendre qu'à vous !

— J'aurais pris garde à ne pas le blesser ! rétorqua-t-elle avec rage. Je ne lui aurais pas parlé de Lisa. Si vous n'aviez pas gardé pour vous ce secret...

— Je ne tenais à garder aucun secret ! Et d'ailleurs, pourquoi pas ? Votre vie à vous n'est qu'un immense et perpétuel secret !

— Et la vôtre n'est qu'une suite de compromis !

— Pour l'instant, nous ne parlons pas de moi.

— Eh bien, moi, si ! Et du fait que vous allez encore une fois m'abandonner !

— Bon sang, Tara, je dois partir !

— Oui, vous devez ! Vous, toujours vous ! Vous ne pouvez vous battre ni pour eux ni contre eux, mais vous devez aller convaincre cet assassin d'Osceola de mettre fin à cette guerre !

— Oui, je dois essayer, Tara. Pour les Séminoles et pour les Blancs, je le dois !

— Et vous croyez que vous aurez le pouvoir de convaincre Osceola d'arrêter toute cette violence, de forcer un peuple entier à se rendre à l'ouest, pour aller vivre sur des terres arides ?

— Tara... dit-il plus bas.

Mais rien ne semblait pouvoir l'arrêter.

— En tout cas, McKenzie, si vous ne parvenez pas à convaincre Osceola, vous devrez cesser d'être ami avec lui ! dit-elle en s'échauffant. Vous feriez mieux de renoncer à négocier avec lui ! Et laisser les autres s'en charger. Vous avez des scrupules à prendre les armes contre votre frère, mais Osceola ne se gêne pas pour faire la guerre aux Blancs. Tout ceci est de la folie ! Quelqu'un d'autre devrait y aller, quelqu'un qui pourrait l'approcher d'assez près pour le tuer !

— Si quelqu'un tuait Osceola comme cela, répliqua Jarrett avec colère, nous aurions un martyr sur les bras !

— Vous ne devriez pas vous en mêler ! Vous pouvez refuser de le voir, de lui parler ! Jarrett, pensez à toutes ces plantations brûlées, à tous ces gens massacrés !

— Des villages indiens ont également été rasés.

— Vous êtes blanc ! Vous êtes blanc !

Tara n'aurait su dire exactement ce qui la rendait aussi hystérique. Peut-être était-ce la mort du sergent Culpeper. À moins que ce ne soit la peur et la colère qui s'étaient accumulées dans son cœur.

— Je n'irai pas faire la guerre contre mon frère ! tonna-t-il.

— Mais vous êtes prompt à douter de votre beau-frère ! Et de moi !

— Je n'ai jamais vraiment douté de Robert.

— C'est donc uniquement de moi que vous avez douté, sur la véranda, faisant preuve d'un manque flagrant de manières !

— De manières ? répéta-t-il en levant les sourcils. Vous semblez oublier où je vous ai trouvée.

— Non, je ne l'oublie pas. Vous ne m'en laissez guère l'occasion.

— Je ne peux pas être différent de ce que je suis ! Et si j'ai l'air perturbé, c'est sans doute uniquement parce que vous vous empressez de courir le rejoindre à la moindre occasion !

— Sa compagnie est beaucoup plus agréable que la vôtre !

Jarrett resta immobile un instant. Une veine bleue battait le long de son cou.

— Malheureusement, il est possible qu'il parte demain avec moi, dit-il plus doucement. Vous devrez donc vous passer de sa charmante compagnie.

— Parce que vous allez vraiment partir ? Ce que je dis n'a donc aucune importance pour vous ?

— Vous êtes ma femme. J'aimerais que vous compreniez mon point de vue et que vous le respectiez !

Tara se raidit.

— Je n'ai pas le droit d'avoir un point de vue ?

— Bon sang, Tara, vous avez vu...

— Puisque c'est comme ça, il se peut que vous n'ayez plus de femme !

Mais que lui arrivait-il ? Elle était toute retournée et ne voulait pas qu'il s'en aille. Il ne demandait qu'à vivre en paix auprès des siens. Mais la guerre donnait lieu à une épouvantable escalade ; c'était affreux. Jarrett ne pourrait pas rester là, à vivre en paix. Les militaires étaient venus le chercher, et il allait partir. Si Osceola était venu le chercher, sans doute serait-il parti aussi. Et lorsqu'il s'en irait, son cœur l'accompagnerait, et elle prierait le ciel pour qu'un homme de son peuple, furieux de sa prise de position, ne le tue pas, ou pour que quelque Indien en fuite, nourrissant une inextinguible haine envers tous les Blancs, ne décide de le couper en petits morceaux.

— Que je n'aie plus de femme ? répéta-t-il d'une voix vibrante, mêlée de colère et d'émotion.

Tous ses muscles étaient contractés. Un lourd silence emplit la chambre. Jarrett n'arrêtait pas d'ouvrir et de fermer nerveusement les poings.

— C'est bien possible, en effet! s'écria-t-elle, regrettant de tout son cœur d'avoir provoqué cette dispute.

Bien qu'elle eût conscience d'être allée trop loin, la colère de Jarrett l'effraya soudain. *Courage!* se dit-elle. Elle ne pouvait tout de même pas s'avouer vaincue, pas maintenant, après en être arrivée là. Redressant les épaules, elle passa devant lui, décidée à descendre au rez-de-chaussée en attendant qu'il soit calmé.

Cependant, elle n'en eut pas l'occasion. Jarrett l'agrippa par le bras au passage.

— Plus de femme, hein?

Ses yeux n'avaient jamais été si sombres, bien qu'animés d'une flamboyante lueur. La pression de ses mains s'accentua, et ses doigts s'enfoncèrent dans la chair de Tara. La rage qui l'habitait avait créé un espace infernal entre eux.

— Vous ne vous donnez pas la peine de me traiter comme telle! rétorqua-t-elle, le regard brillant.

Seigneur, elle était folle de le pousser ainsi à bout!

— Une vraie femme a le droit d'exprimer son opinion! reprit-elle. Si Lisa était là, elle vous dirait de ne pas partir.

— Jamais Lisa ne m'aurait dicté ce que je dois faire! Lisa connaissait la situation, elle la connaissait bien, nous partagions...

Jarrett s'arrêta brusquement.

— Lisa connaissait la situation, répéta-t-il.

— Et elle n'avait pas peur, et elle comprenait, je sais!

— Et elle est morte!

— Mais vous l'auriez traitée comme on doit traiter une épouse. Vous auriez écouté...

Jarrett ne saurait jamais ce qu'elle avait voulu dire. Il l'interrompit à nouveau.

— Vous vous trompez lourdement! Mon plus grand plaisir dans la vie est justement de vous traiter comme ma femme!

— Penser aux fantômes est votre plus grand plaisir !

Elle n'aurait pas dû dire cela. Il ferma les yeux et serra des dents.

— Inutile de vous affoler. Ce soir, il n'y a ici aucun fantôme.

— Elle ne cesse de hanter vos pensées.

— Ou plutôt les vôtres ! Laissez-la en paix, Tara ! Je vous le demande, laissez-la reposer en paix !

— Je...

— Ça suffit !

Tara étouffa un cri, car il la souleva soudain dans ses bras et traversa la chambre à grandes enjambées pour la jeter sur le lit.

— Vous ne pouvez pas vouloir me quitter comme ça et me posséder en même temps !

— Je ne supporterai pas de partir sans vous avoir possédée encore une fois !

— Bon sang, Jarrett ! Si vous croyez que vous pouvez partir et me...

Il se coucha de tout son long sur elle en lui tenant les mains, et ses lèvres brûlantes prirent les siennes avec autorité. Oh, elle mourait d'envie de le repousser, de le défier et de se montrer glaciale à son égard !

Cependant, malgré elle, son corps s'enflamma. Le sang se mit à bouillonner dans ses veines. Une douleur lancinante monta en elle. Elle avait un désir fou de sentir son poids sur elle, ses caresses et sa chaleur. Et elle comprenait parfaitement ce qu'il venait de dire, car elle non plus n'aurait pu supporter l'idée de le laisser partir sans qu'il l'ait touchée. Sans l'avoir laissée le tenir entre ses bras, pour se souvenir de son odeur, de la douceur de sa peau, de la fermeté de ses muscles saillants, de la chaleur de son souffle et de ses baisers.

Jarrett s'écarta de sa bouche pour la laisser reprendre haleine. Tara détourna vivement la tête.

— Je vous déteste ! murmura-t-elle d'une voix rauque. Je vous maudis !

Sans prêter attention à ses paroles, il l'enlaça à nouveau pour l'embrasser. Des flammes bleues semblaient crépiter tout autour d'eux. Elle voulut le bourrer de coups de poing, mais ses bras puissants l'emprisonnèrent. L'envie qu'il avait d'elle était inimaginable, étourdissante, comme une tempête violente et douce à la fois.

Et à peine se fut-elle abandonnée à ce cataclysme, tout recommença. Ses mains et ses lèvres l'effleurèrent, légèrement, lentement. Il l'excita, la caressa. Le cou, le ventre. Les cuisses et les reins. Les seins et la bouche, et au cœur même de son désir. Et une fois encore, une onde brûlante de plaisir l'envahit, plus forte et plus intense, et elle se laissa retomber sur le lit, profondément malheureuse.

Tout ceci n'avait aucun sens. Il allait partir. Et il était furieux contre elle.

— Tara ! dit-il en lui touchant l'épaule lorsqu'elle lui tourna le dos.

— Je vous déteste ! répéta-t-elle dans un murmure.

Jarrett resta un instant silencieux.

— En effet, vous n'êtes peut-être pas la femme qu'il me fallait ! dit-il enfin à voix basse.

Sa voix était atone. Empreinte d'une profonde déception.

À cette seconde même, elle aurait dû se retourner. Mais elle ne sentait plus sa chaleur, car il s'était détourné à son tour.

Le quitter sur des paroles si amères n'était pas du tout ce qu'elle voulait. Elle aurait voulu qu'il comprenne qu'elle avait peur. Pas pour elle. Pour lui. Et qu'elle ne voulait pas être loin de lui. Les mots semblaient incapables de traduire ce qu'elle ressentait. Elle redoutait de lui dire la vérité.

Tout à coup, Tara repensa à ce qu'il lui avait dit :

c'était elle, et non lui, qui parlait sans cesse de Lisa. C'était peut-être vrai. Effectivement, il l'avait beaucoup aimée. Mais peut-être vivait-il davantage dans le présent qu'elle ne le faisait elle-même en s'évertuant à remuer sans cesse le passé.

Elle s'humecta les lèvres, cherchant à lui dire quelque chose. Mais les mots ne vinrent pas. Et elle resta étendue, les yeux grands ouverts, misérable.

Finalement, elle se tourna vers lui.

— Jarrett? chuchota-t-elle doucement.

Elle se répéta mentalement ce qu'elle allait lui dire. *Je voudrais juste que vous ne partiez pas. Je crains que vous ne puissiez rester neutre éternellement, et que les soldats blancs ne se retournent contre vous, ou qu'un Indien en fuite ne vous transperce le cœur d'un coup de fusil ou d'une flèche. J'ai peur que vous ne reveniez pas, et maintenant j'ai peur que vous n'ayez même plus envie de revenir.*

— Jarrett? chuchota-t-elle à nouveau.

Il ne répondit pas. Tara se mordit la lèvre. Triste et infiniment malheureuse. Il lui avait tourné le dos — indifférent à son égard. Elle l'avait déjà déçu une fois, et il devait l'être maintenant doublement. Elle lui avait dit qu'elle le détestait. Si seulement elle avait pu revenir sur ses mots.

Elle avait envie de lui dire...

— Jarrett! Je vous aime! murmura-t-elle distinctement.

Mais elle parlait à son dos couleur de cuivre. À nouveau, elle se mordit la lèvre tout en tendant l'oreille. Sa respiration était profonde, régulière.

Il ne l'avait pas entendue. Elle avait trouvé les mots justes, mais trop tard.

À moins qu'il ne l'ait entendue. Et fasse maintenant semblant de dormir parce qu'il s'en fichait.

Des sanglots dans la gorge, elle se tourna encore une fois vers lui, en proie à une insupportable agonie.

Néanmoins, Tara finit par s'endormir. Car lorsqu'elle rouvrit les yeux, une lumière d'un jaune éclatant inondait la chambre. Les chandelles et le feu étaient éteints. De minuscules particules de poussière scintillantes flottaient dans les rayons du soleil.

Le lit était glacé.

Elle se retourna vivement. Le lit était vide.

Une fois de plus, Jarrett était parti.

Et elle réalisa que, comme le lit, elle était vide.

Elle avait froid.

Horriblement froid.

18

Pendant plusieurs jours après le départ de Jarrett, Tara ne fit pas grand-chose en dehors d'aller et venir comme un automate dans la maison. Le quatrième matin, alors qu'elle était assise devant sa coiffeuse en train de se brosser les cheveux, elle repensa à ce que Robert était venu leur dire.

James, Naomi, Mary, les enfants et tout le village allaient bientôt partir, et elle ne savait pas s'ils iraient loin, ni même si elle pourrait les revoir une fois qu'ils seraient partis. Depuis le départ de Jarrett, non seulement elle était accablée par la manière dont ils s'étaient quittés, mais elle était affreusement angoissée, se sentait seule et mourait d'envie d'avoir de la compagnie.

Consciente que les sentiers devenaient de plus en plus dangereux, Tara alla d'abord trouver Rutger, dans l'espoir que les employés de Jarrett ne lui refuseraient pas le droit de se rendre au village. S'efforçant de prendre un ton détaché, elle lui expliqua qu'elle souhaitait aller passer quelque temps avec sa belle-sœur et attendit sa réponse en retenant son souffle.

Néanmoins, il n'émit guère plus d'objections que si elle lui avait demandé d'aller faire un tour dans le jardin.

— Je ne sais pas exactement où se trouve le camp, Mrs. McKenzie, mais je vais envoyer Peter en éclaireur, et il préviendra une des sentinelles du village. Léo et moi vous escorterons à travers les marécages jusqu'à ce qu'ils viennent à notre rencontre. Mais si cela ne vous ennuie pas, madame, je vous demanderai de me laisser un jour ou deux pour tout organiser.

Tara répondit que ce serait parfait.

Et deux jours plus tard, Rutger et Léo l'accompagnèrent. Ils quittèrent Cimarron de bon matin et arrivèrent à proximité du village en milieu d'après-midi. Bien avant que le camp fût en vue, des guerriers au corps peint surgirent de derrière les arbres en lui souhaitant la bienvenue. Ils surveillaient les abords du village, et Tara fut peinée de constater qu'eux-mêmes se considéraient comme sérieusement en danger.

— Les soldats blancs parcourent nos terres, lui expliqua l'un des guerriers, Oklawaha.

Son anglais était approximatif, mais il se faisait comprendre.

— Ils ne sont pas encore trop près, mais qui sait? ajouta-t-il en haussant les épaules.

Il se tourna vers Rutger.

— Je veillerai à ce que la femme de White Tiger rejoigne sa famille, assura-t-il d'un air solennel.

— Merci, dit Tara.

— Je reviendrai vous chercher dans deux jours, promit Rutger.

Elle le remercia, lui fit un signe de la main, ainsi qu'à Léo, puis regarda les deux hommes repartir vers Cimarron.

— Venez, je vais vous accompagner, dit Oklawaha.

Il passa devant Tara en poussant un cri, afin d'avertir les autres guerriers qu'il approchait avec un cavalier ami.

À peine arrivée au camp, Tara ressentit une profonde tristesse, tant il était évident que les habitants du village se préparaient à partir. Toutes sortes de choses étaient déjà emballées, des plats et des casseroles, mais également des fusils, des munitions et des barils de poudre. Une grande charrette stationnait devant la cabane où James et Naomi vivaient avec leurs deux filles. Toutes leurs affaires y étaient empilées, recouvertes de peaux et de fourrures.

Tara descendit de cheval lorsqu'ils arrivèrent dans la clairière. Naomi, qui avait entendu le cri du guerrier, sortit en hâte de la cabane. Elle accueillit sa belle-sœur avec un large sourire et se précipita vers elle pour la serrer dans ses bras. Tara l'embrassa affectueusement.

— J'espérais tellement que vous viendriez ! Je me suis dit que c'était possible, après le passage de Jarrett.

— Jarrett est venu ici ?

Naomi hocha la tête.

— James est parti voir Osceola avec lui.

— Oh !

— Je savais que vous seriez seule à Cimarron, et je ne voulais pas vous forcer, mais j'étais impatiente de vous voir ! Je n'ai jamais eu de sœur, alors, maintenant que j'ai retrouvé une belle-sœur, je n'ai pas envie de la perdre tout de suite !

Tara secoua la tête.

— Il n'est pas question que vous me perdiez.

Naomi sourit tristement.

— Nous devons partir vers le sud-est, en pleins marécages. Là-bas, nous pourrons vivre, et les soldats auront du mal à nous suivre.

— Naomi, tout ceci ne peut pas durer éternellement.

— Nous sommes obligés de nous battre, dit la jeune femme en soupirant. Ou bien de les laisser nous expédier à l'ouest.

— Mais ils ne peuvent pourtant pas obliger James à quoi que ce soit ! Son père...

— Tara ! Vous savez bien que James ne revendiquera jamais le sang blanc qui coule dans ses veines alors que son peuple refuse de se rendre !

En effet, elle le savait. Et elle était scandalisée par la situation imposée à ces gens, tout comme elle avait été horrifiée en apprenant qu'on avait brûlé des plantations et tué des colons.

Et dire qu'elle s'était acharnée à tourmenter Jarrett sur ce point précis, uniquement parce qu'elle-même était en proie à une déchirante angoisse ! Elle aurait voulu s'asseoir au milieu de la cabane et laisser couler ses larmes. Si seulement elle avait pu revenir en arrière et retirer ce qu'elle avait dit !

Mais c'était impossible. Il ne lui restait plus qu'à espérer que Jarrett ne serait pas trop déçu. Et qu'il ne déciderait pas qu'il était las de se bagarrer avec elle et qu'il se passerait définitivement de femme.

— Ne pensons pas à l'avenir pour l'instant. Entrez voir Mary. Ensuite, si vous le voulez, vous pourrez m'aider à finir de tout emballer.

— Quelqu'un pourrait-il m'allumer un feu dans la cabane de Jarrett ? Je le ferais volontiers moi-même, mais j'ai peur de tout faire flamber, dit-elle à Naomi.

— Tout le monde ici sera ravi de vous rendre ce service. Vous pouvez dormir avec nous, si vous le désirez. Mais je suppose que vous préférerez passer la nuit dans sa cabane.

Tara sourit, légèrement étonnée de l'intuition de Naomi.

— Oui, je préférerais.

— Il ne risque rien, vous savez.

— Je l'espère.
— Osceola ne lui fera pas de mal. Je sais que vous le considérez comme un assassin, mais c'est un homme qui a de profondes convictions, et il tient toujours parole. Il ne se battra pas contre Jarrett.
— C'est gentil de vouloir me rassurer. Mais il y a là-bas d'autres guerriers, et certains d'entre eux ne partagent peut-être pas tout à fait le point de vue d'Osceola.
— Plus encore que les Blancs, les Indiens respectent un homme en qui ils ont confiance. Même si, de par la couleur de sa peau, il se trouve être leur ennemi. Allons, venez. Mary va être enchantée de vous voir.
Tara mangea du pain *koonti* et but du lait frais avec Mary — qui l'accueillit effectivement à bras ouverts, comme si elle était sa fille — ainsi que Naomi et les enfants. Deux garçons du village vinrent la prévenir qu'ils se chargeraient d'allumer son feu pour la nuit. Ensuite, Mary retourna se reposer chez elle, les filles sortirent jouer et Naomi regarda ce qui lui restait à emballer en poussant un soupir.
— Comment allez-vous faire pour vivre? demanda Tara d'un air malheureux.
Naomi haussa les épaules.
— Nous sommes habitués à fuir. Nous ne nous débrouillons pas trop mal. Nous dormirons dans des *hooties*.
— Des quoi?
Naomi éclata de rire.
— Un *"hootie"* est une sorte de hutte en palmes, facile à monter. Et qui se démonte tout aussi vite.
— Oh, Naomi! s'exclama tristement Tara.
— Je suis contente que vous soyez venue nous dire au revoir. Nous quitterons le camp dès que James sera revenu. Ce ne sera pas si dur cette fois, car nous resterons prêts à nous enfuir.

— Je voudrais tellement... y a-t-il quelque chose que je puisse faire?

— Non, rien.

— Laissez-moi au moins vous aider.

Naomi lui sourit.

— Vous pourriez peut-être aller vous promener avec les filles. Chaque fois que je commence à emballer les affaires, elles ne peuvent s'empêcher de courir dans mes jambes.

— Les enfants sont partout comme ça, remarqua Tara.

— Elles font leur part de travail, bien qu'elles soient encore petites. Elles savent déjà très bien nettoyer les peaux. Ici, nous apprenons très jeunes. Mais vous avez raison, les enfants restent des enfants, et elles sentent que nous allons partir, aussi sont-elles plus une gêne qu'autre chose en voulant m'aider.

— Les petits Blancs sont exactement pareils!

— Je l'imagine, quoique je ne sache pas grand-chose des enfants blancs. J'étais si impatiente de tenir le bébé de Lisa dans mes bras... Oh, Tara, je suis désolée.

Tara secoua la tête et Naomi posa la main sur son bras.

— Vous ne devez surtout pas avoir peur d'avoir des enfants à cause de Lisa. Les circonstances de sa mort ont été dramatiques, mais c'était un accident!

Tara regarda Naomi sans rien dire. Elle ne pouvait pas lui expliquer que ce n'était pas le fait d'avoir des enfants qui lui faisait peur, mais tout simplement l'idée que son mari n'en voudrait peut-être plus, du moins avec elle.

— Vous-même avez du sang blanc, rappela Tara à Naomi.

— Très dilué! répliqua la jeune Indienne en riant. En fait, j'ai du mal à m'imaginer en train de raconter à un soldat blanc que je suis un peu blanche moi aussi!

— Naomi...

— Je sais! dit-elle à voix basse. Je sais que Osceola, Wildcat et d'autres guerriers ont attaqué des plantations et tué des Blancs. Je voudrais juste que cette guerre se termine. Et que nous puissions tous vivre en paix. Malheureusement, je crois qu'elle ne finira jamais. Et que nous passerons toute notre vie à fuir.

— Oh, Naomi!

— S'il vous plaît, allez faire un tour avec les enfants. Elles vous adorent, et ça les distraira un moment. Pour l'instant, nous partons seulement dans les marécages, aussi pourrons-nous continuer à nous voir de temps en temps.

Tara embrassa Naomi. Puis la jeune Indienne appela ses filles qui arrivèrent en courant dans la cabane. Elles poussèrent des cris de joie en apprenant que Tara allait jouer avec elles.

— Nous allons commencer par aller nous promener! leur dit-elle, heureuse de voir une réelle affection et une totale confiance se refléter dans leurs yeux noirs.

— Ne vous perdez pas! dit Naomi.

— Nous allons vers la rivière, indiqua Tara, pensant suivre les sentiers qu'elle connaissait si bien.

C'était un territoire indien. Là, elles seraient en sécurité.

— Surtout, ne vous aventurez pas trop loin, conseilla Naomi.

— Nous resterons à proximité.

Tara s'éloigna du village avec les petites filles qu'elle encouragea à ne pas s'inquiéter, car leurs parents allaient les emmener vivre une fabuleuse aventure.

— Nous fuyons les soldats blancs! dit Sara d'un air grave.

— Là où vous allez, vous serez tranquilles. Et

puis, ça ne durera sans doute pas très longtemps. D'ailleurs, votre nouveau village vous plaira peut-être davantage !

— Mais nous serons loin de toi, objecta Jennifer.

— Pas si loin que ça. Ne croyez pas que vous allez pouvoir vous débarrasser de moi si facilement ! plaisanta-t-elle.

Jennifer, qui tenait la main de sa tante, la frotta affectueusement contre sa joue. Tara se mordilla la lèvre, regrettant de ne pouvoir dire autre chose aux enfants.

— Bon ! Nous allons jouer à cache-cache. Vous allez vous cacher toutes les deux derrière des arbres, et je vais essayer de vous trouver.

— D'accord ! fit Sara, les yeux brillants. Viens, Jennifer, donne-moi la main !

La petite fille lâcha la main de sa tante pour prendre celle de sa sœur. Ne voulant pas qu'elles s'éloignent trop, Tara ne leur accorda que dix secondes d'avance. Dès qu'elle les aperçut, elle les serra dans ses bras.

Elles repartirent se cacher à nouveau et, cette fois encore, Tara les trouva sans mal. Ravies, les petites filles demandèrent à jouer une dernière fois.

— D'accord, courez vite vous cacher !

Et elle attendit quelques minutes avant de partir à leur recherche pour la troisième fois.

Toutefois, en avançant sur le sentier, elle se figea un instant en fronçant les sourcils. Un bruit sourd lui parvint, comme un bruit de sabots martelant le sol, et elle vit soudain des chevaux approcher.

Il n'aurait pas dû y en avoir autant. Beaucoup d'Indiens possédaient une monture, mais James était parti avec la plupart des guerriers.

Une sorte de sixième sens avertit Tara qu'un terrible danger menaçait.

— Jennifer, Sara, revenez tout de suite. On ne joue plus ! cria-t-elle.

Elle entendit des ricanements, et sa gorge se noua de sanglots.

— Je ne plaisante pas, il faut revenir tout de suite !

Les petites filles durent percevoir l'inquiétude dans sa voix, car, immédiatement, elles sortirent de derrière un arbre en dévisageant Tara avec de grands yeux.

Instinctivement, elle pensa repartir en courant vers le village. Mais elle distingua des uniformes bleus à travers les arbres. Des soldats.

Il fallait à tout prix éviter de les conduire au camp.

Aussi prit-elle les petites filles dans ses bras et se mit-elle à courir à toutes jambes en direction de Cimarron. C'était de la folie ! Jamais elle n'y arriverait ! À cheval, sans doute aurait-elle pu, mais sa monture était restée au village. La seule solution consistait à fuir. À fuir au plus vite.

Tara se précipita le long du sentier, hors d'haleine. Avec une petite fille dans chaque bras, elle se fatiguait vite. Cependant, elle espérait pouvoir atteindre un des bosquets qu'elle commençait à bien connaître, afin de s'y cacher en attendant que les soldats soient passés.

Si seulement elle était partie vers ses propres terres ! Elle aurait pu revendiquer certains droits. Mais elle était ici en territoire indien, du moins d'après le traité de Moultrie Creek.

Ce qui ne ferait que conforter les soldats dans leur certitude d'agir en toute légalité.

Juste au moment où elle crut les avoir distancés, un soldat en uniforme bleu juché sur un superbe cheval surgit devant elle.

Elle était prise au piège.

Tara se figea au milieu du chemin en serrant les enfants contre sa poitrine.

L'homme appartenait à l'armée régulière, aux

troupes fédérales envoyées en renfort par le gouvernement. Il paraissait grand, était mince et avait un visage dur avec une barbiche et une moustache fine impeccablement lissée.

— Tiens, tiens ! s'exclama-t-il. Qu'est-ce que je vois là !

Il arrêta son cheval et sauta à terre. Tara entendit d'autres soldats arriver derrière elle. Sans se retourner, elle regarda fixement l'homme qui venait de l'accoster.

— Que voulez-vous ? demanda-t-elle en s'appliquant à ne pas lui montrer qu'elle tremblait comme une feuille.

L'homme pointa un doigt vers elle.

— Les petits Séminoles ! rétorqua-t-il.

— Puis-je savoir pourquoi ? s'enquit-elle d'un ton impérieux.

— Pourquoi ? répéta le soldat en retirant ses gants et en avançant vers elle.

Il jeta un coup d'œil goguenard vers le reste de son régiment. Tara tourna légèrement la tête. Était-ce une simple compagnie d'éclaireurs ? Ou bien ces hommes cherchaient-ils les petits villages dans l'intention de massacrer tout le monde et de tout brûler ?

Les responsables de l'armée devaient savoir que la plupart des guerriers s'étaient absentés pour aller assister à une réunion avec leurs chefs. En profiter pour venir tout saccager et tuer les vieillards, les femmes et les enfants apparaissait effectivement comme une excellente tactique militaire.

James avait vu juste. Qu'il le veuille ou non, la guerre avait fini par le rattraper.

— Pourquoi ? dit encore une fois le soldat d'une voix moqueuse en regardant ses hommes. Mais parce que les gamins grandissent et deviennent de grands Indiens. Armés de fusils et de couteaux. Et parce que je n'ai pas envie de voir un scalp de Blanc pendre à la ceinture d'une de ces petites crapules d'ici quelques années. Voilà pourquoi!

— Ce sont des petites filles! rétorqua Tara d'un air outré.

— Des petites filles... mais des petites Injuns, madame. Ce sont des Peaux-Rouges. Diable, vous ne semblez pas vous en rendre compte! Un bon Indien est un Indien mort, quel que soit son âge! Mais, dites-moi, qui êtes-vous et où allez-vous comme ça?

— Tara McKenzie, et nous sommes tout près de chez moi, répondit-elle avec fermeté.

— McKenzie?

Visiblement, ce nom lui disait quelque chose. Un des soldats s'approcha de lui.

— Capitaine, je peux vous parler? demanda-t-il d'un air inquiet.

L'officier s'éloigna de quelques mètres avec lui.

— Il va nous tuer! murmura Sara en essayant de dissimuler sa frayeur. Il va nous faire tournoyer dans tous les sens et nous lancer contre un arbre!

Malgré le courage qu'elle s'appliquait à afficher, la petite fille tremblait de tout son corps et de grosses larmes noyaient ses yeux.

— Il leur faudra d'abord tuer tante Tara, tu peux me croire, ma chérie! promit-elle en leur plantant à toutes deux un baiser sur le front.

Comme les choses pouvaient changer! Il y avait encore peu de temps, la simple idée d'un Séminole la plongeait dans une terreur épouvantable. Au point d'avoir pratiquement été elle-même persuadée qu'un bon Indien était un Indien mort! Les soldats blancs ignoraient tout des Indiens; ils ne savaient pas qu'ils avaient des désirs et des espoirs, des rêves et des craintes. Qu'eux aussi étaient nés pour aimer, souffrir, vieillir et mourir.

— Tante Tara, commença à dire Jennifer.

— Chut! fit aussitôt Tara, voulant écouter ce que les hommes se disaient.

— C'est quelqu'un de très important sur le territoire, il possède des terres, et bien qu'il n'ait aucun titre officiel, il travaille parfois pour l'armée. Il s'est même battu aux côtés d'Andrew Jackson ! Si cette dame est sa femme...

Le capitaine moustachu agita la main avec impatience.

— On nous a demandé de ratisser les Indiens, oui ou non ?

Il se tourna vers Tara.

— Mrs. McKenzie, avec tout le respect que je vous dois, dit-il, bien qu'aucun respect ne fût particulièrement perceptible dans ses yeux luisants, je vous prie de me remettre ces enfants.

Serrant plus fort les petites filles, Tara toisa le soldat d'un regard foudroyant.

— Ces enfants restent avec moi.

— Nous ne voudrions pas vous faire de mal, madame.

— En effet, je ne vous le conseille pas.

— Permettez-moi de vous rappeler que vous parlez à un officier de l'armée des États-Unis.

— Alors, peut-être pourriez-vous vous comporter comme tel. Je ne pense pas que les officiers de l'armée aient pour mission d'assassiner des enfants !

Le capitaine poussa un soupir, manifestement très agacé.

— Sergent Dicks, descendez de cheval et allez arracher ces petites vermines des bras de cette dame ! ordonna-t-il. Si elle refuse de coopérer, elle risque de le regretter !

Tara frissonna. Il n'oserait quand même pas s'en prendre à elle ! Mais une lueur étrange brillait dans son regard. Cet homme était sans aucun doute méchant, et profitait de son uniforme pour assouvir sa cruauté.

Heureusement, le sergent Dicks ne semblait nullement être stupide.

— Capitaine, je ne vais pas me battre avec une dame ! s'exclama-t-il.

Le capitaine se retourna vivement.

— Vous désobéissez à mes ordres ?

— Non, capitaine ! répondit le sergent, en plein désarroi.

— Partez devant ! cria soudain l'officier à l'intention de la compagnie. J'ai encore quelques mots à dire à Mrs. McKenzie. Je vous rattraperai. En marche !

Dicks regarda Tara d'un air malheureux. C'était un tout jeune homme, pratiquement imberbe.

— Allez, à cheval ! rugit le capitaine.

— Monsieur !

— C'est un ordre !

Dicks et ses camarades remontèrent en selle et passèrent devant eux. Tara fut tentée de courir, puis se dit que, seule face à cet homme, elle avait peut-être encore une chance.

De plus, elle ne pourrait pas courir très longtemps avec les enfants. Leurs poids s'alourdissait de minute en minute.

En quelques secondes, la forêt redevint parfaitement calme.

— Et maintenant, amenez-les-moi, ma p'tite dame !

Tara secoua lentement la tête.

— Ces enfants sont de la famille de mon mari.

Le capitaine parut surpris.

— Il vous a, et il lui faut en plus du Peau-Rouge ? Il a une maîtresse séminole ?

Tara ravala sa fureur.

— Ce sont ses nièces.

— Amenez-les-moi. Si vous vous dépêchez, il se peut que je ne vous fasse pas de mal. Et que je ne vienne pas prendre ce dont j'ai fortement envie une fois que je les aurai eues !

— Vous êtes fou !

— Madame, c'est à vous de choisir...

Se redressant de toute sa hauteur, Tara se mit à réfléchir à toute vitesse. Cet homme avait l'intention de tuer les enfants et de la violer ensuite !

Elle s'efforça de garder son calme.

— Je n'arriverai peut-être pas à vous empêcher de leur faire du mal, mais si vous leur faites quoi que ce soit, Jarrett McKenzie se chargera de vous arracher les membres !

— Eh bien ! pour ça, il faudrait qu'il sache ce qui s'est passé ici, pas vrai ?

Le soldat se tenait à plus de dix mètres d'elle. Il lui restait encore une chance de sauver les filles.

Tara se laissa tomber à genoux en murmurant quelque chose à l'oreille des petites filles.

— Partez vite dans la forêt ! Et courez aussi loin que vous pourrez.

— Mais tante Tara... commença Sara.

— Allez-y !

Dès que leurs petits pieds touchèrent le sol, les petites se mirent à courir à toute vitesse. Le capitaine jura en dégainant son arme, mais Sara et Jennifer avaient déjà disparu entre les cyprès. Sans lui laisser le temps de tirer et de risquer d'atteindre une des enfants, Tara se jeta sur le capitaine pour détourner son arme.

La balle s'enfonça dans le sol.

L'homme jura en se débarrassant de Tara, puis leva la crosse de son arme pour l'assommer. Cette fois, au lieu de se précipiter sur lui, elle esquiva le coup et s'enfuit en courant dans la direction opposée à celle prise par les enfants.

Il s'élança à sa poursuite.

Tara courait très vite ; elle commençait à bien connaître les chemins. Elle était sur le point de lui échapper quand sa chaussure se coinça dans une énorme racine. Elle fit un prodigieux vol plané et se retrouva étendue sur le dos. Désespérée, elle s'efforça de se relever. L'homme était juste derrière elle, et il la repoussa avec une telle force qu'elle trébucha à nouveau. Son bras lui faisait affreusement mal. Elle était perdue. Sa tête heurta la racine et elle vit soudain des milliers de petites étoiles.

Elle sentit le militaire aux yeux cruels ramper sur elle et saisir son visage à pleines mains.

— Espèce de garce ! À cause de toi, les petites m'ont échappé ! Nous allons voir ce que tu vaux...

Luttant contre le voile obscur qui tomba devant ses yeux, Tara donna des coups de pied et des coups de poing dans tous les sens. Elle entendit son corsage se déchirer et sentit les mains du militaire sur sa peau. Elle se mit à crier, désespérément, bien qu'elle sût pertinemment que personne ne l'entendrait.

— Vous le paierez ! cria-t-elle en se débattant sous lui.

Seigneur ! Sa main remontait maintenant sur sa cuisse, et il retroussait sa jupe, de plus en plus haut. Elle se défendit comme elle put, lui tira les cheveux et le griffa. L'homme jura. Alors, ses mains énormes se refermèrent autour de son cou et commencèrent à serrer. Tout en continuant machinalement à le bourrer de coups, Tara pensa qu'elle allait mourir. Soit il allait la tuer et la violer. Soit il la violerait et la tuerait ensuite, et peu lui importait par quoi il commencerait.

La gorge en feu, elle n'arrivait même plus à crier. Elle était à bout de souffle, elle suffoquait.

Brusquement, les mains desserrèrent leur étreinte. Le monde se mit à tourbillonner dans tous les sens, mais Tara réussit à avaler une goulée d'air. Tout en prenant de longues inspirations, elle cligna fébrilement des yeux.

Littéralement arraché à sa proie, le capitaine voltigea en l'air avant de retomber lourdement sur le sol avec un bruit sourd. Tara comprit alors qu'elle n'était plus seule dans la forêt.

Une silhouette aux cheveux noirs, vêtue d'un pantalon en daim et d'une cape, se jeta avec furie sur l'officier. Tara voulut se relever. Le capitaine venait de sortir un couteau qu'il brandissait d'un air mauvais. Un rugissement s'échappa des lèvres de son agresseur. Alors que le militaire pointait la lame sur le cœur de l'autre homme, celui-ci la détourna d'un violent coup de poing.

— Sauvez-vous ! entendit-elle quelqu'un lui crier.

Mais Tara ne pouvait pas bouger. Elle n'arrivait pas à se relever ; et à plus forte raison à marcher.

Quand l'homme se retourna, son cœur s'arrêta de battre une seconde et elle crut qu'elle allait à nouveau s'évanouir.

C'était Jarrett. Ses yeux noirs lançaient des flammes. Il n'était pas vraiment habillé comme un Indien ; il ne portait qu'un pantalon en daim, une chemise blanche en coton et sa cape en fourrure pour se protéger du froid. Dès qu'il se tourna vers elle, le capitaine se releva, un autre couteau à la main.

Jarrett ! voulut-elle crier.

Mais son cri s'étrangla dans sa gorge. Néanmoins, Jarrett se retourna juste à temps pour esquiver ce nouveau coup.

Tara reconnut le bruit caractéristique d'un os qui se brise. Le bras du soldat venait de casser. Il poussa un hurlement et lâcha le couteau avec lequel il venait d'essayer de tuer son mari.

Elle laissa échapper un gémissement de terreur. Une telle fureur animait le regard de Jarrett qu'elle craignit soudain pour lui, pour leur vie et leur avenir ensemble.

Jarrett se rua sur le soldat, et ses mains emprisonnèrent sa gorge avec l'intention manifeste de le tuer.

— Mon Dieu, Jarrett, ne le tuez pas ! Vous seriez jugé pour meurtre, pour le meurtre d'un Blanc ! dit Tara dans un souffle

Apparemment, il ne l'avait pas entendue. Elle se traîna jusqu'à lui.

— Jarrett ! s'écria-t-elle en essayant de le tirer de toutes ses forces.

Lorsqu'elle l'agrippa par le bras, il se redressa, se retourna et la dévisagea d'un regard plein de fureur.

— Jarrett ! Ne le tuez pas ! C'est un militaire. Ils vous pendront pour meurtre.

Tara resta bouche bée en entendant un bruit, celui d'une arme dont on retire le cran de sécurité. Aussitôt, Jarrett la poussa derrière lui et se retourna vers le capitaine dont une des mains pendait lamentablement. Dans l'autre, il tenait un pistolet pointé dans leur direction.

— Je vais te loger une balle en plein cœur, espèce de traître qui fricote avec les Indiens !

Lorsque la détonation retentit, Tara hurla et tomba à genoux. Mais Jarrett n'avait pas été touché. Le capitaine s'effondra en laissant échapper un cri d'agonie.

Et cessa de bouger.

Il avait été abattu par quelqu'un posté derrière Tara. En se retournant, elle aperçut cinq guerriers. Osceola était à leur tête.

Impassible sur sa monture, il avait tué l'officier. De la fumée sortait du canon de son fusil.

Tara regardait fixement le chef guerrier quand celui-ci s'approcha. Les mains de Jarrett lui enserrèrent la taille et il la souleva.

Lorsque son mari la hissa sur le cheval de l'Indien, elle ne protesta pas, encore sous le choc.

Cependant, elle était en proie à une profonde angoisse. Son mari avait failli se faire tuer, par sa faute. Une fois de plus, il lui avait sauvé la vie. Et le capitaine gisait mort devant elle.

— S'il vous plaît, emmenez-la chez Mary, dit Jarrett.

— Jarrett... parvint-elle à dire dans un murmure.

— Je vous rejoindrai. Dès que j'en aurai terminé avec lui.

Le poney d'Osceola se remit en route. Tara percevait des effluves de graisse d'ours, ainsi que la force impressionnante qui émanait du grand chef guerrier. Elle claquait des dents.

— Vous nous avez sauvé la vie à tous les deux, murmura-t-elle en scrutant son regard noir. Mais vous ne parlez pas anglais, n'est-ce pas ? Vous ne comprenez pas ce que je dis. Quoi qu'il en soit, je vous remercie, bien que vous ayez massacré d'autres gens de façon horrible... oh, mon Dieu !

Osceola lui sourit soudain en la regardant attentivement.

— Je comprends pas mal de choses, dit-il. Mais il y a des gens dont je préférerai ne pas comprendre la langue.

Qu'avait-elle dit ? Elle l'avait traité d'assassin !

— Avec moi, vous ne risquez rien, reprit-il.

— Parce que je suis la femme de McKenzie ?

— Parce que vous étiez prête à donner votre vie pour sauver celle des enfants. Des enfants séminoles.

— Ce sont mes nièces, lui rappela-t-elle d'une voix rauque. De plus, je n'ai jamais vraiment cru que cet homme oserait me tuer !

Sa gorge continuait à la brûler affreusement. Son cou, couvert d'ecchymoses, lui faisait de plus en plus mal.

Osceola sourit, et Tara repensa qu'il avait massacré des hommes et des femmes blancs, qu'il avait brûlé des plantations.

Qu'il était en guerre avec ceux de sa race.

Cependant, une sorte de sagesse empreinte de tristesse se devinait dans son regard. Lorsqu'il lui sourit, son visage prit une expression curieuse et étonnamment séduisante.

Elle devait perdre la tête... Sans doute souffrait-elle de la fièvre des marais.

— Vous êtes très courageuse, dit-il. Vous êtes une vraie *White Tigress*, une Tigresse Blanche. La femme qui convient parfaitement à un homme comme McKenzie.

— Merci, chuchota-t-elle.

La douleur s'intensifiait de seconde en seconde. Tara s'autorisa à fermer les yeux un instant et elle dut s'endormir, ou s'évanouir, car lorsqu'elle les rouvrit, ils étaient arrivés au village. Osceola la confia à Mary. Au même instant, James arriva en trombe sur son cheval et sauta à terre pour la prendre dans ses bras.

— Les enfants? demanda faiblement Tara en s'accrochant à lui.

— Elles sont là, elles vont bien. Chut, laissez ma mère vous soigner; votre cou est pratiquement violet.

— Jarrett...

— Jarrett va bientôt arriver.

— Vous ne comprenez pas. Il a tué un soldat.

— Il saura se débrouiller.

Des mains douces et attentives se posèrent sur elle. Elle se laissa sombrer dans les fourrures moelleuses tandis qu'on lui appliquait de l'eau fraîche sur le front, puis sur la gorge.

Tara avala quelques gorgées d'un mélange amer avec lequel elle faillit s'étouffer. Cependant, Mary l'obligea à tout boire.

Et en quelques secondes, l'obscurité l'enveloppa à nouveau, mais une obscurité apaisante, d'une infinie douceur.

19

L'ennui avec le sommeil était qu'on ne pouvait s'empêcher de rêver.

Au début, tout était noir. Quelques ombres se profilaient ici et là, et il y avait un épais brouillard glacé. Les eaux noires du Mississippi l'entouraient de toutes parts, alors que la nuit avait recouvert La Nouvelle-Orléans de son manteau de ténèbres. Tara courait. Le cliquetis de ses talons sur les pavés résonnait à ses oreilles. Tout comme le bruit de sa respiration qui se faisait plus lourde et plus difficile au fur et à mesure qu'elle avançait. Un autre bruit, rythmé et régulier, dominait le tout : c'étaient les battements affolés de son cœur.

Quelqu'un la poursuivait. À chacun de ses pas, l'écho d'un autre pas répondait. De plus en plus près...

Meurtrière... meurtrière... meurtrière...

Elle ne courait plus. Autour d'elle, tout redevint noir, d'un seul coup, et elle se retrouva dans la maison de Boston. Elle était debout sur la scène, le regard rivé sur l'arme qu'elle tenait à la main...

Elle vit le sang sur la chemise de Julian. Et l'expression ahurie de son visage. Puis elle le vit tomber. La tache de sang s'étala à une vitesse sidérante sur sa poitrine et il rendit son dernier souffle.

Alors, elle releva les yeux. Clive la dévisageait. Elle entendit un bruit, une sorte de frémissement juste derrière elle et, à la seconde où elle se retourna, le rideau retomba. Regardant Clive à nouveau, elle vit briller dans ses yeux une lueur de satisfaction et comprit qu'il avait commandité le meurtre, qu'il avait tout soigneusement organisé dans le but de la faire accuser. Et, bien entendu, si elle acceptait ses propositions abjectes, il ferait tout pour lui épargner la potence, s'arrangerait pour prouver son innocence. En revanche, si elle le défiait, elle serait pendue.

Oh, Seigneur ! Elle revivait la scène une nouvelle fois. Des cris de terreur s'élevèrent dans la salle. Et Clive la fixait de son regard cruel, glacé, un vague sourire aux lèvres.

Son père gisait dans une mare de sang. Désormais, tout était à sa portée, l'argent et la liberté.

Mais elle, il ne l'aurait pas ! Plutôt être pendue ; à moins qu'elle ne parvienne à s'échapper.

Elle vit la fenêtre, sentit l'air frais sur ses joues en feu. Elle se persuada qu'elle était plus jeune, plus rapide et plus agile que n'importe qui dans l'assistance, en dehors bien sûr des autres acteurs de la pièce, mais aucun d'eux ne s'élancerait à sa poursuite. Ils savaient bien qu'elle était innocente.

William ! cria-t-elle. Mais personne ne pourrait relier William à cette histoire, et puis Marina était avec lui. Dès qu'elle le pourrait, Tara lui écrirait pour lui dire de ne pas s'inquiéter, qu'elle était saine et sauve.

Mais pour cela, il lui fallait fuir. Fuir...

C'était comme si elle sentait le sol se dérober sous ses pieds. Elle courait si vite...

Ah, mais où qu'elle aille, il semblait qu'il lui faudrait courir et courir encore ! Les pelouses méticuleusement tondues, ainsi que les maisons sagement alignées de la Nouvelle-Angleterre, avaient disparu. Elle courait maintenant entre des demeures retranchées derrière d'immenses portails en fer forgé. Elle pouvait presque palper l'air glacé qui montait du Mississippi, et l'humidité de la nuit. Autour d'elle, tout n'était que ténèbres.

Quelqu'un l'interpella en criant : *Meurtrière, meurtrière, meurtrière*.

Non ! voulut-elle crier. Il fallait à tout prix leur faire comprendre qu'on l'avait manipulée, utilisée.

Soudain, elle l'aperçut.

Un homme grand et sombre se tenait au bout de la rue. Il l'appelait. Sa silhouette noire comme l'ébène lui parut menaçante. Elle tenta de distinguer quelque chose à travers le brouillard et la pénombre. Il lui fallait courir, rejoindre cette voix.

Cependant, jamais elle n'y parviendrait. Plus elle courait, plus il semblait s'éloigner...

Fuir... toujours fuir...

Des nappes de brouillard tourbillonnaient dans la rue obscure. Il répéta son nom à plusieurs reprises.

Jarrett !

Il était là. Tout au bout d'un sentier interminable. Il tendit la main vers elle. Maintenant, elle le distinguait plus nettement ; il portait un pantalon en daim, de grandes bottes noires et une chemise blanche, ses cheveux très bruns étaient attachés sur sa nuque, ses yeux sombres la fixaient, son visage bronzé aux traits séduisants était tendu.

— Tara !

Sa main se tendit vers elle. Il suffisait de la saisir. Encore quelques mètres, et elle pourrait la prendre. Peu importerait alors qui était à sa poursuite, le passé ne la menacerait plus.

— Tara !

Des bras l'enlacèrent. Des bras, robustes et accueillants. Jarrett l'appelait. C'était un rêve.

Non, ce n'était pas un rêve. Elle ouvrit les yeux. Elle était étendue dans leur cabane au village. Il la serrait contre lui et la berçait doucement, en susurrant des mots réconfortants à son oreille. En apercevant ce regard si dur, si beau, et ce visage tant aimé, elle poussa un petit cri et le prit par le cou.

— Jarrett !

— C'était un cauchemar ?

— Je n'arrivais pas à vous rejoindre. Vous étiez si loin, dit-elle avec peine, car sa gorge lui faisait encore très mal. Oh ! ces maudits rêves...

— Ce salaud a failli vous étrangler, fit Jarrett avec colère. Mary vous a fait boire une des potions dont elle a le secret. On a déjà vu des guerriers livrer des combats entiers sous l'effet de ses petites concoctions !

Tara aurait voulu lui sourire, le remercier de la tendresse de ses mots, mais elle avait été tirée brutalement de son rêve et se retrouvait face à la réalité navrante de leur situation actuelle.

— Jarrett, il est mort.

— Vous n'allez tout de même pas reprocher à Osceola de l'avoir tué !

— Oh, mon Dieu, bien sûr que non ! Il vous a sauvé la vie ! Mais ils vont essayer de pendre l'un de nous deux, Jarrett ! Toute la compagnie sait qu'il était avec moi.

— Chut, Tara !

— Mais, Jarrett...

— Tara, j'ai rattrapé la compagnie, et un jeune homme du nom de Dicks. Il se trouve que je le connais assez bien. Je lui ai simplement dit que vous vous étiez échappée avec les enfants et que j'avais découvert son cadavre dans la forêt.

— Mais il y aura certainement une enquête. Comment a-t-il pu vous croire et vous faire confiance si facilement ?

Il sourit, et elle ressentit un petit pincement au creux de l'estomac. Elle aimait tellement son sourire d'un blanc éclatant sur sa peau bronzée. Tout comme elle adorait la façon sensuelle dont sa lèvre remontait lorsqu'il souriait, et la lueur sombre qui brûlait dans son regard.

— La façon dont il se comportait choquait tout son régiment. Ne vous méprenez pas, Tara. Beaucoup de militaires — des hommes que vous jugeriez tout à fait corrects — n'hésiteraient pas à abattre de sang-froid des femmes indiennes ou des enfants. Mais Dicks et ses camarades en avaient plus qu'assez de leur capitaine, et ils étaient inquiets pour vous. Ils vous considèrent comme une femme extrêmement brave et courageuse, comme une très grande dame. Quand ils ramèneront son cadavre, ils ne rencontreront aucune difficulté, et il n'y aura pas d'enquête. Nous sommes en guerre, ajouta-t-il d'un air las et amer, et la disparition de ce satané capitaine ne fera que s'ajouter aux pertes déjà subies.

— Dieu soit loué ! dit-elle dans un souffle.

Jarrett la garda un moment dans ses bras en lui caressant les cheveux. Lorsqu'elle rouvrit les yeux, elle vit qu'il était en train de l'observer attentivement.

— Vous avez encore besoin de vous reposer, sans vous battre contre les démons qui peuplent vos cauchemars. Cette nuit, nous allons rester ici, et nous nous mettrons en route demain matin.

— Déjà ?

— Tara, vous avez beaucoup dormi, vous avez pratiquement fait le tour de la pendule. James ne s'en ira pas tant que vous serez ici, et son peuple est maintenant en danger.

— Oh ! dit-elle en essayant de se redresser. Alors, il faut partir tout de suite.

— Le départ est fixé à demain matin, dit-il fermement. Désormais, les Séminoles seront des fugitifs, aussi sont-ils heureux de pouvoir passer une dernière nuit chez eux.

Il la laissa pour aller s'occuper du feu, puis revint avec une coupelle en bois remplie d'eau fraîche. Elle voulut la boire d'un coup, mais il lui conseilla de ne prendre que quelques gorgées. Ce qu'elle fit. Il ne la quitta pas un seul instant des yeux. Un peu plus tard, quand il lui apporta un bol plein d'une espèce de bouillie tiède, elle sentit à nouveau son regard se poser sur elle.

— Quelque chose *koonti* ? demanda-t-elle.

Jarrett haussa les épaules en riant.

— C'est l'aliment de base.

— Tout comme la viande de chevreuil séchée.

Il secoua la tête.

— Pas de viande pour l'instant. Vous ne pourriez pas l'avaler. Allez, mangez ça !

— Vous ne m'accompagnez pas ?

Avec un haussement d'épaules, Jarrett retourna près de la marmite posée sur le feu et se servit un bol. Ils mangèrent avec des cuillères en bois, et Tara fut surprise de se découvrir un appétit féroce. Soit elle commençait à prendre goût à la racine filandreuse de *koonti*, soit elle avait une faim de loup et aurait pu avaler n'importe quoi.

Lorsqu'ils eurent terminé, Jarrett enleva les assiettes. Puis il s'allongea derrière elle, sur le confortable lit de fourrures, et lui enlaça la taille.

— Jarrett...

— Nous devons nous lever tôt et nous mettre en selle de bonne heure, dit-il doucement.

Tara resta silencieuse un instant, contente de l'avoir près d'elle, et de sentir sa chaleur qui lui redonnait peu à peu des forces. Ses paupières étaient lourdes. Il venait de lui dire qu'elle avait dormi une journée entière, et pourtant, elle se sentait encore très fatiguée. Toutefois, elle n'était pas tout à fait prête à s'endormir.

— Jarrett, il faut que vous le sachiez, murmura-t-elle au bout d'un moment. Je ne suis en rien... une grande dame.

Il ne répondit pas tout de suite, et elle se demanda s'il ne s'était pas endormi. Mais elle sentit ses bras la serrer plus fort et son souffle chaud lui effleurer l'oreille.

— Vous l'êtes à mes yeux.

— Oh, Jarrett...! dit-elle en se tournant vers lui.

— Tara, vous avez risqué votre vie pour les petites. C'est un acte incroyablement courageux de votre part.

— Ça n'a rien de courageux. N'importe qui aurait essayé de les arracher aux pattes de ce monstre!

— Non, Tara, pas tout le monde, assura-t-il.

Il se redressa légèrement pour s'appuyer sur un coude.

— À une époque, vous-même étiez convaincue que les Indiens valaient à peine mieux que les serpents et les alligators.

Elle rougit.

— Jarrett, je vous en demande pardon ! Je n'avais jamais vu de Séminole et...

— Tara, vous ne me devez aucune excuse. Je ne saurais vous dire à quel point je vous suis reconnaissant de considérer les miens comme des êtres humains. Je suis très fier de vous, et si vous pensez que votre naissance ou la famille dont vous êtes issue ont de l'importance pour moi, vous vous trompez. Comme je vous l'ai dit, vous êtes une grande dame. Ma dame ! ajouta-t-il tendrement en lui caressant la joue.

Tara gémit en lui prenant la main qu'elle posa contre ses lèvres. Elle se rallongea tout contre lui, et il la serra plus fort.

Jarrett était encore terrifié à l'idée qu'elle ait frôlé la mort de si près. Tara ne pouvait pas les voir, mais les marques qu'elle avait au cou étaient encore toutes bleues. Chaque fois qu'il les regardait, une rage indescriptible s'emparait de lui. Et en dépit de cela, elle l'avait empêché de tuer cet homme.

En y repensant, Jarrett fut pris de frissons, et se félicita qu'Osceola se soit chargé de l'abattre.

Il voulait qu'elle se repose, qu'elle reste calmement allongée et ne s'occupe de rien d'autre que de guérir.

Mais ce soir, bien qu'ils fussent restés quelques instants immobiles, Tara savait qu'il ne dormait pas. Et tandis qu'un feu dévorant se propageait dans tout son corps, elle se tourna vers lui. Ses doigts jouèrent avec les boutons de sa chemise, puis se faufilèrent en dessous et le caressèrent lentement, sensuellement

— Tara, protesta-t-il. Vous avez besoin de dormir.

— J'ai besoin de vous.

Sur ces mots, elle se leva et se débarrassa de ses vêtements tout en regardant les flammes qui dansaient dans l'âtre. Une faible lueur l'enveloppait des pieds à la tête, rehaussant la beauté de sa chevelure dorée, la perfection de son corps, de ses seins ronds et de ses longues jambes fines. Lorsqu'elle se retourna, il crut voir des larmes briller dans ses yeux. Sans lui laisser le temps de dire quoi que ce soit, elle s'agenouilla devant lui et se pencha pour prendre ses lèvres en posant délicatement la main sur le renflement de son pantalon.

Sa bouche se promena sur son cou, sur son torse dénudé, et, très vite, le sang se mit à battre à ses tempes. Pendant quelques secondes, elle s'abandonna au plaisir de le caresser. Luttant contre l'envie dévorante qu'il avait d'elle, Jarrett la prit dans ses bras et l'immobilisa.

— Qu'y a-t-il ?

— Vous n'avez pas envie de moi ? murmura-t-elle.

— Diable, si, mais... pas si vous pleurez comme ça !

— Mais je ne pleure pas.

— Vos yeux sont humides.

Elle voulut s'arracher à son étreinte.

— Si vous ne voulez pas...

— Mais si ! J'aimerais seulement savoir ce qui se passe dans cette petite tête !

— Si ce n'était que dans ma tête !

Il l'attira contre lui en la cajolant.

— Qu'est-ce qu'il y a ?

Encore une fois, Tara tenta de se dégager.

— Espèce d'idiot ! Je vous aime, voilà ce qu'il y a ! Je vous aime infiniment, et parfois, cela me fait peur !

Ses paroles étaient si inattendues, si douces... Jarrett prit le temps de les enregistrer, de les savourer, de les chérir. Puis il réalisa qu'il mettait trop de temps à répondre, que sa réaction allait l'affoler et qu'elle allait essayer de lui échapper pour de bon dans une seconde.

Elle l'aimait. C'était un miracle qu'il n'avait osé imaginer. Un espoir qu'il avait caressé sans se l'avouer depuis la première nuit où il l'avait touchée.

Il avait alors un tel besoin de panser ses blessures, d'oublier son chagrin, et pourtant, il avait cru que c'était lui qui l'avait sauvée.

Mais il s'était trompé. C'était elle qui l'avait sauvé.

— J'aurais mieux fait de me taire ! s'écria-t-elle.

Et, comme il l'avait prévu, elle chercha à se dérober à son étreinte.

— Jarrett McKenzie, si vous n'avez rien à me dire, je vous supplie de me laisser partir !

La laisser partir ? Jamais. Pas tant qu'il serait en vie.

Jarrett lui prit fermement les mains et se pencha sur elle.

— J'ai des quantités de choses à vous dire ! répliqua-t-il.

Instantanément, Tara se figea en le regardant fixement. Ses yeux étaient d'un magnifique bleu cobalt. Ses cheveux, à la lueur des flammes, ressemblaient à de l'or pur. Bien que légèrement tremblante, elle releva fièrement le menton, l'air méfiant.

Sa petite fugitive...

— Qu'y a-t-il ? demanda-t-elle dans un souffle.

— Idiot !

— Comment ?

— Vous venez de me traiter d'idiot !

— Oh, McKenzie, je sais que j'ai été stupide, je sais parfaitement que vous...

Soudain, elle hésita.

— Vous savez que quoi ? demanda-t-il en souriant.

Sa rage retomba un instant, et sa voix se fit plus douce.

— Que vous êtes encore amoureux de Lisa, dit-elle tout bas. Je devrais vous en être reconnaissante. Si vous n'aviez pas éprouvé tant de chagrin, vous vous seriez sans doute remarié pour de bonnes raisons, et vous n'auriez certainement pas choisi de prendre pour femme une inconnue en fuite. À vrai dire, le fait que vous l'ayez aimée et l'aimiez encore est probablement l'unique raison qui vous a poussé à accepter de m'épouser.

— Attendez une seconde, Tara! dit-il en lui lâchant les mains pour lui caresser tendrement la joue. J'ai aimé Lisa, et je vous supplie de comprendre que... quelque part au fond de mon cœur, je l'aimerai toujours. Mais je me complaisais dans une sorte d'apitoiement sur moi-même, et vous m'avez sorti de là. Et si je vous ai épousée, cela n'a aucun rapport avec les sentiments que je peux éprouver pour quelqu'un d'autre, vivant ou mort.

— Robert vous a forcé à le faire.

— Aucun homme sur terre ne m'a forcé à quoi que ce soit. Ni aucune femme, en l'occurrence. Je vous ai épousée parce que je vous désirais à en devenir fou. J'ai eu envie de vous à la seconde même où vous êtes entrée dans cette taverne, où je vous ai vue bouger. Aussitôt, j'ai eu envie de toucher vos cheveux, de voir vos yeux. Jamais je n'avais désiré une femme comme ça de toute ma vie, et maintenant, je suis conscient de n'avoir jamais éprouvé aucune passion comparable à celle que j'ai pour vous, Tara. Même pour Lisa. Notre amour était très différent. Plein de douceur et de tendresse. Et une partie de moi l'aimera toujours, mais même cela paraît bien pâle comparé à l'émotion que mon cœur ressent pour vous.

Tara le dévisagea avec stupéfaction, le souffle coupé.

— En ai-je dit assez? demanda-t-il d'une voix douce au bout d'un instant.

Sans doute en avait-il effectivement dit assez, car elle se mit soudain à pleurer et se jeta à son cou. Ses lèvres brûlantes se posèrent sur les siennes et ses seins magnifiques s'écrasèrent voluptueusement contre son torse. Très vite, il cessa de s'inquiéter de son bien-être, car elle était comme un animal sauvage au cœur de la forêt, vibrante et débordante de vie, gracieuse et affamée de lui. Et en quelques secondes, ses caresses l'amenèrent à l'extase. Mais il avait besoin de lui prouver qu'il était un amant attentionné. Bientôt, dans la lueur dorée des flammes, Tara cria de plaisir à son tour, et ils restèrent l'un contre l'autre, frémissants de bonheur. Et les mots qu'elle lui murmura ce soir-là juste avant de s'abandonner au sommeil résonnèrent avec une incroyable tendresse.

— Je vous aime, Jarrett. Oh, Seigneur, je vous aime tant !

— Je vous aime, répondit-il avec passion.

— Je vous...

— Aime...

Et leurs mots s'entremêlèrent, comme le firent leurs lèvres.

Les braises illuminaient faiblement la pièce. Enlacés dans les bras l'un de l'autre, ils s'endormirent.

Tara eut du mal à dire au revoir à sa nouvelle famille le lendemain matin, au moment de repartir à Cimarron.

Naomi, Mary, James, les filles et toute leur tribu allaient au-devant d'un avenir inconnu, plein de dangers et d'incertitudes.

Naomi se montra très forte, Mary, stoïque, les petites filles retinrent leurs larmes, et Tara les regarda s'éloigner derrière les chevaux, les moutons, le bétail et les affaires attachées sur le chariot, en leur adressant un sourire encourageant. Juché sur son poney à longue crinière, James revint vers eux tandis que commençait l'exode de son peuple et tendit la main à son frère. Sans descendre de leur monture, ils s'étreignirent quelques secondes.

— Tu parviendras toujours à me retrouver, dit James à Jarrett.

— Et je serai toujours là pour toi, promit Jarrett.

James hocha la tête en souriant. Il s'écarta de son

frère, puis s'approcha de Tara qui était déjà en selle. Après un sourire malicieux à Jarrett, il la fit descendre de cheval et lui posa un baiser sur chaque joue en la serrant affectueusement dans ses bras.

— Nous vous serons éternellement reconnaissants !

— James ! Je n'ai rien fait de...

Il se recula légèrement et la prit par les épaules en la regardant au fond des yeux.

— Nous vous aimons beaucoup, petite sœur ! *White Tigress*.

Tara rougit.

— Je vois qu'Osceola m'a trouvé un nom !

James sourit. Puis il l'enlaça à nouveau, ignorant le froncement de sourcils de son frère.

— Pour l'instant, nous sommes engagés dans cette maudite guerre, mais nous n'oublions jamais nos dettes, ni ne cessons d'aimer nos amis et notre famille. Si jamais vous aviez besoin de nous, nous serons là !

— J'ai beaucoup d'affection pour vous et votre famille, vous savez !

James sourit et la saisit à la taille pour la hisser sur son cheval. Puis il sauta en selle, fit demi-tour en agitant la main et rejoignit les siens pour prendre la tête du convoi.

Le camp était désert. Tous les feux étaient éteints. Sentant son cœur se serrer, Tara talonna son cheval et Jarrett la suivit.

Pendant un moment, il chevaucha derrière elle sans rien dire. Puis il vint se placer à sa hauteur pour prendre sa main qu'il serra tendrement dans la sienne.

— Nous survivrons à tout ceci ! lui promit-il.

Tara sourit, heureuse de le voir si confiant en l'avenir. Mais il leur restait encore un long chemin à parcourir. Elle connaissait maintenant chaque camp et savait que les Blancs se battaient souvent par peur, tout comme les Séminoles.

— Tara, dit Jarrett au bout de quelques instants, il se passe des choses terribles, vous savez. Je possède quelques terres dans le sud, le long de la Miami River. Cette région n'a jamais été très peuplée, mais quelques familles étaient venues s'y établir. La plupart d'entre elles ont dû abandonner leur maison. Le phare de Key Biscane a été attaqué et réduit en cendres. Un employé noir a été tué ; le gardien du phare a été laissé pour mort, mais il a réussi à s'en tirer. L'attaque qu'ils ont subie a été épouvantable.

Tara baissa les yeux.

— Je sais que nous sommes en guerre ! dit-elle.

— Peut-être devriez-vous partir au nord et...

— Non !

Jarrett soupira profondément.

— Il se peut que je doive repartir. Vous aviez raison : cette fois, je n'ai pas réussi à convaincre Osceola, malgré tous mes efforts. Et si je veux encore essayer de faire quelque chose, je devrai vous abandonner à nouveau.

— Cette idée me fait horreur ! s'exclama-t-elle au bout d'une minute, sans le regarder.

— Je le sais. À moi aussi.

Ils chevauchèrent pendant quelque temps en silence.

— Tara, je pourrais vous emmener à Atlanta, si vous voulez.

— Non !

— Ou à Charleston ?

— Non !

— Ou peut-être à Boston ?

— Seigneur, non ! rétorqua-t-elle en frissonnant.

Jarrett la regarda en haussant les sourcils.

— Dois-je comprendre que vous êtes déjà allée à Boston ? s'enquit-il un peu sèchement.

— Jarrett, je vous le promets, dorénavant, je me tiendrai beaucoup mieux. Si on vous demande de repartir, ça ne m'enchantera pas, c'est certain, mais je ne vous en empêcherai pas. Je vous en prie, je ne veux aller nulle part ailleurs !

Il sourit, l'air soulagé.

— Dieu merci ! Je ne supporterais pas de vous envoyer où que ce soit !

— Mais alors...

— Je voulais juste que vous promettiez de bien vous tenir, dit-il avec un sourire.

— Vous avez de la chance que je n'aie pas un vase sous la main ! Je vous l'aurais brisé sur la tête !

— Vraiment ? demanda-t-il en riant.

— Oui, vraiment.

— Ah, mais dans ce cas, je devrais réagir, vous ne pensez pas ?

— Vous n'en auriez pas l'occasion.

— Mais je suis rapide comme l'éclair, quand je veux !

— Et moi, McKenzie, quand la situation l'exige, je suis plus vive qu'un rayon de soleil !

Il éclata de rire.

— Nous allons vérifier cela, voulez-vous ?

Son regard d'ébène lançait des flammes. Tara comprit qu'il venait de la défier à faire la course sur le sentier. Elle talonna les flancs de sa jument.

L'animal s'élança au grand galop.

Charlemagne la suivait de près.

Elle galopait à toute vitesse sur le sentier. Les feuilles des arbres balayaient sa tête et sa nuque, et le soleil miroitait à travers les branches. Lorsqu'elle déboucha dans une clairière tapissée d'herbe verte, Jarrett la rattrapa. Il l'empoigna par la taille, sauta à terre et tous deux roulèrent ensemble dans l'herbe épaisse, en riant.

Tara savoura pleinement la douceur de son baiser, et lorsqu'elle croisa son regard noir, une vive émotion s'empara de son cœur.

Elle se mit à trembler.

Jamais elle n'avait imaginé que la vie pût être aussi belle, aussi douce. Elle l'aimait tant...

Et il l'aimait!

Son bonheur était si intense que c'en était presque douloureux.

Tara étouffa un gémissement, craignant de lui montrer combien elle l'aimait et avait besoin de lui.

— Espèce de brute! s'écria-t-elle en riant.

— Hum... un vrai sauvage!

À nouveau, il l'embrassa. Ils firent l'amour et rirent de bon cœur en se voyant se gratter l'un et l'autre tout le reste du chemin, la peau irritée et marquée par les brins d'herbe.

Bientôt, Cimarron se dressa devant eux.

Elle était chez elle. Oh, Seigneur, enfin chez elle! Pour de bon!

Néanmoins, le bonheur qu'elle venait à peine de découvrir n'allait pas tarder à lui être cruellement arraché.

Car tandis qu'ils approchaient de la propriété, un bateau remontait lentement la rivière.

Le destin l'avait presque rattrapée.

20

Être de retour à la maison lui parut merveilleux, plus merveilleux que jamais. Peter s'empressa de prendre leurs chevaux et Jeeves lui annonça qu'un bain chaud l'attendait. Il y avait des fleurs fraîches sur la table du vestibule et un soleil resplendissant entrait par les fenêtres.

Une fois dans sa chambre, Tara se débarrassa en hâte de ses vêtements, impatiente de se plonger dans l'eau. Alors qu'elle était dans la baignoire, Cota frappa à la porte et raconta à sa maîtresse qu'elle avait terminé la plupart des travaux de couture pendant son absence, et que les robes qu'elle avait dessinées étaient magnifiques.

Tara la remercia et replongea dans l'eau chaude avec délices. Seigneur, elle adorait cette maison! Et elle adorait Jarrett. Et le soleil, et les rivières d'eau claire, les palmiers, les cyprès et les fleurs aux couleurs éclatantes tout au long de l'année. Tout comme elle adorait sa famille indienne. À cet instant même, elle se sentait si bien qu'on aurait pu la convaincre qu'elle aimait également les serpents et les alligators grouillant dans les marécages!

Cota montra à Tara qu'elle avait soigneusement plié les robes dans la malle, au bout du lit, et en avait suspendu d'autres dans l'armoire. À nouveau, Tara sourit, en pensant que ses affaires empiétaient peu à peu sur le domaine jusque-là réservé à son mari. Cette chambre, ils la partageaient vraiment.

Cota s'immobilisa soudain devant la fenêtre qui donnait sur la pelouse en fronçant les sourcils.

— Qu'y a-t-il? demanda Tara.

— Voilà encore un bateau, répondit la jeune fille en haussant les épaules.

Tara ferma les yeux, l'air accablé. *Ils venaient à peine de rentrer!* Qu'est-ce que Tyler Argosy pouvait bien encore vouloir à Jarrett?

Peut-être venait-il seulement s'informer de ce qui s'était passé avec Osceola, songea-t-elle, se refusant à croire qu'il soit venu demander à Jarrett de repartir!

Elle attrapa la serviette posée sur le bord de la baignoire et s'en enveloppa. Puis elle sortit de l'eau pour rejoindre Cota devant la fenêtre.

Le bateau venait d'accoster, et c'était en effet une embarcation militaire venant de Tampa. On fit glisser la passerelle sur le ponton. Tyler Argosy fut le premier à descendre, suivi par un autre homme.

Tara ne se rendit compte qu'elle avait arrêté de respirer que lorsqu'elle commença à suffoquer.

Non! Oh, mon Dieu, non! Ce n'était pas possible! Il ne pouvait pas l'avoir suivie jusqu'ici!

Pourtant, c'était le cas.

Comment avait-elle pu avoir la stupidité de se croire à l'abri ! Tout ça parce qu'elle n'avait pas vu Clive à La Nouvelle-Orléans. Ce qui ne voulait pas dire qu'il ne s'y trouvait pas. Il y était probablement et l'avait peut-être même suivie sans qu'elle s'en rende compte.

En apprenant qu'elle s'était enfuie, il avait cherché à retrouver sa trace. Ce qui n'avait pas dû être très difficile. Même si cela lui avait pris plus de temps qu'elle ne l'avait imaginé.

D'autant plus qu'il avait dû prendre toutes ses précautions. Et se renseigner sur Jarrett McKenzie, afin de savoir à qui il avait affaire. Il avait sans doute découvert que Jarrett était un homme riche et puissant, et attendu d'être en possession d'armes suffisantes à retourner contre eux deux.

Et maintenant, il était ici !

Clive Carter, le grand et blond Clive Carter, élégamment vêtu d'une redingote rouge écarlate, l'air d'un parfait gentleman, comme toujours, marchait derrière Tyler. Son homme de confiance au visage grêlé, Jenson Jones, était à ses côtés.

Il était venu avec Jenson, évidemment ! Cliver était loin d'être stupide. Il avait pris la peine de se rendre dans le sud, chez un homme hautement respectable, afin de pouvoir la livrer à la justice. Pour cela, il lui fallait un témoin irréprochable, comme ce magistrat de l'État du Massachusetts.

De manière à obliger Tara à le supplier d'avoir pitié d'elle et à se plier à ses exigences. Faute de quoi, il la conduirait tout droit à la potence.

Tout son corps tremblait comme une feuille. Mais Clive ne la toucherait pas. Jamais. Pas maintenant qu'elle connaissait Jarrett et l'aimait. Plutôt mourir.

Sauf qu'elle n'avait aucunement envie de mourir. Elle voulait vivre. Et continuer à croire qu'elle pouvait compter sur l'amour qu'elle venait de trouver.

Ils étaient parvenus au bord de la pelouse. Rutger leur avait déjà souhaité la bienvenue. Jarrett vint à leur rencontre. Tara compara brièvement les deux hommes. Clive, né et élevé dans la bonne société de Boston. Vil et déterminé. L'homme le plus abject qu'elle ait connu de toute sa vie, bien qu'il fût doué, oh, oui, très doué, beaucoup plus que la plupart des partenaires qu'elle avait eus sur scène. Il était très séduisant et très riche. Toutefois, même si elle ne l'avait pas méprisé de toute son âme, il n'aurait guère supporté la comparaison avec Jarrett. Son mari portait une simple chemise blanche, un pantalon en daim et une redingote noire très sobre. Clive, dans sa tenue aux couleurs éclatantes, son gilet brodé et sa redingote en velours, lui fit penser à un paon à côté d'un aigle. Tara ressentit un petit pincement au cœur en pensant à quel point elle l'aimait. Il avait l'air si fort, si majestueux, là, au milieu de la pelouse, avec ses cheveux attachés sur la nuque, son teint si mat qu'il aurait fort bien pu avoir du sang indien, droit comme un chêne, régnant en maître absolu sur son univers.

Elle ne pouvait rester là sans rien faire. Sans prêter attention à Cota, Tara alla ouvrir la malle dans laquelle se trouvaient ses nouvelles robes. Une tenue d'équitation vieux rose était posée sur le dessus. Elle la sortit, puis attrapa des bas et des dessous, ainsi qu'une camisole en coton chaud et doux. Elle était si nerveuse qu'elle serait bien sortie de la maison toute nue, mais elle savait que les nuits pouvaient être froides et humides, et qu'il lui faudrait quelque chose de chaud.

Cota lui jeta un regard intrigué tandis qu'elle se contorsionnait pour enfiler ses habits. Tara s'approcha de la belle Italienne et lui posa les deux mains sur les épaules.

— Cota, j'ai besoin d'aide. S'il vous plaît, allez trouver Peter, et dites-lui qu'il me faut un cheval frais. Surtout, qu'il ne prévienne personne, absolument personne. Ni lui ni vous ne devrez aller parler à maître Jarrett, sinon, je serai gravement en danger. Allez-y, je vous en prie...

— Signora McKenzie! Je veux bien vous aider, *ma*...

— Cota, je ne peux pas vous expliquer, je n'ai pas le temps. Il y a sur ce bateau un homme qui veut m'emmener loin d'ici. À cause de quelque chose que je n'ai pas fait, je vous le jure. Quoi que vous entendiez dire, Cota, sachez que je suis innocente. Mais je n'ai plus beaucoup de temps. S'il vous plaît, allez prévenir Peter. Dites-lui de m'attendre avec un cheval à l'orée de la forêt. Vite, je vous en supplie!

Le regard de Cota était rempli de désarroi. Elle faillit protester à nouveau.

— Allez-y, vite!

La jeune fille sembla enfin se décider à passer à l'action et sortit en trombe de la chambre. Tara n'avait plus le temps de réfléchir; elle attrapa en hâte une paire de bottes et sortit à son tour, après s'être assurée que leur visiteur diabolique n'était pas encore dans la maison. N'entendant aucun bruit, elle descendit l'escalier sur la pointe des pieds et s'éclipsa par la porte principale.

En la refermant, elle entendit les hommes entrer par l'autre porte du vestibule.

Peu importait. Elle était dehors; elle avait réussi. Elle s'arrêta un instant pour reprendre sa respiration. Oh, Seigneur, elle n'avait jamais éprouvé une si lancinante douleur! Que se passerait-il si Jarrett croyait les horribles mensonges que Clive allait lui raconter? S'il était convaincu qu'elle avait projeté de tuer un homme, qu'elle avait appuyé sur la gâchette et commis un meurtre?

Mieux valait ne pas y penser! Il ne lui restait plus qu'à s'accrocher à son rêve.

Et à espérer qu'ils auraient un avenir ensemble!

Ce qui ne serait pas le cas si elle restait plantée ici. Clive s'était fait accompagner de militaires ; la loi était de son côté. Jarrett, si grand soit son pouvoir, se retrouverait pieds et poings liés.

Elle devait fuir. Courir plus vite que jamais.

Peut-être y parviendrait-elle.

Après tout, elle était douée pour cela. Même Jarrett l'appelait sa petite fugitive.

Jarrett faisait de son mieux pour comprendre ce qui se passait, bien que tout ce que Tyler eût essayé de lui dire finisse par lui brouiller l'esprit.

Ce salaud était venu pour Tara. C'était simple à comprendre.

Quant au type au visage grêlé, avec un teint cireux et de petits yeux noirs enfoncés, il était en possession d'un mandat d'arrêt au nom de Tara.

Pour le meurtre d'un ex-sénateur des États-Unis.

À l'instant même où il vit les deux hommes, Jarrett sut qu'il ne remettrait jamais sa femme entre les mains de ces ordures. Jamais. Il ne savait pas très bien comment il allait se débrouiller, mais ils ne repartiraient pas d'ici avec Tara.

Le plus sage était sans doute de rassembler le plus d'informations possible. Tout savoir constituerait sa meilleure arme. Mais ce n'était pas si facile. Il avait une irrésistible envie d'étrangler ces deux hommes.

Et son cœur était dévoré d'angoisse. Pourquoi Tara ne lui avait-elle jamais avoué la vérité ? Au nom du ciel, pourquoi l'avait-elle laissé recevoir ce choc en pleine figure et chercher désespérément un moyen de la défendre ?

Jarrett avait écouté le récit des deux hommes près de l'embarcadère, puis, faisant un immense effort pour se maîtriser, avait décidé que le mieux était encore de les faire entrer dans la maison.

Sous prétexte d'aller demander à Jeeves de leur apporter à boire, il se précipita dans la bibliothèque afin de pouvoir lui parler avant que Tyler et les deux autres ne le rejoignent.

Bien entendu, Tyler devina qu'il se tramait quelque chose : l'officier savait pertinemment qu'ils pouvaient se servir eux-mêmes à boire dans la bibliothèque. Mais il ne pipa mot, et Jarrett lui en fut reconnaissant, conscient que Tyler serait prompt à se ranger à ses côtés, aussi prompt que peut l'être un ami.

Et il savait également que Tyler avait confiance en Tara. Il la connaissait. De même qu'il connaissait la franchise de son regard, la bonté naturelle de son cœur, ainsi que sa volonté de combattre les injustices de ce monde.

— Jeeves !

Celui-ci s'attendait à ce que Jarrett vienne le trouver.

— Va chercher Tara. Emmène-la loin d'ici. Dans la forêt, n'importe où. Envoie Peter avec elle. Il connaît bien les marais.

Jeeves acquiesça en silence et s'éclipsa juste au moment où Tyler et les hommes de Boston arrivaient. Le premier à entrer fut Clive Carter, fils de feu Julian Carter, politicien renommé. Le second était Jenson Jones, l'homme de loi muni d'un document légal délivré contre Tara.

— Asseyez-vous, messieurs, dit Jarrett en leur indiquant le canapé et des fauteuils. Que voulez-vous boire ? Un whisky ?

— Un double pour moi, fit Tyler.

— Du whisky fera l'affaire, dit Clive Carter, sans prendre la peine de demander son avis à l'horrible petit homme de loi.

Jarrett leur servit à boire tout en observant attentivement Carter. C'était un homme grand, en excellente condition physique. Il avait un beau visage — presque trop beau — et une masse de cheveux blonds. Il devait sembler séduisant à quantités de jeunes filles de bonne famille, ainsi qu'à leurs parents, car Julian Carter avait été un homme célèbre et respecté. Jarrett ne s'était jamais beaucoup intéressé à la politique à un échelon national, mais comme elles pouvaient avoir une influence sur l'avenir de sa région, il se tenait au courant des décisions prises à Washington et correspondait même de temps à autre avec son vieil ami Andrew Jackson. Or, il avait déjà entendu parler des Carter. Julian Carter avait été très apprécié dans les cercles politiques et respecté pour son intégrité, aussi bien par ses amis que par ses ennemis. La fortune de la famille Carter datait de plus d'un siècle. Bien que cela n'eût jamais été révélé au grand jour, Jarrett avait cru comprendre qu'ils avaient gagné une grande partie de leur argent en se livrant à la traite des Noirs. Ce n'étaient que des rumeurs, et il était bien placé pour savoir que les rumeurs pouvaient être fausses. Jamais personne n'avait bien sûr osé associer directement le nom des Carter à ce genre de commerce. Même dans le Sud, où l'économie reposait sur l'esclavage, se livrer à la traite des esclaves avec l'Afrique n'avait jamais été considéré comme une occupation très digne. Jarrett imaginait qu'à Boston, où le mouvement abolitionniste commençait à prendre de l'ampleur, être secrètement en rapport avec le marché africain serait plutôt mal vu.

Rien de tout cela n'avait d'importance pour l'instant. Ce qui comptait, c'était ce qui unissait cet homme à sa femme.

Jarrett but son verre à petites gorgées, les yeux rivés sur Clive Carter. Eh bien, songeait-il, lui qui avait voulu des réponses, il n'allait pas tarder à en avoir, et de la bouche de cet homme. C'était à cause de Carter que Tara s'était enfuie. Il la terrifiait et bien qu'elle le méprisât, elle avait été prête à tout pour lui échapper.

Travailler dans une taverne. Se marier avec un parfait inconnu.

— Très bien, messieurs, dit enfin Jarrett. J'aimerais reprendre depuis le début afin de tenter de comprendre. Mr. Carter, vous essayez de me dire que Mr. Jones ici présent a un mandat d'arrêt contre ma femme, et qu'elle est accusée d'avoir tué votre père ?

— Exactement, monsieur, répliqua Carter.

Il y avait quelque chose de suave et d'obséquieux dans son expression. Jarrett, hérissé, avait envie de le mordre.

— Comment connaissez-vous ma femme, monsieur ?

Carter haussa les épaules, puis soupira comme s'il était profondément peiné.

— Encore une fois, je vous prie de m'excuser pour cette intrusion, monsieur, car il semble que vous ignoriez tout du passé de Tara. Je la recherche depuis longtemps. J'ai failli la rattraper à La Nouvelle-Orléans. C'est de là que j'ai pu remonter jusqu'à vous.

Jarrett ne quitta pas une seconde son interlocuteur des yeux.

— Eh bien, éclairez-moi.

— Miss Brent était une actrice que mon père avait prise sous son aile. Elle jouait une comédie en compagnie d'une troupe dans la maison de mon père, une pièce écrite par un jeune homme que mon père désirait également aider : le frère de Tara. Et voilà comment il a été remercié, par une balle en pleine poitrine.

— Je ne comprends toujours pas très bien ce qui vous fait penser que Tara a pu tirer ce coup de feu.

— Elle n'était pas heureuse avec mon père, et s'imaginait qu'il voulait diriger sa vie, alors qu'il s'efforçait seulement de veiller à son bien-être et à son avenir.

Jarrett leva les bras au ciel en secouant la tête.

— Mais qu'est-ce qui vous fait penser que c'est Tara qui l'a tué ?

— Elle lui a tiré dessus en public, monsieur. Si vous ne me croyez pas, sachez qu'il y avait parmi l'assistance des membres appartenant à la meilleure société de Boston.

— Je n'aurais pas un mandat si ce n'était pas vrai, ajouta Jenson Jones en souriant.

Un sourire qui avait quelque chose de visqueux, pensa Jarrett.

Mais cette histoire ne pouvait être vraie. Tara n'avait jamais nié être accusée d'un tel crime. En revanche, elle avait toujours nié en être coupable.

Et si elle l'affirmait, ce devait être la vérité.

Cependant, comment le prouver?

Jarrett se tenait immobile contre la cheminée. Ces hommes semblaient disposer d'arguments irréfutables. Des témoins avaient vu Tara tirer sur Julian Carter.

— Jarrett, dit doucement Tyler d'un air misérable, d'après ce que j'entends, Tara va devoir comparaître au tribunal.

— Mon père était un homme très influent, commença Carter de son ton impérieux.

— Ah, oui! s'exclama Jarrett en lui coupant la parole. J'ai rencontré une fois votre père. J'étais en compagnie du président Andy Jackson!

Il avait dit cela avec un sourire affable. Inutile de préciser devant Carter que le vieil aventurier et lui étaient quelque peu en froid actuellement à cause du problème indien. Mais puisque Carter semblait chercher à l'impressionner en lui jetant des noms à la figure, Jarrett avait jugé bon d'en faire autant.

— Monsieur, il y a des témoins! Le Président ne pourra pas intervenir.

— Je n'avais pas l'intention de le lui demander. Mais si ma femme doit se rendre à Boston pour y être jugée, je vous demanderai de me laisser le temps de préparer sa défense, et d'interroger vos témoins.

Clive Carter plissa les yeux. Une lueur cruelle animait son regard. Jarrett avait le sentiment que ce n'était pas Julian qui avait essayé de manipuler Tara, mais Clive en personne.

— Vous n'aurez qu'à faire ce qui vous semble juste, McKenzie. Mais peut-être devrais-je vous informer auparavant d'un autre détail.

— À savoir ?

— Votre femme est également coupable de bigamie. Tara s'est mariée avec moi le samedi qui a précédé la mort de mon père. La cérémonie s'est déroulée dans l'intimité.

— Pardon ?

Jarrett, le souffle coupé, ne parvenait pas à y croire. Non, il n'y croyait pas une seconde.

Carter s'éclaircit la gorge en se levant brusquement. Il s'approcha de Jones, qui se leva à son tour et mit la main dans la poche intérieure de sa redingote d'où il sortit un document. Il tendit un certificat de mariage à Jarrett.

Apparemment, c'était un document officiel. Toutefois, Jarrett était pratiquement sûr qu'il s'agissait d'un faux.

— Vous savez, McKenzie, je n'ai pas particulièrement envie moi non plus de voir Tara au bout d'une corde, reprit Carter. Elle a tué mon père, mais je suis prêt à me battre pour la défendre. J'ai même l'intention de ne pas faire peser sur elle la charge de bigamie et, bien entendu, j'espère que vous serez suffisamment gentleman pour ne pas mentionner votre faux mariage au cours du procès. Je connais les meilleurs avocats de Boston. Et s'il y a quelqu'un qui peut parvenir à la faire relaxer, c'est bien moi. Il me suffit de la trouver et de la ramener à Boston.

— Vous dites qu'elle a été votre femme ? s'enquit Jarrett.

— Monsieur, vous avez le certificat de mariage entre les mains !

— Mais je proteste. Tara ne vous a pas épousé. Avez-vous vécu ensemble en tant que mari et femme ?

— Absolument, bien que dans le plus grand secret. Mon père souhaitait ce mariage, voyez-vous, il l'aimait beaucoup et voulait être certain qu'elle ne manquerait de rien tout au long de sa vie. Quel meilleur moyen de faire d'elle sa fille qu'en lui faisant épouser son fils ?

— Ah, et elle était d'accord ?

— Peu de femmes auraient manqué de l'être.

— Et elle était si contente qu'elle a abattu votre père ?

— Il lui avait demandé d'arrêter de jouer, ce n'était plus une profession convenable pour elle. Elle a toujours été persuadée pouvoir me charmer, me manipuler, me séduire et, à mon grand chagrin, je dois reconnaître qu'à l'époque, c'était vrai. Bien entendu, je l'aime toujours. Et je reste déterminé à faire tout mon possible pour l'aider.

Le document à la main, Jarrett regarda Tyler et secoua la tête, maudissant en silence la femme dont il était tombé si éperdument amoureux. Si seulement elle lui avait expliqué ce qui s'était passé ! Si elle lui avait laissé le temps de préparer une contre-offensive !

— C'est impossible, déclara Jarrett. À moins que vous ne soyez impuissant.

Ce fut avec délices qu'il vit Carter devenir pâle comme un linge, et de grosses veines saillir furieusement sur son front. Avant de poursuivre, Jarrett lui sourit.

— Ma femme, messieurs — comment dire cela avec délicatesse ? — était parfaitement innocente le soir de nos noces.

Carter se maîtrisait relativement bien, malgré un léger tremblement qui trahissait sa rage.

— Hélas, Mr. McKenzie, vous oubliez que ma

femme est une actrice. Elle peut prendre n'importe quel accent, imiter n'importe quel comportement. Et je suis convaincu que si sa vie en dépendait, elle serait tout aussi capable de — disons pour être délicat — jouer les innocentes !

Jarrett dut faire un effort pour se contrôler.

— Monsieur, il y a certaines choses qu'aucune femme ne saurait simuler, à moins d'avoir épousé un parfait imbécile — ce qui, je vous l'assure, est loin d'être mon cas. Est-ce ainsi que vous me qualifieriez ?

Tyler toussota discrètement, comme pour rappeler son ami à l'ordre. Clive Carter leur jeta un regard furieux à tous les deux.

— Me traiteriez-vous de menteur ? demanda-t-il.

— Mr. Carter, je répugnerais à traiter le fils de Julian Carter de menteur. Je ne sais que vous dire. Peut-être souffrez-vous d'une sorte de délire.

— C'est vous qui délirez, McKenzie ! rugit Carter en s'avançant d'un pas. Et j'exige que vous respectiez mes droits devant la loi ! Faites descendre Tara immédiatement. Que vous le vouliez ou non, monsieur, elle va devoir répondre du meurtre de mon père devant un tribunal !

Tyler se racla la gorge.

— Jones a un mandat, Jarrett, dit-il d'un air dépité.

— Malheureusement, ma femme n'est pas là.

— C'est un mensonge ! cria Carter.

Jarrett le dévisagea en haussant un sourcil.

— Apparemment, ce gentleman bostonien n'est pas au courant de la façon dont doit se comporter un invité dans nos régions.

— Ne cherchez pas à m'endormir, McKenzie. Vous avez déjà roulé mes hommes à La Nouvelle-Orléans et...

— Et à ce moment-là, où était votre mandat, Mr. Carter ?

— Il fallait d'abord que je la retrouve pour le faire établir !

— Peut-être n'en aviez-vous pas ? Peut-être continuez-vous à croire que vous allez pouvoir l'enlever et la ramener, en la menaçant de la potence ?

— Comment osez-vous, commença Carter en s'approchant de Jarrett.

C'était exactement ce qu'il attendait. En fait, il mourait d'envie d'avoir une occasion d'écraser son poing sur la figure de Carter.

— Messieurs ! Ce n'est pas une façon de régler les différends ! lança Tyler Argosy en s'interposant entre les deux hommes.

— Je veux ma femme ! s'écria Carter. Et si vous n'y veillez pas, capitaine Argosy, je me chargerai de vous faire arracher vos galons, et vous vous retrouverez à nettoyer les latrines le reste de votre vie !

Tyler fronça ses sourcils blonds.

— Faites comme bon vous semble, Mr. Carter. Mr. McKenzie vient de dire que sa femme n'était pas là. Or, sa parole me suffit.

— Eh bien, pas à moi ! rétorqua Carter. Où diable est-elle ?

— Elle s'est retirée pour prier, dit Jarrett le plus naturellement du monde.

— Comment ? tonna Carter, l'air stupéfait.

— Elle est quelque part dans les marécages, expliqua Jarrett avec un large sourire. Parmi les Indiens. Nous sommes en guerre, vous savez. Dites-le-lui, Tyler, car il n'a pas l'air d'être au courant. Les Séminoles sont sur le sentier de la guerre. Tara est avec eux.

— Inutile d'essayer de me dissuader, McKenzie, menaça Carter. Je vous ferai pendre pour complicité.

Jarrett fronça les sourcils.

— Vous ne trouvez pas qu'il pousse un peu, Tyler ? s'enquit-il d'un air amusé. Oh, et puis, après tout, il y a plus d'un an que je ne suis pas allé à Boston.

Carter faillit encore une fois se ruer sur lui. Cette fois, Tyler n'avait pas l'intention de s'en mêler.

Ce fut Jenson Jones qui le retint par sa redingote.

— Mr. Carter, cela ne résoudra rien !

Mais Carter brandit un poing menaçant sous le nez de Jarrett.

— Je me fiche pas mal de vos stupides Indiens ! Je vais aller la chercher, et les militaires ici présents se chargeront de vos Séminoles. Et je vous préviens, McKenzie, je la retrouverai. Ensuite, je reviendrai vous chercher pour vous assigner en justice.

Il se tourna brusquement vers Tyler.

— Faites fouiller la maison !

— Je vous assure... commença l'officier.

— Fouillez la maison ! dit calmement Jarrett. Je vous promets qu'elle n'est pas ici, Carter. Vous ne la trouverez nulle part.

— Je veux qu'on fouille cet endroit de la cave au grenier ! exigea Carter.

Puis il sortit en trombe de la pièce, Jenson Jones sur ses talons.

Jarrett se tourna vers Tyler en haussant les épaules.

— Comme vous le savez, il n'y a pas de cave.

L'officier sourit d'un air gêné.

— Jarrett, l'affaire est sérieuse ! Il a un mandat. On m'a ordonné de venir ici. Les documents qu'il détient sont légaux !

— Le mandat est peut-être légal, soupira Jarrett, mais le certificat de mariage est un faux. Vous avez vu les signatures qui figurent sur le document ?

— C'est Jenson qui a célébré la cérémonie de mariage, répliqua Tyler en hochant la tête, en tant que magistrat.

— C'est ce qu'il prétend. Julian Carter et une femme dénommée Sara Teasedale auraient servi de témoins. Or, Julian est mort. Et je parie qu'il y a également anguille sous roche du côté de cette Sara Teasedale.

— Le certificat de mariage est peut-être un faux, mais pas le mandat d'arrêt, insista Tyler.

— Elle n'a rien fait, dit platement Jarrett.

— Jarrett, pour l'amour du ciel ! C'est ce que je voudrais croire aussi, mais il y a apparemment eu des témoins au moment où on a tiré et tué Julian Carter.

— Elle n'a rien fait.

— Cependant, Carter exige que je l'accompagne à l'intérieur des terres jusqu'à ce qu'il la retrouve !

Jarrett garda le silence.

— C'est bien là qu'elle se trouve, n'est-ce pas ? demanda posément Tyler.

Jarrett n'eut pas le temps de lui répondre. Jeeves venait de franchir la porte. Jarrett se tourna aussitôt vers lui d'un regard anxieux.

Jeeves haussa les sourcils en apercevant Tyler. Jarrett lui fit signe qu'il pouvait parler.

— Elle était partie, monsieur.

— Comment ?

— Je n'ai pas pu dire à Mrs. McKenzie qu'il fallait qu'elle s'en aille. Elle était déjà partie.

Jarrett baissa la tête. Diantre ! Où était-elle allée ? La détermination de Carter semblait inébranlable. Il fallait à tout prix la retrouver le premier !

— Jarrett, dit fermement Tyler, vous savez que je vais être obligé de ramener Tara. Je n'ai pas le choix. Ce qu'il faut que vous fassiez avant tout, c'est lui trouver un avocat, le meilleur d'Amérique. Et vous auriez tout intérêt à en trouver un qui fasse partie de l'État du Massachusetts.

— Je lui trouverai un avocat, Tyler. Le moment venu. Pour l'instant, ajouta-t-il en se dirigeant vers la porte, il faut que je retrouve ma femme... avant vous.

Arrivé sur le seuil, il se retourna.

— *Ma femme,* Tyler. *La mienne.* Je vous jure que Tara n'a jamais été mariée à cet imbécile prétentieux. Et d'une manière ou d'une autre, je le prouverai !

21

Peter accompagna Tara jusqu'au village désert des Séminoles où James avait vécu avec sa famille. Et où se dressait encore la cabane de Jarrett.

— Cette nuit, je monterai la garde, dit Peter.

Elle esquissa un sourire. Elle faillit lui dire qu'il pouvait repartir, qu'elle se débrouillerait, qu'elle n'avait pas peur, mais le jeune garçon avait sa fierté, et il semblait fermement décidé à veiller sur elle.

Tara avait prévu de venir seule. Peter avait insisté pour l'escorter, et elle s'était dit qu'il avait probablement une meilleure connaissance du terrain. De plus, elle n'avait pas eu le temps de l'en dissuader. Et maintenant, elle se demandait si elle ne ferait pas mieux de s'enfuir. Comment Jarrett avait-il réagi en découvrant Clive Carter sur le pas de sa porte, avec un mandat d'arrêt au nom de sa femme ?

Elle préférait ne pas y penser. Et ne pas se demander si Jarrett continuerait ou non à lui faire confiance. Il faisait nuit, elle était épuisée, et elle n'arrivait même pas à allumer un feu dans la cabane.

Peter apparut sur le seuil de la porte qu'elle avait laissée ouverte. Elle le laissa allumer le feu, et le remercia, puis s'assit en tailleur en laissant son regard errer sur les flammes. James et les siens venaient à peine de partir, et pourtant le village paraissait glacial, désolé, uniquement habité par les fantômes des rires et des rêves de ceux qui avaient vécu ici.

Son estomac gargouilla. Elle réalisa soudain qu'elle avait faim, et que cette nouvelle fuite était tout à fait différente. Auparavant, l'activité bourdonnante des villes lui avait toujours permis de rester saine et sauve. Elle avait travaillé, dépensé ses gains avec parcimonie et n'avait jamais été obligée de voler quoi que ce soit. Même menacée par les pires dangers, elle avait ainsi réussi à survivre.

Jusqu'à ce qu'elle rencontre Jarrett. Cette nuit-là, à La Nouvelle-Orléans, elle n'aurait sans doute pas survécu sans lui.

Mais, cette fois, tout était différent ! Il ne restait pas la moindre chose à manger ; les Séminoles avaient tout emporté, sachant qu'il leur faudrait un maximum de réserves pour survivre au milieu des marécages. Tant pis ! De toutes façons, si elle avait mangé, elle aurait sans doute été malade.

Au moment où elle se disait cela, Peter, qui s'était éclipsé, réapparut, brandissant ce qui ressemblait à une boule de fourrure.

— Un lapin, pour vous ! dit-il fièrement.

— C'est merveilleux, merci beaucoup !

Toutefois, elle éprouva un nouveau malaise. Les yeux du petit animal semblaient la fixer. Bien que consciente des efforts de Peter pour l'aider, Tara ne pensait pas avoir la force de dépecer et de cuire ce fichu lapin.

Elle voulut se lever, mais dut se rasseoir aussitôt, prise de vertiges. Elle était si lasse ! Et puis, elle venait de faire une longue chevauchée.

Et elle avait eu si peur.

Sans parler de la douleur qui lui serrait le cœur...

— Je vais préparer le lapin, dit Peter avant de ressortir.

— Merci ! dit-elle à voix basse.

Tara réussit à se mettre debout et à se traîner

jusqu'au lit encore recouvert de fourrures sur lequel elle se laissa tomber. Elle resta étendue en contemplant le feu, la tête vide. Accepterait-il de la croire ?

Voudrait-il — pourrait-il — encore l'aimer ?

Tara ferma les yeux, et ne tarda pas à somnoler. Quand elle les rouvrit, le feu était presque éteint. Soudain, elle perçut un frémissement qui semblait venir de derrière la cabane et se redressa, paniquée.

Peter ?

Pourtant, on eût dit que quelqu'un avançait d'un pas furtif, en prenant soin de ne pas faire de bruit.

Alors qu'elle ouvrait la bouche pour appeler le garçon, Tara se figea. Quelqu'un venait de se glisser dans la cabane.

Le cœur cognant dans la poitrine, elle se releva en cherchant désespérément un objet avec lequel se défendre. Près du feu, elle aperçut une grande cruche en terre. Elle la ramassa, puis se faufila tout près de la porte. Une fois arrivée là où elle le souhaitait, elle se plaqua contre le mur en retenant son souffle. Les battements de son cœur étaient si forts qu'elle pria le ciel pour que personne d'autre ne pût les entendre.

Quelqu'un était là. Elle le devinait, malgré le silence complet et l'obscurité. Un long frisson la parcourut.

Là ! Une ombre ! Il faisait très noir, mais elle la vit. Une silhouette venait de passer devant les braises mourantes. Paralysée de terreur, Tara attendit. Elle ferma les yeux, avala sa salive, puis les rouvrit. Et attendit encore.

Et tout à coup, il bougea. Elle distingua un bras — prolongé par un revolver. La silhouette menaçante était maintenant au milieu de la cabane, elle ne pouvait plus attendre. En poussant un cri, elle se rua en avant et lui écrasa la cruche sur la tête. Il chancela.

Tara en profita pour partir en courant.

Mais des mains lui saisirent les chevilles, et elle s'écroula.

— Tara!

Quelqu'un venait de prononcer son nom, mais elle était si terrorisée qu'elle n'y prêta pas vraiment attention, trop occupée à essayer d'échapper à son agresseur.

Mais en vain. Les mains la serraient, impitoyables. Centimètre par centimètre, son agresseur la tira dans la cabane.

Elle tenta de se retourner, de se débattre, de lui donner des gifles, des coups de poing, des coups de pied, des coups de griffes...

— Tara!

Des mains puissantes se posèrent sur ses épaules. Elle cligna des yeux, et aperçut alors le regard noir de l'homme qui la retenait prisonnière, tout en s'efforçant de tenir son visage à bonne distance de ses ongles.

— Tara, c'est moi!

— Oh, mon Dieu, Jarrett!

Elle se jeta à son cou, et des larmes embuèrent ses yeux.

Il tenta de se dégager de son étreinte.

— Jarrett, je suis désolée. Sincèrement désolée. Je n'aurais jamais dû vous épouser. J'aurais dû me douter qu'il n'abandonnerait pas.

— Tara, ça suffit! dit-il avec dureté.

Elle se tut et ferma les yeux, ne lui opposant plus aucune résistance.

— Ils sont avec vous? murmura-t-elle. Ils sont venus m'arrêter?

Jarrett secoua la tête et lui tendit la main pour l'aider à se relever. De l'autre, il se frotta douloureusement la tête.

— Diable! marmonna-t-il entre ses dents.

— Vous avez failli me faire mourir de peur! chuchota-t-elle. Peter devait monter la garde!

— Peter n'était nulle part en vue quand je suis arrivé. Je me doutais que vous seriez dans la cabane, mais Carter vous cherche, aussi ai-je préféré prendre quelques précautions.

Tara passa devant lui, raide comme un bout de bois. Il devait la haïr. Le contraire eût été surprenant.

— Quelque chose ne va pas ! Peter ne m'aurait pas abandonnée comme ça !

— Je trouverai Peter. S'il vous a laissée, c'est qu'il avait une raison ; mais il faut d'abord que je m'occupe de vous.

Ce fut comme si une coulée de glace venait de s'abattre sur elle.

— Peut-être devrais-je tout simplement... partir avec Clive ! dit-elle, misérable.

— Je vous demande pardon ?

— Jarrett, je n'ai jamais voulu vous entraîner dans tout ceci ! dit-elle en se retournant vers lui.

— Tara, pour repartir avec lui, vous devrez me passer sur le corps. Mais j'exige de vous une chose, et je l'exige immédiatement.

— Et qu'est-ce que...

— Une explication.

Elle se mordit la lèvre et acquiesça en silence. Puis elle se détourna et se mit à marcher de long en large dans la cabane.

— C'est drôle, murmura-t-elle. Je repense parfois à cette soirée, quand Tyler est venu dîner avec les sergents Rice et Culpeper, et que tout le monde cherchait d'où je pouvais venir !

— De Boston ? Et moi qui trouvais que vous aviez un accent du Sud ! railla Jarrett.

Sans répondre, elle s'approcha du feu et s'assit, le regard perdu sur les braises.

— Non, je ne viens pas de Boston. Je suis née à Dublin.

— Le matin où vous avez chanté sur le bateau, j'ai cru déceler dans votre voix une pointe d'accent irlandais. Mais il paraît que vous êtes une excellente actrice.

— William et moi étions encore tout petits quand ma mère est morte. Mon père était mineur. Il a survécu de quelques années à ma mère, mais j'avais treize ans, et William onze, lorsqu'il est mort à son tour. Il n'y avait personne pour s'occuper de nous, et nous n'avions rien. Toute notre vie, nous avions entendu raconter des histoires merveilleuses sur le Nouveau Monde, des récits fabuleux sur la Révolution américaine, sur l'aventure que c'était de venir ici ! J'avais une assez belle voix et William peut jouer de n'importe quel instrument, bien que l'écriture soit sa véritable passion.

Elle s'interrompit une minute. Plus tard, elle reviendrait là-dessus.

— Quoi qu'il en soit, nous avons chanté et dansé dans les rues de Dublin afin de gagner de quoi payer notre passage sur un bateau en partance pour ce pays. Et nous avons débarqué à Boston.

— C'est là que vous avez rencontré Julian Carter ?

Tara hocha lentement la tête, puis se tourna vers Jarrett.

— Je vous jure que je ne l'ai pas tué. J'avais beaucoup d'affection pour lui. C'était un homme bon, généreux. Sans aucune comparaison avec son fils.

— Bien. Continuez.

— Nous avions du mal à entrer dans le pays. Un des officiers du service de l'immigration a dû voir en nous deux petites bouches misérables de plus à nourrir — je pense d'ailleurs qu'il n'aimait guère les Irlandais. Mais Julian Carter se trouvait là, et il nous a facilité les choses. Il nous a offert à William et à moi un somptueux dîner en nous expliquant combien ce pays était extraordinaire. Il nous a promis de nous aider à trouver du travail.

Le ton de sa voix se durcit tout à coup.

— Je me souviens que, lorsqu'il nous a ramenés chez lui, Carter était là. Il ne voulait pas entendre parler de nous. J'avais alors quinze ans, et William treize. Nous venions de passer des semaines au fond de la cale d'un bateau et ne devions pas être à notre avantage. Ce soir-là, je n'ai pas dû lui paraître très attirante ! Il a dit à son père qu'il était fou de gâcher de l'argent pour venir en aide à deux petits Irlandais minables. Mais, ce soir-là, il n'est pas resté longtemps. William et moi avons pu nous laver ; Julian nous a donné des vêtements et nous a promis de nous trouver quelque chose. Pour le remercier, William a joué de la flûte, j'ai chanté, et, tout à coup, il a claqué des doigts en disant qu'il avait exactement ce qu'il nous fallait. Et le lendemain, nous travaillions pour une troupe de théâtre.

— Et vous étiez douée, très douée même, poursuivit Jarrett d'une voix douce. Vous avez appris à parler sans aucun accent. Et je suppose que c'est là que vous avez appris à manier l'aiguille.

— En faisant des costumes.

— Bien sûr. Continuez.

— Pendant quelque temps, la vie a été belle. Nous avions beaucoup de travail, mais tout allait bien. Nous avons d'abord fait toutes sortes de menues tâches puis, très vite, j'ai commencé à jouer, et William à écrire. Nous avons quitté Boston pour aller faire une tournée à New York, à Richmond, et nous sommes revenus. Les années ont passé. William est tombé amoureux d'une des actrices, une jeune fille du nom de Marina. Ses parents sont des commerçants de Boston. Ils étaient prêts à renier leur fille ; la voir jouer la comédie les désespérait. Mais ils ont été enchantés par ce mariage : Marina allait enfin pouvoir arrêter de jouer et rester à la maison, et William les ferait vivre tous les deux en écrivant des articles dans les journaux, ainsi que des pièces de théâtre.

Tara s'arrêta un instant.

— C'est à ce moment-là que vous avez repris contact avec les Carter ? demanda froidement Jarrett.

Elle hocha la tête.

— La troupe se trouvait à Boston. William avait une nouvelle pièce sensationnelle. Il m'avait écrit un rôle sur mesure, celui d'une femme éconduite qui assassine son amant et bienfaiteur... ce qui ne paraissait nullement ironique à l'époque, bien évidemment ! C'était une excellente pièce. Je suis allée voir Julian. Nous avions besoin d'un mécène, parce que la pièce était bonne, mais aussi parce que je savais que si la première avait lieu chez lui, ce serait un immense succès. Julian a tout de suite été d'accord. Il était très excité par le projet. Mais au moment où j'allais partir, j'ai croisé Clive. Il a d'abord refusé de croire que j'étais la petite orpheline affamée que son père avait ramenée tant d'années plus tôt. Et quand il a réalisé qui j'étais, il a commencé à...

— Il a commencé à quoi ?

Tara frémit.

— Il était là sans arrêt. Et nous habitions à nouveau chez son père. Chaque jour, il arrivait avec une nouvelle proposition : il ferait de moi une femme riche. Je pourrais chanter, danser où je voudrais, ou abandonner la scène. Pendant des jours et des jours, j'ai fait de mon mieux pour l'ignorer. Puis il a commencé à me dire que je ne travaillerais plus jamais de ma vie, que je mourrais de faim. Ses menaces finissaient par vraiment me faire peur. Et à ce moment-là...

— Et à ce moment-là ?

Elle sursauta. Jarrett était debout derrière elle. Elle ne l'avait pas entendu approcher.

— À ce moment-là, j'ai surpris une dispute épouvantable entre lui et son père. Julian était furieux contre lui pour de multiples raisons : il jetait l'argent par les fenêtres, buvait, entretenait de nombreuses maîtresses... bref, Julian a menacé Clive de le déshériter et de me laisser toute sa fortune. Clive l'a évidemment très mal pris. Ensuite, se disant sans doute que Clive était tout de même sa chair et son sang, et qu'il était encore jeune, Julian lui a suggéré de m'épouser, de s'établir. Ainsi, il mettrait fin à sa vie dissipée et, en échange, je pourrais vivre toute ma vie dans l'aisance, le confort et la respectabilité.

Jarrett était maintenant à ses côtés, le regard brûlant, le visage impassible. Il lui posa les deux mains sur les épaules pour la regarder en face.

— Et vous l'avez épousé ?

— Non ! s'exclama Tara, manquant suffoquer. Vous savez bien que non, je n'aurais pas pu me marier avec vous ! Pourquoi me posez-vous cette question ?

Le regard de Jarrett resta fixé sur elle.

— Parce que Clive prétend que vous êtes coupable de bigamie, en plus du meurtre. Il a un certificat qui stipule que vous êtes sa femme.

— Seigneur ! s'écria Tara, horrifiée, en se levant d'un bond. Vous n'allez quand même pas croire ça ! Ce n'est pas vrai ! C'est justement à cause de cela que tout s'est si mal terminé ! Clive est venu me demander en mariage, et j'ai refusé en lui assurant que je préférais mourir de faim plutôt que de l'épouser. Jarrett, vous ne le connaissez pas, vous ne savez pas ce qu'il m'a proposé, ce qu'il a voulu...

— Je l'imagine sans peine. Je veux entendre la fin de l'histoire.

Il se redressa, sombre et menaçant.

Dès lors, il la croirait, ou il ne la croirait pas.

Et il l'aimerait...

Ou pas.

Tara redressa le menton, en se promettant de ne pas éclater en sanglots. Quoi qu'il arrive.

— La pièce de mon frère a finalement été jouée. Nous donnions une représentation dans la maison des Carter. La salle de réception est très grande, et nous avions installé une scène tout au fond. Un public élégant était assis devant nous et, derrière, il y avait des rideaux peints. Mon arme a tiré à blanc. J'en suis absolument certaine. Je l'avais vérifiée juste avant d'entrer en scène. C'était une précaution que mon frère et moi prenions toujours. Dans la pièce, mon amant était supposé se trouver dans l'assistance, et je devais lui tirer dessus. Ce que j'ai fait. Ça a été affreux. Le sang a jailli de la poitrine de Julian Carter, il s'est écroulé et, à peine une seconde plus tard, il était mort. J'étais stupéfaite, je n'arrivais pas à y croire. Je me suis soudain aperçue que quelqu'un venait de bouger derrière le rideau. Comme je vous l'ai dit, je savais que mon arme était chargée de balles à blanc. C'est donc quelqu'un d'autre qui a tué Julian, en se cachant derrière le rideau de scène. Et je suis convaincue que Clive l'a payé grassement pour tirer ce coup de feu, qui arrangeait tout. Julian était mort avant d'avoir pu modifier son testament. Désormais, soit je ferais tout ce qu'il exigerait soit je serais pendue. Il était gagnant sur tous les tableaux.

— Et votre frère ?

Tara poussa un soupir en regardant ses mains croisées.

— William n'était pas là. C'était une journée importante pour lui, mais Marina était malade, aussi a-t-il préféré rester à la maison pour s'occuper d'elle et de leur bébé. Je suis sûre que, en bon Irlandais, il a dû se mettre dans une rage folle et clamer mon innocence. Je savais alors, et je sais encore, qu'il se battrait pour moi jusqu'au bout. Nous étions très proches : pendant longtemps, nous n'avons pu compter que sur nous-mêmes. Mais, bien entendu, quand William a été mis au courant de ce qui s'était passé, j'étais déjà partie. Quand je suis arrivée à Atlanta, je lui ai envoyé une lettre signée « tante Fanny ». C'était une parente lointaine que nous avions inventée quand nous jouions la comédie. Je lui expliquais que j'étais partie en voyage, vers l'ouest, et que je voulais juste lui dire que j'allais bien, qu'il ne devait surtout pas s'inquiéter ni mettre mon petit neveu en péril. Je sais qu'il doit être malade d'inquiétude, mais je ne pouvais pas prendre le risque que quelqu'un retrouve ma trace. Cependant, Clive a réussi à me retrouver à chaque fois, partout. Même ici, en pleine nature sauvage.

Tara avala péniblement sa salive.

— Voilà, conclut-elle doucement. C'est tout.

— Pourquoi ne m'avez-vous pas raconté tout cela plus tôt ?

— Je l'aurais fait un jour ou l'autre. Soyez honnête. Au début, vous ne vouliez pas me dire que vous étiez lié avec la moitié des gens vivant dans ces marécages. Eh bien, pour ma part, je ne voulais pas vous dire qu'il y avait au moins trente témoins qui pouvaient jurer que j'étais une meurtrière !

Il resta coi, le regard rivé sur elle.

— Jarrett, je vous jure que je ne l'ai pas tué ! Je ne cherchais nullement à vous mentir. D'ailleurs, je ne vous ai jamais menti. Je vous aurais tout dit, si seulement nous avions eu un peu plus de temps...

Il semblait redevenu un parfait étranger, l'homme brun et menaçant au regard sombre et énigmatique qui avait posé les yeux sur elle dans la taverne de La Nouvelle-Orléans. Tara frissonna, regrettant de ne pouvoir revenir en arrière.

Clive avait réussi à lui faire du mal d'une façon qu'elle n'avait jamais imaginée. Car, maintenant, elle avait tout à perdre. Absolument tout, puisque c'était son amour.

— Très bien, dit-il gravement au bout d'un instant. Nous allons nous en occuper.

Elle secoua la tête, les larmes aux yeux.

— Ce n'est pas *nous* qui allons le faire, Jarrett. C'est *moi*, toute seule. Il faut que je parte et que je passe devant le tribunal, sinon, toute ma vie, je devrai me cacher.

— Non, dit-il simplement. Nous sommes tous les deux en fuite, pour l'instant. Je vais commencer par vous mettre à l'abri au fin fond de la forêt, là où il ne pourra jamais vous retrouver. Ensuite, je mettrai des avocats sur l'affaire. Il doit bien y avoir un moyen de prouver que vous n'êtes pas coupable et de découvrir qui l'est.

Très calme, bien que tremblante, Tara baissa la tête.

— Je n'ai jamais eu l'intention de vous faire subir tout ceci ! Jarrett, je vous demande pardon, mais vous ne devez pas vous sentir...

— Obligé ? compléta-t-il tout à coup.

Il s'avança d'un pas, la prit dans ses bras et l'attira contre lui en lui relevant le menton pour la regarder droit dans les yeux.

— Mais si, je suis votre obligé, mon amour. Et vous êtes... mon obligée !

— Oh, Jarrett ! murmura-t-elle en s'abandonnant dans ses bras. Être pendue m'est égal. Mais je ne supporterais pas de vous perdre.

Il resserra soudain son étreinte.

— Croyez-moi, j'aimerais pouvoir lui trancher moi-même la gorge.

— Mais ça ne servirait à rien !

Jarrett poussa un profond soupir.

— Pas si nous voulons avoir une vie paisible. Il faut vous innocenter, d'une manière ou d'une autre. Toutefois, si ce salaud croit pouvoir utiliser ce faux certificat pour prouver que vous êtes sa femme...

— Je nierai !

— Mais vous niez aussi un meurtre que tout le monde vous a vue commettre, lui rappela-t-il doucement.

— Oh, Seigneur ! s'écria-t-elle soudain avec un sanglot. Il n'y a décidément aucun moyen de me sortir de là !

Jarrett lui caressa tendrement les cheveux, puis la

souleva dans ses bras pour la porter sur la couche qu'ils avaient partagée tant de fois.

— Il y a sûrement un moyen. Il ne nous reste plus qu'à le trouver, dit-il en l'allongeant délicatement avant de se redresser. Reposez-vous. Nous allons passer la nuit ici. Je vais voir si je trouve la trace de Peter. Je reviens dès que possible.

Jarrett la laissa seule pour repartir dans la nuit.

Il n'avait qu'une envie : tuer Carter. Lui arracher les membres un à un. Rien ne lui semblait plus précieux que la femme aux immenses yeux bleus et aux cheveux de miel qui avait surgi dans sa vie. La voir se tourmenter ainsi lui était insupportable.

Et se sentir si impuissant à l'aider l'était plus encore.

Il devait pourtant y avoir un moyen.

Pour commencer, il fallait retrouver Peter. Le garçon, vif comme l'éclair, avait eu le bon sens d'accompagner Tara. N'ayant perçu aucun signe de lutte aux alentours de la cabane, Jarrett ne s'était pas inquiété de son absence.

Il s'éloigna de la cabane et s'enfonça dans la nuit. Tout à coup, un léger bruit le fit se crisper, mais ce n'était que Charlemagne qui broutait de l'herbe près du bosquet où Jarrett l'avait laissé. Il se détendit, puis partit en direction de la rivière, scrutant le sentier à la recherche de la moindre trace que Peter aurait pu laisser derrière lui. Tandis qu'il avançait, il eut soudain la même étrange sensation de vide que Tara avait éprouvée en arrivant au village. La tribu était partie. Toute vie avait disparu. Les cabanes se dressaient, tels des squelettes dans la nuit.

Son frère lui manquait. Il lui tardait de le revoir.

Au bord de la rivière, il repéra la trace de Peter, et fut décontenancé en voyant que le jeune garçon avait suivi le chemin emprunté par James et son peuple le jour précédent.

Il s'accroupit pour examiner de plus près les branches de pin brisées qui jonchaient le sol.

Puis il aperçut des empreintes de sabots.

Quelqu'un s'était approché du village et de la cabane dissimulés en pleine forêt.

Jarrett se redressa aussitôt.

Ils avaient eu une sacrée chance que Peter fût malin. Il avait fabriqué une fausse piste dans le but de tromper les cavaliers.

Si ces hommes s'étaient attardés dans le coin plus longtemps, ils n'auraient pas manqué de repérer la fumée qui s'élevait dans le ciel obscur.

Jarrett repartit en hâte, tout d'abord en marchant, puis en courant à toutes jambes.

Il ouvrit la porte de la cabane à toute volée.

Tara, qui était restée étendue sur le lit, se redressa brusquement et le regarda d'un air affolé.

— Peter ? Il va bien ? Il lui est arrivé quelque chose ?

Se sentant soudain ridicule, Jarrett s'adossa au mur un instant.

— Peter va bien, j'en suis sûr, parvint-il à dire.

Il s'approcha du feu qu'il éteignit à coups de pied. Tara le regarda comme s'il était devenu fou.

— Jarrett, il fait un froid glacial, dit-elle doucement.

— Mais la fumée risque de nous trahir.

— Oh ! s'exclama Tara en venant le rejoindre pour l'aider à étouffer le feu. Mais, si vous n'avez pas vu Peter, comment savez-vous qu'il va bien ?

— Quelqu'un a failli arriver ici... avant moi. Peter s'est arrangé pour brouiller les pistes.

— Oh ! Mon Dieu ! Nous n'aurions jamais dû allumer un feu. Mais Peter s'est montré si gentil. Il s'apprêtait à faire cuire un lapin.

— Vous devez mourir de faim.

Elle secoua la tête avec véhémence.

— Non ! Je n'ai pas faim du tout, assura-t-elle en contemplant les cendres. Il faut partir tout de suite, n'est-ce pas ?

— Nous... commença-t-il, mais il s'interrompit brusquement.

Les yeux bleus de Tara s'écarquillèrent. Tous deux venaient de percevoir un mouvement furtif, juste derrière la cabane.

Il lui fit signe de se mettre à l'abri derrière lui. Au lieu de cela, elle s'empara de la bouilloire suspendue dans l'âtre. Jarrett dégaina son pistolet, puis lui lança un regard en filant près de la porte pour s'aplatir contre le mur, comme Tara l'avait fait plus tôt.

Instantanément, elle alla se poster de l'autre côté de la porte.

— Tara ! gronda-t-il tout bas d'un air mécontent.

Mais sous la pâle lueur du clair de lune, une silhouette sombre se détachait...

Jarrett bondit.

Tara hurla. Tout ce qu'elle distinguait, c'étaient des ombres entremêlées.

— Non ! lâcha Jarrett d'une voix étouffée.

Tara entendit un bruit sourd. Quelque chose venait de voltiger au milieu de la pièce.

L'arme de Jarrett ?

Craignant pour la vie de son mari, Tara se rua en avant. Certaine d'avoir acculé l'homme qui venait d'entrer, elle leva la bouilloire à bout de bras et la lui lança violemment en plein sur la tête.

Il se retourna en la dévisageant d'un air hagard.

Puis s'affaissa lourdement à ses pieds.

Alors, elle se recula et poussa un cri.

22

Vingt minutes plus tard, James McKenzie se tenait encore la tête entre les mains, en regardant sa belle-sœur d'un air réprobateur. Tous trois étaient assis devant le feu éteint, une petite lampe à huile posée au milieu d'eux.

— Je n'ai jamais eu l'intention de vous faire du mal, vous le savez bien ! dit Tara, profondément désolée.

— Je n'en suis pas si sûr, répliqua James en haussant un sourcil comme le faisait souvent son frère. Elle a peut-être voulu se venger. À cause de toi, Jarrett. Et de tout ce *koonti* que tu m'as demandé de lui faire piler.

— James... protesta Tara.

— J'apprends que vous êtes seule et en danger, je vole à votre secours... tout ça pour me faire bousculer par mon grand frère et me faire ensuite assommer par ma petite belle-sœur si blonde et si délicate.

— Je ne t'ai pas bousculé. J'ai su que c'était toi à la seconde même où tu es entré dans la cabane.

— Eh bien, pas moi ! fit Tara. J'ai cru qu'il se passait quelque chose d'affreux, et je n'ai pas la chance, comme vous, de voir dans le noir.

Elle constata que James souriait. Très vite, cependant, son sourire s'évanouit.

— Que se passe-t-il ? Peter est arrivé à bout de souffle. Je n'ai d'abord pas saisi ce qu'il disait et j'ai cru que des soldats nous avaient repérés. Puis j'ai fini par comprendre qu'il m'expliquait que vous aviez fui, seule, en pleine nature, et que des soldats vous poursuivaient.

Tara lança un regard désespéré à son mari.

— Tara est accusée de meurtre, dit-il.

— Vous avez tué quelqu'un avec une bouilloire ?

Curieusement, elle se surprit à pouvoir encore sourire.

— C'est une longue histoire, mais un homme de Boston a essayé de se débarrasser de son père en se servant de moi. Il s'est arrangé pour que j'abatte son père en présence de nombreux témoins. Mais je suis innocente, je le jure, aussi me suis-je enfuie. Le plus loin et le plus vite possible. Toutefois, je n'ai pas été assez vite, ni assez loin !

— Je me demande si aucun de nous parviendra jamais à fuir assez vite et assez loin ! dit James.

Puis il se tourna vers son frère.

— Que comptes-tu faire ?

— Demain, nous emmènerons Tara rejoindre la tribu dans les marécages. Je vous la confierai, et je reviendrai pour voir où nous en sommes. J'ai fait prévenir Robert, qui va partir avec Léo sur la *Magda* et se rendre à Boston le plus rapidement possible. Là-bas, il contactera le meilleur avocat qu'il puisse trouver et commencera à monter un dossier afin de prouver que ce Clive Carter avait toutes les raisons du monde de souhaiter la mort de son père. Ensuite, nous essaierons de trouver le véritable coupable, puisque ce n'est pas le fils qui a tiré avec le revolver.

— Mais comment arriverons-nous à prouver tout cela ? demanda Tara.

Il sourit.

— Qui sait, peut-être Clive Carter finira-t-il par craquer et par tout avouer.

Et elle le considéra d'un regard sceptique, en se demandant si elle devait oser croire ce qu'il venait de dire.

— Vous pensez vraiment que c'est ce qui arrivera ?

— Les choses sont parfois imprévisibles, répondit-il avec un haussement d'épaules.

— Il se fera peut-être dévorer par un alligator, ajouta James.

— Ça n'arrangerait en rien mes affaires ! Je serai toujours accusée de meurtre, rétorqua tristement Tara.

— Carter est certainement l'homme blanc que nous tenons le plus à voir rester en vie, remarqua Jarrett. Mais en aucun cas, il ne doit approcher Tara.

Il se leva.

— Merci James. Merci d'être venu au secours de Tara.

James hocha la tête en observant sa belle-sœur.

— Vous êtes sûre que vous pourrez rester avec nous quelque temps ?

Elle esquissa un sourire.

— J'apprendrai même à piler le *koonti* correctement !

Oui, tout se passerait bien.

James se leva à son tour.

— Peter a entraîné Carter sur une fausse piste à travers les marécages. Cette nuit, nous devrions être tranquilles. Et puis, de toutes façons, Tara a sa bouilloire ! dit-il en souriant. Nous partirons dès l'aube.

Il s'apprêtait à les laisser quand Tara le retint.

— James, moi aussi, je vous remercie. D'être venu si vite à mon secours.

Il lui fit un petit signe de tête en souriant, puis disparut dans la nuit. Jarrett se tourna vers sa femme.

— Allez dormir un peu, lui dit-il. Je vais monter la garde.

— Mais vous avez besoin de dormir, vous aussi.

— James me relaiera un peu plus tard. J'en profiterai pour venir me coucher.

Il sortit de la cabane à son tour. Tara avait envie de rester avec lui, mais il voulait rester à l'affût du moindre bruit, et n'apprécierait sans doute pas d'être distrait. De plus, elle était morte de fatigue.

Elle s'allongea sur le lit, les yeux grands ouverts dans l'obscurité, la tête vide. Carter l'avait rattrapée juste au moment où ce dont elle avait rêvé toute sa vie était enfin devenu réalité, lui faisant oublier le cauchemar dans lequel cet homme l'avait plongée.

Mais elle avait encore Jarrett. Et il l'aimait. Il était prêt à se battre pour elle, ce dont elle lui serait éternellement reconnaissante. Néanmoins, elle redoutait le moment où elle devrait se séparer de lui. Vivre avec sa belle-famille ne lui faisait pas peur, pas plus que les conditions difficiles, le mauvais temps, ni même les serpents, alligators et autres bêtes sauvages. Rien ne pouvait être plus dangereux que l'homme.

Bientôt, Tara s'endormit. Et alors qu'elle flottait dans un doux sommeil, elle sentit Jarrett s'étendre près d'elle. Puis elle goûta sa chaleur, le baiser brûlant qu'il déposa sur ses lèvres et la caresse de ses doigts sur sa peau. Il lui fit l'amour, lentement, avec tant de douceur qu'elle eut l'impression de continuer à rêver.

Mais le désir tapi au fond d'elle s'enflamma soudain. Quand Jarrett s'allongea de tout son corps sur elle, cette fois, elle ne dormait plus. En quelques secondes, elle passa du rêve à l'extase, et resta là, accrochée à lui, plus amoureuse que jamais, se cramponnant de toutes ses forces comme pour prolonger son rêve.

L'aube commençait à poindre. Lorsque Jarrett la réveilla, elle eut l'impression d'avoir à peine dormi. Il lui apporta une tasse de café. Dans la faible lueur de l'aurore, Jarrett s'était senti suffisamment en sécurité pour allumer un feu et avait préparé du café ainsi que de la viande séchée. Tara but avec plaisir, mais lorsqu'elle voulut manger, elle éprouva un étrange malaise et ne put avaler une seule bouchée. Tandis que les deux hommes discutaient du chemin qu'ils allaient prendre, Tara se leva d'un bond et sortit à toute vitesse de la cabane. Elle avait mal au cœur. Mourant d'envie de s'asperger d'eau fraîche, elle courut jusqu'à la rivière, prit de l'eau dans ses mains pour s'en passer sur les joues, et se sentit un peu mieux. Toutefois, elle n'était pas en grande forme. Sans doute n'avait-elle pas assez dormi. Tout à coup, une main se posa sur son épaule. Se retournant vivement, elle vit Jarrett accroupi près d'elle, un petit sourire aux lèvres.

Elle le regarda d'un air intrigué.
— Ma foi, ça se pourrait bien, dit-il.
— Qu'est-ce qui se pourrait bien ?
— Des nausées matinales.
— Je n'ai jamais de nausées. Je... Oh !
Tara le dévisagea alors avec incrédulité en faisant des calculs à toute vitesse. Ces derniers temps, sa vie avait été un tel ouragan qu'elle n'avait pas prêté grande attention à son corps et aux fonctions naturelles...
— Oh ! répéta-t-elle d'une voix étouffée.
Le regard d'ébène s'assombrit de façon énigmatique. Tara sentit soudain son cœur se mettre à battre follement dans sa poitrine. Comme c'était étrange ! Et triste ! Le camp indien était maintenant désert, mais c'était ici qu'il avait perdu sa femme et son enfant, et ici encore qu'il découvrait que sa nouvelle épouse était enceinte.
Une épouse que voulait lui arracher la justice.
— Oh, Jarrett ! murmura-t-elle, se demandant s'il pensait à Lisa. Je suis désolée. J'aurais dû m'en douter. Je n'aurais pas dû vous laisser découvrir ça... ici.
Ses longs cils noirs dissimulèrent un instant ses yeux, puis il la regarda, et un sourire très doux se dessina sur ses lèvres.
— J'ai perdu quelque chose ici, et j'y ai gagné quelque chose.
— Vous êtes content ? chuchota-t-elle.
— En extase, déclara-t-il d'un air solennel sans cesser de sourire. Enfin, en extase, c'est sans doute dans cet état que j'étais quand nous avons fait ce bébé...
Il se pencha et lui posa un baiser furtif sur la bouche.
— Je n'ai jamais été aussi heureux.
— Mais...
— Tara, je n'ai jamais été aussi heureux, répéta-t-il en se redressant et en l'aidant à se relever. Ce

serait le paradis... si seulement nous pouvions rentrer à la maison.

Elle se laissa aller contre lui en sentant des larmes brûlantes emplir ses yeux. Jarrett la prit par les épaules :

— Si vous ne prenez pas soin de vous, je dirai à James de vous fouetter jusqu'au sang !

— Inutile de lui dire cela ! Jarrett, je vous aime tellement que rien ne m'arrivera, je vous le jure.

— Alors, venez vite, dit-il d'une voix rauque. Il faut que je vous mette à l'abri du danger.

Ils repartirent ensemble vers le camp. James était déjà en selle, et leurs chevaux les attendaient.

— Les chevaux sont bizarres, dit-il l'air anxieux. Je sens qu'une menace pèse sur nous. Il est temps de partir d'ici.

Jarrett aida sa femme à monter à cheval, puis sauta sur le sien. James passa en tête. Tara était au milieu, et Jarrett fermait la marche.

Ils chevauchèrent ainsi pendant de longues heures. Tara commençait à ressentir des douleurs dans les épaules, le dos et les cuisses. Le mal au cœur était passé, mais son ventre gargouillait bruyamment, comme s'il renfermait un petit animal sauvage, et elle pria le ciel pour que son mari et son beau-frère ne s'aperçoivent de rien.

Ils traversèrent une contrée sauvage et magnifique. Lorsqu'ils arrivèrent dans les marécages, où ils purent chevaucher de front, James les informa qu'il avait ordonné à sa famille et à son peuple de continuer à avancer pendant le jour, car la tribu, gênée par les enfants et les bagages, progresserait plus lentement qu'eux trois. Il comptait s'enfoncer à l'intérieur du territoire, très loin au sud, vers la région des Everglades.

— Là, vous serez en sécurité, je vous le promets. Et Jarrett trouvera un moyen de vous innocenter. Je le sais.

Tara commençait elle-même à le croire. Très vite, le jour déclina. Elle passa la nuit sous un bosquet, blottie dans les bras de Jarrett. Ils ne firent pas de feu. Sa chaleur suffit à la réconforter. Et elle dormit d'un sommeil paisible, rassurée par la présence de son mari et de son beau-frère.

La température était encore très basse lorsqu'ils se remirent en route le lendemain matin. Au bout de plusieurs heures, ils atteignirent une rivière au bord de laquelle ils décidèrent de faire halte. Une multitude d'oiseaux splendides virevoltaient au-dessus de l'eau transparente : des grues, des aigrettes, des hérons et d'incroyables flamants roses.

— La région est toujours aussi magnifique, dit Tara.

— Et infestée de dangers mortels, prévint Jarrett. Faites attention. Il y a pas mal de serpents venimeux, par ici. Et à chaque fois que vous apercevrez le nez d'un alligator, dites-vous qu'il y en a sûrement un autre caché juste derrière. Gardez vos distances.

Elle ne savait pas très bien quand Jarrett avait trouvé l'occasion d'annoncer à son frère qu'elle attendait un enfant, mais, quand James la regarda en disant qu'ils pouvaient s'arrêter quelques instants, elle comprit qu'il savait.

— Nous allons nous reposer, dit-il.

Jarrett dut aider Tara à descendre de cheval. Elle avait mal partout, et était contente de pouvoir se détendre un peu, tout en se demandant si elle arriverait à remonter en selle. Ce ne devait pas être un moment facile pour Jarrett, elle le savait. Désormais, il était doublement inquiet, craignant de trop la malmener et, en même temps, pressé de la mettre à l'abri.

Tara alla s'asseoir sous d'immenses pins qui semblaient grimper jusqu'au ciel. Pendant que Jarrett allait chercher de l'eau à la rivière, James lui proposa une nouvelle fois de la viande, en insistant pour qu'elle se force à manger.

Cette fois, la viande passa plus facilement. Elle lui parut même étonnamment délicieuse. Elle aurait pu en manger des kilos, mais les hommes devaient manger eux aussi, et elle prétendit qu'un morceau lui suffisait.

James lui sourit.

— Allez, mangez encore un peu.

— Je vous assure, ça va comme ça.

— Il faut que vous gardiez vos forces pour être en pleine forme.

— Vous et Jarrett devez aussi manger quelque chose. Si vous avez des crampes d'estomac et que vous vous évanouissez, que deviendrais-je?

James secoua la tête.

— Aucun de nous ne s'évanouira. Il nous est déjà arrivé de rester le ventre vide plusieurs jours d'affilée. Mon peuple a souvent connu la famine et nous avons appris à vivre sans manger. Mais, en ce moment, vous ne pouvez pas vous le permettre. Pour votre bien, et pour celui de mon frère. S'il doit vraiment vous laisser avec nous, je veillerai à ce qu'il retrouve un fils resplendissant de santé.

Tara se mit à rire.

— Un fils? C'est un homme qui a deux filles qui ose dire cela?

— Jarrett aura un fils. Il a perdu un enfant. Celui-ci...

— Le remplacera? demanda-t-elle doucement.

— Aucune vie ne peut en remplacer une autre, répliqua James. Chaque être est spécial, unique. Mais cet enfant vous redonnera vie à tous les deux, et je prie le Seigneur pour que, en grandissant, il puisse aider notre terre et notre peuple à panser ses plaies.

Tara sourit et lui prit les mains.

— Merci, dit-elle.

Jarrett revint avec des gourdes remplies d'eau. Tara but avidement et, sentant le regard de Jarrett se poser sur elle, ralentit légèrement.

Au bout de quelques minutes, elle se leva.

— Dites-moi où se trouve la rivière?

— Par là. Si vous voulez encore de l'eau, je...

— J'ai besoin de faire quelques pas. Si je ne me dégourdis pas un peu les jambes, j'ai peur de ne plus jamais être capable de remonter sur un cheval!

— Nous sommes déjà loin en territoire indien, remarqua James.

Jarrett, qui était en train de mâcher un morceau de viande séchée, s'adossa contre un tronc d'arbre et sembla se détendre un peu.

— C'est vrai, tu as raison.

Tara les abandonna et s'enfonça dans la forêt, le long du sentier qui descendait vers la rivière. Le paysage changeait avec une rapidité incroyable! Une seconde plus tôt, elle se trouvait encore sur une butte de terre ferme. Près de l'eau, le sol était tout détrempé.

Apercevant un tronc d'arbre mort, elle alla s'y asseoir. Elle retira ses chaussures et ses bas afin de plonger ses pieds dans l'eau fraîche, et soupira d'aise. Puis elle se pencha pour se rafraîchir le visage et le cou.

Lorsqu'elle se redressa, un pressentiment désagréable l'envahit.

Une main lui effleura l'épaule.

Jarrett! Il était venu la rejoindre, comme ce matin.

Instantanément, cette idée s'effaça de son esprit. Elle connaissait la sensation de la main de son mari sur elle.

Elle ouvrit la bouche pour crier, mais une large main se plaqua sur sa bouche. Une main sans la moindre callosité, une main qui n'avait jamais travaillé. Dont le majeur était orné d'un énorme rubis. Une main qui sortait d'une manche de chemise en dentelle.

Clive Carter!

Oh, Seigneur, comment avaient-ils pu arriver si

vite, et si loin! Un torrent de peur mêlée de dégoût l'envahit. Mon Dieu, elle le fuyait depuis si longtemps! Jamais elle n'aurait pensé devoir ressentir un jour ces mains répugnantes sur elle.

— Taisez-vous! ordonna Carter. Surtout, ne criez pas. Ce sauvage aux yeux noirs se précipiterait à votre aide, et je serais obligé de le tuer d'une balle en plein cœur. Je suis excellent tireur. Mais ça, vous le savez. J'ai réussi à abattre mon père, sans même tenir une arme. C'est surprenant de voir à quel point il est aisé de commettre un meurtre sans même avoir de sang sur les mains.

Tara réalisa avec étonnement qu'il venait de confesser le meurtre de son père. Puis elle se demanda ce qui l'étonnait tant. Elle savait bien qu'il avait tué Julian. Et il avait su qu'elle savait, à la seconde même où avait eu lieu le crime, quand elle avait croisé son regard dans la salle de réception de son père et avait deviné qu'il avait tout arrangé pour la faire accuser. Toutefois, les aveux qu'il venait de lui faire ne comptaient pas. Ce serait toujours sa parole contre la sienne, sauf qu'il s'était assuré d'avoir une pièce remplie de témoins qui jureraient qu'elle était coupable.

Il la tenait d'une main. Son autre main était collée sur sa bouche et lui recouvrait le nez, l'empêchant de respirer. Elle allait suffoquer. Pire. Elle fut à nouveau prise de nausée. L'odeur de l'eau de Cologne de Carter qui se mélangeait à la sueur de son corps lui donnait horriblement mal au cœur.

Tara essaya de lui mordre le doigt. Il sursauta et desserra son emprise une fraction de seconde.

— Lâchez-moi! s'écria-t-elle. J'ai envie de vomir!

Elle regarda désespérément alentour. Ni Tyler Argosy ni aucun des militaires qui auraient dû l'escorter n'étaient en vue. Clive l'avait retrouvée tout seul.

— Vous êtes glissante comme un serpent, Tara,

mais il n'est pas question que je vous laisse filer! Mettre la main sur vous, m'a pris une éternité. À partir de maintenant, vous ne m'échapperez plus.

Il se redressa, l'entraînant avec lui. Un sourire cruel et satisfait éclairait son visage et une lueur de plaisir animait son regard.

— Vous auriez pu tout avoir, espèce de petite sotte! J'étais prêt à épouser la pauvre petite Irlandaise affamée que vous étiez, même si, je l'avoue, c'était la perspective de l'héritage qui m'y aurait poussé. Je n'arrive pas à comprendre pourquoi j'ai perdu tant de temps à essayer de vous faire la cour. Vous n'étiez jamais qu'une petite catin étrangère dans la maison de mon père, et j'aurais mieux fait de simplement vous prendre, au lieu de fantasmer bêtement sur vous! Bien entendu, mon intention était de vous faire payer pour tout le reste, le soir de l'assassinat de mon père. Je ne pensais pas que vous puissiez courir aussi vite, ni disparaître si facilement. Et qui aurait pu imaginer que vous rencontreriez un homme riche et influent dans une taverne de La Nouvelle-Orléans! Cela m'a obligé à tout reconsidérer. Il me fallait un mandat d'arrêt. Ainsi qu'un certificat de mariage pour annuler celui que vous vous êtes empressée de conclure avec un étranger aux yeux noirs, qui adore les Indiens!

Tara se félicita de le voir parler autant. Il ne semblait attendre d'elle aucune réponse. Il la serra brutalement contre lui, la main fermement appliquée sur sa bouche pour l'empêcher de le mordre. Elle s'essoufflait, perdait ses forces à vue d'œil. Si elle ne respirait pas très vite...

Un instant, il relâcha son étreinte pour remonter la rive, ayant quelque difficulté à la soulever dans ses bras. Dès qu'elle put parler, elle profita de l'occasion.

— Je ne vous aurais jamais épousé, espèce de salaud! Et j'aurais préféré mourir plutôt que de me laisser toucher par vous!

La main se referma sur sa bouche. Tara recommença à se débattre.

Il tomba à genoux en essayant de la retenir.

— Chienne ! lança-t-il.

Aussitôt, il empoigna ses cheveux avec une telle force qu'elle faillit s'évanouir. La douleur était insupportable.

— Croyez-moi, je ne me contenterai pas de vous posséder ! Je vais vous ramener en clamant que vous êtes ma femme, Tara, et quand j'en aurai fini avec vous...

Carter n'eut pas l'occasion d'aller jusqu'au bout de sa menace. Tara elle-même sursauta en entendant retentir un cri sauvage dans le vent qui agitait les arbres. Elle réussit à se retourner et aperçut Jarrett. Il arrivait sur le sentier bordé de pins, courant à toute vitesse, un éclair mortel dans ses yeux noirs. Son visage cuivré était crispé en un rictus inquiétant.

Clive Carter jura en repoussant sa proie et dégaina son pistolet.

Tara hurla.

Le coup n'eut pas le temps de partir. Jarrett se jeta sur Clive avant qu'il eût pu réagir. Semblant voler dans l'air, il atterrit sur Carter qu'il plaqua au sol. Carter tenta de s'emparer du couteau attaché à sa cheville, mais Jarrett lui empoigna le bras, et les deux hommes roulèrent dans la rivière.

Ils se relevèrent.

Éructant de rage, Carter sortit son couteau et le brandit vers Jarrett, qui lui bloqua le bras. Le couteau tomba dans l'eau. Jarrett lâcha son adversaire pour lui envoyer un violent coup de poing en pleine mâchoire. Carter perdit l'équilibre et s'écroula dans l'eau.

Jarrett bondit à nouveau sur lui.

Tara se releva et courut vers la rive. Mais avant qu'elle ait rejoint les deux hommes, une détonation retentit à ses oreilles.

Elle pivota sur elle-même.

Ils étaient encerclés.

Tyler Argosy était là, en uniforme, juché sur son cheval bai, entouré d'une compagnie d'environ vingt soldats.

Tous armés.

Jarrett n'avait pas entendu le coup de feu, trop occupé à tenter d'assommer Carter. Il le saisit par sa chemise pour le sortir de l'eau.

Tyler tira une seconde fois en l'air.

— Jarrett !

Dégoulinant, les cheveux collés sur la tête, tenant Clive Carter par une épaule, Jarrett s'immobilisa enfin. Sans lâcher pour autant son adversaire.

— Jarrett ! s'écria Tara. Nous avons besoin de lui vivant !

— Abattez cet homme ! ordonna Carter.

— Mr. Carter ! protesta Tyler.

— Abattez-le ! J'ai un mandat d'arrêt contre cette femme, et elle n'est pas à lui, elle est à moi ! Je la ramène avec moi. Vous voyez bien que c'est un fou furieux et qu'il essaie de me tuer. Abattez-le !

— Mr. Carter, je ne vais pas abattre un homme de sang-froid ! Peu m'importe le nombre de certificats que vous avez sur vous ! Si vous ne vous taisez pas, Jarrett McKenzie pourrait bien vous étrangler et c'est lui qui en subira les conséquences !

Ces paroles semblèrent avoir un effet sur Carter.

— Dites-lui de me lâcher ! dit-il encore d'un ton glacial.

Puis il se tut.

Tyler regarda son ami, l'air franchement désolé.

— Jarrett, je dois vous demander de le lâcher.

Jarrett grinçait si fort des dents que Tara crut qu'elles allaient se briser.

Il lâcha Carter.

Celui-ci sortit de l'eau et se précipita vers Tara. Jarrett le rattrapa, le projeta le plus loin possible, puis saisit la main de Tara qu'il fit passer derrière lui.

— Voilà, Tyler, je l'ai lâché, dit Jarrett en lançant un regard furieux à Carter. Alors, maintenant, emmenez-le !

— Tara doit venir avec nous, dit très calmement le capitaine. Bon sang, Jarrett, vous êtes un de mes meilleurs amis ! Vous croyez que ça m'amuse ? Pourtant, il faut que vous me remettiez Tara. Vous n'avez qu'à venir aussi.

— Sûrement pas ! tonna Carter. Pas question qu'il vienne ! J'ai ici un certificat de mariage et...

— Mr. Carter, rétorqua Tyler avec impatience, votre certificat de mariage n'implique pas que vous ayez des droits sur cette femme, d'autant plus qu'il n'est pas certain qu'il soit authentique.

— Je ne vous laisserai pas l'emmener, Tyler ! coupa Jarrett.

— Ne m'obligez pas à faire cela ! supplia l'officier. Au même moment, ses hommes pointèrent leurs fusils en direction de Jarrett et de Tara.

— Non ! s'écria-t-elle aussitôt en voulant passer devant Jarrett. J'irai au tribunal ! Vous viendrez avec moi. Tyler a dit que...

— Tyler va vous laisser partir, clama une voix du bout de la clairière. Sinon, il se retrouvera avec une horde d'Indiens sur les bras !

Tara et Jarrett firent volte-face. Tara n'en crut pas ses yeux.

James était là. Ce qui n'était guère surprenant : il avait dû s'inquiéter en ne les voyant pas revenir de la rivière.

Mais il n'était pas seul. Il était entouré de guerriers séminoles, certains à cheval, d'autres à pied, les uns le torse couvert de peintures de guerre, les autres vêtus de pantalons et de chemises bariolées. Et à leur tête, juste à côté de James, se trouvait le Séminole le plus redouté d'entre tous.

Osceola.

Tyler Argosy dévisageait les guerriers qui venaient de surgir, l'air mal à l'aise. L'expression de son visage était celle d'un homme qui a toujours su en quoi consistait son devoir.

Et qui était prêt à mourir sur-le-champ.

Brusquement, Osceola s'élança au petit galop et planta sa lance dans le sol, juste devant Carter. Celui-ci blêmit.

Au bout de la lance étaient suspendus des scalps.

Osceola revint se placer devant ses guerriers.

Tara sentit soudain les mains de Jarrett sur ses épaules. Il l'entraîna à reculons vers James et les Séminoles.

— Tyler, ne résistez pas! conseilla-t-il à l'officier.

— Bon sang, Jarrett, vous allez vous retrouver hors-la-loi, comme votre femme!

— *Ma* femme! cria Clive en se tournant vers les militaires. Qu'est-ce que vous fabriquez? Vous ne pouvez pas tuer cette poignée de sauvages?

— Celui-ci est un sacré bon sauvage, dit Jarrett. Osceola! Peut-être avez-vous déjà entendu parler de lui?

— Bon sang! Abattez-les! hurla Carter.

Au même instant, les Indiens armèrent leurs fusils. Prêts à se battre pour elle.

Tara crut que ses jambes allaient se dérober sous elle. Osceola, le guerrier responsable de tant de morts, de tant de destructions! Mais il se battait pour son peuple, et il n'avait jamais pensé que tous les Blancs devaient mourir, il savait juger les hommes, et mieux encore ses ennemis!

Et il s'était fait d'elle une amie.

Il était prêt à mourir, et beaucoup de ses hommes avec lui. Tyler aussi risquait de mourir, tout comme Jarrett et James, les deux frères dont le véritable combat avait toujours eu pour but de mettre fin à la violence.

Ils allaient tous mourir à cause d'elle.

— Attendez ! cria-t-elle.

Alors, Tara retira sa main de celle de Jarrett pour se placer entre les deux camps adverses. Elle se retourna vers son mari et l'arrêta en voyant qu'il s'apprêtait à courir vers elle.

— Jarrett, je vous en prie ! implora-t-elle. Vous tous, je vous en supplie ! Au nom du ciel, il y a déjà eu tant de violence, ne me rendez pas responsable d'un nouveau bain de sang ! Je vous en supplie ! Jarrett, Tyler viendra avec nous. Clive ne me touchera plus, nous irons à Boston et nous récuserons les accusations ! Mais par pitié, ne mourez pas pour moi, je vous en conjure !

Un silence pesant retomba sur la clairière. Un silence terrible, impressionnant.

Et ce silence la terrifia. Ces hommes se battaient depuis longtemps. Les soldats, dans leur uniforme bleu, avaient un sens aigu de l'honneur, et de la fierté. Les guerriers, sous leurs plumes et leurs peintures de guerre, avaient été contraints à fuir depuis longtemps, comme Tara.

Et aujourd'hui, ils étaient tous déterminés à se battre.

— Non, je vous en supplie ! hurla-t-elle.

Elle ignorerait toujours ce qu'il aurait pu advenir. Car, à cet instant-là, la nature décida de s'en mêler. Clive Carter poussa un cri à fendre l'âme et tomba à genoux.

23

Jarrett avait repéré le serpent, enroulé autour d'une branche d'arbre qui descendait très bas au-dessus de la rivière.

Toutefois, il ne lui avait pas prêté attention. Il savait qu'il fallait le laisser tranquille. Par ici, tout le monde savait qu'il ne fallait jamais déranger les animaux, et éviter de se trouver sur leur chemin.

Peut-être était-ce Dieu — ou le Grand Esprit — qui était intervenu, car le « gueule de coton », dérangé par les cris et les coups de feu, s'était laissé glisser le long de la branche.

Et avait dû tomber sur Clive Carter. Au moment où celui-ci hurla de douleur, le serpent couleur d'or repartait déjà en rampant vers la rive.

Mais il ne l'atteindrait jamais. Un des soldats tira et le reptile explosa en plusieurs morceaux.

Et à cette seconde même, Jarrett passa à l'action.

Il se rua vers Carter, qu'il rattrapa par les cheveux pour l'empêcher de s'écrouler.

— Je peux vous sauver, dit-il. Vous savez comment on meurt, quand on a été mordu par un serpent? Lentement. Le venin s'infiltre tout doucement en vous. C'est une longue agonie. On se tord, on se convulse. La douleur est pire que tout ce qu'on peut imaginer. N'importe quelle autre mort paraît plus douce, comparée à celle-ci, une balle en pleine tête, une corde autour du cou. Tout vaut mieux que la torture que vous allez endurer dans un instant!

Clive Carter commençait déjà à ressentir l'effet du venin.

— Faites quelque chose! hurla-t-il. Bon sang, que quelqu'un fasse quelque chose! Sauvez-moi, vous ne pouvez pas me laisser comme ça!

Autour d'eux, personne ne réagit. Tyler et ses soldats, toujours sur leurs chevaux, ne bougèrent pas d'un pouce.

Les Indiens, eux aussi, restèrent figés.

— Je vous en prie, pour l'amour du ciel! reprit Carter, suppliant. Que voulez-vous? De l'argent? Dites-moi ce que vous voulez, je vous...

— Ce que je veux, c'est la vérité. Là, tout de suite, devant témoins!

Carter s'effondra contre lui.

— Vous avez fait abattre votre père par quelqu'un d'autre, poursuivit Jarrett, impitoyable. Vous avez embauché un tueur et vous vous êtes arrangé pour que tout le monde soit convaincu de la culpabilité de Tara.

Carter marmonna quelque chose d'inaudible.

Jarrett le tira par les cheveux.

— Comment ? Je n'ai pas entendu ce que vous avez dit ?

— Oui, c'est vrai ! C'est tout ce qu'elle méritait ! Elle a débarqué dans ma maison, elle a dupé mon père, l'a trompé et l'a séduit. Elle...

— Tara a toujours été correcte avec lui, mais vous ne pensiez qu'à vous !

Brusquement, Jarrett se rendit compte que ce que Carter pouvait dire sur Tara n'avait strictement aucune importance. Personne ne le croirait. Tyler la connaissait, tout comme son frère et son peuple. Ces mots-là n'avaient pas d'importance.

C'était d'aveux dont il avait désespérément besoin. D'une confession.

— Bon sang ! tonna Carter. Faites quelque chose ! Devant Dieu, je vous supplie de...

— Encore une chose, coupa Jarrett.

— Pour l'amour du ciel, que voulez-vous ?

— Vous n'avez jamais été marié à Tara. Jamais.

Carter bredouilla indistinctement entre ses dents.

— Comment ? demanda Jarrett en l'obligeant à le regarder droit dans les yeux.

Il fallait se dépêcher. Le venin du « gueule de coton » se répandait dans le sang à une vitesse impressionnante.

— Nous n'avons jamais été mariés. Le certificat est un faux. Jenson Jones l'a fabriqué sur ma demande, c'est lui qui a tiré le coup de feu qui a tué mon père.

Un cri s'éleva soudain dans les rangs des soldats.

Jarrett réalisa brusquement que Jones était là, parmi eux.

— Il m'a forcé à le faire! s'écria l'horrible petit bonhomme. Je n'avais pas le choix...

Jarrett jeta un coup d'œil à Tara. Elle n'avait jamais été plus belle, ses yeux bleus brillaient de larmes contenues. Il lui sourit.

Puis il se concentra à nouveau sur Carter, résistant à l'envie qu'il avait de repousser cet homme ignoble, de le laisser mourir.

Cependant, toute sa vie, Jarrett avait été un homme de parole.

Il retira le poignard de l'étui attaché au-dessus de sa cheville et se pencha sur Carter.

Celui-ci faillit crier.

— Taisez-vous! Je dois faire sortir le venin.

Le serpent avait mordu Carter à l'avant-bras. Jarrett remonta la manche et fit deux coupures bien nettes en forme de croix. Puis, il commença à aspirer énergiquement le sang, crachant dès qu'il avait la bouche pleine.

Carter gémit et perdit connaissance.

Mais il s'en tirerait, pensa Jarrett.

Tara accourut vers lui pour se jeter dans ses bras. Il la serra contre lui.

Tyler s'était approché. Deux de ses hommes étaient descendus de cheval pour ramasser Carter. Jenson Jones continuait à radoter dans son coin, répétant que tout était de la faute de Carter. Tyler tendit une flasque de whisky à Jarrett, qui se rinça la bouche afin de faire passer le goût âcre du sang et du venin.

— Ma femme n'ira nulle part avec vous, annonça-t-il en rendant sa flasque au capitaine.

— Je crois que nous pouvons vous laisser, maintenant, acquiesça Tyler.

James et Osceola étaient toujours impassibles sur leurs montures, telles des sentinelles devant les guerriers.

Le capitaine leva la main pour saluer Osceola, qui hocha gravement la tête.

En temps normal, les deux hommes se seraient entre-tués sans hésiter.

Mais il n'y aurait pas de bataille aujourd'hui.

Tyler leva le bras et lança un ordre. Aussitôt, les soldats firent demi-tour, emmenant Jenson Jones, qui continuait à accuser Carter de coercition, et Carter, jeté en travers de la selle d'un cheval. Les cavaliers s'éloignèrent tranquillement, l'un derrière l'autre.

Jarrett se retourna. Osceola lui adressa un petit signe de tête et fit pivoter son cheval. Sans ajouter un mot, les Indiens s'en allèrent à leur tour.

À l'exception de James, qui sauta à bas de son cheval pour venir embrasser affectueusement Tara.

Puis il remonta en selle et s'éloigna à son tour entre les arbres.

Jarrett enlaça à nouveau tendrement Tara.

— Oh, mon Dieu! soupira-t-il.

— Oh, Jarrett! dit-elle en s'écartant légèrement pour le regarder de ses immenses yeux bleus. Je ne voyais plus comment me tirer de cette situation.

— J'adore vous sauver.

— Oh, mon Dieu, je vous aime!

Tout à coup, elle fronça les sourcils.

— Jarrett, vous avez aspiré ce venin. Vous allez...

— Je ne risque rien. J'ai été mordu quand j'étais petit, et je suis en quelque sorte immunisé. Je vous le jure, mon amour, il ne m'arrivera rien.

Tara se jeta à son cou en le serrant de toutes ses forces.

Jarrett lui releva doucement le menton et effleura ses lèvres. Sa bouche avait le goût salé des larmes.

— Rentrons chez nous, ma petite fugitive.

— Je ne suis plus une fugitive, rétorqua-t-elle avec un magnifique sourire. Car, désormais, je suis chez moi!

Il l'embrassa encore une fois. La nature sauvage les entourait, mais il savait qu'elle avait raison. Ici, elle se sentait chez elle, comme il s'était toujours senti chez lui.

Peut-être ce sentiment n'avait-il d'ailleurs rien à voir avec cet Éden qu'il aimait tant. Il leur suffisait d'être dans les bras l'un de l'autre.

— La guerre est loin d'être terminée ! dit-il. Tara, j'ignore ce que l'avenir nous réserve.

— Un fils ! C'est en tout cas ce que prétend votre frère !

— Ce pays est sauvage, dangereux, et il y a encore peu de temps, vous étiez terrorisée rien que d'y penser.

Lentement, amoureusement, elle lui caressa la joue.

— Sauvage et dangereux, à l'image de l'homme que j'ai épousé. Et pour rien au monde, je ne voudrais quitter l'un ou l'autre ! déclara-t-elle avec passion.

Jarrett la souleva et l'embrassa fougueusement, avant de l'entraîner vers le petit bois où les attendaient leurs chevaux.

Il était temps de rentrer à la maison. La roue du destin avait tourné.

Il avait trouvé une femme et l'amour.

À présent, il leur fallait construire l'avenir, ensemble.

ÉPILOGUE

C'était l'automne. La saison que Tara avait toujours préférée entre toutes. Au nord, les feuilles devaient s'être parées de couleurs flamboyantes et l'air être frisquet. Ici, le changement se produisait de manière plus subtile. La chaleur étouffante de l'été s'était atténuée. Le degré d'humidité avait subitement baissé et les journées étaient tout simplement splendides. La douceur invitait à plonger dans les ruisseaux ou à plonger ses pieds nus dans l'eau, assis sur un tronc d'arbre. Mais la nuit apportait une fraîcheur exquise, et l'on respirait tout à son aise.

Ce moment de l'année avait été idéal pour mettre un enfant au monde. Ian McKenzie était né le 5 octobre. Tara avait pensé qu'il arriverait le 4, mais ce n'était qu'après minuit que l'enfant s'était décidé à pousser son premier cri. Malgré tous les conseils prodigués par Naomi et les jeunes mères indiennes, elle ne s'était pas vraiment préparée à l'accouchement et n'était pas restée parfaitement gracieuse pendant le travail — elle avait même failli briser les doigts de Jarrett — mais lorsque tout avait été terminé, elle avait ressenti une paix et un bonheur comme elle n'avait jamais cru qu'il pût en exister sur cette terre. Son fils était magnifique, tout dodu et resplendissant de santé, avec de grands yeux bleus et une touffe de cheveux très noirs. Tara et Jarrett avaient passé des heures à l'admirer, chacun d'un côté du berceau, émerveillés par tant de perfection. Ce jour-là, ils n'avaient rien laissé venir les déranger.

Rêveurs et idéalistes tous les deux, ils avaient soif d'une sérénité et d'une perfection à la mesure de leur paradis.

Dans le monde extérieur, cependant, la guerre faisait rage. James avait emmené son peuple plus loin vers le sud. L'été avait été torride. Les troupes américaines avaient cruellement souffert et les campagnes contre les Indiens s'étaient enlisées. Avec l'arrivée de l'automne, et le temps plus frais qui s'était installé, la situation ne manquerait pas d'empirer. Mais Tara et Jarrett avaient déjà pris depuis longtemps la décision de faire tout ce qui serait en leur pouvoir pour sauver des vies innocentes — blanches ou autres. On leur avait dit qu'ils ne pouvaient rester neutres. Ils entendaient prouver le contraire et continuer à faire ce qui leur paraissait juste. Malgré la guerre, et bien qu'elle eût été enceinte, Tara avait réussi à rendre visite à James et à sa famille. Malgré la guerre, James et Naomi s'étaient débrouillés pour les voir. Ils avaient conclu une sorte de pacte. Et ils le respecteraient.

Jarrett continuait à s'absenter de temps à autre pour transmettre des messages à l'armée et aux Séminoles. C'était à chaque fois une douleur. Mais Tara comprenait et avait appris à ne plus avoir peur. Ils avaient déjà enduré tant de choses, et ils en endureraient encore. D'autant plus que leur amour grandissait chaque fois qu'ils se retrouvaient, ce dont elle se réjouissait de tout son cœur.

Parfois, le passé lui semblait aussi peu consistant qu'un cauchemar dont on se souvient à peine, ce dont elle se félicitait également. Elle avait enfin trouvé son havre.

— Tara!

Elle était en train de mettre sa seconde boucle d'oreille et sourit en entendant la voix de Jarrett l'appeler d'en bas. Il était impatient de la voir descendre. Depuis le début de la matinée, il était bizarre, et elle craignait qu'il ne retarde le moment de lui annoncer qu'il devait une nouvelle fois repartir. Mais il ne s'était montré ni grave, ni particulièrement réservé ; il affichait même un sourire resplendissant.

— Tara !

Elle sortit sur le balcon et fronça les sourcils en voyant que Molly et Jeeves avaient dressé une table sur la pelouse. Le soleil se reflétait sur l'argenterie et la nappe en lin blanc se soulevait légèrement sous la brise. Au-delà de la pelouse, elle aperçut un bateau militaire qui s'apprêtait à accoster.

— Jarrett ? appela-t-elle d'une voix un peu tendue.

Il était juste en dessous du balcon, près de la table, vêtu d'une redingote noire, d'une chemise blanche impeccable et d'un gilet brodé. Ses cheveux bruns étaient tirés en arrière, son regard plus noir que jamais et ses lèvres esquissaient un sourire.

— Ce n'est pas le devoir qui m'appelle, mon amour. Que fait le petit Ian ?

— Il dort paisiblement, comme un ange... Ce n'est pas comme son père. Jarrett, expliquez-moi ce qui se passe !

— Descendez et vous verrez ! lança-t-il d'un air malicieux.

Elle alla jeter un coup d'œil sur le bébé, puis sortit de la chambre et se précipita en bas de l'escalier. Jarrett, qui l'attendait avec impatience, lui offrit son bras et l'entraîna en direction de l'embarcadère.

— Vous êtes sûr que vous n'allez pas me faire la surprise d'un nouveau départ ?

Il secoua la tête.

— Pas cette fois.

— Jarrett...

— Tenez-vous bien. Voilà nos invités. Vous tenez sûrement à les accueillir comme il faut.

Tara voulut lui répondre, mais les mots restèrent coincés dans sa gorge. Le jeune couple et l'enfant qui étaient appuyés au bastingage s'apprêtaient à descendre à terre. La jeune femme était ravissante, avec d'épais cheveux châtains et de beaux yeux noisette. Le petit garçon qu'elle tenait dans ses bras avait les cheveux châtains lui aussi, et les yeux bleus. Quant à l'homme, il était grand et mince, portait une moustache à la mode et avait des cheveux blonds bouclés.

— William! s'exclama Tara en reconnaissant son frère.

Elle se tourna vers Jarrett, qui se contenta de hausser les épaules.

— Frère ou pas, vous avez murmuré son nom en dormant. J'étais curieux de rencontrer ce jeune homme et, bien entendu, j'ai été ravi en apprenant que lui et son épouse pouvaient s'arranger pour venir ici.

Tara lui sauta au cou avec un tel enthousiasme qu'elle faillit lui faire perdre l'équilibre. Puis elle courut jusqu'à la rivière pour accueillir son frère, Marina et son neveu. Pendant une bonne vingtaine de minutes, ce ne furent que cris de joie et exclamations. William, Marina et le jeune Wyeth Brent furent présentés à Jarrett. Tyler Argosy expliqua à Tara comment ses hommes et lui avaient été requis pour amener son frère et sa famille par la rivière, et ce dans le plus grand secret. Au moment où ils allaient passer à table, Robert arriva à son tour. La journée passa d'une façon magique. On oublia la guerre et la conversation porta sur la littérature, la musique, les enfants, la nourriture et les élections nationales.

À la nuit tombée, une fois sa famille confortablement installée, Tara se sentit à la fois épuisée et ravie. Ne sachant pas où était passé Jarrett, elle sortit sur la véranda où l'air frais la fit frissonner. C'était une nuit de pleine lune et l'astre se détachait magnifiquement sur le ciel de velours noir. Une chouette hulula et Tara sourit en fermant les yeux pour mieux écouter le murmure de la rivière. Un léger bruit, juste derrière elle, la fit pivoter sur elle-même. Jarrett était là, superbe et impressionnant dans son costume noir, comme ce soir, qui paraissait maintenant si lointain, où elle l'avait rencontré dans la taverne de La Nouvelle-Orléans. Il traversa la véranda pour venir à sa rencontre, lui souleva le menton et la regarda au fond des yeux.

— Heureuse ? demanda-t-il.

Tara hocha la tête.

— Merci.

— Je voulais faire la connaissance de l'homme de vos rêves.

— Et alors ? fit-elle en souriant.

— Je suis très impressionné. Ian a pour oncle un homme de lettres très talentueux.

— Son autre oncle est tout aussi impressionnant.

Jarrett haussa les épaules en souriant.

— C'est vrai.

Une petite étincelle illumina son regard sombre, et il souleva soudain Tara dans ses bras.

— L'armée est encore là, vous savez, murmura-t-il à son oreille. Le bateau de Tyler ne repartira pas avant demain matin.

— Et alors ?

— Alors il se trouve que j'ai quelques projets très précis pour ma femme, ce soir. Je me souviens qu'elle m'a un jour menacé de pousser des hurlements si je la portais dans l'escalier pour la mettre au lit.

Tara passa un bras autour de ses épaules.

— Je m'en souviens très bien ! Par contre, je ne me rappelle pas que vous ayez accordé beaucoup d'importance au fait que je puisse crier ou non !

— Hum... peut-être pas.

— Et vous êtes prêt à tenter votre chance, bien entendu.

— Absolument !

Jarrett rentra dans la maison et commença à gravir l'escalier. Tara lui sourit tandis qu'il l'emportait dans leur chambre.

— Alors, ma petite fugitive ? railla-t-il de sa voix rauque dans l'obscurité.

Il la déposa sur le lit et s'allongea sur elle. En voyant la lueur qui brillait dans son regard, elle sentit un feu délicieux se mettre à brûler en elle.

— Le gagnant ramasse tout, annonça-t-elle d'un ton solennel.

Elle lui passa la main dans les cheveux et l'attira vers elle. Il prit sa bouche avec fougue, et le feu se mit à flamber de plus belle.

Cette nuit, la tempête ferait rage.

Et la vie...

Eh bien, la vie continuerait à les ballotter. Amère et tragique par moments, mais infiniment belle et précieuse en ces instants où ils pouvaient paisiblement s'enlacer.

Mais à cette seconde, ils ne se souciaient nullement de ce que l'avenir leur réservait.

4170

Composition Euronumérique
Achevé d'imprimer en Europe (France)
par Brodard et Taupin à La Flèche (Sarthe)
le 19 décembre 1996. 1178R
Dépôt légal décembre 1996. ISBN 2-277-24170-9
Éditions J'ai lu
84, rue de Grenelle, 75007 Paris
Diffusion France et étranger : Flammarion